HENRIK SIEBOLD

Inspektor Takeda und der lächelnde Mörder

atb aufbau taschenbuch

HENRIK SIEBOLD ist Journalist und Buchautor. Er hat unter anderem für eine japanische Tageszeitung gearbeitet sowie mehrere Jahre in Tokio gelebt.
Bisher erschienen als Aufbau Taschenbuch »Inspektor Takeda und die Toten von Altona« und »Inspektor Takeda und der leise Tod«.

Auf dem Bahnsteig drängeln sich ungeduldige Fahrgäste. Eine Frau stolpert, fällt auf die Gleise und wird von dem Zug erfasst. Am Rand des Bahnsteigs bleibt ein junger Mann zurück. Er blickt mit entrücktem Lächeln auf die eigenen Hände, die zu tödlichen Werkzeugen wurden. Inspektor Kenjiro Takeda und Hauptkommissarin Claudia Harms nehmen die Ermittlungen auf. Simon, der Sohn eines bekannten Senators, schweigt zunächst. Erkundigungen in seinem Umfeld ergeben, dass er ein Einzelgänger ist und in der Schule gemobbt wird. Takeda erinnert der Vorfall an die Kultur der *Hikikomori* – junge Leute, die sich vollständig aus der sozialen Welt zurückziehen. Im Präsidium leugnet Simon jedoch die Tat. Takeda und Claudia Harms haben ein Problem. Die Zeugenaussagen sind nicht eindeutig, ebenso die Videoaufzeichnungen aus dem Bahnhof. Der Verdächtige kommt auf freien Fuß. Doch wenig später wird in einem Kino während der Spätvorstellung ein Mann erdrosselt. Wieder ist Simon in der Nähe.

»Inspektor Ken Takeda ... für mich einer der interessantesten, eigenwilligsten und attraktivsten Kommissare, die momentan in der deutschen Krimiszene unterwegs sind.« Cornelia Hüppe, Krimibuchhandlung Miss Marple, Berlin

Henrik Siebold

INSPEKTOR TAKEDA UND DER LÄCHELNDE MÖRDER

KRIMINALROMAN

atb aufbau taschenbuch

MIX
Papier aus verantwortungsvollen Quellen
FSC® C083411
www.fsc.org

ISBN 978-3-7466-3385-5

Aufbau Taschenbuch ist eine Marke der Aufbau Verlag GmbH & Co. KG

1. Auflage 2018

Umschlaggestaltung www.buerosued.de, München
unter Verwendung eines Bildes von © GettyImages / KatrinSchaak
Gesetzt in der Garamond Premier Pro durch Greiner & Reichel, Köln
Druck und Binden CPI books GmbH, Leck, Germany
Printed in Germany

www.aufbau-verlag.de

PROLOG

Über Hamburg wölbte sich ein hoher, strahlend blauer Herbsthimmel. Ein kühler Morgenwind fegte abgefallene Blätter über die Straßen, und in der Luft lag der modrig süße Duft der Fäulnis. Die Erinnerung an ein paar überraschend warme Oktobertage war kaum verblasst, doch mit dem November waren die Nächte kalt geworden und die meisten Tage grau.

Im Hamburger Dammtorbahnhof nahm kaum jemand Notiz vom Wandel der Jahreszeiten, hier herrschte hektische Morgenstimmung. Berufspendler, Studenten, ein paar Reisende drängelten sich auf dem S-Bahnsteig. Eine junge Frau redete zu laut am Handy über intime Erlebnisse am Vorabend. Unweit deckte ein telefonierender Geschäftsmann den Mund mit der freien Hand ab, als befürchtete er, ein Lippenleser könnte Firmengeheimnisse ausforschen. Aus Coffee-to-go-Bechern stieg Dampf auf, eine Büroangestellte trank mit sinnlich geschlossenen Augen. Ein paar Meter weiter stand eine größere Schülergruppe, die zu einer Exkursion aufgebrochen war. Die Schüler, sechzehn, siebzehn Jahre alt, redeten durcheinander, lachten, schubsten sich gegenseitig, machten Fotos und Videos mit ihren Handys. Ihr Lehrer ermahnte sie mit müdem Blick, andere Fahrgäste nicht zu stören, aber er rechnete offenbar nicht damit, gehört zu werden.

Die ganz normale Szenerie eines Morgens, der so oder ähnlich an unzähligen Orten in Deutschland, in Europa, auf der ganzen Welt stattfand.

Aber war dieser Morgen wirklich normal? War da unter der Oberfläche des Alltags nicht ein leises Knirschen zu hören, ein dumpfes Splittern, ausgelöst durch Verschiebungen in den tiefliegenden Fundamenten der Gesellschaft?

Baute sich unter der Oberfläche dieses so alltäglichen Morgens nicht eine Spannung auf, die sich bald schon mit voller Wucht entladen könnte?

Wo aber war das Problem? Waren es die Flüchtlinge, die sich ebenfalls auf dem Bahnhof aufhielten? Oder vielleicht der hustende Angestellte mit dem schon am Morgen überspannten Gesichtsausdruck? Was war mit den Touristen, die sich in einer unbekannten osteuropäischen Sprache unterhielten? Oder ging etwa von der Schülergruppe, die doch so verspielt und unschuldig wirkte, Gefahr aus?

Die Stimme des Bahnhofssprechers legte sich über das Gemurmel der Menge, kündigte die nächste S-Bahn an. Sekunden später fuhr der Zug mit hoher Geschwindigkeit in den Bahnhof ein.

Der Geschäftsmann hörte auf zu husten, die Flüchtlinge erhoben sich von der Bank, auf der sie saßen, die Touristen nahmen ihr Gepäck auf. Die Schüler drängelten weiter nach vorne wie unruhige Atome in einem sich erhitzenden Gasgemisch. Der einfahrende Zug war nur noch wenige Meter entfernt. Ein Schüler, hochgewachsen und blass, stand weit vorne an der Bahnsteigkante. Er war stiller als die anderen, wirkte in sich gekehrt, beteiligte sich nicht an den Neckereien seiner Klassenkameraden. Eine Geschäftsfrau im figurbetonten Business-Dress lief mit klackernden Absätzen am Bahnsteig entlang, blieb jetzt genau vor dem stillen Schüler stehen. Der Zug raste heran, ließ sein ohrenbetäubendes Horn erklingen wie immer bei der Einfahrt in einen überfüllten Bahnhof. Drei Meter, zwei, einer. Der blasse Junge hebt den Kopf, ein Lächeln erscheint auf seinem Gesicht. Im nächsten Moment strauchelt die Frau im Kostüm, kämpft mit dem Gleichgewicht, rudert mit den Armen. Der Zug ist fast da. Die Frau stürzt in rasender Langsamkeit nach vorne. Hinter der Frontscheibe des Zuges verzerrt sich das Gesicht des Fahrers. Die Frau fällt. Die Umstehenden wollen nicht glauben, was sie sehen. Nur der Junge, er lächelt. Die Bremsen des Zuges kreischen, der Triebwagen schlittert auf den Schienen. Es geht um Zentimeter. Es könnte klappen. Aber nein, die Frau fällt, schreit, wird mit einem kurzen, klatschenden Geräusch vom Zug erfasst. Blut spritzt über die Bahnsteigkante, der Klang splitternder Knochen brennt sich in die Seelen der Umstehenden. Der Tod ist jäh in den Morgen eingebrochen.

Dann ist es vollkommen still.

Nichts rührt sich.

Nur das Blut fließt zäh über den Bahnsteig.

Erst mit Verzögerung entsteht eine kleine, zarte Bewegung. Die Schüler ziehen sich zurück wie das Meer von einem Strand, lassen einen Halbkreis der Leere zurück. In dessen Zentrum steht ihr blasser, hochgewachsener Klassenkamerad. Er starrt auf seine Hände, die Handflächen zu sich gewandt. Hände, die ihm bis gerade eben noch nutzlos erschienen waren, so nutzlos wie sein ganzes Leben. Nun waren diese Hände zu mächtigen Instrumenten geworden, die über Leben und Tod entschieden hatten.

Dann zerreißt der Schrei eines Mädchens die Stille. Es zeigt mit dem Finger auf den blassen Jungen, ihren Mitschüler. Das Mädchen schreit immer weiter mit sich überschlagender, hysterischer Stimme.

Ein Schüler tritt aus dem Kreis heraus, geht auf den hageren Jungen zu und sagt: »Du Mörder!«

Der Junge blickt auf, nickt seinem Klassenkameraden zu und lächelt voller Glückseligkeit.

1.

Zwei Stunden später herrschte im Trakt der Mordkommission im Hamburger Polizeipräsidium ein heilloses Durcheinander. Nervöse Beamte hasteten durch die Korridore, verstörte Schüler warteten auf den Bänken, um ihre Aussagen zu machen, wurden eingerahmt von weinenden Müttern und drohenden Vätern. Simon Kallweit, der mutmaßliche Täter, saß unter Bewachung eines uniformierten Beamten in einem Dienstzimmer und sah seiner ersten Vernehmung entgegen. Markus Tellkamp, der Leiter der Spurensicherung, rief quer über den Flur und gab die neuesten Ergebnisse durch. Die Kollegen von der KTU drängelten genervt durch die Menge, wieder einmal konnte nichts schnell genug gehen, DNA-Tests, Blutgruppenuntersuchung, Zeitdiagramme, vergleichbare Zugunfälle, wieder einmal sollten sie das Unmögliche möglich machen. Und ständig klingelte ein Telefon, die Staatsanwaltschaft, die Presse, Politiker, besorgte Bürger, die ersten Trittbrettfahrer, die Bahn, die endlich den regulären Betrieb aufnehmen wollte.

Inmitten dieses polizeilichen Wirbelsturms saß ein Japaner mit untergeschlagenen Beinen auf seinem Schreibtischstuhl und war vollkommen still. Inspektor Kenjiro Takeda. Er hatte die Augen geschlossen, atmete langsam. Nur die kleine Stirnfalte verriet seine Konzentration. Er war der Fels in der Brandung, ein Buddha in der Großstadt, der Inbegriff der totalen Ruhe, obwohl er doch, gemeinsam mit seiner Kollegin Claudia Harms, der leitende Ermittler im Fall des S-Bahn-Schubsers war.

Niemand wagte es, den Inspektor zu stören. Niemand sprach ihn an, fragte nach Instruktionen, gab Ermittlungsergebnisse an ihn weiter. Im Gegenteil, die Kollegen sorgten sogar dafür, dass Takeda nicht gestört wurde.

Glaubten sie also, dass sich der Inspektor in eine tiefe Meditation über den Fall versenkt hatte? Dass er, der aus dem Land des

Zen-Buddhismus stammte, in tiefer Kontemplation war und die spirituellen Tiefen des schrecklichen Verbrechens auslotete?

Eher nicht.

Schließlich kannten die deutschen Kollegen Takeda inzwischen. Sie wussten also, dass er vermutlich nicht meditierte, sondern einfach nur schrecklich verkatert war. Das erklärte auch die kleinen Opfergaben, die sie in aller Stille vor dem Inspektor auf dem Schreibtisch aufgebaut hatten: Aspirin-Röhrchen, Thomapyrin-Tabletten, Alka-Seltzer-Packungen …

Es ging Takeda wirklich nicht gut. Seine Schläfen pochten, sein Mund fühlte sich pelzig an, und anstatt über den Fall nachzudenken, stellte er sich immerfort eine einzige Frage, nämlich warum er in der vergangenen Nacht nach dem vielen Bier auch noch unbedingt hatte Whisky trinken müssen.

Andererseits, bereute er es wirklich? Nicht im Geringsten! Schließlich hatte ihm der vorangegangene Abend einige aufschlussreiche Erkenntnisse beschert, über sich selbst, über Deutschland, über seine japanische Heimat.

Alles hatte mit einem Abendessen mit zwei japanischen Geschäftsleuten begonnen, Ichirō Kogawa und Atsuto Kawamura. Gemeinsam waren sie im *Gröninger* eingekehrt, einem traditionellen Hamburger Brauereirestaurant in einem Gewölbekeller an der Willy-Brandt-Straße. Während die Kellnerin die ersten Biere brachte, fand Takeda sich in einem Gespräch wieder, das ihn überraschte und schon nach wenigen Minuten in eine melancholische Stimmung versetzte. Kogawa und Kawamura, beide waren in ihren Dreißigern und zugleich auf eigentümlich japanische Art alterslos, erzählten von ihren Firmen, Dienstwagen, ihren Hamburger Wohnungen, von Ausflügen nach Lüneburg, Lübeck und auf die Insel Sylt. Sie lobten die Pünktlichkeit der deutschen Bahn, die Beflissenheit der deutschen Bevölkerung, die Präzision der Handwerker, den formidablen Zustand der Straßen und die unübertroffene Qualität der Autos. Als die Kellnerin das Essen brachte, Schweinshaxe, Rostbratwürste und eine Aufschnittplatte, nahmen die beiden demonstrative Bissen, kauten mit konzentrierter Miene, brachen dann in begeisterte *Umai-Umai*-Rufe aus! Köstlich! Köstlich!

Takeda? Er nickte höflich, schwieg und lächelte feinsinnig. Eine pünktliche Bahn? Hatte er in Deutschland noch nicht erlebt. Geflissentliche Einheimische? Nun ja. Handwerker? Eine Katastrophe. Die Straßen? Voller Schlaglöcher! Deutsche Autos? Sicher, die waren spitze, sah man einmal von den Diesel-Betrügereien ab ... Nein, das Deutschland, in dem er lebte, hatte offenbar wenig mit jenem Märchenland zu tun, in dem Kogawa und Kawamura sich wähnten.

Das sollte natürlich nicht heißen, dass Takeda sich in Deutschland nicht wohlfühlte. Im Gegenteil! Er war nach dem knapp halben Jahr, das er nun hier war, so ausgeglichen und zufrieden wie lange nicht mehr. Und dieses chaotische, improvisierte, ja geradezu orientalische Land, in das Deutschland sich verwandelt hatte, gefiel ihm gut – viel besser, als es das traditionelle, ordentliche, fleißige, spießige Deutschland getan hätte.

Takeda spürte Freiheit, Leben, Leidenschaft. Er war dank des Austauschprogramms der Polizeiorganisationen, das ihm den Aufenthalt in Hamburg ermöglicht hatte, auf eine tiefe, fast spirituelle Art ... glücklich.

Aber – und das war wohl der Unterschied zu Kogawa und Kawamura – er machte sich eben auch keine Illusionen. Seine neue Heimat entsprach nun einmal nicht dem Bild, das die Reiseführer entwarfen und in dem Deutschland immer noch das Land der Fachwerkhäuser und Handwerksmeister, der Erfinder und Ingenieure, der Dichter und Denker war. Das Bild, an das Kogawa und Kawamura sich klammerten und das sich offenbar auch durch keine reale Erfahrung erschüttern ließ, war überholt. Aber sie liebten es so sehr, dass sie um jeden Preis daran festhielten.

Die Melancholie des Inspektors setzte ein, als seine Landsleute über ihre bevorstehende Rückkehr nach Japan sprachen, der sie – trotz dieses wunderbaren Deutschlands – entgegenfieberten. Schließlich sei es für einen Japaner nicht empfehlenswert, allzu lange der Heimat fernzubleiben. Ein Jahr im Ausland sei in Ordnung, auch zwei und zur höchsten Not auch drei. Danach aber würde die Rückkehr schwierig, denn die fremde Umgebung beginne das Innere zu verändern, das Wesen, die Seele. Wer zu lange in der Fremde bleibe, füge sich anschließend nicht mehr nahtlos ins dichte Geflecht der japanischen Gesellschaft ein, wäre dazu verdammt, ein wurzelloses, schwebendes Leben zu führen ... Kogawa und Kawamura sprachen von ihrem Auslandsaufenthalt fast so, als handele es sich um eine infektiöse Krankheit, und ihr Hauptaugenmerk bestand darin, sich möglichst nicht anzustecken mit diesem Virus des Fremden, des Neuen, des Anderen.

Nachdem Takeda sich von den Geschäftsleuten verabschiedet hatte – alle drei torkelten nach etlichen Bieren aus dem *Gröninger* auf die Straße –, winkte er sich ein Taxi heran. Der Inspektor ließ sich allerdings nicht nach Hause fahren, sondern ins *Bird's*, seinem inzwischen angestammten Jazzclub in Hamburg-Eimsbüttel. Dort stand er dann gegen Mitternacht auf der Bühne und improvisierte mit seinem Yanagisawa-Saxophon leidenschaftlich zu einem Thema von John Coltrane. *My favourite things*. Er wurde begleitet von ein paar Studenten, von denen einer aus der Türkei stammte und ein anderer aus Ghana. Deutsche. Neue Deutsche. Keine Fachwerkhäuser mehr, keine blonden Haare, keine deutsche Disziplin. Das hier, das unordentliche, das bunte, das verwirrende Deutschland, war das Land, das Takeda zu lieben gelernt hatte. Ja, er hatte sich mit dem Virus des Fremden angesteckt, und er bereute es nicht im Geringsten.

Dumm nur, dass er seine euphorische Stimmung mit reichlich Whisky begoß.

Inspektor Kenjiro Takeda öffnete schlagartig die Augen, war wieder in der Gegenwart, war wieder im Präsidium. Die Stimme von Claudia Harms, seiner Team-Partnerin bei der Mordkommission, hatte ihn aus seinen Gedanken gerissen. Sie steckte den Kopf in ihr gemeinsames Dienstzimmer, betrachtete ihn amüsiert und fragte: »Zen? Oder Hangover?«

»Beides«, antwortete der Inspektor lächelnd.

»Dann werfen Sie mal ein Aspirin ein und kommen in die Hufe. Es gibt Arbeit!«

»Kein Problem. Jetzt geht es mir gut.«

Claudia war am Morgen direkt von zuhause zum Dammtorbahnhof gefahren und hatte die Ermittlungen vor Ort koordiniert, während Takeda hier im Präsidium die Stellung gehalten hatte. Nun war auch sie hier, sagte: »Kommen Sie. Der Psychologe hat grünes Licht gegeben, wir können Simon Kallweit vernehmen.«

Takeda stand auf und drückte das Kreuz durch. »Vielleicht können wir uns vorher noch einen Kaffee besorgen. Der Junge läuft uns ja nicht weg.«

Claudia lächelte. »Sie machen Fortschritte, Ken. Besonders in Ihrer Arbeitseinstellung. Bei Ihrer Ankunft hätten Sie so etwas noch nicht gesagt.«

»Finden Sie?«

»Klar. Sie sind nicht mehr ganz so japanisch.«

Takeda sah sie verunsichert an. »Ist das ein Kompliment?«

»Worauf Sie einen lassen können.«

2.

Claudia betrat mit Takeda die Cafeteria im Erdgeschoss des Präsidiums. Ein paar der zivilen Angestellten und einige Uniformierte saßen an den Tischen, tranken Kaffee und aßen belegte Brötchen. In der Luft hing schon der Duft des Mittagessens, das wegen der Schichtdienstler bereits ab dem späten Vormittag ausgegeben wurde. Claudia tippte auf Gulasch und Linseneintopf. Beide Gerüche halfen ihr nicht unbedingt dabei, die Übelkeit zu überwinden, die sie seit dem Morgen, genauer gesagt, seit dem Moment, als sie den Bahnsteig im Dammtorbahnhof betreten hatte, verspürte.

Im Laufe ihrer Dienstjahre hatte Claudia schon so manchen Mist und manche Abscheulichkeit erlebt. Axtmorde, Säureattentate, Leichenhäcksler. Nichts davon war leicht zu ertragen. Aber ein Teenager, der aus einer reinen Laune heraus eine ihm völlig fremde Frau vor die S-Bahn stieß? Und zwar offenbar nur, weil ihm langweilig war und sich gerade die Gelegenheit bot? Das war selbst für sie zu viel.

Immerhin würden sie die Sache schnell vom Tisch bekommen. An der Täterschaft des Jungen bestand kein Zweifel. Simon Kallweit – er war siebzehn Jahre alt – hatte bisher zwar kaum etwas gesagt. Aber zumindest hatte er die Tat gestanden. Außerdem gab es unzählige Zeugen, Simons Mitschüler, andere Fahrgäste, die das Geschehen auf dem Bahnsteig beobachtet hatten.

Auf die bevorstehende Vernehmung war Claudia dennoch nicht scharf. Es würde sie sicherlich ihre ganze Selbstbeherrschung kosten, dem Jungen nicht rechts und links ein paar Ohrfeigen zu geben. Sie hatte Kallweit vorhin am Dammtorbahnhof schon einmal kurz gesehen. Er hatte in einem Polizeibulli gesessen und auf ihre Frage, ob er die Tat zugebe, lächelnd geantwortet: »Sicher.«

»Sicher? Das ist deine Antwort?«

»Sie haben doch gefragt.«

»Findest du das hier lustig?«

»Nein. Wieso?«

»Soll ich dir einen Spiegel geben?«

»Ich wüsste nicht, wieso.«

Claudia war daraufhin ins Freie gesprungen, hatte die Tür des Bullis zugeworfen und etwas gesucht, woran sie ihre Wut auslassen konnte. Ein Papierkorb musste dran glauben, gegen den sie mit aller Macht trat. Es trug ihr ein paar verwunderte Blicke von Schaulustigen ein, war aber dennoch eine große Erleichterung.

Bevor sie dem Jungen nun hier im Präsidium erneut gegenübertreten musste, wollte sie noch einmal zur Ruhe kommen. Sie sah Takeda neugierig an und fragte: »Erzählen Sie mal. Was war gestern Nacht los? Waren Sie wieder einmal im *Hotoke* und haben die Geheimnisse des Single-Malt-Whiskys ergründet?«

Claudia wusste, dass Takeda in dem kleinen japanischen Restaurant im Hamburger Hafen Stammgast war. Er hatte dort sogar eine persönliche Flasche Whisky, auf der sein Name in japanischen Zeichen stand. Er trank möglichst nur Suntory Yamazaki, achtzehn Jahre alt. Er kostete über dreihundert Euro die Flasche, was Takeda aber nicht davon abhielt, an gut gelaunten Abenden mehr als eine davon zu leeren.

Takeda schüttelte lachend den Kopf. »Nein, nein. Ich war nicht im *Hotoke*. Aber mit dem Whisky haben Sie leider dennoch recht.« Er kniff die Augen zusammen und drückte sich demonstrativ mit den Zeigefingern auf die Schläfen. »Aber was ist mit Ihnen? Wie haben Sie den Abend verbracht?«

Claudia lächelte. »Ich war joggen und bin früh ins Bett gegangen. Keine nächtlichen Ausflüge, kein Alkohol. Ich war ein braves Mädchen.«

Takeda senkte schüchtern den Blick. Vermutlich war ihm nicht ganz klar, ob sich hinter dem Ausdruck *braves Mädchen* etwas Anzügliches verbarg. Mit Claudias immer mal wieder leicht anzüglichen Bemerkungen konnte er nicht gut umgehen. So deutsch war er dann doch noch nicht.

In diesem Falle aber waren Claudias Worte nichts als die Wahrheit. Sie war wirklich brav gewesen, wie schon in den ganzen zurückliegenden Tagen und Wochen. Keine Partynächte, keine Männergeschichten, nicht einmal ein ordentliches Besäufnis mit ihrer Freundin Gudrun. Ihr war einfach nicht danach. Es überraschte sie selbst am meisten. Noch vor wenigen Monaten hätte sie so ein Leben – ohne Exzesse, ohne verrückte Abenteuer, ohne One-Night-Stands – nicht ausgehalten. Besser gesagt, sie hätte sich selbst nicht ausgehalten.

Aber die Dinge hatten sich verändert. Sie hatte sich verändert. Warum? Wegen Takeda? Eine gewisse Rolle spielte er auf jeden Fall dabei.

Claudia genoss es, mit dem Inspektor zusammen zu sein, im Dienst, aber auch abseits der Polizeiarbeit. Sie waren in den zurückliegenden Wochen ein paar Mal gemeinsam abends unterwegs gewesen, waren in Jazzclubs, im Kino, auf Konzerten gewesen. An den Wochenenden hatten sie lange Spaziergänge am Elbstrand von Övelgönne unternommen. Erst vor zwei Tagen waren sie dort gewesen. Ein kalter Wind wehte über den Fluss, und Takeda trug zu seinem Trench eine FC-St.-Pauli-Pudelmütze, die die Kollegen ihm geschenkt hatten. Claudia lachte ihn von Herzen aus. Er lief rot an und stopfte die Mütze verschämt in die Manteltasche. Claudia bat ihn inständig, sie wieder aufzusetzen.

»Aber Sie lachen über mich!«, sagte der Inspektor.

»Doch nur, weil sie so süß damit aussehen.«

»Süß?«

»*Kawaii*«, erklärte sie. Das Wort hatte sie noch vor Takedas Ankunft in ihrem Wie-ticken-Japaner-Seminar gelernt, das sie in Vorbereitung auf ihre Zusammenarbeit besuchen durfte. »*Kawaii* heißt doch süß, oder?«

Takeda nickte und sagte gepresst: »*Kawaii* ist eigentlich ... also es ist mehr ein Wort für Mädchen oder junge Frauen. Finden Sie, dass ich ...«

»Unsinn«, fiel Claudia ihm ins Wort. »Was ich sagen wollte, ist ...« Sie räusperte sich, fuhr dann fort: »Einen schönen Mann kann nichts entstellen.«

Takedas und ihr Blick begegneten sich, er lächelte, sie lächelte.

Claudia leerte ihren Kaffeebecher und schüttelte die Erinnerungen ab. Zu mehr als Komplimenten war es zwischen ihnen nicht gekommen. Und das war auch gut so. Schließlich waren sie in erster Linie eben doch Kollegen, mussten tagtäglich zusammenarbeiten. Es lief ganz gut. Warum die Dinge also unnötig verkomplizieren?

»Kommen Sie, Ken. Fahren wir wieder hoch und knöpfen uns diesen Simon Kallweit vor.«

Claudia und Takeda traten gerade aus dem Lift im vierten Stock des Präsidiums, als die Stimme von Holger Sauer, dem Leiter der Mordkommission, durch den Korridor hallte: »Kollegin Harms, einen Moment bitte.«

»Was ist denn? Wir sind wirklich verdammt busy, Chef.« Claudia gab sich keinerlei Mühe, die Genervtheit in ihrer Stimme zu kaschieren. Sauer wusste sowieso, was sie von ihm hielt: nicht viel. Die Abneigung beruhte auf Gegenseitigkeit.

»Offenbar hatten Sie Zeit genug, ausführlich mit dem Kollegen Takeda Kaffee zu trinken.«

»Ausführlich? Es waren gerade einmal …«

»Vierzehneinhalb Minuten«, sagte Takeda mit einem demonstrativen Blick auf seine Uhr. Zugleich machte er eine zackige, fast schon militärisch anmutende Verbeugung in Richtung Holger Sauer, wie er es immer tat, wenn er ihrem Vorgesetzten gegenübertrat. Und wie immer hätte Claudia dabei am liebsten laut herausgelacht.

»Außerdem war es kein Kaffeetrinken, sondern die dienstlich gebotene Vorbesprechung, um die Verhörstrategie festzulegen«, sagte sie.

Holger Sauer strich sich über seinen angegrauten Schnauzbart, eine Geste, bei der Claudia ein kalter Schauer über den Rücken lief. Der Kommissionsleiter wollte etwas sagen, wandte sich dann aber zunächst an Takeda: »Warum gehen Sie nicht schon einmal rein und unterhalten sich mit dem Jungen, Inspektor. Ich muss noch kurz eine Sache mit der Kollegin Harms klären.«

»Selbstverständlich«, sagte Takeda. Er verbeugte sich erneut, ging dann den Flur hinab in Richtung des Zimmers, in dem der Teenager festgehalten wurde.

Claudia wartete ein paar Sekunden, wandte sich dann an Sauer: »Was ist denn jetzt so wichtig, Herr Sauer? Ich finde es nämlich keine gute Idee, Takeda das Verhör mit dem Jungen alleine machen zu lassen.«

Sauer machte eine dämpfende Handbewegung, fragte dann mit überraschend angespannter Stimme: »Hat bei Ihnen eigentlich nichts geklingelt, als Sie seinen Namen gehört haben? Simon Kallweit?«

»Nein, wieso?«

»Sie sind auch nicht auf die Idee gekommen, einmal nachzuforschen?«

Claudia kniff die Augenbrauen zusammen, sagte mit einem unguten Gefühl: »Kommen Sie schon, Sauer. Worum geht es?«

Der Kommissionsleiter ließ ein erschöpftes Seufzen hören, setzte gerade zu einer Erklärung an, als Claudia sagte: »Sagen Sie jetzt nicht ... ist der Junge etwa der Sohn von *dem* Kallweit.«

»Genau so ist es. Und Kallweit senior sitzt jetzt mit seiner Frau und seinem Anwalt in meinem Büro.«

»Ach du Scheiße!«

»Es kommt selten vor, dass wir einer Meinung sind, Frau Harms. Aber in diesem Fall teile ich Ihre Einschätzung vollkommen.«

3.

Takeda blickte sich noch einmal um, bevor er den Raum mit dem Beschuldigten betrat. Am anderen Ende des Korridors sah er Claudia im Gespräch mit Holger Sauer. Offenbar regte sie sich sehr über etwas auf. Takeda hatte keine Ahnung, ob es mit ihrem Fall zu tun hatte und warum Sauer ihn offenbar nicht mit ins Vertrauen ziehen wollte.

Der Inspektor legte die Hand auf die Türklinke, holte noch einmal Luft, bevor er den Raum betraut. Ihm war klar, dass es bei der folgenden Vernehmung nicht darum ging, den Verdächtigen seiner Tat zu überführen, ihn zu ungewollten Aussagen zu drängen oder in Widersprüche zu verwickeln. Es ging allein darum, sich ein Bild des Jungen zu machen, seine Motive zu ergründen und die Tatumstände aktenfest zu machen, wie die deutschen Kollegen es nannten. Die Sache würde wohl recht schnell bei der Staatsanwaltschaft und dann vor Gericht landen.

Trotzdem verspürte der Inspektor ein gewisses Zögern. Vermutlich lag es am jugendlichen Alter des Täters. Er hatte bisher nur wenig mit jungen Deutschen zu tun gehabt. Ihm war klar, dass sie ihm gleich in zweifacher Hinsicht fremd waren. Sie stammten nicht nur aus einem anderen Land, einer anderen Kultur, sie gehörten auch einer anderen Generation an. Beides zu überbrücken war eine ziemliche Herausforderung.

Takeda öffnete die Tür und betrat den Raum. Der uniformierte Kollege, der Kallweit bewachte, stand behäbig von seinem Stuhl auf, tippte sich mit dem Finger an die Stirn und sagte, offenbar mehr in Richtung des jungen Simon Kallweit: »Hast Glück gehabt, Junge, unser Samurai kümmert sich um dich. Solltest du als Ehre betrachten.«

Während der Junge hochsah und von Takedas Anblick überrascht schien, zeigte das Gesicht des Inspektors ein müdes Lächeln. Er fragte sich, wann sich die Kollegen wohl endlich an seine Anwesenheit gewöhnen würden und keine seltsamen Späße mehr machten. Das mit dem Samurai war ja noch harmlos. Er hatte auch schon mitbekommen, dass sie ihn hinter seinem Rücken Pokemon oder Sushi-Cop nannten.

Zu dem Uniformierten sagte Takeda: »Ich muss Ihnen leider sagen, dass es in Japan keine Samurais mehr gibt. Stellen Sie mich doch nächstes Mal besser als Godzilla oder Hello Kitty vor.«

»Was? Wen?«

Takeda lächelte. »Sehen Sie, Sie haben keine Ahnung.«

»Tut mir leid, Kollege. War nicht böse gemeint.«

Der Inspektor winkte ab. »Schwamm drüber.«

Ihm war nicht entgangen, dass Simon Kallweit dem kurzen Geplänkel aufmerksam gefolgt war. Sein Gesicht zeigte ein noch größeres Erstaunen, als ihm offenbar klar wurde, dass Takeda wirklich Japaner war. Der Inspektor wusste natürlich nicht, was der Junge mit dem Land oder der Tatsache, dass er von dort stammte, verband, aber es ließ ihn offenbar nicht kalt.

Zu seinem Kollegen gewandt sagte der Inspektor: »Ich würde mich jetzt gerne mit dem jungen Mann alleine unterhalten. Wenn Sie daher vielleicht …«

»Verstehe schon. Allerdings ... Er ist nicht gesichert. Soll ich ihm nicht lieber eine Acht anlegen, bevor Sie alleine mit ihm sind?«

Takeda schüttelte lächelnd den Kopf. Er wusste, dass mit der *Acht* Handschellen gemeint waren. »Das ist kein Problem. Ich komme gut zurecht.«

Der Beamte grinste. »Weiß ich doch, *Sensei.* Mit unserem S-Bahn-Schubser hier werden Sie spielend fertig! Seit Sie im Polizeisportverein trainieren, hat die Aikido-Sparte mehr als doppelt so viele Mitglieder bekommen ... Sie sind Legende, Mann. Eben doch ein Samurai. Ich weiß Bescheid!«

Takeda kommentierte den Spruch des Kollegen mit einem stummen Lächeln. Der lag mit seinem Sprüchen näher an der Wahrheit, als ihm vermutlich klar war, schließlich stammte Takeda tatsächlich aus einem altehrwürdigen Samurai-Geschlecht, dessen Ursprünge bis in die Kamakura-Zeit vor fast eintausend Jahren zurückreichten. Verschiedene Zweige des Takeda-Clans hatten während aller Perioden der japanischen Geschichte, die seitdem gefolgt waren, immer wieder bedeutende Rollen gespielt ... aber nun war wirklich nicht die Zeit, sich darüber auszulassen. Es gab Wichtigeres zu tun.

Nachdem der Uniformierte den Raum verlassen hatte, nahm Takeda einen Stuhl und stellte ihn so hin, dass er Simon Kallweit direkt gegenübersaß.

Anstatt dem Jungen nun Fragen zu stellen, tat er zunächst aber nichts. Er schwieg. Denn anders als die meisten Deutschen wusste Takeda sehr gut, dass man Gespräche, mitunter sogar die besten und vielsagendsten, durchaus ohne Worte führen konnte. Nichts anderes galt für Verhöre. Keine Fragen, keine Antworten. Alles blieb stumm. Und doch erfuhr man eine ganze Menge.

Deswegen dachte der Inspektor gar nicht daran, den Jungen auf klassische Weise zu verhören. Noch nicht. Stattdessen blieb er auf seinem Platz sitzen und betrachtete Simon Kallweit, nahm die kleinen Gesten und unwillkürlichen Körperbewegungen wahr.

Simon Kallweit war groß gewachsen, bestimmt einen Kopf größer als Takeda, hatte schmale Schultern und dünne Arme. Seine Hände waren feingliedrig und sensibel. Die Hände eines Musikers, dachte Takeda, er tippte auf Klavier. Vielleicht auch Geige. Er trug hellbraune Jeans, Sneakers, ein Sweatshirt, das zu Takedas Erstaunen das Konterfei einer recht bekannten Manga-Figur zeigte, mit der der Inspektor sogar den Vornamen teilte: Ken Kaneki.

Je länger das Schweigen dauerte, desto nervöser wurde Simon Kallweit. Er begann an den Fingernägeln zu kauen, sah Takeda immer wieder kurz an, senkte aber sofort wieder den Blick. Auf die Weise vergingen gute zehn Minuten, und schließlich war es Simon Kallweit, dem offenbar so mulmig zumute wurde, dass er die Stille nicht länger ertrug. Er fragte: »Sind Sie wirklich Japaner?«

»Ja.«

»Und ... äh, was machen Sie dann hier?«

»Was denkst du, was ich mache?«

»Keine Ahnung. Praktikant oder so?«

Takeda musste unwillkürlich lächeln. »Hospitant würde es vermutlich besser treffen. Aber auch das stimmt nicht ganz. Ich bin im Rahmen eines Austauschprogramms in Hamburg, aber ich bin vollwertiges Mitglied der deutschen Polizei. Eigentlich arbeite ich beim *Keishichō* in Tokio, das ist ...«

»Ich weiß, das Polizeihauptquartier. Dieses riesige dreieckige Gebäude gegenüber vom Kaiserpalast.«

»Du kennst dich gut aus. Warst du einmal in Tokio?«

Simon zeigte ein kurzes, schüchternes Lächeln, schüttelte den Kopf. »Nein, leider nicht. Aber im *Keishichō* arbeitet doch Inspektor Megure. Sie wissen schon, der von *Conan Edogawa*. Habe ich gelesen, als ich klein war.«

Takeda nickte. Inspektor Megure war eine Figur in der berühmten Manga-Serie um den jugendlichen Detektiv Conan. Er arbeitete ebenfalls im Tokioter Polizeipräsidium. Während der junge Conan ein wahres Genie war und die kniffeligsten Fälle löste, kam Megure recht tollpatschig daher, war aber alles in allem sympathisch. Übrigens waren die Namen beider Figuren nicht wirklich japanisch, es waren Anspielungen auf ihre europäischen Vorbilder. Während der Inspektor nach Inspektor Maigret benannt war, war Conans Name von dem berühmten Arthur Conan Doyle abgeleitet, dem Schöpfer des in Japan ungeheuer populären Sherlock Holmes.

»Dann interessierst du dich wohl für Manga?«, fragte Takeda.

»Mehr als für alles andere.«

»Welche magst du besonders?«

»Alles mögliche. Zum Beispiel *Welcome to the NHK* oder *Rurōni Kenshin. Black Jack* finde ich auch gut.«

»*Black Jack* mag ich auch. Ein Meisterwerk von Osamu Tezuka.«

Simon grinste und sagte: »Ja, die alte Fassung ist nicht übel, aber die Neo-Ausgabe gefällt mir besser. Der Zeichenstil ist moderner.«

Takeda wusste, dass Manga inzwischen auf der ganzen Welt und besonders auch in Deutschland populär waren, zumindest bei der jüngeren Generation. Darum war er nicht allzu verwundert, in Simon Kallweit einen Fan der japanischen Comic-Kultur zu finden. Im Prinzip hätte er auch gerne weiter mit dem Jungen über Manga gesprochen, zumal er zu seiner eigenen Überraschung eine gewisse Sympathie für Simon empfand. Nun aber war es an der Zeit, die Strategie zu ändern.

Daher sagte der Inspektor unvermittelt: »Du hast einen Menschen getötet, Simon. Die Frau heißt Tatjana Gebers, ist neununddreißig Jahre alt und Mutter von zwei Kindern. Ihre Einzelteile, denn mehr ist von ihr nicht übrig, liegen in der Rechtsmedizin. Vielleicht sollten wir gemeinsam dorthin fahren und sie uns ansehen.«

Takedas Worte schnitten in die gerade noch so gelöste Atmosphäre, trafen den Jungen völlig unvorbereitet. Er zuckte regelrecht zurück, nahm eine in sich versunkene, ängstliche Körperhaltung ein.

»Möchtest du nichts dazu sagen?«, fragte Takeda.

Er erhielt keine Antwort und wiederholte seine Frage, doch der Junge blieb stumm. Takeda beobachtete ihn. Simon begann wieder, an seinen Nägeln zu knibbeln, steckte nun sogar einen Finger in den Mund und biss ein Stück Nagelhaut ab.

»Kann ich mein Handy haben?«, fragte er schließlich.

Takeda war überrascht, ließ sich aber nichts anmerken. »Warum?«

»Weiß nicht. Whatsapp checken und so.«

Der Inspektor schloss kurz die Augen. »Ich befürchte, du wirst dein Handy sehr lange nicht zurückerhalten. Das ist dir doch klar, oder? Du wirst ins Gefängnis kommen.«

Simon hob nun doch den Kopf, sah Takeda an, und der eingeschüchterte Ausdruck auf seinem Gesicht wich dem euphorischen Lächeln, von dem Claudia ihm schon erzählt hatte. »Sie glauben, ich komme ins Gefängnis?«

»Ganz bestimmt sogar.«

Simon Kallweit stieß ein kurzes Lachen aus, von dem Takeda nicht ganz sicher war, was es zu bedeuten hatte. Es klang ungläubig, vielleicht sogar eine Spur verächtlich. Die kurze Sympathie, die er gerade noch für den Jungen empfunden hatte, verflog schlagartig.

»Warum hast du es getan?«, fragte Takeda.

»Sie meinen das mit der Frau?«

»Warum?«

Simon Kallweit senkte den Blick, schien nachzudenken. Dann zuckte er mit den Schultern. »Weiß nicht.«

»Kanntest du sie?«

»Nein.«

»Hat sie dich vielleicht an jemanden erinnert?«

»Sie meinen zum Beispiel an meine Mutter? So ein Ödipus-Ding oder so?«

»Sag du es mir. Ist es so?«

»Nein.«

»Warum also?«

Wieder ließ sich der Junge Zeit mit seiner Antwort. Dann hob er den Kopf und zeigte wiederum sein eigentümliches Lächeln. Schließlich sagte er mit seltsam kehliger Stimme. »*Ore wa Ghouru da!*«

»Wie bitte?«

»Ist mein Japanisch so schlecht? Dann sage ich es halt auf Deutsch. Ich habe es getan, weil ich ein Ghoul bin!«

Takeda blickte den Jungen irritiert an. Er hatte mit vielem gerechnet, aber nicht damit.

4.

Als Claudia Holger Sauers Dienstzimmer betrat, war ihr klar, dass dieser Fall sich anders entwickeln würde, als sie und Takeda es noch vor wenigen Minuten erwartet hatten. Es würde kompliziert werden. Viel komplizierter, als es der so eindeutige Tathergang nahelegte.

Simon Kallweit war, wie sie jetzt wusste, der Sohn von Hartmut Kallweit. Und der war der amtierende Hamburger Justizsenator.

Als Sauer sie darauf aufmerksam gemacht hatte, hatte Claudia zunächst einen schwachen Versuch unternommen, die Dinge herunterzuspielen: »Und? Ändert das etwas? Auch Senatorensöhne begehen Verbrechen.«

Sauer verdrehte die Augen. »Seien Sie nicht naiv, Frau Harms. Wir haben es nicht mehr einfach nur mit einer Straftat zu tun, ganz egal, wie schrecklich die ist. Es geht jetzt um Politik. Das hier wird Wellen schlagen. Es ändert alles.«

Ausnahmsweise hatte Holger Sauer recht.

Es änderte alles.

Claudia trat hinter ihrem Vorgesetzten in das großzügige Dienstzimmer am Ende des Traktes, in dem die Mordkommission untergebracht war. Vierter Stock, Eckzimmer, großer Schreibtisch, viel Licht, Blick über den nahen Alsterlauf, Sofaecke. Vor dem bodentiefen Fenster stand eine Frau, vermutlich Astrid Kallweit, die Frau des Senators, Simons Mutter. Sie war schätzungsweise Ende vierzig, schlank, schön, ausdrucksvoll. Sie trug ein elegantes Kostüm und ursprünglich auch gut aufgetragenes Make up, das inzwischen von ihren Tränen verwischt war. Mitten im Raum standen zwei Männer, beide um die fünfzig, beide mit stoischen Mienen. Sie unterhielten sich leise miteinander. Claudia kannte Hartmut Kallweit von Fotos, ein großgewachsener Mann mit einem schütteren Haarkranz und einer unvorteilhaft großen Nase. Durch den gedeckten Anzug, die biedere Krawatte, das kultivierte, großbürgerliche Auftreten hätte man ihn wohl instinktiv eher in der CDU vermutet als bei den Sozialdemokraten. Aber das war natürlich Unsinn, denn wie alle, die in Hamburg etwas zu sagen hatten, gehörte Kallweit der SPD an. Ansonsten wusste Claudia nicht viel über ihn. Kallweit war in seiner Behörde beliebt, auch weil er selbstbewusst war und sich für seine Leute stark machte.

Der andere Mann im Raum war klein, untersetzt, glatzköpfig, die Wangen seines runden Gesichts fingen an herabzuhängen. Auch ihn kannte Claudia. Er hieß Lothar Röhler und war einer der renommiertesten Strafverteidiger der Hansestadt. Niemand, mit dem man sich streiten wollte. Besser gesagt, niemand, mit dem man überhaupt etwas zu tun haben wollte. Claudias Kollege Horst Kröger hatte mal gesagt, er wäre lieber mit einem Schwarm Piranhas in einer Badewanne als mit Röhler in einem Raum.

Holger Sauer nahm eine kurze Vorstellungsrunde vor. Claudia streckte ihre Hand aus, Astrid Kallweit, die Mutter des jungen Mörders, ergriff sie, ihr Mann hingegen beachtete sie nicht, bellte stattdessen: »Ich möchte meinen Sohn sehen. Auf der Stelle!«

Claudia wechselte einen kurzen Blick mit Sauer, der blinzelte ihr überraschend kumpelhaft zu, sagte zu Kallweit: »Aber selbstverständlich, Herr Senator. Ich kümmere mich sofort darum.«

Claudia führte die Begrüßung fort, und Röhler wiederum umschloss ihre ausgestreckte Hand mit seinen beiden kleinen, schwitzigen Händen und ließ sie nicht wieder los. Ihr stieg eine Duftwolke aus kaltem Zigarrenrauch und scharfem Rasierwasser in die Nase. Mit einem giftigen Lächeln sagte Röhler: »Ich hoffe für Sie, dass es bisher keinerlei Befragung von Simon Kallweit gegeben hat, die über die Feststellung seiner Personalien hinausging. Sollte es doch der Fall sein, hätten Sie dem Jungen das Recht auf anwaltlichen Beistand vorenthalten. Dann können Sie alles, was bisher gesagt wurde, sowieso vergessen, da es vor Gericht keinerlei Bestand haben wird. Und eine Dientaufsichtsbeschwerde gibt es gleich hinterher. Verstehen wir uns?«

Claudia lächelte zuckersüß, aber nicht weniger giftig. »Ich freue mich auch, Sie kennenzulernen, Herr Röhler.«

Sie konnte es überhaupt nicht leiden, wenn sie jemand so direkt anging, obwohl man noch nicht einmal Guten Tag gesagt hatte. Aber immerhin weckte so ein Verhalten ihre Verteidigungsreflexe. Kein Problem, mit diesem schleimigen Gollumverschnitt würde sie schon fertig.

Röhler lächelte unbeirrt und sagte mit penetrant leiser Stimme: »Sie sollten meine Worte nicht auf die leichte Schulter nehmen, Frau Harms. Ich muss wohl nicht erwähnen, dass in diesem Fall der Draht zu Ihren Vorgesetzten, und damit meine ich die oberste Etage, kurz ist.«

Diesmal schaffte Claudia es nicht mehr zu lächeln. »Hören Sie doch mit den albernen Andeutungen auf, Herr Röhler. Sie reden vom Innensenator? Bitte, rufen Sie ihn an. Da steht ein Telefon, falls Sie kein Handy dabei haben. Die Presse wird begeistert sein, wenn sie erfährt, dass der Justizsenator versucht, die Ermittlungen gegen seinen Sohn zu beeinflussen, und für diese Zwecke einen Amtskollegen einspannt.«

Eins zu null für mich, wie Claudia schadenfroh registrierte. Röhler lief rot an, murmelte etwas von infamen Unterstellungen, drehte sich von ihr weg. Kallweit selbst ballte die Hände, bis seine Knöchel weiß hervortraten. Seine Frau brach erneut in Tränen aus.

Holger Sauer machte eine beruhigende Handbewegung und bemühte sich um einen versöhnlichen Tonfall. »Kollegin Harms, reißen Sie sich doch bitte zusammen. Und Sie, Herr Röhler, darf ich daran erinnern, dass wir das hier gütlich über die Bühne bekommen wollen, oder etwa nicht? Ich glaube im Übrigen nicht, dass Herr und Frau Kallweit es wirklich auf eine Auseinandersetzung anlegen«, womit er sich zum Ehepaar Kallweit umdrehte und fortfuhr: »Es ist schlimm genug, was Sie als Eltern durchmachen müssen ... Also setzen Sie sich doch bitte erst einmal hin und trinken einen Kaffee. Ihrem Sohn geht es übrigens den Umständen entsprechend gut. Ich lasse sofort feststellen, in welchem unserer Gewahrsamsräume er sich befindet. Und selbstverständlich ist noch nichts geschehen, was über die erkennungsdienstliche Behandlung hinausgeht. Das stimmt doch, Frau Harms, oder?«

Claudia nickte stumm und musste sich eingestehen, dass sie ausnahmsweise von Holger Sauer beeindruckt war. Die erste Befragung von Simon Kallweit Takeda zu überlassen war ein geschickter Schachzug. Schließlich könnte Sauer immer behaupten, dass der Japaner lediglich dazu abgestellt war, um den Jungen zu bewachen und nicht, ihn zu befragen. Sollte Röhler dagegen vorgehen, ließe sich zur Not behaupten, dass Takeda nicht mit der deutschen Strafprozessordnung und den polizeilichen Dienstvorschriften vertraut sei. Das war zwar nicht nett gegenüber dem Inspektor, in diesem Fall aber dennoch hilfreich, das musste Claudia zugeben.

Die Atmosphäre beruhigte sich ein wenig, und tatsächlich nahmen die beiden Kallweits in der Sitzecke Platz. Der Anwalt trat vor das bodentiefe Fenster, blickte nach draußen, tat abgelenkt. In Wahrheit ließ er sich natürlich nicht eine Silbe von dem entgehen, was gesprochen wurde. Eine Assistentin brachte Mineralwasser und eine Kaffeekanne, Sauer schenkte höchstpersönlich ein, übersah dabei aber geflissentlich Claudias Tasse, so dass sie sich selbst einschenken musste. Blöder Affe!

Bevor die Assistentin den Raum verließ, wies Sauer sie an, den Tatverdächtigen ausfindig zu machen und ihn dann in einen

Raum zu bringen, der sich für die Begegnung mit den Eltern und dem Anwalt eignete. »Ach so, und gehen Sie doch bitte vorher kurz runter zu den Kollegen von der KTU und fragen nach, ob die Bilder von der Bahnhofskamera schon ins System gespielt sind.«

»Aber ...«

»Sofort, bitte.«

Die Assistentin verzog die Mundwinkel und verließ den Raum. Sie war beleidigt, weil Sauer das Ganze natürlich auch selbst per Telefon hätte erfragen können. Aber erneut war Claudia beeindruckt, denn Sauer ging es um nichts anderes, als die Begegnung der Eltern mit dem Jungen noch ein wenig hinauszuzögern und Takeda so mehr Zeit für sein Gespräch zu verschaffen. Sauer war genau wie ihr selbst klar, dass Röhler, sobald er mit Simon gesprochen hatte, sofort jede Aussage des Jungen unterbinden würde.

Nachdem alle Anwesenden einen Schluck Kaffee getrunken hatten, räusperte Hartmut Kallweit sich. Mit etwas versöhnlicherer Stimme fragte er: »Was genau ist denn jetzt überhaupt passiert? Der Beamte, der uns angerufen hat, hat zwar schon gesagt, dass ... dass Simon eine Frau vor die S-Bahn gestoßen haben soll. Aber Sie verstehen sicherlich, dass wir das einfach nicht glauben können. Nicht unser Simon!«

»Niemals ...«, fügte Astrid Kallweit mit brüchiger Stimme hinzu. Sie war kaum zu verstehen. »Simon würde niemals einem Menschen etwas antun. Er ist ein so ... zarter Junge.«

Sauer nickte verständnisvoll. »Dass die Sache Sie sehr schockiert, ist nur zu verständlich. Ich befürchte allerdings, dass der Sachverhalt recht eindeutig ist. Am besten schildert uns die zuständige Hauptkommissarin, die die Ermittlungen leitet, was als gesichert gelten kann. Frau Harms, würden Sie dann bitte ...«

Claudia räusperte sich und sagte: »Wie es aussieht, war Ihr Sohn, Herr und Frau Kallweit, heute morgen mit seiner Schulklasse und einem Lehrer, einem Herrn Brunkhorst, im Dammtorbahnhof. Die Schüler unternahmen eine Exkursion zum Botanischen Garten in Klein Flottbek, um dort eine pflanzenkundliche

Ausstellung zu besuchen. Während die Klasse auf die Bahn wartete, hat Ihr Sohn eine ebenfalls wartende Frau von hinten so gestoßen, dass sie vor den einfahrenden Zug stürzte. Die Frau wurde dabei getötet. Aus dem der Tat folgenden Verhalten Ihres Sohnes müssen wir schließen, dass er mit Absicht und wohl auch mit Einsehen in die tödlichen Folgen seines Tuns gehandelt hat.«

»Was meinen Sie damit? Welches Verhalten? Was wollen Sie denn damit sagen, um Himmels willen«, fragte Hartmut Kallweit in einer Mischung aus Wut und Verzweiflung.

Claudia schloss kurz die Augen, rief sich in Erinnerung, was Simons Mitschüler den Beamten gesagt hatten, die als Erste vor Ort gewesen waren. Simon Kallweit hatte nach dem tödlichen Vorfall auf seine Hände gestarrt und gelächelt – dasselbe Lächeln, das er später dann auch ihr gegenüber gezeigt hatte. Reue? Zweifel? Gewissensbisse? Nichts davon.

»Ihr Sohn scheint stolz auf das zu sein, was er getan hat. So stellt es sich uns zurzeit dar«, sagte Claudia knapp. »Auch ich habe vorhin kurz mit Simon gesprochen, was aber selbstverständlich nicht als offizielle Vernehmung gilt ... Jedenfalls hat Simon zugegeben, dass er die Frau gestoßen hat. Und auch ich konnte nicht erkennen, dass er sein Verhalten in irgendeiner Form bereut.«

Im Raum herrschte für einige Sekunden eine gespannte Stille. Dann sagte Hartmut Kallweit: »Sie sagen nicht weniger, als dass mein Sohn ein kaltblütiger Mörder ist. Verstehe ich das richtig?«

Claudia wechselte einen kurzen Blick mit Sauer, sagte: »Ob es sich um Mord handelt, ist letztlich eine juristische Einschätzung. Das wissen Sie doch genau. Ich würde allerdings tatsächlich sagen, dass Ihr Sohn wissentlich und mit voller Absicht den Tod eines Menschen herbeigeführt oder zumindest in Kauf genommen hat.«

Astrid Kallweit begann erneut aufzuschluchzen, ihr Mann und der Anwalt wechselten stumme Blicke. Lothar Röhler setzte gerade zu einer Wortmeldung an, als Kallweit herrisch die Hand hob und ihn zum Schweigen brachte. Der Senator stand von seinem

Sitz auf, machte ein paar Schritte durch den Raum, drehte sich dann zu Sauer und Claudia um.

»Ich sage Ihnen, was hier los ist. Es geht hier nicht um meinen Sohn. Es geht um mich. Mir soll hier etwas angehängt werden! Merken Sie das denn gar nicht? Mein Sohn, ein Mörder? Unsinn! Niemals! Aber das ist egal, verstehen Sie? Wenn das einmal in der Welt ist, dann bin ich erledigt! Meine politische Karriere – vorbei! Dann kommt nur noch Rücktritt in Frage! Dann bin ich tot. Politisch tot.«

Im Raum herrschte eine betäubte Stille, auch wenn die Anwesenden wohl aus unterschiedlichen Motiven schwiegen. Lothar Röhler, weil er die Reaktion der Polizisten abwarten wollte, Astrid Kallweit, weil sie vor Trauer nicht mehr sprechen konnte. Hartmut Kallweit, weil ihm die eigene Erregung die Kehle zuschnürte, Holger Sauer, weil er zu feige war, etwas zu sagen. Und Claudia Harms, weil sie erst einmal verdauen musste, dass dieser Mann die Stirn hatte, sich zum Opfer einer Tat zu machen, die sein Sohn begangen hatte und bei der eine unschuldige Frau ums Leben gekommen war.

Schließlich war Claudia es dann auch, die das Schweigen brach. Sie sagte: »Ich habe volles Verständnis für Ihren Zorn, Herr Kallweit. Für Ihre Verzweiflung. Es ist nur leider so, dass Ihr Sohn, wie schon erwähnt, seine Tat vollumfänglich gesteht. Außerdem gibt es unzählige Zeugen, die ihn beobachtet haben. Bald werden wir auch die Kameraaufzeichnung aus dem Bahnhof haben. Vielleicht gibt es zudem Handy-Aufzeichnungen von Simons Mitschülern. Sie werden sich leider damit abfinden müssen, dass die Dinge genauso sind, wie ich sie dargestellt habe. Ihr Sohn hat einen Menschen getötet. Es hat nichts mit Ihnen oder ihrem politischen Amt zu tun. Ich wünschte, ich könnte Ihnen etwas anderes sagen. Aber das kann ich nicht.«

Plötzlich redeten alle durcheinander. Hartmut Kallweit, der Claudia erneut der Lüge, zumindest aber eines tragischen Irrtums bezichtigte. Lothar Röhler, der auf Sauer einredete und alle Aussagen von Simon Kallweit, mit denen er möglicherweise die Tat zugegeben haben könnte, für nichtig erklärte. Holger Sauer, der um Ruhe bat und vorschlug, erst einmal den weiteren Gang der Ermittlungen abzuwarten. Claudia, die ihre Darstellung verteidigte und ihr Bedauern wiederholte.

Dann aber ließ ein langgezogener, ohrenbetäubender Schrei den Lärm verstummen. Das Geräusch erinnerte an ein sterbendes Tier, war ein Laut existentieller Verzweiflung. Alle im Raum starrten auf Astrid Kallweit, die sich taumelnd von ihrem Sitz erhoben hatte und mit schmerzverzerrtem Gesicht schrie, einfach nur noch schrie.

Erst als Hartmut Kallweit seine Frau umarmte – es war die erste Berührung des Ehepaares, seit sie hier im Raum waren –, beruhigte sie sich etwas. Sie atmete hechelnd, und ihr Schreien ging in ein Wimmern über. Schließlich sagte sie mit schwacher Stimme: »Ich will meinen Sohn sehen. Er hat niemandem etwas getan. Ich will ihn sehen und nach Hause bringen, ich bin doch seine Mutter!«

Claudia schluckte. Das hier war mal wieder einer von diesen richtig beschissenen Momenten in ihrem Job. Dachten die Täter, die Mörder, die Vergewaltiger, Einbrecher eigentlich niemals daran, dass sie mit ihren Taten noch viel mehr Opfer produzierten als die, gegen die sie ihre Taten richteten? War ihnen klar, dass sie Ehepartner, Freunde, Eltern ebenfalls etwas antaten? So viele blieben auf der Strecke, nur weil ein Einziger auf die Regeln schiss.

Claudia war dankbar, dass Holger Sauer es übernahm, Astrid Kallweit sanft, aber unmissverständlich auf die Realität aufmerksam zu machen. Mit vorsichtiger Stimme erklärte er: »Sie können Ihren Sohn nicht mitnehmen, Frau Kallweit. Simon wird dem Haftrichter vorgeführt, und der wird entscheiden, was mit ihm geschieht. Aber wir gehen davon aus, dass Ihr Sohn vorerst in Gewahrsam bleibt. So ist es nun einmal bei Tötungsdelikten, auch wenn der Beschuldigte im Jugendalter ist.«

Aus dem Körper der Frau wich alle Spannung. Sie schien sich kaum noch auf den Beinen halten zu können. Hartmut Kallweit sagte zu seinem Anwalt: »Lothar, bring Astrid bitte vor die Tür. Notfalls holst du einen Krankenwagen. Ich komme nach, ich möchte noch kurz …«

»Aber, Hartmut, wäre es nicht besser, wenn ich mit den Beamten …«, sagte der Anwalt.

»Sofort, Lothar!«

Röhler gehorchte, legte nun seinerseits den Arm um Astrid Kallweit und führte sie hinaus.

Erst als die Tür des Raumes wieder geschlossen war, sagte Hartmut Kallweit mit nun erstaunlich gefasster Stimme: »Die Dinge werden sich aufklären, so oder so. Ich habe nur eine Bitte, Frau Harms, Herr Sauer. Halten Sie unseren Namen aus den Medien heraus. Den von Simon sowieso, aber auch meinen und den meiner Frau. Zumindest bis wir wissen, was wirklich passiert ist.«

»Selbstverständlich, Herr Senator. Ihr Sohn ist siebzehn Jahre alt, und bei minderjährigen Tätern gibt es ohnehin ein Abkommen mit der Presse, keine Namen zu nennen. Ich denke, da müssen Sie sich keine Sorgen machen.«

Kallweit schnaubte abschätzig. »Sie kennen die Medien nicht … aber egal, tun Sie einfach alles, was in Ihrer Macht steht. Das hier ist für uns alle weiß Gott nicht einfach. Aber wenn es an die Öffentlichkeit dringt, dann ist es fast egal, ob mein Sohn wirklich etwas verbrochen hat oder nicht. Dann ist es vorbei. Die Konsequenzen, die es für mich hat, sind im Grunde ganz egal. Ich kann notfalls damit klarkommen. Aber mein Sohn hat sein Leben noch vor sich. Auf ihn müssen wir achtgeben.«

Zum ersten Mal spürte Claudia so etwas wie Sympathie für den Mann. Hinter der so professionellen Fassade erkannte sie Fürsorglichkeit, erkannte sie Verletzlichkeit.

Sauer nickte verständnisvoll. »Sie können sich auf uns verlassen, Herr Senator. Das verspreche ich Ihnen.« Dann blickte er zu Claudia und sagte: »Das ist auch bei Ihnen angekommen, Frau Harms?«

»Ich bin nicht taub, Chef.«

5.

Am nächsten Morgen um kurz nach acht Uhr saß Inspektor Takeda an seinem Schreibtisch im Polizeipräsidium und las in einem Manga, in einem Band von *Tokyo Ghoul*. Er hatte dunkle Ringe unter den Augen, war unrasiert und sah insgesamt ziemlich übernächtigt aus, was daran lag, dass er tatsächlich kaum geschlafen hatte. Er hatte die Nacht in seinem Dienstzimmer verbracht, war zwar hin und wieder eingenickt, hatte aber alles in allem genau das getan, was er auch jetzt tat, nämlich Manga gelesen.

In Japan wäre beides nicht wirklich ungewöhnlich gewesen, also weder dass ein Angestellter oder Beamter die Nacht hindurch arbeitete, noch dass er ein Buch mit Bildergeschichten las.

In Japan waren Manga nun einmal Teil der Kultur, wurden weder belächelt, noch als Lektüre für Kinder und Ungebildete abgetan. Im Gegenteil, der Anblick berufstätiger Männer und Frauen, die in den Bahnen, den Cafés oder eben am Schreibtisch im Büro ein Manga lasen, war völlig normal. Manga-Bücher und -magazine erzielten Millionenauflagen. *Animes*, also die Adaptionen als Fernsehserien oder Kinofilme, waren Kassenschlager. Berühmte Zeichner wie Osamu Tezuka, der sogenannte Gott des Manga, galten als hochverehrte Repräsentanten der japanischen Kultur. Für das Werk von Tezuka gab es sogar ein eigenes Museum.

Die Frage, warum Manga in Japan derart populär waren, war schwierig zu beantworten. Zum einen fanden sich schon in der alten japanischen Kultur mangaähnliche Produkte wie die Emaki-Bildrollen oder die berühmten Kibyōshi aus der Edo-Zeit. Aber natürlich spielte der Einfluss der amerikanischen Comics, insbesondere nach dem Zweiten Weltkrieg, eine große Rolle. Hinzu kam, dass die Japaner aufgrund ihrer komplizierten Schriftzeichen ohnehin keine so scharfe Trennlinie zwischen Text und Bild zogen, wie es in den westlichen Kulturen üblich war.

Inzwischen war es nicht übertrieben, zu sagen, dass Manga von Japan ausgehend zu einem weltweit verbreiteten Medium geworden waren, auch wenn sie außerhalb Japans in erster Linie Kinder und Jugendliche ansprachen. In jeder Buchhandlung gab es inzwischen Regale voller Manga, die zum Teil sogar von deutschen Autoren und Zeichnern produziert wurden. Künstlerisch hochwertige Anime lockten auch Erwachsene in die Kinos. *Chihiros Reise ins Zauberland* von Hayao Miyazaki hatte sogar einen Oscar gewonnen.

Takeda selbst las normalerweise Sport-Manga, also Serien wie *One Outs* oder *Kaze no Daichi*, deren Geschichten in der Welt des Baseballs oder Golfs angesiedelt waren. In nostalgischen Momenten griff er auch zu alten Serien wie *Dr. Slump* oder *Lupin III*, die ursprünglich vor Jahrzehnten erschienen waren, aber immer noch populär waren.

Im Laufe der zurückliegenden Wochen waren so einige Manga, die der Inspektor aus Japan mitgebracht hatte, aus seiner Wohnung hier ins Präsidium gewandert und füllten die unterste Schublade seines Schreibtisches. Immer wenn er sich für einige Augenblicke entspannen wollte, zog er eines der Bücher hervor. Als Claudia ihn einmal dabei beobachtet hatte, konnte sie sich eine spöttische Bemerkung nicht verkneifen. »Sie lesen Manga? Was kommt als Nächstes? Füttern Sie Ihr Tamagotchi?«

»Nein, ich zeige Ihnen den Hello-Kitty-Sticker, den ich auf meine Dienstmarke geklebt habe.«

»Jetzt mal im Ernst, Ken. Sie sind ein so kultivierter Mann. Sie machen Teezeremonie, spielen Saxophon, sind Kampfkunstmeister – und dann lesen Sie so einen Quatsch?«

»Jetzt mal im Ernst, Claudia«, entgegnete Takeda lächelnd. »Sie sind Polizistin, arbeiten bei der Mordkommission, sind eine tolle Frau – und Sie kümmern sich morgens als Erstes um Ihre Tiere in Ihrem Online-Zoo, gucken im Internet immer die neueste Folge von *Rote Rosen* und unterhalten sich mit Ihren Zimmerpflanzen?«

Claudia brach in schallendes Gelächter aus, fragte dann: »Woher wissen Sie das von *Rote Rosen*?«

»Ich hab gehört, wie Sie mit Christine Meltendorf von der KTU darüber gesprochen haben.«

Claudia zuckte mit den Schultern. »Wir haben halt alle unsere kleinen Schwächen.«

»Eben«, sagte Takeda und lächelte.

In der vergangenen Nacht hatte der Inspektor keines seiner alten, mitgebrachten Manga gelesen. Er hatte sich stattdessen *Tokyo Ghoul* auf sein Smartphone geladen, denn natürlich gab es Manga auch als elektronische Version. Er kannte die Serie nicht, auch wenn sie ihm aufgrund ihrer weltweiten Popularität ein Begriff war. Worum es in ihr ging, war ihm bisher jedoch nicht so recht klar.

Simon Kallweit selbst hatte ihn darauf gebracht, nicht nur durch das Sweatshirt, das er trug und das Ken Kaneki, die Hauptfigur der Serie, zeigte, sondern besonders durch den Satz, mit dem er sich von Takeda verabschiedet hatte, sogar auf Japanisch: *Ore wa Ghouru da!* Ich bin ein Ghoul!

War der Satz der makabre Scherz eines aus dem Ruder gelaufenen Teenagers? Immerhin hatte er damit Takedas Frage nach dem Motiv beantwortet, warum er die Frau vor die S-Bahn gestoßen hatte.

Hatte Simon also mit dem Hinweis auf das Manga tatsächlich seine Beweggründe für die Tat offengelegt?

Im Laufe der Nacht hatte Takeda erfahren, dass *Tokyo Ghoul* eine Mischung aus Horror-Manga und Fantasy war, obwohl die Geschichte durchaus in der realen Welt spielte. Unter den normalen Menschen in Tokio lebten sogenannte Ghoule, eine Mischung aus Zombie und Vampir. Sie töteten Menschen, um sich von deren Fleisch zu ernähren, begingen aber immer wieder auch aus purer Mordlust Verbrechen. Ken Kaneki ist ein junger Student, der durch einen Unfall in einen Halb-Ghoul verwandelt wird. Obwohl er sich dagegen wehrt, muss auch er fortan Menschenfleisch essen, da er wie alle Ghoule normale Nahrung nicht mehr verträgt. Kaneki wird also zum Mörder. Er schließt sich einer Gruppe anderer Ghoule an, die versuchen, möglichst ohne Fleischverzehr zu überleben, was ihnen aber nicht immer gelingt. Außerdem werden sie von einer Spezialtruppe der Menschen-Polizei gejagt, die die blutrünstigen Wesen bekämpft. Und es kommt immer wieder zu erbitterten Kämpfen zwischen den Ghoulen, die untereinander im Krieg liegen.

Das Besondere an dem Manga war, dass er eine melancholische Stimmung erzeugte, der auch Takeda sich nicht entziehen konnte. Die Hauptfigur war ein nachdenklicher Einzelgänger, der sich für Literatur interessierte und mit dem sich viele Teenager sicherlich identifizieren konnten.

Offenbar auch Simon Kallweit.

Ging seine Identifikation aber wirklich soweit, dass er, um seinem Vorbild Ken Kaneki zu gleichen, Menschen tötete?

Takeda verspürte einen tiefen Schrecken, als ihn dieser Gedanke überkam. Denn wenn es wirklich so war, würde es bedeuten, dass Japan nicht nur Manga zu einem weltweiten Exportschlager gemacht hatte – sondern auch deren dunkle Seite.

Manga, wie man in Japan schon seit längerem wusste, konnten süchtig machen, konnten dazu führen, dass sich vor allem junge Leser von der Außenwelt abwandten und nur noch in der Welt der Manga lebten.

Dann waren sie sogenannte *Otaku*, was übersetzt einfach nur Haus bedeutete. Was es meinte, war die Sorte von Manga-, Anime- oder Videospiel-Nerds, die nur noch für ihr Hobby lebten und zunehmend den Kontakt zur Wirklichkeit verloren.

Otaku hatten in Japan nicht zuletzt durch eine Reihe von grausamen Verbrechen auf sich aufmerksam gemacht.

Angefangen hatte es in den späten achtziger Jahren mit dem Fall von Tsutomu Miyazaki, der als *Otaku*-Mörder und Kannibale von Saitama ins Gedächtnis der Japaner einging. Er hatte mehrere junge Mädchen ermordet und teilweise verspeist. Nach seiner Verhaftung stellte sich heraus, dass er zurückgezogen in einer Wohnung hauste, wo er seine Zeit mit Manga und Videofilmen verbrachte.

Aber auch andere grausame Verbrechen wurden, zu recht oder unrecht, mit *Otaku* in Verbindung gebracht, und zwar vor allem dann, wenn die Täter jung waren, sich von der Außenwelt abgewandt hatten und exzessiv Manga und Spiele konsumierten.

Heutzutage war der Begriff nicht mehr wirklich negativ. Neuerdings galten *Otaku* als Individualisten, die furchtlos ihren speziellen Interessen frönten und auf diese Weise den oftmals so rigiden Zwängen der japanischen Gesellschaft trotzten.

Aber die düstere Seite der *Otaku* war keineswegs vergessen, und so fragte Takeda sich, ob das vielleicht die Erklärung war für das, was am gestrigen Morgen auf dem Dammtorbahnhof geschehen war.

War Simon Kallweit ein *Otaku*? Oder genauer ein deutscher *Otaku*-Mörder?

Tatsächlich empfand Inspektor Takeda bei dem Gedanken eine tiefe Scham, denn wenn es wirklich so war, dann hieße das, dass er selbst, ein Japaner, ein Repräsentant der japanischen Kultur, eine gewisse Mitschuld an dem Geschehen des Vortages trug.

6.

Der Inspektor wurde jäh aus seinen Gedanken an Manga, Ghoule und entsprechende Verbrechen gerissen, als die Tür zum Dienstzimmer aufsprang. Es war Claudia, wer sonst? Seine Kollegin klopfte nämlich nie an oder öffnete die Tür zunächst nur vorsichtig einen kleinen Spalt, bevor sie eintrat, wie es eine Japanerin getan hätte. Claudia stürmte einfach in den Raum, als wäre sie auf der Flucht vor irgendetwas, und dass sie dadurch andere Leute furchtbar erschreckte, bemerkte sie überhaupt nicht.

Claudia knallte ihre Winterjacke auf die Ablage und warf sich in ihren Schreibtischstuhl, wo sie dann wortlos und mit verkniffenem Gesichtsausdruck sitzen blieb.

Takeda blickte sie verunsichert an. »Ist alles in Ordnung?«

»Sehe ich so aus?«

»Um ehrlich zu sein, nein.«

»Was ist los?«

»Nichts.«

Takeda nickte ernsthaft. Er war es inzwischen gewohnt, dass Claudia launisch sein konnte, und zwar besonders früh am Morgen und bevor sie drei oder vier Tassen Kaffee getrunken hatte. Aber sie war halt Deutsche, sagte Takeda sich. Deutsche hatten ihre Gefühle oft nicht im Griff, so viel war ihm inzwischen klar geworden. Oder nein, es war sogar schlimmer, denn sie glaubten, das Recht zu haben, ihren Gefühlen freien Lauf zu lassen. Das war mitunter immer noch recht irritierend für ihn. Obwohl er es ein Stück weit auch bewunderte und sogar die ersten Versuche gestartet hatte, sich ebenfalls so zu verhalten.

So zum Beispiel jetzt. Er sagte mit einer bemüht kratzigen Stimme: »Ich finde diesen Morgen auch beschissen. Was meinen Sie, soll ich uns erst mal einen Kaffee zubereiten?«

Claudia sah Takeda verblüfft an und brach in ein lautes Gelächter aus. Mit schon viel fröhlicherer Stimme sagte sie: »Ich hatte schon mehr als einen, danke.«

»Sagen Sie mir einfach, was los ist.«

»Das ist los«, sagte Claudia und warf eine Zeitung auf Takedas Schreibtisch.

Es war eine knallig aufgemachte Boulevardzeitung, deren Titelseite fast zur Gänze von einer riesigen Überschrift eingenommen wurde:

Senatoren-Sohn stößt Frau vor S-Bahn

Darunter befand sich ein Foto, das zwar stark vergrößert und aufgepixelt war, auf dem Simon Kallweit aber dennoch ohne weiteres zu erkennen war. Daran änderte auch der schwarze Balken nichts, der über seinen Augen lag. Das Foto zeigte, wie er auf dem S-Bahnsteig im Dammtorbahnhof stand und glückselig lächelnd auf seine eigenen Hände starrte. Der kurze Textkasten darunter nannte den Nachnamen des Jungen zwar nur als Initial, doch die mehr oder weniger sehr direkte Job-Beschreibung des Vaters ließ keinen Zweifel daran aufkommen, um wen es sich handelte.

Takeda sog zischend die Luft zwischen den Zähnen ein, kratzte sich am Hinterkopf und sagte: »Wir stecken in der Scheiße, oder?«

Claudia gelang erneut ein Lachen. »Das haben Sie schön gesagt, Ken. Es trifft die Sache auf den Punkt.«

Der Inspektor nahm die Zeitung zur Hand, führte sie dicht vor sein Gesicht und kniff die Augen zusammen. »Das Foto ist ein Ausdruck von dem Bahnsteig-Video, das uns auch vorliegt. Winkel und Ausschnitt sind eindeutig.«

»Was Sie nicht sagen.«

»Es bedeutet, dass jemand von dem Bahnhofspersonal mit der Presse zusammengearbeitet hat.«

Claudia schnaubte. »Es bedeutet, dass jemand vom Bahnhofspersonal später den Arsch aufgerissen bekommt, und zwar von mir höchstpersönlich.«

Takeda errötete leicht und sagte: »Sie meinen, Sie werden ihm gehörig den Marsch blasen?«

»Exakt. Obwohl mir der Ausdruck zu milde vorkommt. Aber wie auch immer, all das setzt voraus, dass Sie und ich später überhaupt noch am Leben sind. Also, nachdem Holger Sauer mit uns fertig ist.«

»Sie meinen, er macht uns hierfür verantwortlich?« Takeda hielt die Zeitung in die Höhe.

»So sicher wie das Amen in der Kirche.«

»Aber wir können doch nichts dafür, oder?«

»Natürlich nicht. Aber das wird Sauer kaum interessieren. Ich war dabei, wie er gegenüber dem Senator absolute Diskretion zugesagt hat. Irgendwelche Köpfe werden rollen, und ich wette darauf, dass es unsere beiden sein werden.«

7.

Kurz darauf begann die große Lagebesprechung der Mordkommission, und Takeda und Claudia rechneten fest mit ihrer augenblicklichen Suspendierung. Aber wie schon am Vortag war auch heute Holger Sauer für eine Überraschung gut.

Er hielt vor den versammelten Kollegen, insgesamt fast zwanzig Kripobeamten, seinerseits die Zeitung mit der großbuchstabigen Überschrift in die Höhe, machte dann jedoch eine wegwerfende Handbewegung und sagte mit überraschend milder Stimme: »Das hier ist verdammt ärgerlich, war aber angesichts der zahllosen Zeugen wohl nicht zu verhindern. Nur eines müssen Sie mir versprechen ...« Sauer nahm sich die Zeit und blickte tatsächlich jeden einzelnen der Anwesenden an. »... dass keiner von Ihnen mit der Zeitung gesprochen hat.«

Sauer blickte erneut in die Runde, aber alle schüttelten den Kopf. Damit war das Thema für ihn abgehakt.

Anschließend referierten die Kollegen reihum ihre aktuellen Fälle. Horst Kröger berichtete von einem verunglückten Bauarbeiter in Volksdorf, Dieter Berne von einer Schießerei in einem Automatenkasino in Schnelsen. Volker Zarrentin erklärte, dass die Ermittlungen in einem Mordfall in Harburg erfolgreich abgeschlossen werden konnten, der Schwager des erstochenen Kioskbesitzers habe die Tat gestanden.

Alle Kollegen hielten sich an diesem Morgen ungewöhnlich kurz, schließlich wollten sie die neuesten Entwicklungen im spektakulärsten Fall hören, der zurzeit in Arbeit war. Und das war nun einmal der S-Bahn-Mord, für den Claudia und Takeda zuständig waren.

Da die ermittlungstechnische Seite letztlich unkompliziert war, hatte Claudia mit Takeda abgesprochen, dass ausnahmsweise er die Präsentation übernehmen solle.

Als er an der Reihe war, erhob Takeda sich von seinem Stuhl, räusperte sich und erklärte mit leicht stockender Stimme: »Wie die meisten von euch, liebe Kollegen, wissen, liegen die Dinge im Fall Simon Kallweit recht eindeutig. Es gibt zahlreiche unmittelbare Tatzeugen und mehrere Videoaufzeichnungen. Vielleicht könnte die Kollegin Meltendorf kurz zu diesem Punkt etwas sagen?«

Christine Meltendorf kümmerte sich in der KTU um die Auswertung elektronischer Tatortspuren, sprich Kamera- und Tonaufzeichnungen. Sie war eine jüngere Kollegin, die seit langem darum kämpfte, für ihren Bereich mehr Personal zu bekommen, schließlich stieg die Zahl der vorhandenen Aufzeichnungen mit der Ausbreitung von Kameras und neuerdings von sogenanntem intelligentem Home-Equipment ständig an. Es würde wohl schon bald Standard sein, dass Geräte wie Alexa oder Funktionen wie Siri ein Tatgeschehen aufzeichneten und so zu wichtigen Ermittlungsgrundlagen wurden – aber all das musste eben bearbeitet werden.

Anders als Takeda blieb Christine Meltendorf auf ihrem Platz sitzen, grüßte in die Runde und sagte: »Ich habe selten einen Fall gehabt, der filmisch besser dokumentiert wäre als dieser. Vielleicht sollten die Lehrer aufhören, ihren Schülern die Handys wegzunehmen, schließlich weiß man nicht, wann es wieder zu einem Tötungsdelikt im schulischen Umfeld kommt.« Sie blickte sich kurz in der Runde um, erntete aber entgegen ihren Erwartungen keinerlei Gelächter von den Kollegen. »Wie auch immer, mehrere der Schüler und Schülerinnen, die auf dem Bahnsteig waren, haben zum Tatzeitpunkt mit ihren Smartphones Fotos oder Videos aufgenommen. Die Bildausschnitte sind natürlich chaotisch und fokussieren nicht unbedingt die Tat. Es ist dennoch einiges zu sehen. Ich werde noch einige Zeit mit der Auswertung beschäftigt sein, aber dann stelle ich für euch eine Art Best-of zusammen.

Einige der Schüler haben sich gestern allerdings geweigert, uns ihre Mobilgeräte zur Verfügung zu stellen. Angesichts ihrer zum Teil desolaten psychischen Verfassung wollten wir sie erst einmal nicht zu hart angehen.«

Claudia meldete sich zu Wort. »Das ist schon in Ordnung. Viele der Schüler stehen unter Schock, wir wollten keine unnötigen Diskussionen wegen ihrer Handys führen. Wir haben sie lediglich gebeten, keine Fotos oder Aufnahmen, die sie vielleicht gemacht haben, zu löschen. Wir kümmern uns in den nächsten Tagen darum, die fehlenden Bilder ranzuholen.«

Takeda nahm den Faden auf und sagte: »Die Kollegin Harms und ich werden heute im Anschluss an diese Besprechung die Schule aufsuchen, die der Täter besucht, und dabei mit seinem Lehrer sowie erneut mit einigen Klassenkameraden sprechen. Dabei werden wir auch um die Überspielung der fehlenden Aufnahmen bitten.«

Christine Meltendorf gab ein schnaubendes Geräusch von sich. »Ja, super, überschüttet mich nur mit neuem Material, ich habe ja sonst nichts zu tun. Die Auswertung wird halt entsprechend länger dauern.«

Holger Sauer, der wie üblich am Ende des Besprechungstisches saß, sagte: »Liebe Kollegin Meltendorf, wir haben das nun wirklich oft genug besprochen. Eine neue Mitarbeiterstelle für Sie ist beantragt. So etwas dauert nun einmal.«

»Eben. Und die Auswertung von Bildmaterial dauert halt auch.«

Sauer rollte mit den Augen. »Bitte, Herr Takeda, fahren Sie fort.«

Takeda nickte. »So klar der Tatablauf ist, so wenig wissen wir bisher über das Motiv des Jungen. Er hilft uns an dem Punkt auch nicht weiter, da er auf Anraten seines Anwalts im Moment gar nichts mehr sagt. Simon Kallweit macht insgesamt einen überraschend gefassten Eindruck – fast ein wenig zu gefasst, zumindest nach Meinung der Kollegin Harms.«

Takeda wollte an dieser Stelle eigentlich über japanische Manga sprechen und dass sie durchaus eine Rolle bei der Tat gespielt haben könnten. Claudia aber hatte ihm vorhin, als er ihr von *Tokyo Ghoul* und Simons entsprechender Bemerkung erzählt hatte, davon abgeraten. »Manga-Mörder wie diesen Kannibalen, von dem Sie mir erzählt haben …«

»Tsutomu Miyazaki. Der *Otaku*-Mörder«

»So etwas mag es in Japan geben. Aber hier bei uns? In Deutschland? Lassen Sie es lieber. Die Kollegen würden Sie auslachen. Kein Teenager begeht wegen eines Comic-Heftes einen Mord.«

Takeda hatte mit den Schultern gezuckt und beschlossen, Claudias Ratschlag zu folgen. Sie hatte sicherlich recht. *Otaku*-Mörder gab es in Japan, nicht hier in Deutschland.

Die Blicke der Besprechungsteilnehmer richteten sich auf Claudia. Sie machte ein schnalzendes Geräusch. »Stimmt schon, was der Kollege Takeda sagt. Der Junge scheint sich richtig wohl in seiner Haut zu fühlen. Von Reue ist nichts zu merken.«

»Was sagt der Psychologe?«, fragte Holger Sauer.

»Nichts. Simon redet nicht mit ihm.«

»Euer Eindruck?«

Claudia blickte hoch zu Takeda. »Mich dürft ihr nicht fragen. Aber der Kollege Takeda scheint mit ihm ganz gut zurechtzukommen. Fragen wir also ihn.«

Takeda deutete eine Verbeugung an und sagte: »Ich glaube nicht, dass Simon Kallweit die Tragweite seines Handelns bisher wirklich bewusst ist. Ich bin mir nicht sicher, was passiert, wenn es so weit ist.«

»Halten Sie ihn für ganz dicht da oben?«, fragte Holger Sauer und tippte sich an die Schläfe.

»Sie meinen, ob er psychisch krank ist?«

»Liegt nahe bei dem, was er getan hat.«

»Ich bin mir nicht sicher. Er macht zunächst nicht den Eindruck, als litte er an einer mentalen oder psychischen Erkrankung. Im Gegenteil, er ist klug und wirkt aufgeschlossen. Aber spätestens das Gericht wird sicherlich ein psychiatrisches Gutachten in Auftrag geben.«

Claudia räusperte sich, sagte mit gepresster Stimme: »Ich bin mir nicht sicher, welcher Gedanke mich mehr beunruhigt. Der, dass der Junge krank ist. Oder der, dass er kerngesund ist.«

Es entstand eine Pause, während der alle Beamten im Raum Claudias Gedanken nachzuspüren schienen. Schließlich war es Holger Sauer, der das Schweigen durchbrach. »Die Kollegen Harms und Takeda haben einen bedeutsamen Punkt bisher nicht erwähnt, aber ich vermute mal, der hat sich sowieso aufgrund der erwähnten Zeitungsartikel bei Ihnen herumgesprochen. Bei dem Täter handelt es sich um den Sohn unseres amtierenden Justizsenators Hartmut Kallweit. Das trägt zwar zum unmittelbaren Tatgeschehen nicht viel bei, erfordert aber eine erhöhte Sensibilität bei den Ermittlungen. Wir arbeiten sozusagen unter den Augen der Öffentlichkeit. Die Herren und Damen Journalisten werden uns sehr genau auf die Finger gucken. Ich bin mir sicher, dass sich die Kollegen Takeda und Harms der besonderen Bedeutung dieses Falles bewusst sind.«

Claudia setzte gerade zu einer angemessenen, sprich, deftigen Erwiderung an, als der Kollege Stefan Niels, ebenfalls Kriminalhauptkommissar und ein zuverlässiger Kollege, sein Smartphone in die Höhe hielt. »Kommt gerade über den Ticker. Hartmut Kallweit sieht keinerlei Anlass für einen Rücktritt und hält seinen Sohn bis zum Beweis des Gegenteils für unschuldig. Die Umstände, unter denen Simon das Geständnis abgelegt hat, will er überprüfen lassen. Er geht davon aus, dass alles ein schreckliches Missverständnis ist und sich der Tod der Frau am Ende als tragischer Unfall erweist. Außerdem drückt er sein volles Vertrauen in die Arbeit der Ermittlungsbehörden aus ... damit meint er wohl uns.«

Gelächter in der Runde, an dem sich zu Claudias Überraschung sogar Holger Sauer beteiligte. Sie selbst hingegen fand die Sache gar nicht zum Lachen. Die Worte des Senators waren nichts anderes als eine Kriegserklärung an die Polizei. Ein Missverständnis? Ein Unfall? Ganz bestimmt nicht. Aber vermutlich versuchte der Senator damit in erster Linie, seine eigene Haut, oder besser gesagt, seine politische Karriere zu retten.

Die Frage, die Claudia mehr umtrieb, war daher, mit welcher Hinterlist Lothar Röhler als Nächstes aufwarten würde.

8.

Es gab viele miese Seiten an ihrem Beruf, fand Claudia, aber manche toppten die Liste ganz eindeutig.

Zum Beispiel Besuche bei Hinterbliebenen von Mordopfern.

Claudia parkte ihren alten Peugeot in einer ruhigen Wohnstraße im Stadtteil Sasel, stellte den Motor aus, aber anstatt auszusteigen, schloss sie die Augen und blieb reglos sitzen.

Sie war dankbar, dass Takeda, der auf dem Beifahrersitz saß, nicht drängelte und auch nichts fragte. Er saß einfach still neben ihr und ließ ihr die Zeit, die sie brauchte.

Seltsamerweise hatte Claudia wieder einmal das Gefühl, dass er wusste, was in ihr vorging. Sie musste es ihm gar nicht erklären. Takeda konnte so etwas spüren.

Diese Fähigkeit, mitzukriegen, was bei jemand anderem los war, musste etwas Japanisches sein. Es bewegte sich in Richtung Telepathie, nur dass es nicht um Gedanken ging, sondern um Gefühle. Es war seltsam. Aber auch schön. Mit einem Japaner in der Nähe war man irgendwie niemals allein.

Schließlich holte Claudia noch einmal tief Luft, atmete dann seufzend aus. »Also gut, Ken. Bringen wir es hinter uns.«

»Ja, bringen wir es hinter uns«, sagte Takeda.

Sie stiegen aus, und kurz darauf drückte Claudia auf die Klingel von Manuel Gebers, dem Ehemann der im Dammtorbahnhof ums Leben gekommenen Frau.

Gebers öffnete die Tür und bat sie herein. Er war blass, sah elend und mitgenommen aus, schien aber einigermaßen ansprechbar zu sein.

Er führte sie ins Wohnzimmer, fragte, ob sie Kaffee wollten, und als Claudia und Takeda bejahten, machte er sich in der Küche zu schaffen.

Die Ermittler nahmen auf dem Sofa Platz, blickten sich um. Auf dem Teppich zwischen Sitzecke und Essbereich spielten die beiden Töchter der Familie. Emily und Charlotte, wenn Claudia sich aus den Unterlagen richtig erinnerte. Vier und sechs Jahre alt, bildhübsche kleine Mädchen mit goldgelockten Engelshaaren.

Die Mädchen blickten kurz hoch, sagten mit ihren Piepsstimmen guten Tag und widmeten sich dann wieder inbrünstig ihrem Puppenspiel. Claudia war sich nicht sicher, ob sie bereits wussten, dass sie ihre Mutter nie wiedersehen würden. Als Gebers mit einem Tablett ins Wohnzimmer zurückkehrte und Claudia die entsprechende Frage stellte, starrte er sie an, warf dann seinen Kindern einen langen, unendlich traurigen Blick zu. »Doch, doch. Ich habe es Ihnen gesagt. Mehr als einmal. Sie verstehen es einfach nicht. Die Kleine sowieso nicht, sie ist gerade vier Jahre alt. Und die Große? Ich weiß es nicht. Vielleicht verschafft ihre Seele ihr noch eine kleine Verschnaufpause, bevor sie es wirklich an sich heranlässt.«

»Und Sie, Herr Gebers? Was ist mit Ihnen?«

Sein Gesicht blieb regungslos. »Was wollen Sie hören?«

Claudia zuckte mit den Schultern.

Gebers seufzte. »Soll ich aus dem Fenster springen? Glauben Sie mir, wenn es die Mädchen nicht gäbe, würde ich es auf der Stelle tun. Es ist alles so sinnlos.«

»Ich kann mir vorstellen, dass die Umstände des Todes Ihrer Frau es besonders schwer für Sie machen.«

»Die Umstände des Todes meiner Frau ...«, wiederholte Gebers, sinnierte den Worten nach, und Claudia spürte, dass sie eine dumme Formulierung verwendet hatte.

»Ich wollte damit sagen ...«

»Es ist schon okay«, sagte Gebers. »Ein Verbrechen, ein Unfall, eine plötzliche Krankheit ... Ich weiß nicht, ob es einen Unterschied macht. Es kommt mir im Moment noch so unwirklich vor. Immer wieder denke ich, dass ich es nur geträumt habe und dass Tatjana gleich zur Tür hereinkommt.«

»Ja, natürlich. Wenn man einen Menschen so schlagartig verliert, braucht es seine Zeit, bis man es wirklich realisiert.«

Gebers sah Claudia an, dann Takeda. »Ich glaube nicht, dass Sie es wirklich verstehen können.«

Claudia wollte etwas sagen, doch Takeda kam ihr zuvor. »Sie haben recht. Wir können es nicht verstehen. Es tut uns leid, dass wir die Tat nicht verhindern konnten.«

Gebers sah Takeda erstaunt an. Er brauchte einige Momente, um die passenden Worte zu finden. »Sie trifft doch keine Schuld. Da draußen laufen unzählige Verrückte herum. Soviel Polizei kann es gar nicht geben, als dass man so etwas verhindern könnte. Nein, niemand kann etwas dafür. Niemand außer diesem Jungen.«

Claudia ließ einige Sekunden der Stille verstreichen, blickte dabei Manuel Gebers an, sah sein zerbrochenes Gesicht und musste zugleich an Simons Lächeln denken. Sie spürte Wut in sich aufsteigen und wusste, dass auch diese Wut zu den miesen Seiten ihres Jobs gehörte.

Normalerweise konnte sie damit umgehen. Aber wenn Kinder betroffen waren, so wie die beiden Mädchen, die jetzt zu ihren Füßen spielten, dann war es etwas anderes. Dann hielt sie es kaum aus, fühlte sich hohl und verloren. Vielleicht weil sie selbst keine Kinder hatte, keine Familie. Obwohl sie sich doch eigentlich, tief in ihrem Inneren, eine wünschte. Sie war jetzt sechsunddreißig. Die Chancen, dass es damit noch klappte, sanken rapide. Es war okay. Aber dann wollte sie wenigstens dafür sorgen, dass es anderen Familien gut ging. Scheiße, ich brauche einen neuen Job. Nicht sofort, eine Weile kann ich es noch aushalten. Aber nicht mehr ewig.

Eine sanfte Berührung lockte Claudia aus ihrer Verzweiflung. Es war Takeda, der seine Hand auf ihre gelegt hatte. Das hatte er noch nie getan. Sie sah ihn an, sein Gesicht zeigte kaum eine Regung und war ihr dennoch unendlich vertraut. Sie fühlte sich aufgefangen, fühlte sich geborgen. Am liebsten hätte sie den Kopf auf seine Schulter gelegt und geheult. »Danke«, flüsterte sie.

Sie tranken Kaffee. Die ältere Tochter wollte von ihrem Vater wissen, wer die Frau und der Mann sind. »Das sind Polizisten«, erklärte Manuel Gebers.

»Sind die wegen Mama hier?«

»Ja, genau, mein Schatz.«

Claudia räusperte sich. Sie wurde dienstlich, es ging nicht anders. »Es gibt ein paar Dinge, die wir fragen müssen, Herr Gebers. Es führt kein Weg daran vorbei.«

»Ja, natürlich. Das verstehe ich.«

»Der junge Mann, der ihre Frau ...«

»Bitte, sprechen Sie es nicht aus«, sagte Gebers, deutete mit einer Kopfbewegung in Richtung der Kinder.

Claudia nickte, fragte: »Könnten Sie Ihre Töchter nicht kurz in ein anderes Zimmer bringen?«

»Nein. Ich habe es versucht. Sie können nicht alleine sein, sie fangen sofort an zu weinen. Schon nach Sekunden. Und ich auch.«

»Ja, natürlich, das verstehe ich«, sagte Claudia. Mit leiser Stimme fuhr sie fort: »Der junge Mann befindet sich in Polizeigewahrsam, er heißt Simon Kallweit.«

»Das habe ich bereits gehört.«

»Kennen Sie ihn?«

»Nein.«

»Kannte Ihre Frau ihn?«

»Nicht, dass ich wüsste. Wieso fragen Sie? Es war doch ... Er hat es doch einfach so getan, oder nicht? Sie war einfach zum falschen Zeitpunkt am falschen Ort?«

»Davon gehen wir aus. Aber wir müssen sichergehen. Darum denken Sie bitte nach. Könnte es irgendwelche Berührungspunkte zwischen Ihnen oder Ihrer Frau und Simon Kallweit gegeben haben? Und wenn nicht mit Simon, dann vielleicht mit anderen Angehörigen der Familie Kallweit?«

»Nein, nicht dass ich wüsste. Mir sagt der Name überhaupt nichts oder höchstens, weil es halt der Sohn dieses Politikers ist. Aber das weiß ich erst seit heute. Ich glaube nicht, dass meine Frau den Jungen oder den Vater kannte. Jedenfalls hat sie den Namen nie erwähnt. Der Junge ist siebzehn, oder?«

Claudia nickte, machte sich ein paar Notizen. Takeda übernahm und fragte: »Könnte es vielleicht eine berufliche Verbindung zwischen Senator Kallweit und Ihrer Frau gegeben haben? Oder auch einen Kontakt anderer Art?«

Manuel Gebers legte die Stirn in Falten. Seine Stimme nahm einen scharfen Klang an, von Unverständnis, Verzweiflung, auch Ärger geprägt. »Einen Kontakt anderer Art? Worauf wollen Sie eigentlich hinaus? Verschweigen Sie mir etwas? Glauben Sie etwa, dass die beiden ein Verhältnis hatten oder was? Wie kommen Sie darauf?«

»Nein, nein«, sagte Takeda und machte eine wedelnde Handbewegung. »Ich habe mich bestimmt unglücklich ausgedrückt, und dafür bitte ich um Verzeihung. Sehen Sie, es geht darum, dass wir, genau wie Sie sagen, von einer spontanen Tat ausgehen, bei der der Täter sein Opfer vollkommen zufällig ausgewählt hat. Aber wir müssen nun einmal ausschließen, dass es doch ein anderes Motiv gegeben haben könnte. Dafür müssen wir wissen, ob es eine Verbindung zwischen Ihrer Frau und Simon Kallweit gab, welcher Art auch immer.«

Manuel Gebers nickte, seine Züge entspannten sich. »Ja, das verstehe ich. Es ist nur so, meine Frau hat für ein Kosmetikunternehmen gearbeitet. Körperpflegeprodukte. Ich glaube nicht, dass es da irgendeinen Kontakt zum Justizsenator oder dessen Familie gegeben hat. Außerdem hätte Tatjana mir bestimmt davon erzählt. Aber ich kann auch noch einmal meine Schwiegereltern fragen, ob sie etwas wissen.«

Claudia trank einen Schluck Kaffee, tupfte sich die Lippen ab und sagte: »Das wäre gut, Herr Gebers, damit wir an der Stelle keine Fehler machen.«

Der Witwer stieß ein bitteres Lachen aus. »Wäre es nicht am einfachsten, sie würden den Mörder fragen? Er kann ihnen doch sagen, ob er meine Frau kannte oder nicht. Ob er also einen Grund dafür hatte, sie vor den Zug zu stoßen.«

Gebers hatte die Stimme erhoben, blickte jetzt verschreckt zu seinen Kindern. Die spielten jedoch ungestört weiter und schienen den Erwachsenen keine Beachtung zu schenken.

Takeda sagte: »Das werden wir, aber Sie müssen bitte auch verstehen, dass wir nicht unbedingt damit rechnen können, eine brauchbare Antwort zu erhalten.«

Gebers nickte, blickte Takeda dann an und schien ihn erst jetzt richtig wahrzunehmen, die langen schwarzen Haare, die Ruhe, die der Inspektor ausstrahlte. Er schenkte ihm ein Lächeln. »Sie sind dieser japanische Inspektor, nicht wahr? Der, der den Austausch bei der Kripo hier in Hamburg macht?«

»Das ist richtig«, sagte Takeda und deutete eine Verbeugung an.

»Wir haben in der Zeitung über Sie gelesen. Tatjana und ich haben sogar einmal über Sie gesprochen, morgens beim Frühstück. Ist schon ein paar Monate her. Meine Frau mochte Japan. Sehr sogar. Vor allem wegen diesem Autor. Maru…, Muri…«

»Murakami Haruki … für Sie natürlich umgekehrt, der Vorname zuerst, Haruki Murakami. Er ist sehr beliebt in Deutschland, was mich natürlich freut. Wir sind stolz auf unseren Landsmann.«

»Tatjana hat alles von ihm gelesen. Sie war ein Fan. Darum wollte sie auch unbedingt einmal nach Japan fahren. Vielleicht schon nächstes Jahr …« Gebers Stimme verlor sich, sein Blick wurde glasig. Er starrte ins Nichts, war plötzlich völlig abwesend, schien zu vergessen, dass Claudia und Takeda ihm gegenübersaßen.

Claudia wartete einige Momente, wechselte einen stummen Blick mit Takeda. Als der nickte, sagte sie: »Wir werden dann gehen, Herr Gebers. Wenn Sie mit Ihren Schwiegereltern gesprochen haben oder Ihnen noch etwas einfällt, rufen Sie uns bitte an. Ich lasse Ihnen meine Karte da. Falls sich von unserer Seite noch Fragen ergeben, melden wir uns.«

»Was? Ach so, ja. Danke. Sie finden zur Tür?«

»Natürlich.«

Als Claudia und Takeda wieder im Auto saßen, sagte die Kommissarin: »Was halten Sie davon, wenn wir zum Untersuchungsgefängnis fahren und Simon Kallweit abholen?«

»Und dann?«

»Werfen wir ihn irgendwo vor die S-Bahn.«

Takeda stieß ein bitteres Seufzen aus. »Eine gute Idee. Aber ich befürchte, es würde das entstandene Leid nicht mindern, sondern nur neues erzeugen.«

»Ach, Ken, Sie haben ja recht. Es ist ja auch nur ein Gedanke. Die Begegnung gerade eben, die beiden kleinen Töchter, dieser Mann ... Ich könnte kotzen. Oder heulen. Oder beides.«

Takeda ergriff erneut Claudias Hand. »Dann tun Sie es einfach. Ich werde mit Ihnen heulen.«

Claudia lächelte, lehnte sich dann zu Takeda hinüber und legte ihren Kopf diesmal tatsächlich auf seine Schulter. Für einen kurzen Moment schloss sie die Augen.

Es tat gut. Sie wurde ruhig. Noch eine Minute, dann würde sie es wieder mit der Welt aufnehmen können.

Schließlich löste Claudia sich von Takeda. Sie legte den Sicherheitsgurt an und startete den Motor.

Kurz darauf fuhren sie in Richtung Ohlsdorf, wo sich Simon Kallweits Schule befand.

9.

Thomas Brunkhorst, der Biologielehrer von Simon Kallweit, erwartete sie am Schultor des Justus-von-Liebig-Gymnasiums, einer der ältesten und ehrwürdigsten Lehranstalten der Stadt.

Claudia hatte Brunkhorst bereits am Vortag kurz auf dem Bahnhof gesprochen, doch erst jetzt sah sie ihn sich näher an. Er war großgewachsen und sportlich, vielleicht Mitte vierzig. Ein gutaussehender Typ, auch wenn ihm anzusehen war, dass er unter den Ereignissen des Vortages litt. Er hatte einen gepflegten Vollbart, war ein bisschen links, ein bisschen alternativ und bestimmt sehr beliebt bei den Schülern und noch mehr bei den Schülerinnen. Ihr hätte er jedenfalls damals gefallen, und eigentlich tat er das immer noch, dachte Claudia.

Brunkhorst führte sie durch eine hohe Flügeltür ins Innere der Schule, eines imposanten Backsteinbaus, der vor allem Takeda Bewunderung abnötigte. Was für ein Kontrast zu den schnöden Zweckbauten, in denen die japanischen Schulen zumeist untergebracht waren. Sie sahen im ganzen Land nahezu gleich aus, waren drei oder vier Stockwerke hoch und besaßen eine große Freifläche, auf der die Schüler morgens zur Gymnastik antraten oder die Schulhymne sangen.

Sie betraten einen Raum, in dem neben einigen Bücherregalen nur ein großer Tisch mit Stühlen stand. Brunkhorst erklärte, dass hier normalerweise Besprechungen und Zeugniskonferenzen stattfanden. Sie nahmen Platz, und der Lehrer versorgte Claudia und Takeda mit Kaffee.

Claudia fragte: »Es ist so unglaublich ruhig im Gebäude. Sind überhaupt Schüler hier? Oder ist die Schule nach dem Ereignis von gestern geschlossen?«

»Letzteres. Wir haben uns entschieden, heute keinen regulären Unterricht abzuhalten. Sie können es sich bestimmt vorstellen, die ganze Schule steht unter Schock, nicht nur diejenigen, die gestern dabei waren. Seit die Nachricht die Runde gemacht hat, ist nichts mehr wie vorher. An einen normalen Schulbetrieb ist nicht zu denken. Das gilt übrigens nicht nur für die Schüler, sondern auch für die Lehrer. Und für viele Eltern genauso. Wir haben heute Morgen in den ersten drei Stunden Gesprächskreise für die Schüler angeboten, das werden wir morgen und in den nächsten Tagen wieder tun. Einige sind aber auch ganz zuhause geblieben. Das ist in Ordnung, allein schon wegen der Pressemeute da draußen. Haben Sie sie gesehen? Die haben die Schüler, die heute Morgen gekommen sind, schamlos ausgequetscht.«

Claudia nickte, nicht weniger wütend als Brunkhorst. »Auf uns sind sie auch losgegangen, als wir gekommen sind. Wie Piranhas. Aber wir kennen so etwas.«

Als Claudia und Takeda vor der Schule geparkt hatten, war ihnen sofort die Riege Journalisten aufgefallen, die auf der anderen Straßenseite herumlungerte. Einige hatten Kameras mit langen Teleobjektiven dabei. Im Rinnstein vor ihren geparkten Autos lagen Berge von leeren Coffee-to-go-Bechern und Fastfood-Verpackungen. Als die Reporter sie und Takeda entdeckten, setzte ein regelrechter Run ein, alle stürmten auf sie zu und schrien ihnen Fragen entgegen. Vergeblich. Weder Claudia noch Takeda hatten Lust, mit den Pressevertretern zu sprechen.

»Können Sie, die Polizei, nichts dagegen tun? Das hier ist immerhin eine Schule, die meisten Schüler sind minderjährig«, erklärte Brunkhorst.

»Leider nicht. Wir sind ein freies Land mit einer freien Presse, auch wenn es mir gerade im Moment ziemlich schwerfällt, das zu akzeptieren.«

»Sie meinen, wegen der Berichte über Simon?«

Claudia nickte. »Sie können sich vorstellen, dass die Titelseiten heute Morgen ein ziemlicher Schock für uns waren. Das haben wir bestimmt nicht gewollt.«

Brunkhorst stieß ein zynisches Lachen aus. »Ich finde es auch schlimm, aber es ist immer noch harmlos im Vergleich zu dem, was in den sozialen Medien abgeht. Ein paar Schüler haben mir heute entsprechende Posts gezeigt. Simons Foto wird hundertfach geteilt und seine Adresse veröffentlicht, mit einem mehr oder weniger unverblümten Aufruf zur Lynchjustiz.«

Claudia wusste Bescheid. Die Social-Media-Abteilung im Präsidium beobachtete neuerdings nach Verbrechen, die die Öffentlichkeit bewegten, die einschlägigen sozialen Netzwerke und Foren. Sie war schnell auf die Einträge gestoßen, die Brunkhorst erwähnte.

Die Kollegen hatten Claudia allerdings auch auf Posts und Diskussionen aufmerksam gemacht, in denen Simon Kallweit zum Helden stilisiert wurde. Nicht wenige Jugendliche erklärten seine Tat zu einem Akt des Widerstands gegen die Welt der Erwachsenen, gerade weil sie so sinnlos war. In einigen Foren waren inzwischen Videos zu sehen, die das Geschehen auf dem Bahnsteig zeigten. Vom Winkel der Aufnahmen her mussten sie von Simons Mitschülern stammen. Die meisten Kommentare unter den Clips drückten allerdings Enttäuschung aus, da man zwar aufspritzendes Blut sehe, nicht aber wie die Frau von dem Zug zermalmt würde. Claudia fühlte sich in solchen Augenblicken mit ihren sechsunddreißig Jahren uralt. Die junge Generation, die mit Smartphones und allzeit verfügbaren Videos aufgewachsen war, war ihr so fremd, als stamme sie von einem anderen Planeten.

Claudia trank einen Schluck Kaffee, wechselte einen stummen Blick mit Takeda, wandte sich dann an den Lehrer. »Wie geht es Ihnen selbst eigentlich, Herr Brunkhorst? Sie waren schließlich gestern auch dabei, das Geschehen ist sozusagen unter Ihrer Aufsicht passiert.«

Thomas Brunkhorst gefiel Claudia, er sah gut aus und hatte eine sympathische Ausstrahlung. Und ihre Sympathie wurde offensichtlich erwidert. Dennoch fiel ihr auf, dass Brunkhorst extrem unter Spannung stand, der Vorfall hatte ihn regelrecht aus der Bahn geworfen, auch wenn er sich Mühe gab, es sich nicht anmerken zu lassen. Leise fügte sie daher hinzu: »Ich kann mir vorstellen, dass das Ganze auch für Sie ein Schock war.«

Brunkhorst nickte ihr dankbar zu. »Ich kann Ihnen gar nicht sagen, wie viel ich darum geben würde, den gestrigen Tag ungeschehen zu machen. Ich bin seit fast zwanzig Jahren Lehrer, aber so etwas habe ich noch nicht erlebt, ja, ich hätte mir so etwas nicht einmal ausdenken können.«

»Das kann ich gut verstehen. Ich muss Sie dennoch bitten, uns noch einmal möglichst ausführlich darzustellen, wie sich die Dinge gestern aus Ihrer Sicht ereignet haben. Erwähnen Sie gerne auch Details, die Ihnen vielleicht unwichtig erscheinen.«

»Ja, natürlich. Das Problem ist allerdings, dass ich das alles gar nicht so genau mitbekommen habe.«

Claudia sah ihn überrascht an. »Aber Sie waren doch auf dem Bahnsteig?«

»Ja, natürlich. Ich stand allerdings ziemlich weit hinten, ich musste ja die ganze Schülergruppe im Blick behalten.«

»Das heißt, Sie haben nicht unmittelbar gesehen, wie Simon die Frau gestoßen hat?«

»Nein. Und sogar als klar war, dass etwas passiert sein musste, habe ich zunächst an einen Unfall gedacht. Ich wäre nie auf die Idee gekommen, dass ...« Die Stimme des Lehrers versagte, und er schüttelte nur stumm den Kopf.

Claudia ließ einige Sekunden verstreichen, fragte dann: »War unter den Schülern vor der Tat etwas vorgefallen? Gab es Streit? Wurde Simon vielleicht zu etwas angestachelt? Wurde er provoziert, so dass er wütend war? Ist Ihnen etwas aufgefallen?«

»Nein, gar nichts. Oder sagen wir, nicht mehr als sonst. Mit den Schülern so einen Ausflug zu machen ist nie einfach. Da wird immer gedrängelt und geschubst, es gibt Streit und Geschrei. In einem Rudel Wölfe geht es ruhiger zu, glauben Sie mir. Eigentlich war es gestern sogar relativ friedlich, vermutlich weil es so früh am Morgen war.«

»Was ist mit Simon? War er anders als sonst? Ist Ihnen an ihm etwas aufgefallen?«

Brunkhorst schloss die Augen, dachte nach. Schließlich sagte er: »Simon war recht ruhig, aber das ist er eigentlich immer. So gesehen ist er ein unproblematischer Schüler. Keiner, den man ständig im Blick haben müsste. Er hat ein wenig abseits gestanden. Auch das war normal für ihn. Er ist ein Einzelgänger.«

»Simons Wesen interessiert uns natürlich. Bleiben wir jedoch zunächst bei dem, was auf dem Bahnsteig passiert ist.«

»Ja, natürlich. Erst als die S-Bahn eine Notbremsung gemacht hat, wurde mir klar, dass etwas passiert sein musste. Ich habe mich nach vorn gedrängelt. Dann sah ich das Blut. Meine größte Sorge war, dass einem meiner Schüler etwas passiert sein könnte. Ein Alptraum für jeden Lehrer. Dann wurde mir bewusst, dass einige der Schüler auf Simon zeigten. Ein Mädchen schrie laut, und jemand sagte, dass er ein Mörder wäre. Simon stand da wie hypnotisiert und rührte sich nicht. Immer mehr der Schüler fingen an zu weinen, nicht nur die Mädchen, auch ein paar Jungs. Ich habe gefragt, was denn passiert wäre, und einer der Jungs meinte, dass Simon jemanden vor die Bahn gestoßen hätte.«

Claudia machte sich ein paar Notizen, fragte dann: »Was haben Sie als Nächstes gemacht?«

»Ich weiß es nicht mehr genau. Ich wollte es zuerst gar nicht glauben. Einige der Jungs haben Simon angeschrien und für verrückt erklärt. Die Stimmung war angespannt, ich hatte Angst, dass sie auf ihn losgehen. Ich bin dazwischengegangen und habe gesagt, sie sollten Simon in Ruhe lassen. Ein Mann, wohl jemand von der Bahn, ist auf die Gleise gesprungen und hat wohl nach der Frau gesehen. Dann hat er sich übergeben. Der Zugführer kam aus seiner Kabine und torkelte herum. Ich glaube, er ist sogar ohnmächtig geworden.«

»Ja, er hat einen schweren Schock erlitten und ist immer noch im Krankenhaus«, sagte Claudia.

»Kurz darauf hörten wir unten auf der Straße eine Sirene. Ein

Offizieller, ich weiß nicht, ob er von der Bahn oder von der Polizei war, meinte, wir sollten den Bahnsteig verlassen und unten im Bahnhof warten. Dann kam auch schon ein Kollege von Ihnen und hat unsere Namen aufgeschrieben. Ein paar der Schüler, die sich okay fühlten, haben Aussagen gemacht oder sind sogar mit ins Präsidium gefahren. Sie selbst, Frau Harms, waren dann ja auch schon da. Wir haben uns kurz unterhalten.«

»Ja, sicher«, sagte Claudia.

Sie vervollständigte ihre Notizen. Genau wie Brunkhorst beobachtete sie dann, wie Takeda dasselbe tat. In winziger Schrift notierte er seine Gedanken in sein Notizbuch, wobei sein Kugelschreiber sich von oben nach unten und von rechts nach links bewegte und Reihen komplizierter Zeichen auf das Papier bannte.

Brunkhorst sagte: »Ich habe zu Beginn meines Studiums im Nebenfach Japanologie studiert. Die Schrift war der Grund, weshalb ich aufgehört habe. Ich war mir sicher, dass ich diese ganzen Zeichen niemals lernen würde.«

Takeda blickte auf und lächelte. »Als junger Japaner hat man diese Wahl leider nicht. Aber ich denke, Sie haben zu früh aufgegeben. Man kann sie durchaus lernen, diese ganzen Zeichen.«

»Wie viele sind es noch einmal?«

»Die meisten meiner Landsleute können zwei- bis dreitausend. Gelehrte beherrschen das Zehnfache.«

»Ein Wunder, dass daneben überhaupt noch etwas anderes in ihre Köpfe passt«, sagte Brunkhorst.

Takeda schüttelte lächelnd den Kopf. »Nein, nein, es ist genau umgekehrt. Das Lernen unserer Schrift ist mühevoll, aber es ist eine hervorragende Schulung für das Gedächtnis. Darum fällt es uns Japanern leichter als anderen Völkern, uns darüber hinaus noch andere Dinge zu merken.«

Claudia trank den Rest ihres Kaffees, der inzwischen kalt geworden war. »Erzählen Sie uns noch mehr über Simon Kallweit, Herr Brunkhorst. Was ist er für ein Schüler? Was ist er für ein Junge? Ist er beliebt? Wie sind seine Leistungen?«

Takeda ergänzte: »Und bitte, denken Sie dabei möglichst nicht an das, was gestern geschehen ist. Erzählen Sie uns von Simon so, wie Sie es vor den schrecklichen Ereignissen getan hätten.«

Claudia lächelte, genau wie Brunkhorst. Die beiden wunderten sich ein wenig über den Japaner, mussten aber ebenso zugeben, dass er recht hatte. Man sollte einen Täter nie nach seiner Tat beurteilen, die Gefahr war zu groß, dass man alles an ihm nur noch im Lichte des Verbrechens betrachtete, das er begangen hatte. Das mochte zu einem gegebenen Zeitpunkt sinnvoll sein. Doch wenn es darum ging, den Menschen zu verstehen, war es sicherlich sinnvoll, seine grausame Tat zunächst zu vergessen.

Was Brunkhorst dann über den Jungen zu sagen hatte, war allerdings wenig erhellend. Er beschrieb den Jungen als ausgesprochen still und zurückgezogen, zweifellos aber auch als hochintelligent. Ob er unter den Schülern beliebt war oder nicht, könne er nicht sagen, bei vielen Kollegen sei er es jedoch nicht.

An dieser Stelle hakte Claudia ein. »Und wieso? Ich dachte immer, als Lehrer versucht man, alle Schüler gleich zu behandeln?«

Brunkhorst lachte. »Theoretisch schon. Aber soll ich Ihnen ein Geheimnis verraten? Lehrer sind auch nur Menschen. Simon hat eine Art, die kann einen schon auf die Palme treiben, um es milde auszudrücken.«

»Aber was genau tut er?«

»Eigentlich nichts. Er guckt nur, aber das tut er auf eine penetrante Art. Und er ... lächelt.«

Claudia musste an ihre erste Begegnung mit dem Jungen denken. Sie wusste genau, was Brunkhorst meinte. Auch sie war kurz davor gewesen, aus der Haut zu fahren.

Brunkhorst sprach im Folgenden über Simons schulische Leistungen, über sein Sozialverhalten, seine musische Begabung. Eine wirkliche Erklärung dafür, was Simon zu seiner Tat veranlasst haben könnte, hatte der Lehrer jedoch auch nicht. Am Ende des Gesprächs sagte er: »Sie können mir glauben, dass ich darüber mehr oder weniger die ganze Nacht nachgedacht habe. Aber mir fällt einfach nichts ein. Simon ist sicher ein wenig sonderlich, aber er ist bisher nie gewalttätig gewesen. Nein, das gestern am Bahnhof kann ich mir nur durch einen Blackout erklären.«

»Danke, Herr Brunkhorst. Wir werden Ihre Einschätzung auf jeden Fall berücksichtigen. Dann würden wir jetzt gerne mit den Schülern sprechen, die sich dazu bereit erklärt haben.«

Sie und Takeda hatten mit der Schulleitung abgesprochen, dass einige der Schüler, die am Vortag auf dem Bahnhof waren, zu einem Gespräch zur Verfügung standen. Es sollte in einem informellen Rahmen außerhalb des Präsidiums stattfinden, damit die Jugendlichen möglichst offen und ungezwungen sprachen. Formelle Befragungen würden sicherlich noch folgen, aber zunächst wollten Claudia und Takeda sich ein Bild machen, was die Schüler gestern gesehen hatten und wie sie die Dinge einschätzten.

10.

Eine Gruppe von fünf Jungen und vier Mädchen betrat kurz darauf den Raum, und Takeda erlebte wieder einmal einen der Momente, in denen er sich ausgesprochen fremd in Deutschland fühlte.

Während Schüler in Japan, zumal wenn sie eine Begegnung mit der Kriminalpolizei zu erwarten hatten, in Reih und Glied den Raum betreten, sich tief verbeugen und dann still ihre Plätze einnehmen würden, konnte davon am Justus-von-Liebig-Gymnasium keine Rede sein. Die deutschen Schüler waren zwar ein wenig eingeschüchtert. Doch das hielt einen der Jungen nicht davon ab, in Claudias und Takedas Richtung zu blicken und zu sagen: »Krass. Bullen. Und das hier am Liebig.«

»Versteck also lieber die Drogen, Alter«, sagte ein anderer zu ihm, natürlich laut genug, dass Takeda und Claudia es hören konnten, dann lachte er demonstrativ.

Ein weiterer sagte: »Natürlich tauchen die Bullen auf, schließlich gehen hier Mörder zur Schule.«

Und ein vierter deutete in Claudias Richtung und sagte: »Ganz schön hot für ne Bulette.«

»Und wer ist der Typ? Kent Nagano?«

»Eher sein Sohn, oder?«

Claudia drehte sich zu Takeda und sagte seufzend: »Das sind übrigens keine Haupt- oder Sonderschüler, das sind Gymnasiasten. Deutschlands künftige Elite. Wenn Sie jetzt fluchtartig nach Japan zurückkehren möchten, würde ich gerne mitkommen.«

Takeda schüttelte lächelnd den Kopf. »Auch die künftige Elite hat ein Recht darauf, erzogen zu werden.«

»Klar, aber ...«

»Vielleicht sind Sie in Deutschland ein wenig nachlässig in dieser Hinsicht. Wenn Sie also gestatten ...«

Der Inspektor schlug so laut mit der Handfläche auf den Tisch, dass die Schüler zusammenzuckten. Dann sagte er mit dröhnend lauter Stimme, die direkt aus seiner Mitte, seinem *Hara*, zu kommen schien: »Setzen Sie sich bitte hin und halten Sie den Mund! Sofort!«

Die Schüler schreckten richtiggehend zusammen, blickten den Japaner mit erschrockenen Augen an und fügten sich Takedas Anweisung. Sie nahmen Platz, und die Lästereien erstarben.

Der Inspektor nickte zufrieden und sagte dann mit leiser, schon viel freundlicherer Stimme: »Vergessen Sie bitte nicht, dass wir hier sind, um über den gewaltsamen Tod eines Menschen zu sprechen. Ich denke, dieser Umstand sollte Anlass für ein wenig Disziplin sein.«

Daraufhin beugte sich Takeda zu Claudia und flüsterte: »Ich glaube, dass die Jugendlichen sich nur so verhalten, um ihre Angst zu überspielen. Sie haben einen Schock, aber anstatt das zuzugeben, benehmen sie sich besonders rüde.«

Claudia schaffte nur ein recht verkniffenes Lächeln und raunte: »Das Problem ist, dass diese Kids immer einen Grund haben, um sich danebenzubenehmen. Aber vielleicht haben sie ja auch immer einen Schock, weil die heutige Welt nun einmal so ist, wie sie ist.«

Sie ließen ein paar Sekunden verstreichen, dann übernahm Claudia die Begrüßung und erklärte, dass die Situation selbstverständlich für alle Beteiligten nicht einfach sei. Es könne auch gut sein, dass sie einige der Schüler noch einmal zu einer formalen Befragung ins Präsidium bitten müssten. Erst einmal aber wollten sie sich ganz zwanglos miteinander unterhalten. Niemand müsse Angst haben, seine ehrliche Meinung zu sagen. »Wir haben inzwischen ein ganz gutes Bild von dem gewonnen, was gestern auf dem Bahnsteig geschehen ist. Simons Motiv aber ist uns immer noch ein Rätsel. Darum lautet meine erste Frage an Sie, ob gestern vor dem eigentlichen Vorfall etwas auf dem Bahnsteig passiert sei? Gab es einen Anlass, der Simon dazu gebracht haben könnte, die Frau zu stoßen?«

Claudia blickte von einem Schüler zum anderen, erntete aber nur Kopfschütteln und Schulterzucken.

»Wirklich gar nichts?«

Schließlich meldete sich ein Mädchen. Sie hatte hüftlange, glatte Haare und trug einen Blazer, der ihr eher das Aussehen einer jungen Geschäftsfrau gab. Überhaupt wirkten die Mädchen reifer und ruhiger als die Jungen, was in dem Alter vermutlich normal war. Auch bei Claudia war es nicht anders gewesen. Als sie siebzehn Jahre alt war, kamen ihr die gleichaltrigen Jungs wie Kinder vor. Für sie war es daher keine Frage, dass sie sich lieber mit Älteren, vor allem Studenten, einließ, sehr zum Erschrecken ihrer Eltern übrigens.

Das Mädchen stellte sich als Sandra Curschmann vor und sagte: »Soweit ich es mitbekommen habe, ist nichts Besonderes passiert. Alles war wie immer. Simon hat einen auf lonely gemacht. Er ist halt ein Nerd. Der stand abseits und hat mit niemandem geredet.«

»Hat ihn vielleicht jemand aus der Klasse geärgert, oder wie immer man das heute nennt …«

»Gedisst«, rief einer der Jungs in den Raum.

»Gemobbt«, sagte ein anderer.

»So behandelt, wie er es verdient«, raunte ein dritter. Es gab kurzes Gelächter, dann wurde es wieder still.

»Wie auch immer Sie es nennen, meine Frage bleibt bestehen. Ist an dem Morgen etwas vorgefallen, das Simon wütend gemacht haben könnte? Als der Zug in den Bahnhof einfuhr, stand Simon ja nicht mehr alleine. Die ganze Klasse stand direkt bei ihm. Hat ihn da vielleicht jemand angerempelt oder ihn beleidigt? Irgendetwas?«

Einer der Jungen prustete laut heraus. »Das war doch gar nicht nötig. Simon Kallweit ist ein Irrer. Das habe ich schon immer gesagt.«

»Du redest so einen Scheiß, Marcel. Lass Simon in Ruhe«, fiel ihm ein anderes Mädchen ins Wort. Es war Claudia und Takeda wegen ihres Äußeren von Anfang an aufgefallen. Das Mädchen hatte seine Haare hell, fast silbern gefärbt und hatte auffallend blasse Haut, sie besaß dadurch etwas Ätherisches. Sie trug wallende Gewänder und wirkte wie die Statistin in einem Fantasyfilm. Das Mädchen hatte schon beim Eintreten in Takedas Richtung gestarrt und den Inspektor seitdem nicht aus den Augen gelassen.

»Das sagst du nur, weil du selbst auch eine Irre bist, Laura«, entgegnete der Junge, der Marcel hieß.

»Du kennst Simon überhaupt nicht. Aber wegen Idioten wie dir ist er so geworden. Und deswegen ist das gestern auch passiert«, sagte das Mädchen.

Marcel setzte ein abwehrendes Grinsen auf. »Du gibst mir die Schuld daran? Echt jetzt?«

»Ich sage nur, dass es auch etwas mit deinem Verhalten zu tun hat.«

»Simon ist ein Freak, und es war klar, dass so etwas früher oder später passiert. Er hätte längst hinter Gitter gemusst.«

Das Mädchen mit den silbernen Haaren schüttelte verbittert den Kopf. »Klingt fast, als würdest du dich freuen über das, was er getan hat. Du bist so krank, Marcel.«

Claudia wollte die Schüler zur Ordnung rufen, aber Takeda hielt sie mit einer leisen Berührung am Arm zurück, deutete mit einer Geste an, dass er dem Geplänkel der Schüler weiterhin lauschen wollte.

»Du kannst ihn ja im Knast besuchen, Laura. Aber es ändert nichts dran. Kallweit ist ein Mörder. Der war schon immer eine tickende Zeitbombe. Und du genauso. Ich frag mich nur, wann du einen umbringst.«

Das Mädchen schlug die Hände vors Gesicht und schluchzte auf. Marcel lachte und beschimpfte sie weiter, bis ein anderer Schüler dazwischenging. Er sprach mit ruhiger Stimme und strahlte eine natürliche Autorität aus. »Es reicht, Marcel. Lass Laura in Frieden und hör mit den Sprüchen auf. Kapierst du denn gar nicht, was los ist? Eine Frau ist gestorben. Sie ist tot. Ermordet. Außerdem hilft es den Bullen ... ich meine der Polizei nicht weiter, wenn ihr euch hier anzickt.«

Takeda nickte dem Jungen zu, der sich als Lars Dahlmann vorstellte, fragte ihn dann: »Wie schätzen Sie Ihren Mitschüler Simon denn ein?«

Dahlmann, ein gutaussehender Junge mit einem empfindsamen, nachdenklichen Gesicht, zuckte mit den Schultern. »Simon? Der ist schon sehr speziell. Und er hält sich für was Besseres. Er hat selbst Schuld, dass ihn keiner leiden kann.«

»War er denn früher schon einmal gewalttätig? Gab es Anzeichen dafür, dass er zu so etwas fähig sein könnte?«

Die Schüler sahen sich an, redeten leise miteinander. Schließlich sagte ein Mädchen, das sich als Katharina Theesen vorstellte: »Eigentlich nicht. Also, jedem war schon klar, dass Simon ein bisschen sonderbar ist. Schräg. Allein schon wegen dieser ganzen Manga-Sachen. Der lebte ja in seiner eigenen Welt. Aber man musste keine Angst vor ihm haben oder so. Na ja, dachten wir jedenfalls. Der war ja eher ein Opfer, als dass er selbst jemandem etwas angetan hätte.«

»Ein Opfer? Wie meinen Sie das?«, fragte Takeda.

Das Mädchen blickte unsicher zu den anderen Mädchen, dann zu Marcel. Zögerlich sagte sie: »Na ja, also … fragen Sie besser ihn. Er kann es Ihnen erklären.«

Marcel, den sie ansprach, lachte höhnisch auf. »Wieso ich? Was habe ich damit zu tun?«

»Das weißt du ganz genau«, erklärte Katharina.

»Nix weiß ich.«

Sandra Curschmann, das Mädchen mit dem Blazer, schüttelte den Kopf und sagte: »Mach schon, Marcel. Früher oder später kommt es sowieso raus. Ich finde, Laura hat recht. Du hast auch Schuld an dem, was passiert ist … vielleicht ja sogar wir alle, irgendwie. Aber du auf jeden Fall!«

Marcel – er hieß Stubbenbaum mit Nachnamen, wie er auf Nachfrage erklärte – errötete und schrie seine Mitschülerin an, dass sie das zurücknehmen solle.

Claudia rief ihn zur Ordnung, was erst nach mehreren Anläufen klappte, dann wandte sie sich an das Mädchen: »Wieso glaubst du, dass dein Klassenkamerad Mitschuld hat?«

»Muss ich das sagen?«

»Natürlich.«

»Weil er Simon fertiggemacht hat, immer wieder. Seit Ewigkeiten. Er und ein paar andere.«

»Lüg nicht herum!«, zischte Marcel ihr zu.

»Du weißt, dass ich nicht lüge.«

»Und du weißt, was dir blüht, wenn du Scheiße redest.«

»Du hältst jetzt endlich den Mund!«, fauchte Claudia ihn an.

Diesmal aber blieben ihre Worte ohne Wirkung. Marcel grinste Claudia an und sagte: »Sie haben mir gar nichts zu sagen.«

»Glaubst du, ja? Ich kann dir auch Handschellen anlegen und dich mit aufs Präsidium nehmen. Mal sehen, wie dir das gefällt.«

Wenn Claudia geglaubt hatte, den Jungen damit zu beeindrucken, sah sie sich getäuscht. Marcel setzte einen spöttischen Blick auf und sagte selbstgefällig: »Interessant, Ihre Drohung. Könnte Sie Ihren Job kosten, nehme ich mal an.«

»Ich erinnere mich gar nicht dran, etwas gesagt zu haben«, erwiderte Claudia.

Marcel grinste und sagte: »Gibt ja zum Glück genug Zeugen. Ach ja, außerdem habe ich ganz zufällig jedes Ihrer Worte aufgenommen.« Triumphierend hielt er sein Smartphone in die Höhe.

Claudia wollte von ihrem Stuhl hochspringen und wirklich ihre Handschellen hervorholen, als sich erneut Lars Dahlmann zu Wort meldete. Er wandte sich an Marcel und sagte wiederum mit ruhiger Stimme: »Hör mit dem Mist auf, Marcel. Geheimniskrämerei bringt jetzt nichts. Katharina hat recht. Früher oder später kommt es sowieso raus.«

»Was kommt raus?«, fragte Takeda, nun wieder mit strenger Stimme.

Marcel stöhnte theatralisch auf, erklärte dann: »Was soll's, dann sage ich es halt. Wir haben Simon ein paar Mal hochgenommen. Aber auch nur, weil er es verdient hat.«

»Was meinen Sie mit hochgenommen?«, fragte Takeda.

Marcel wechselte mit einem der anderen Schüler einen Blick, sagte dann: »Wir haben ihn ein bisschen leiden lassen. Aber ihm hat's gefallen. Glauben Sie mir.«

»Wie haben Sie ihn leiden lassen? Bitte beschreiben Sie es.«

»Na, das Übliche halt. Sie wissen schon. Wir haben ihn ein wenig herumgeschubst, ihm ein bisschen weh getan. Nichts Dramatisches.«

Plötzlich stand Laura Delling von ihrem Platz auf. Sie ging an den Tischen entlang, schien den Raum verlassen zu wollen. Ganz plötzlich aber griff sie nach Marcels Smartphone, das auf dessen Tisch lag.

Der sprang auf die Beine: »Gib mir das Handy zurück. Sofort!«

Laura aber beschleunigte ihre Schritte, reichte das Gerät an Claudia, die es in die Hand nahm.

Marcel, der ebenfalls nach vorne gestürmt war, schrie: »Das ist meins! Das dürfen Sie nicht. Geben Sie es mir sofort zurück.«

Claudia schüttelte nur den Kopf.

Marcel wandte sich daraufhin abrupt an Laura und knurrte: »Du bist tot!«

Seinen Worten folgte eine seltsame Stille im Raum. Sogar Marcel selbst wurde offenbar klar, wie seine Worte nach dem gestrigen Vorfall klingen mussten. Dennoch machte er einige drohende Schritte auf Laura zu.

Das Mädchen blieb jedoch unbeeindruckt und sagte leise: »Ist das nicht alles schon schlimm genug, Marcel? Was muss denn noch passieren, damit du einfach mal ruhig bist?«

»Das musst du gerade sagen, du Irre!«

Marcel wollte sich auf seine Mitschülerin stürzen, doch Takeda ging dazwischen.

»Setz dich wieder hin und halt den Mund!« Erneut war seine Stimme tief und vibrierend; sie traf Marcel wie eine Schockwelle. Der Junge zuckte zusammen, blieb dann ratlos stehen. Er versuchte, unbeeindruckt zu erscheinen, aber es war offensichtlich, dass er eingeschüchtert war, vielleicht sogar Angst hatte. Er setzte sich wieder auf seinen Stuhl.

Claudia, die das Handy untersucht hatte und gesehen hatte, dass es mit einem Pin-Code gesichert war, sagte zu ihm: »Mach das Handy auf, oder sag mir die Nummer.«

»Nie im Leben.«

»Dann nehmen wir es mit. Für unsere Techniker ist das ein Klacks.«

»Glaube ich nicht.«

»Solltest du aber, und dann wird es richtig unangenehm für dich. Es wäre schlauer, uns zu helfen.«

Marcel starrte Claudia ratlos an, seine Züge schwankten zwischen Trotz und Angst. Schließlich griff er nach dem Handy, das Claudia jedoch nicht aus der Hand gab. Sie drehte ihm lediglich den Bildschirm zu, den er dann entsperrte.

Claudia klickte sich durch die verschiedenen Verzeichnisse und fand schließlich die Galerie mit den Fotos.

Takeda stand hinter ihr, beugte sich vor. Gemeinsam betrachteten sie eine Reihe von Bildern, die ihnen den Atem raubten.

Die Aufnahmen zeigten Simon Kallweit, der auf dem Boden lag. Auf den ersten Bildern sah man verschiedene andere Jungen, darunter Marcel Stubbenbaum, die auf ihn urinierten. Offenbar hatten sie ihn gezwungen, dabei den Mund zu öffnen. Auf den nächsten Bildern war Simon nackt. Die Jungs hatten ihn auf den Bauch gedreht und mit verschiedenen Gegenständen anal penetriert. Auf wieder anderen Bilden hatten sie Simon offenbar gezwungen zu onanieren. Am Ende der Sequenz sah man, wie Simon mit einem Schal gewürgt wurde und offenbar das Bewusstsein verloren hatte. Blutende Schnitte auf seinem Rücken zeigten Muster von Hakenkreuzen, Genitalien, Manga-Figuren.

Claudia sah zu Marcel Stubbenbaum. »Ihr habt ihn ein wenig leiden lassen, ja? So nennst du das?«

11.

Simon Kallweits Elternhaus war das, was man eine Hamburger Kaffeemühle nannte. Das Gebäude war in den zwanziger Jahren aus Backstein errichtet worden, war zweistöckig und hatte ein spitz zulaufendes Dach – obendrauf fehlte eigentlich nur die Kurbel, die man bei einer Mühle drehen würde.

Das Haus lag in einer ruhigen Seitenstraße in Ohlsdorf, nicht weit vom Alsterlauf entfernt. Es war – recht betrachtet – gleich in mehrfacher Hinsicht sehr hanseatisch. Es sah nach außen nicht unbedingt protzig aus, war innen aber großzügig und gediegen und beherbergte damit die Sorte Reichtum, die bei einem SPD-Senator gerade noch toleriert wurde.

Bevor Claudia und Takeda klingelten, unterhielten sie sich mit den beiden Polizeibeamten, die auf der Straße vor dem Haus in einem kleinen verglasten Container Wache schoben. Kallweit war als Politiker ein potentielles Ziel von Anschlägen. Im harmlosesten Fall waren es nur Farbbeutel, die gegen die Fassade geworfen wurden, im schlimmeren Fall wurde das Familienauto abgefackelt. All das war in den zurückliegenden Jahren bereits mehrfach geschehen.

Claudia fragte die Uniformierten, ob sich seit dem gestrigen Vorfall etwas Besonderes ereignet habe, aber die Beamten winken ab. Alles sei ruhig, außer dass immer mal wieder ein paar Journalisten auftauchten und das Haus fotografierten oder sogar an der Tür klingelten. Anscheinend glaubten die Presseleute allen Ernstes, dass die Eltern des jugendlichen Täters Lust auf ein spontanes Interview haben könnten.

»Kennt ihr Simon Kallweit eigentlich?«, fragte Claudia.

»Sicher«, erklärte einer der beiden Beamten, »ich schiebe hier seit zwei Jahren immer mal wieder Dienst. Ich habe gelegentlich mit dem Jungen geredet. Oder sagen wir, ich hab's versucht.«

»Das heißt?«

Der Beamte zuckte mit den Schultern. »Der Knabe ist ziemlich mundfaul. Aber alles in allem ganz nett. Bisschen verschroben.«

»Was meinst du damit?«

»Keine Mädchen, keine Freunde, keine Partys. Ein Träumer. Und ein Klugschnacker, der glaubt, alles zu wissen. Kann nerven.«

»Gab es Anzeichen für das, was jetzt passiert ist?«

»Habe ich mich natürlich auch gefragt. Eigentlich nicht. Obwohl ... ganz am Anfang hat er ab und zu hier mit uns im Container gesessen. Er war immer scharf drauf, unsere Dienstwaffen unter die Lupe zu nehmen, und mehr als einmal haben wir ihm die sogar in die Hand gedrückt. Da wird mir jetzt noch heiß, wenn ich dran denke. Aber wer weiß schon, was in den Köpfen dieser Kids vor sich geht? Jetzt mal ehrlich, die einen lassen sich einen Bart wachsen und ziehen in den Djihad, die nächsten werden Neonazis, und der hier schubst Leute vor die Bahn. Wer ist am Ende daran schuld? Die Kids? Oder wir alle? Ich möchte heutzutage nicht jung sein.«

Der andere Beamte, der ebenfalls breites Hamburgisch sprach, sagte: »Im Grunde kann man nur hoffen, dass sie volljährig werden, ohne dass sie bis dahin allzuviel Mist anstellen. Wobei ich schon lange sage, dass man das entsprechende Alter auf dreißig hochsetzen sollte. Vorher kapieren die doch nichts.«

»Danke«, sagte Claudia knapp und sparte sich jeden weiteren Kommentar. Im Zweifel hatten die Kollegen ja recht. Es waren seltsame Zeiten, und es war bestimmt nicht einfach, heutzutage aufzuwachsen. Viele Jugendliche taten unbedachte Dinge, um sich selbst etwas zu beweisen oder um vor ihren Freunden aufzutrumpfen. Die einen hatten Glück, und es passierte nicht viel. Die anderen eben nicht.

Von Auftrumpfen konnte bei Simon allerdings kaum die Rede sein. Nicht nach dem, was sie in der Schule erfahren hatten. Der Junge hatte schlimme Dinge erleiden müssen. Der Verdacht lag nahe, dass er die Tat begangen hatte, um endlich auch einmal Täter zu sein, nicht immer nur Opfer.

Es machte Simons Tat nicht besser. Aber doch ein klein wenig verständlicher.

Claudia klingelte, nannte über die Gegensprechanlage ihren und Takedas Namen. Sie hatte ihren Besuch telefonisch angekündigt, und doch war sie sich nun nicht sicher, ob Astrid Kallweit, Simons Mutter, öffnen würde. Nach gefühlten Ewigkeiten hörten sie dann endlich einen Schlüssel im Türschloss, dann das Geräusch eines Sicherheitsbalkens, schließlich eine Türkette. Erst danach schwang die Tür auf, und die Hausherrin stand ihnen gegenüber.

»Guten Tag, Frau Kommissarin. Und Sie müssen Inspektor Takeda sein. Bitte kommen Sie herein.« Die Hausherrin, deren Gesicht gegenüber Claudia abweisend wirkte, zeigte Anflüge eines Lächelns, als sie Takedas Namen hörte. Insgesamt aber wirkte sie ziemlich mitgenommen und übernächtigt. Ihr Gesicht war blass, die Augen von dunklen Ringen untermalt.

Claudia und Takeda betraten eine Art Vorraum, in der sich eine Garderobe befand. In einer Nische stand auf einem Holzpodest eine bronzene Skulptur, die einen Frauenkörper darstellte. Hinter einer schmalen Tür verbarg sich vermutlich ein Gäste-WC. Sie reichten der Gastgeberin ihre Jacken, die sie mit fahrigen Bewegungen über Bügel streifte.

Astrid Kallweit wies in Richtung des Hausflurs. Während sie gemeinsam in den hinteren Teil des Hauses gingen, erklärte sie: »Ich freue mich, dass Sie da sind. Ich möchte Ihnen erklären, wie Simon in Wirklichkeit ist. Vielleicht hat er etwas Schlimmes getan. Aber so ist er eigentlich nicht. Ich will, dass Sie das verstehen.«

»Das ist genau der Grund, warum wir hier sind. Es ist wichtig, dass wir mehr über Ihren Sohn erfahren. Übrigens müssen wir aus dem Grund auch mit Ihrem Mann sprechen. Schade, dass er nicht hier sein kann.«

Die Kallweit machte eine schwer zu deutende Geste, mit der sie Zustimmung, vielleicht aber auch Resignation ausdrückte. »Ich habe es Ihnen schon am Telefon erklärt. Mein Mann hat sehr wenig Zeit, er ist beruflich enorm eingespannt. Aber es wird sich bestimmt eine Gelegenheit finden.«

Claudia konnte sich eine spöttische Bemerkung nicht verkneifen. »Klar, ist ja auch nichts Wichtiges. Nur, dass Ihr Sohn mit einer Mordanklage rechnen muss.«

Astrid Kallweit blieb abrupt stehen, sah Claudia schneidend an. »Sie verstehen das falsch, Frau Kommissarin. Mein Mann glaubt fest an die Unschuld unseres Sohnes. Er sieht nicht ein, seine Pläne nur aufgrund eines Missverständnisses zu ändern. Und wer weiß, vielleicht hat er am Ende ja sogar recht.«

Claudia sparte sich eine Antwort.

Durch zwei ineinander übergehende Wohnzimmer gelangten sie in einen Erker. Dort stand ein kleiner Salontisch mit zarten hölzernen Stühlen. »Bitte, nehmen Sie Platz. Möchten Sie vielleicht Tee?«

Die Polizisten nickten, und während Astrid Kallweit in der Küche verschwand, blickten Claudia und Takeda sich in den Räumen um. Sie waren bieder eingerichtet, antiquarische Kommoden und Schränke, Polstermöbel, Ölgemälde an den Wänden, eine Bücherwand mit ledergebundenen Bänden in allen möglichen Sprachen. Auf einem Couchtisch lagen ein paar Zeitschriften, die teure, exklusive Sorte.

Insgesamt wirkten die Zimmer seltsam steril. Es fehlten die Spuren eines normalen Lebens, eine gebrauchte Tasse, ein paar Krümel, ein altes Taschentuch, ein Pullover auf einem Sessel. In einer Ecke lag ein Hundekorb, doch von einem Tier war nichts zu sehen. Das Gefühl der Unbelebtheit wurde zusätzlich verstärkt, weil es in dem Haus vollkommen still war. Nur das sanfte Klackern einer Pendeluhr war zu hören. Claudia fühlte sich an die Wohnung ihrer Großmutter erinnert, in der auch nur so eine Uhr zu hören gewesen war – dieselbe Uhr, die nun als Erbstück in ihrer Wohnung in Groß Borstel hing.

Astrid Kallweit kehrte mit einem Tablett zurück, darauf eine Teekanne und drei Tassen aus feinstem Porzellan. Der Tee roch intensiv und aromatisch, war ebenfalls von bester Qualität. Claudia warf zwei Stückchen Kandis in ihre Tasse, horchte mit einem Lächeln auf das leise Knacken, als die Kristalle mit dem heißen Tee übergossen wurden.

»Erzählen Sie uns etwas über Ihren Sohn, Frau Kallweit. Wie ist er? Was hat er für Hobbys? Was ist mit Freunden? Mit einer Freundin? Wie ist das Verhältnis zwischen Ihnen beiden oder auch zwischen Simon und seinem Vater? Geben Sie uns einfach einen möglichst umfassenden Eindruck«, forderte Claudia die Hausherrin auf.

Takeda wiederholte die Worte, die er auch gegenüber Thomas Brunkhorst geäußert hatte. Astrid Kallweit solle nicht an die Tat denken, sondern daran, wie sie ihren Sohn vor den Ereignissen des gestrigen Tages beschrieben hätte.

Astrid Kallweit schenkte ihm daraufhin ein Lächeln und erklärte: »Ich freue mich, dass Sie hier sind, Herr Takeda. Dass Sie den Fall bearbeiten. Ich habe gestern Abend mit Simon gesprochen, und er hat mir gesagt, dass er Sie mag. Er vertraut Ihnen. Er glaubt, dass alles gut wird, wenn Sie sich um seine Sache kümmern.«

»Es freut mich, das zu hören«, sagte Takeda und deutete eine Verbeugung an.

Astrid Kallweit ignorierte Claudia und redete nun ausschließlich in Takedas Richtung, was sich für den Rest ihres Gesprächs auch nicht mehr ändern sollte. »Sie wollen etwas über Simon hören? Tja, wo soll ich anfangen? Er ist unser einziges Kind, wir hätten gerne noch einen Bruder oder eine Schwester für ihn gehabt, aber das war nicht möglich. Simon war als Kind kränklich, ist es eigentlich immer noch. Deswegen fehlt er auch oft in der Schule. Ich weiß, dass er deswegen verspottet wird, aber seine Mitschüler tun ihm unrecht. Er ist ein zartes, sensibles Kind, das viele Dinge zu schwer nimmt. Ich habe Simon oft gesagt, er soll sich mehr öffnen, soll mehr mit Gleichaltrigen unternehmen, die Dinge leichter nehmen. Aber er ist lieber für sich alleine. Ich bin übrigens genauso, weswegen wir vermutlich auch gut miteinander auskommen, mein Junge und ich. Ich glaube, ich bin ihm die Kameradin, die ihm unter Gleichaltrigen fehlt.«

»Eine gute Beziehung zwischen Kindern und Eltern ist etwas ungeheuer Wertvolles«, sagte Takeda ernsthaft.

Claudia musste sich Mühe geben, nicht böse zu grinsen. Merkte Takeda nicht, dass Astrid Kallweits Worte, ja die ganze Atmosphäre des Hauses etwas anderes erzählten als eine gute familiäre Atmosphäre? Er konnte das unmöglich ernst meinen.

Die Kallweit entblödete sich nicht, über den Tisch zu greifen und ihre Hand auf die Takedas zu legen. »Sehen Sie, Herr Takeda, so wie mein Junge sofort Vertrauen zu Ihnen gefasst hat, so geht es mir auch. In unserem Land werden die familiären Werte nicht mehr sonderlich geschätzt. In Ihrer Heimat ist das anders, darum haben Sie sich ein Gespür für das Wesentliche bewahrt.«

Noch so ein paar so Sprüche, und sie würde strahlkotzen, dachte Claudia. Eigentlich war sie hier doch sowieso überflüssig, Takeda konnte die Befragung auch alleine weiterführen Sie wandte sich an Astrid Kallweit. »Ich würde mir gerne Simons Zimmer ansehen.«

Die Hausherrin entgegnete mit schmalen Lippen: »Simon mag es nicht, wenn man sein Zimmer ohne seine Erlaubnis betritt. Mein Mann und ich respektieren das.«

»Ich komme gerne mit einem Durchsuchungsbeschluss wieder. Den würden Sie bestimmt auch respektieren, oder?«

Die Kallweit sah Claudia sauertöpfisch an und sagte: »Ich zeige Ihnen den Weg, Frau Kommissarin. Das Gesprächsthema dürfte Sie ohnehin nicht interessieren, Sie haben sicherlich keine Kinder, richtig?«

Claudia blieb für einen kurzen Moment die Luft weg. Geh nicht darauf ein, sagte sie sich. Es lohnt sich nicht. Lass sie einfach reden. Und warte geduldig auf den Tag, an dem man endlich nicht die Kinder, sondern die Eltern für deren Taten einsperren darf. »Erklären Sie mir einfach, wo das Zimmer Ihres Sohnes ist.«

»Natürlich«, sagte Astrid Kallweit, »und lassen Sie sich alle Zeit, die sie brauchen.«

Klar, sie möchten ja ganz offensichtlich mit Takeda alleine sein, dachte Claudia, sparte sich aber eine Erwiderung. Sie spürte einen Stich der Eifersucht in sich und ärgerte sich sofort über sich selbst. Astrid Kallweit war eine attraktive Frau, daran änderte auch ihr mitgenommener Zustand nichts. Für Claudias Geschmack war sie zu asketisch, fast verhärmt, aber es bestand kein Zweifel, dass sie etwas ausstrahlte, das Männer anzog. Sie erinnerte ein wenig an Susanne Sassnitz, die Hauptverdächtige in ihrem letzten Fall, mit der Takeda eine Affäre begonnen hatte. Der Inspektor hatte versprochen, dass sich so etwas nicht wiederholen würde. Doch da hatte er Astrid Kallweit noch nicht getroffen.

Aber was soll's, sie musste Takeda vertrauen. Was sollte sie auch sonst tun?

Nachdem Claudia in Richtung des Treppenhauses verschwunden war, forderte Takeda die Frau auf, fortzufahren, und sie erklärte:

»Simon ist so diszipliniert, dass es selbst mir und meinem Mann gelegentlich unheimlich ist. Er liest Bücher, die seinem Alter weit voraus sind, er lernt Sprachen, übrigens auch Japanisch, verbringt viel Zeit am Klavier. Beethoven, Chopin, Schumann, das ist seine Welt. Es wird heute ja viel über Hochbegabung geredet, aber bei Simon trifft es zu. Wir haben es schon vor Jahren testen lassen. Natürlich hat eine solche Fülle an Talenten auch eine Kehrseite. Simon erregt den Neid seiner Mitschüler, er wird von ihnen geschnitten und oft auch sehr unfreundlich behandelt.«

Takeda nickte nachdenklich. »Ich bin mir nicht sicher, ob unfreundlich behandelt die Sache wirklich trifft.«

»Wieso? Was meinen Sie damit?«

»Simon hat Ihnen nicht erzählt, dass er von seinen Klassenkameraden gequält, ja körperlich schwerst misshandelt worden ist?«

Die Kallweit sah den Inspektor kopfschüttelnd an. »Gequält? Misshandelt? Ich weiß gar nicht, was Sie damit sagen möchten.«

Takeda beschrieb mit vorsichtigen Worten, was er und Claudia auf den Fotos gesehen hatten. Astrid Kallweit hörte ihm zu, ihr Gesicht verschloss sich dabei immer mehr. »Ich kann nicht glauben, was Sie da sagen. Simon hätte es mir doch erzählt. Wir haben ein sehr vertrauensvolles Verhältnis.«

»Das glaube ich Ihnen, Frau Kallweit. Dennoch besteht kein Zweifel an dem, was geschehen ist. Wir haben Fotos gesehen. Natürlich werden wir auch Simon selbst dazu befragen. Der Verdacht liegt nahe, dass diese Vorkommnisse eine wichtige Rolle bei der gestrigen Tat Ihres Sohnes gespielt haben.«

Astrid Kallweit versuchte Haltung zu bewahren, was ihr aber immer schlechter gelang. Takeda ließ einige Momente der Stille verstreichen, griff das Thema dann wieder auf. Ihm wurde klar, dass sein anfängliches Gefühl der Wahrheit entsprach. Eine gute Beziehung zwischen Eltern und Kindern war zwar wirklich etwas Wertvolles, doch in diesem Haus konnte keine Rede davon sein.

12.

Claudia stieg die ringförmig angelegte Treppe im großzügigen Treppenhaus des Hauses der Familie Kallweit nach oben. Von unten hörte sie leise die Stimmen von Takeda und Astrid Kallweit, hörte, wie die Frau nun aufschluchzte.

Die Stufen knarrten unter ihren Füßen. Auch hier hingen an den Wänden zahlreiche Gemälde, allerdings keine alten Ölgemälde, sondern Arbeiten moderner Künstler, viel Abstraktes, einige Porträts, farbenfrohe Landschaften aus Klecksen und Strichen.

Simon Kallweit bewohnte den ausgebauten Dachstuhl des Hauses, ein Raum über zwei Ebenen, wobei sich oben nur die Schlafgelegenheit befand, eine Art Hochbett unmittelbar unter dem Dachgiebel.

Claudia öffnete die Tür, blieb dann aber wie erstarrt stehen. Der Anblick, der sich ihr bot, ließ sie um Fassung ringen. Kein Wunder, dass der Junge niemandem in seinem Zimmer haben wollte. So aufgeräumt und kühl das sonstige Haus war, so sehr herrschte hier das totale Chaos, ja, die völlige Verwahrlosung. Wäschehaufen, Bücher, Schulhefte, verschiedene Taschen und Rucksäcke, unzählige andere Dinge lagen überall herum, bedeckten den gesamten Fußboden des Zimmers, ließen so gut wie keine Lücke. Hinzu kamen unzählige abgegessene Teller, leere Pizzaverpackungen, Chipstüten. Nicht nur der Fußboden war übersät, sondern auch der Schreibtisch, das Sofa, das Bett. Claudia konnte kaum atmen, denn in der Luft hing ein stechender Geruch nach Verwesung, der wohl von den Essensresten ausging. Die Eltern mussten das Zimmer seit Wochen, vielleicht Monaten nicht mehr betreten haben. Soviel zum ach so innigen Vertrauensverhältnis zwischen Mutter und Sohn. Wenn Astrid Kallweit nicht einmal wusste, was Simon in ihrer unmittelbaren Umgebung tat, wie sollte sie dann auch nur ahnen, was er dort draußen trieb? Für den Vater galt das vermutlich gleich doppelt. Der Senator kümmerte sich offenbar vorrangig um seine Karriere und nur wenig oder auch gar nicht um seinen Sohn und seine Frau.

Claudia stakste durch das Chaos, hatte aber Mühe, inmitten der Unordnung freie Flecke zu finden, auf die sie ihre Füße setzen konnte. Sie nahm hier und dort etwas in die Hand, ließ es aber gleich wieder fallen, so sehr ekelte sie sich. Sie untersuchte den Schreibtisch, der ebenfalls mit unzähligen Dingen vollgemüllt war. Wirklich arbeiten konnte das kleine Genie hier jedenfalls nicht. Am Rand der Tischplatte stand ein Mixer, von dem ein unerträglicher Gestank ausging. Vermutlich stellte der Junge hier seine Smoothies her, hatte das Gerät aber niemals gesäubert. Wobei es weniger nach faulem Gemüse als mehr nach verwestem Fleisch roch.

Claudia arbeitete sich zu einem Bücherregal vor. Bunte Buchrücken mit seltsamen Titeln reihten sich aneinander. *Uzumaki. Sankarea. Gantz. Battle Royal. Dark Hideout.*

Es waren allesamt Manga. Von wegen, Simon liest Bücher, die seinem Alter voraus waren ...

Claudia zog wahllos einen Band heraus, blätterte ihn auf, schüttelte verständnislos den Kopf. Dann merkte sie, dass sie das Buch falsch herum hielt. Sie erinnerte sich daran, dass Takeda es ihr erklärt hatte. Japanische Bücher wurden von hinten nach vorne gelesen, jedenfalls im Vergleich zu deutschen. Offenbar behielten die Verlage das bei den Manga bei, die ja ins Deutsche übersetzt waren.

Claudia drehte das Buch um, las nun ein paar Seiten, hatte aber immer noch Mühe, der ungewohnten Anordnung der Bilder zu folgen. Aber auch als sie den Bogen einigermaßen heraushatte, wurde ihr schnell klar, dass sie nicht viel mit der Geschichte anfangen konnte. Sie überflog das erste Kapitel, wusste allerdings immer noch nicht, worum es eigentlich ging. Schlanke junge Männer, bei denen nicht ganz klar war, ob sie Europäer oder Asiaten waren, unterhielten sich über Belanglosigkeiten, brachen dabei immer wieder in Jubel oder Tränen aus, wobei sie reichlich bizarre Grimassen zogen. Die Mädchen in der Geschichte waren süßlich und hatten riesige Kulleraugen, und ihre Funktion bestand offenbar darin, die jungen Prinzen zu bewundern. Claudia fand die Zeichnungen albern und die Story wirr. Ihr Ding waren Manga offenbar nicht, das hatte sie schon im Präsidium gedacht, als Takeda ihr eines seiner Manga gezeigt hatte.

Sie gab einem anderen Buch eine Chance, das Ergebnis war jedoch dasselbe. Diesmal war sie allerdings nicht gelangweilt, sondern erschrocken. Die Bilder waren blutig und brutal. Einzelne Figuren verwandelten sich in Geister, schlachteten Menschen oder Tiere ab. Dann wieder war die Geschichte albern und grotesk, nur um sich gleich wieder in einer hemmungslosen Splatter-Szenerie zu verlieren.

Krankes, brutales Zeug. Wenn ein Teenager so etwas haufenweise las, durfte es einen nicht wundern, wenn er selbst verrohte.

Claudia schob die Manga-Bücher zurück ins Regal und blieb noch eine Weile unschlüssig in dem Zimmer stehen. Ein Gefühl der Beklemmung stieg in ihr auf. Hatte es überhaupt einen Sinn, mit Astrid Kallweit über ihren Sohn zu sprechen? Wusste diese Frau, die so von ihrem Sohn schwärmte, überhaupt etwas über ihn und was er tat? Ahnte sie, in welcher Verwahrlosung der Junge hier unter demselben Dach wie sie hauste?

Die Kommissarin stieß ein Schnauben aus, von dem sie selbst nicht wusste, ob es Wut oder Trauer ausdrückte. Sie musste an das denken, was Takeda ihr schon nach seinem ersten Gespräch mit Simon erzählt hatte und dass er ihn für einen *Otaku* hielt, für einen Jungen also, der sich in die Welt der Manga geflüchtet hatte, weil er mit der Wirklichkeit nicht klarkam. Ja, schlimmer noch, einige von diesen *Otaku* steigerten sich in den Wahn hinein, selbst eine Manga-Figur zu sein, und in dieser Rolle verübten sie dann grausame Verbrechen. Schien in Japan schon des Öfteren vorgekommen zu sein.

Zum ersten Mal wollte Claudia nicht ausschließen, dass Takeda recht hatte. Vielleicht lag in diesen seltsamen Bildergeschichten der Schlüssel für Simons Verbrechen, kombiniert mit den Qualen, die ihm seine Mitschüler angetan hatten.

Andererseits fand sie ein anderes Motiv ebenso naheliegend, besonders jetzt, wo sie Simons Elternhaus und sein Zimmer gesehen hatte. Die Tat des Jungen war nichts anderes als ein verzweifelter Hilfeschrei, ein fehlgeleiteter grausamer Versuch, gesehen, gehört, geliebt zu werden.

13.

Es war weit nach Mitternacht. Draußen auf den Straßen hatte ein kalter Novemberregen eingesetzt. Inspektor Takeda saß im Schneidersitz auf seinem Futon in seiner Wohnung und trug nur ein T-Shirt und Boxershorts. Er rauchte eine Mild Seven. Aus der kleinen Kompaktanlage von Panasonic – er kaufte bei Elektroprodukten ausschließlich japanische Marken – lief leise ein Stück von Charlie Parker. Vorher hatte er sich eine Instant-Ramen-Nudelsuppe zubereitet und dazu ein Dosenbier getrunken, aber jetzt, gute zwei Stunden später, verspürte er wieder Hunger. Anstatt sich etwas Ordentliches zuzubereiten, naschte er abwechselnd aus zwei Plastiktüten, einer mit getrocknetem Tintenfisch – *Saki Ika* – und einer mit *Osenbei*-Plätzchen, glasierten Reiscrackers, die mit Seetang umwickelt waren.

Takeda war nachdenklich und aufgewühlt, die Erkenntnisse, die der Tag ihm und Claudia beschert hatten, ließen ihm keine Ruhe. Immer wieder musste er an einen Fall denken, der nun schon einige Jahre zurücklag. Er war damals gerade erst zum Inspektor befördert worden, als in Tokio die Leichen von vier Männern gefunden wurden. Alle waren im selben Alter, etwa Mitte dreißig. Ihre toten Körper waren entkleidet und auf Schulhöfen so niedergelegt worden, dass sie am Morgen von zahllosen Schulkindern gesehen werden mussten. Die Obduktionen ergaben, dass die Toten erwürgt worden waren, ihre Körper innerlich aber voller Gegenstände wie Batterien, Werkzeuge, sogar Mobiltelefone waren. Offenbar hatte der Täter seine Opfer vor ihrem Tod gezwungen, die Gegenstände zu verschlucken, ein Vorgang, der nur unter unglaublichen Schmerzen möglich war. Bei den Ermittlungen stellte sich heraus, dass die Opfer viele Jahre zuvor gemeinsam eine Mittelschule in Hachiōji, einer Stadt im Westen Tokios, besucht hatten. Takeda und seine Kollegen fanden außerdem heraus, dass etliche Lehrer, die damals an der Schule unterrichtet hatten, frühzeitig in den Ruhestand versetzt worden waren. Nach entsprechendem Druck durch die Polizei gab die Schulleitung zu, dass es zu der Zeit, als die Opfer dort zur Schule gegangen waren, zu einem sogar für japanische Verhältnisse grausamen Fall von *Ijime*, der japanischen Form von Mobbing, gekommen war.

Das Opfer der Mobbing-Attacken war ein Schüler namens Shigeru Komatsu gewesen. Er war als Neuntklässler von einer Gruppe von vier Schülern systematisch gequält und immer wieder gezwungen worden, Glasscherben, Steine oder Plastiktüten zu essen. Außerdem hatten sie ihm den Inhalt kochend heißer Getränkedosen über den Körper gegossen. Im schlimmsten Fall hatten sie ihm Rasierklingen so in die Kleidung gelegt, dass sie ihm durch das eigene Körpergewicht tief ins Fleisch schnitten. Komatsu hatte stoisch im Unterricht sitzen und unter bestialischen Schmerzen Klassenarbeiten schreiben müssen. Gab er Schmerzenslaute von sich, traf ihn die Rache seiner Peiniger nur umso härter.

Takeda machte sich auf die Suche nach dem damaligen *Ijime*-Opfer, und tatsächlich gelang es ihm, Komatsu, der nun Mitte dreißig war, in Funabashi, einer Stadt im Osten Tokios, ausfindig zu machen. Kaum einer der Nachbarn kannte ihn, da er seine Wohnung so gut wie niemals verließ. Takeda würde wohl nie vergessen, wie er in Begleitung zweier Kollegen das kleine Einraum-Appartment betrat. Im Inneren herrschte wegen der abgedunkelten Fenster trübes Zwielicht. Komatsu saß vor seinem PC und machte ein Videospiel. Er begrüßte die Ermittler höflich, nachdem sie die Tür aufgetreten und sich Einlass verschafft hatten. Geblendet vom einfallenden Tageslicht, musste Komatsu die Augen schließen. Er war zu diesem Zeitpunkt seit über zwei Monaten nicht mehr im Freien gewesen und hatte das Appartment lediglich nachts für kurze Stunden verlassen. Er war unrasiert und hatte verfilzte Haare, hatte seit Wochen kaum mehr gegessen und wog weniger als fünfzig Kilogramm. Angesprochen auf die Ermordeten, kniete er sich auf den Boden, verneigte sich tief und gab die Taten unumwunden zu. Er erklärte, dass er sich bereits als Fünfzehnjähriger geschworen hatte, für seine Qualen Rache zu üben. Nun endlich sei es ihm gelungen. Seitdem fühle er sich befreit und sei nun endlich in der Lage, wieder ein normales Leben zu beginnen.

Komatsu war das, was man in Japan einen *Hikikomori* nannte, ein Phänomen, das eng mit dem der *Otaku* verbunden war und sozusagen dessen Steigerung darstellte. Im Wortsinn bedeutete *Hikikomori* so viel wie Rückzug oder auch Einschluss, war aber zur gängigen Bezeichnung für zumeist junge Japaner geworden, die sich tage- oder wochenlang, mitunter sogar für mehrere Jahre in ihre Zimmer zurückzogen und jeden Kontakt mit der Außenwelt verweigerten. Die japanische Gesellschaft, die so sehr von Harmonie und Konformität geprägt war, reagierte auf das Phänomen, das sich seit den achtziger Jahren entwickelt hatte, zunächst wie auf alle Formen von Abweichung: Sie ignorierte es.

Die Zahl der *Hikikomori* war im Laufe der Jahre jedoch so sehr angestiegen – Untersuchungen gingen von Hunderttausenden von Fällen aus –, dass sich inzwischen zahlreiche wissenschaftliche Studien mit dem Phänomen beschäftigten. Es gab Hilfsangebote, Therapien, sogar spezielle Wohngruppen für betroffene Jugendliche, in denen sie nach ihrem oft jahrelangen Eremitentum wieder an die Begegnung mit anderen Menschen gewöhnt wurden.

Die Motive für den radikalen Rückzug aus der Gesellschaft waren vielfältig. Oft wurde der enorme Leistungs- und Konformitätsdruck genannt, der auf jungen Japanern lastete, so dass sie einzig in der totalen Isolation ein Gefühl von Freiheit und Selbstverwirklichung entwickeln konnten.

Doch auch *Ijime*, Mobbing, spielte in vielen Fällen eine Rolle. So wie bei Simon Kallweit.

Denn auch der Mörder vom Dammtorbahnhof war ein *Hikikomori*. Astrid Kallweit hatte es, nachdem Takeda mehrfach nachgefragt hatte, unter Tränen zugegeben. Ihr Sohn habe immer wieder tage- oder sogar wochenlang sein Zimmer nicht verlassen, sei nicht zur Schule gegangen und habe jeden Kontakt mit ihr oder anderen Menschen verweigert. Sogar das Essen musste sie ihm vor die Tür stellen. Nur nachts schlich er sich gelegentlich vor die Tür, machte lange Spaziergänge oder besuchte alleine eine Kinovorstellung. Sie, Astrid Kallweit, habe das Verhalten ihres Sohnes seit Jahren gedeckt, habe ihm Entschuldigungen für die Schule geschrieben und sogar ihren Mann, Simons Vater, angelogen, wobei der ja ohnehin kaum zuhause wäre. Jetzt aber, vor allem nachdem Takeda sie über das aufgeklärt habe, was seine Mitschüler Simon angetan hatten, erkenne sie, dass ihr Verhalten ein Fehler gewesen sei. Längst hätte sie für Simon professionelle Hilfe suchen müssen.

War Simon Kallweit also deshalb zum Mörder geworden? Hoffte er insgeheim sogar auf eine Gefängnisstrafe, denn eine Zelle war sicherlich die radikalste Form von *Hikikomori*, die ein so freies Land wie Deutschland zu bieten hatte?

Takeda warf einen Blick auf seine Uhr. Es war inzwischen halb drei in der Nacht, doch noch immer verspürte er keine Müdigkeit. Daran würde sich so bald auch nichts ändern. Am besten würde er also doch noch einmal die Wohnung verlassen. Er hatte auch schon eine Idee, wohin er gehen könnte.

14.

In dieser kalten Novembernacht war kaum jemand auf den Hamburger Straßen unterwegs. Die Stadt lag still und ruhig da, die Menschen schliefen, sogar die meisten Kneipen und Clubs hatten bereits ihre Türen geschlossen.

Auch der Hamburger Stadtpark lag ruhig und verlassen da, beherbergte wegen des schlechten Wetters nicht einmal die üblichen Obdachlosen, die sonst vielleicht unter einem Baum oder in einem Gebüsch ihr Lager aufschlugen. Es war vollkommen still, bis auf das Geräusch der Wassertropfen, die nun, da der nächtliche Regen aufgehört hatte, von den Ästen der Bäume zu Boden fielen.

Obwohl – war da nicht doch noch ein anderes, ein überraschendes Geräusch zu hören? Es wollte so gar nicht in die kalte, eingefrorene Nacht passen. Was war es also?

Der Blick fiel auf eine einsame Gestalt im Trenchcoat, die mitten auf der großen Stadtparkwiese stand, ein Saxophon um den Hals hatte und sich einem stillen, konzentrierten Spiel hingab.

Die Musik, die er spielte, war nicht schön, nicht harmonisch, nicht gefällig. Seinem Instrument entstiegen ruppige, dissonante Töne, die an das Bersten abbrechender Eisschollen erinnerten, an das Einstürzen gesprengter Häuser, das Durcheinander einer hektischen, niemals ruhenden Großstadt.

Freejazz. Unerträglich für die einen, voller Weisheit für die anderen.

Takeda, er war es, der hier stand und spielte, würde wohl sagen, dass der Jazz beides war, unerträglich und schön, schmerzhaft und klug. In jedem Fall aber war diese Musik wahrhaftig. Sie gab nicht vor, all die widersprüchlichen Seiten des modernen Lebens in Harmonie bringen zu wollen, sie hatte die Größe, sie in ihrer ungeheuren Gegensätzlichkeit zu belassen. Mordende Teenager, folternde Schüler, verblendete Mütter, abwesende Väter.

Jede Harmonie, um solche Dinge auszudrücken, wäre verlogen. Die einzige Erleichterung bestand darin, es auszuhalten und im Unerträglichen die Schönheit einer höheren Ordnung zu suchen.

Es ließ sich nur ertragen, wenn man es ausdrücken konnte.

Nach gut einer Stunde war Takeda erschöpft, zumal die Luft eigentlich viel zu kalt war, um draußen zu spielen. Aber er hatte es gebraucht.

Nun ging es ihm gut, nun spürte er Müdigkeit.

Er packte das Saxophon zurück in den Koffer, zündete sich eine Mild Seven an und trat den Rückweg nach Hause an.

15.

Als Takeda am nächsten Vormittag ins Präsidium kam – er hatte nach der dritten mehr oder weniger durchwachten Nacht doch etwas länger geschlafen –, fand er auf seinem Schreibtisch eine Notiz von Claudia. Sie sei unten bei Christine Meltendorf in den Räumen der KTU. Takeda möge doch bitte dazukommen, es gebe eine Menge zu tun.

Der Inspektor starrte auf den Zettel und runzelte die Stirn. Es sah Claudia nicht ähnlich, solche Botschaften zu hinterlassen. Ob etwas passiert war?

Bevor er das Zimmer verließ, blickte Takeda sich noch einmal um. Die Zahl von Claudias Zimmerpflanzen hatte in den zurückliegenden Wochen deutlich abgenommen, so dass der Raum nun aufgeräumter und lichter wirkte. Zuvor hatten ihn die Kollegen immer spöttisch den *Dschungel* genannt. Jetzt wäre vermutlich *Gewächshaus* treffender. Claudia hatte mit Takedas Hilfe den großen Benjamini ins Konferenzzimmer gestellt und die kränkelnde Monstera hinüber in den Aktenraum. Dort war es dunkler, und die Pflanze fühle sich wohler, meinte Claudia. Die kleinen Töpfe mit den Kakteen waren in Holger Sauers Büro gewandert, und zwar ohne dass man ihn zuvor gefragt hatte. Claudia hatte darauf bestanden, dass Takeda mit dabei war, als sie die fünfzehn kleinen Töpfe mit den stacheligen Gewächsen ins Zimmer ihres Vorgesetzten brachten und dort verteilten. Takeda fühlte sich wie ein Einbrecher und fragte Claudia mehr als einmal, ob Sauer auch wirklich mit der neuen Dekoration seines Büros einverstanden sei. Claudia lachte ihn aus und erklärte, dass Vorgesetzte in Deutschland meistens gar nicht gefragt werden wollten, egal, worum es gehe, schließlich könne man ihnen hinterher dann auch nicht die Schuld für irgendetwas geben. »Außerdem ist Sauer selbst ein Kaktus. Die Pflanzen werden ihm gefallen. Und jetzt machen Sie einfach weiter.«

Was blieb Takeda anderes übrig, als sich seufzend zu fügen?

Sein Blick fiel auf Claudias Schreibtisch, auf dem ein Stapel mit den aktuellen Tageszeitungen lag. Auch heute war der S-Bahn-Schubser, wie Simon Kallweit von den Medien genannt wurde, auf allen Titelseiten. Und wieder wurde unzweideutig darauf hingewiesen, dass der Täter, Simon K., der Sohn eines hochgestellten Hamburger Politikers sei. Mit Interesse las Takeda einen Artikel im Innenteil eines der Lokalblätter, in dem über die Auswirkungen der Tat in den sozialen Netzwerken berichtet wurde. Der Artikel war mit einem Screenshot illustriert, der eine Facebook-Diskussion unter jugendlichen Nutzern zeigte. Die Stimmen waren zutiefst gespalten und forderten entweder die Todesstrafe für Simon, obwohl der ja so alt war wie die Diskutanten selbst, oder sie lobten ihn für seinen Mut und erhoben die Tat zu einer Art künstlerischer Performance, mit der sich der jugendliche Täter unsterblich gemacht habe, schließlich habe er den Mut gehabt, dem Frust, den sie doch alle empfänden, endlich Luft zu machen.

In dem nebenstehenden Kommentar schrieb eine Redakteurin, dass allerhand Risse durch Deutschland gingen, zwischen Armen und Reichen, Linken und Rechten, Zugewanderten und Bio-Deutschen. Aber keiner dieser Risse sei so tief wie der zwischen der älteren Generation und der digitalen Jugend. Wie sonst könnten die jungen Leute Simon K. in ihren Netzwerken als Helden feiern, obwohl er eine Frau getötet hatte? Einzige Erklärung: die endgültige Abkopplung von der Wirklichkeit und die Verlagerung von Denken und Fühlen in das virtuelle Universum von Facebook & Co.

Kurz darauf betrat der Inspektor die Räume der KTU und fand sich inmitten eines Wirrwarrs aus technischen Geräten, Prüfständen und Glaskolben-Landschaften wieder. Claudia saß vor einem Videomonitor und schien sich von dem hektischen Chaos um sie herum nicht beirren zu lassen. Sie betrachtete die Aufzeichnung der Bahnsteigkamera aus dem Bahnhof Dammtor vom Morgen der Tat. Mit einem Stellrad konnte sie die Ablaufgeschwindigkeit des Films regeln. Sie ließ ihn in einer Art Super-Slowmotion ablaufen, so dass er mehr oder weniger aus einer Folge von Standbildern bestand.

Claudia, die Takedas Anwesenheit hinter sich bemerkte, sagte, ohne sich umzudrehen: »Sehen Sie mal hier, bei Sekunde dreiundzwanzig. Man sieht, wie die Schüler in Richtung Bahnsteigkante aufrücken. Simon steht ganz vorne. Und hier, ein paar Sekunden später, geht Tatjana Gebers an der Bahnsteigkante entlang. Jetzt bleibt sie genau vor Simon stehen. Bei Sekunde achtundvierzig fährt der Zug in den Bahnhof ein. Und jetzt passen Sie genau auf, Ken!«

Claudia drehte mit vorsichtigen Bewegungen das Stellrad, so dass der Zug sich ruckelnd und millimeterweise dem Bahnsteigabschnitt näherte, auf dem die Schüler und Tatjana Gebers standen. Ihre Bewegungen wirkten abgehackt wie in einem Stummfilm aus den zwanziger Jahren. Die Bahn hatte fast die Höhe der Schüler erreicht. Tatjana Gebers Oberkörper machte einen zeitlupenhaften Satz nach vorne, dann ruderte sie ebenso verlangsamt mit den Armen, fiel schließlich nach vorne und wurde von der Bahn erfasst. Ihr Körper wurde von dem Treibwagen aus dem Bild geschoben, während, ebenfalls in Zeitlupentempo, eine Blutfontäne über den Bahnsteig spritzte.

»Haben Sie es gesehen? Wie Simon die Frau stößt?«, fragte Claudia.

»Ich bin mir nicht sicher«, sagte Takeda. Er zog sich einen Stuhl heran und setzte sich neben Claudia.

»Dann noch einmal von vorne. Und los!«

Claudia drehte das Stellrad in einer schnellen Bewegung, die Bahn sauste zurück, Tatjana Gebers flog wieder auf den Bahnsteig, die Schüler rückten trippelnd nach hinten. Dann ließ Claudia die Sequenz erneut in Super-Slowmotion vorwärts ablaufen.

Am Ende stellte sie Takeda erneut die Frage: »Wie war es diesmal? Konnten Sie es sehen?«

Takeda sah Claudia neugierig an, er spürte, dass seine Kollegin auf etwas zusteuerte, das sie noch nicht ausgesprochen hatte. »Nein, ich konnte es nicht genau erkennen. Simon Kallweits Kopf ist zu sehen, nicht aber seine Hände. Sie sind durch seine Mitschüler verdeckt.«

»Richtig. Aber egal, wir versuchen es noch einmal. Sehen Sie bitte ganz genau hin.«

Claudia ließ die Sequenz ein drittes und schließlich sogar ein viertes Mal durchlaufen, sah den Inspektor danach wiederum fragend an.

Takeda aber hob hilflos die Arme. »Wie ich sagte, es lässt sich nicht genau ausmachen. Aus dem Winkel, aus dem die Kamera aufgezeichnet hat, sieht man nur Köpfe und maximal die Schulterpartien der Schüler, nicht aber ihre Hände.«

Claudia nickte mit zusammengepressten Lippen, sagte dann so leise, dass sie kaum zu hören war: »Genau so ist es, Ken. Man sieht nichts. Die Aufzeichnung ist als Beweismittel unbrauchbar.«

»Wir haben ja noch die Bilder und Videos aus den Handys der Mitschüler. Was ist mit denen?«

Claudia stieß ein Schnauben aus. »Habe ich zigmal durchgesehen. Es ist genau dasselbe. Man sieht einen Haufen Schüler, die in einem Knäuel Richtung Bahnsteigkante drängeln. Ab und zu ist der Hinterkopf von Simon zu sehen, ab und zu der von Tatjana Gebers. Aber keine Hände, kein Schubsen. Auf einem Video sieht man undeutlich im Hintergrund, wie die Gebers nach vorne stürzt und von dem Zug erfasst wird, aber die Bilder sind so verwackelt, dass sie nichts hergeben.«

Takeda kniff die Augen zusammen und fragte: »Worum geht es, Claudia? Nicht wirklich um die Bilder, oder?«

Seine Kollegin ließ sich tiefer in den Bürostuhl sinken. Mit gepresster Stimme sagte sie: »Simon Kallweit hat heute Morgen sein Geständnis widerrufen und behauptet nun stock und steif, er habe die Frau gar nicht gestoßen. Es sei ein Unfall gewesen, sie sei einfach gestolpert. Und er habe aus einem verrückten Impuls heraus so getan, als wäre er es gewesen. Es tue ihm schrecklich leid, aber er würde tausendmal schwören, dass er nun die Wahrheit sagte.«

Takeda ließ ein paar Sekunden der Stille vergehen. Dann fragte er mit einem Blick auf die Kaffeemaschine der KTU-Kollegen, die auf einer Fensterbank stand: »Darf ich mich bedienen?«

Seine Stimme verriet in keiner Weise, wie er die Neuigkeit aufnahm.

»Dürfen Sie, Christine Meltendorf hat es mir ausdrücklich erlaubt. Ich nehme auch gerne eine Tasse«, sagte Claudia.

Takeda schenkte zwei Becher voll, reichte einen an seine Kollegin, trank einen Schluck. Er ließ ein paar Sekunden verstreichen, nickte dabei einige Male, brummte nachdenklich, kratzte sich im Nacken, sog zischend die Luft zwischen den Zähnen ein. Ein paar Mal setzte er dazu an, etwas zu sagen, schwieg dann jedoch.

Schließlich hielt Claudia es nicht länger aus: »Kommen Sie, Ken, spucken Sie es aus. Was denken Sie?«

»Ich bin mir nicht sicher.«

»Darauf hätte ich wetten können. Trotzdem, was ist Ihr Eindruck, Ihr erster Gedanke?«

»In Ordnung. Also, als Erstes frage ich mich, ob der Widerruf des Geständnisses auf Lothar Röhler, den Anwalt der Familie, zurückgeht. Es könnte ein taktisches Manöver sein, mit dem wir eigentlich rechnen mussten.«

»Ich gehe sogar stark davon aus, dass es so ist.«

»Also glauben Sie dem Jungen nicht?«

»Natürlich nicht. Er hat die Frau umgebracht, zieht nun aber den Kopf aus der Schlinge. Aber das ändert nichts daran, dass wir ein gewaltiges Problem haben.«

»Bitte, erklären Sie es mir.«

Claudia schnaubte. »Simons Geständnis hat es uns einfach gemacht. Jetzt aber wird es ein Kampf um die Wahrheit. Wir müssen ihn überführen, müssen ihn mit glasklaren Beweisen festnageln.

Nur darum sitze ich hier seit zwei Stunden und sehe mir die Videos an.«

»Die aber leider als Beweise nicht taugen.«

Claudia zuckte nur hilflos mit den Schultern. »So ist es. Und ich gehe jede Wette ein, dass Röhler genau darauf baut. Er hat bestimmt schon mit dem Staatsanwalt und dem Haftrichter gesprochen und die Aussetzung des Untersuchungshaftbefehls beantragt. Sich einer Tat zu rühmen, die man nicht begangen hat, ist zwar auch strafbar, rechtfertigt aber keine U-Haft.«

Takeda trank einen Schluck Kaffee, schloss dabei die Augen und hing für einen Moment seinen Gedanken nach. Dann schüttelte er den Kopf und sagte: »Er wird damit nicht durchkommen. Selbst wenn die Videos nichts taugen, gibt es immer noch zahllose Zeugen. Da sind Simons Mitschüler und die übrigen Fahrgäste, die das Geschehen beobachtet haben. Alle ihre Aussagen sind eindeutig und belasten Simon. Der Widerruf des Geständnisses ändert also erst einmal gar nichts.«

»Theoretisch haben Sie recht.«

»Aber? Wo ist das Problem?«

Claudia stieß ein bitteres Lachen aus. »Sie verstehen es immer noch nicht, oder? Zeugenaussagen kann man vor Gericht in Zweifel ziehen, und das weiß auch der Haftrichter. Die Chance, dass Simon aus der U-Haft entlassen wird, und zwar unabhängig davon, ob es später zu einem Prozess kommt oder nicht, ist darum groß. Und wenn es dazu kommt, mein lieber Ken, wird Holger Sauer uns schlachten. Diesmal übrigens auch Sie, und wenn Sie hundertmal aus Japan kommen.«

»Aber warum? Es wäre eine richterliche Entscheidung.«

»Sie vergessen die Medien, denn die werden ihrerseits Sauer schlachten. Machen wir uns nichts vor! Der Sohn des Justizsenators sitzt wegen Mordverdachts im Gefängnis. Alle Zeitungen hauen ihn auf den Titelseiten in die Pfanne, weil es keine Zweifel an seiner Täterschaft zu geben scheint. Eine ganze Schule ist verstört. Große Diskussionen um die Verrohung der heutigen Jugend, und dann spaziert derselbe Knabe, der all das verursacht hat, einfach aus dem Knast hinaus, und wir können nichts dagegen tun! Dafür wird jemand zur Verantwortung gezogen werden, und im Zweifel sind wir das.«

»Ich verstehe«, sagte Takeda und nickte ernsthaft.

Claudia sah ihn mit zusammengepressten Lippen an, suchte etwas in seinen Zügen, das sie offenbar nicht fand. Dann sagte sie leise: »Ja, vielleicht verstehen Sie es. Aber ich bin mir nicht sicher, ob Sie es auch fühlen.«

»Ich äh … wie bitte?«

»Verdammt, Ken. Wir sitzen richtig tief in der Scheiße!«

»Das ist mir klar.«

»Dann seien Sie doch bitte nicht so gottverdammt japanisch! Zeigen Sie es mir!« Claudias Stimme verriet nun echten Zorn.

»Aber wie soll ich das tun?«

»Sie könnten mich einfach mal anschreien, immerhin bin ich doch die Idiotin, die nicht gemerkt hat, dass der Junge uns vielleicht an der Nase herumführt. Oder nehmen Sie etwas und schmeißen es gegen die Wand! Aber was tun Sie? Sie sitzen seelenruhig da, als wäre das alles überhaupt kein Problem.«

Takeda nickte nachdenklich, blickte sich dann suchend um und sagte: »Wäre ein Buch geeignet? Oder ein Aktenordner? Eine Kaffeetasse erscheint mir übertrieben, da könnten Flecken an der Wand und auf dem Teppich entstehen. Vielleicht sollte ich mit etwas Kleinem beginnen?«

Begleitet von Claudias ungläubigen Blicken nahm der Inspektor eine Packung Heftklammern in die Hand, machte eine ausholende Bewegung, stoppte dann aber und fragte: »Was meinen Sie? Wären Sie zufrieden damit?«

Claudia stutzte, lachte auf und sagte: »Sie sind einfach großartig, Ken! Echt jetzt!«

»Sie auch, Claudia. Echt jetzt!«

»Und legen Sie die Heftklammern wieder hin.«

»Kein Wurf gegen die Wand?«

»Für heute haben Sie genug gelernt.«

Claudia drehte sich wieder zum Bildschirm. Ihre Laune war etwas besser. Aber es änderte nichts an der Situation. Sie mussten Simon Kallweit festnageln, sonst würde er in Kürze in die Freiheit entlassen.

Also spulte sie die Filmaufnahme erneut zum Ausgangspunkt zurück und ließ sie wieder und wieder in Einzelbildern ablaufen. Leider mit dem immer selben Ergebnis. Mit dem Video ließ sich Simon Kallweits Schuld nicht beweisen.

Also blieben wirklich nur noch die Zeugen.

16.

Zwei Tage später – es war kurz nach elf Uhr am Vormittag – standen Kriminalhauptkommissarin Claudia Harms und Inspektor Takeda im Regen vor dem Haupttor des Hamburger Untersuchungsgefängnisses am Rande des Karolinenviertels. Da keiner von beiden einen Regenschirm hatte, dauerte es nur wenige Minuten, bis ihre Kleidung durchnässt war und ihnen die Haare am Kopf klebten.

Ein paar Meter entfernt stand ein SUV mit getönten Scheiben und laufendem Motor. Undeutlich sahen sie auf der Beifahrerseite die Konturen von Astrid Kallweit. Wer am Steuer saß, konnten sie nicht erkennen, vielleicht der Senator, vielleicht auch jemand anderes.

Einige Minuten vergingen, ohne dass etwas geschah. Takeda sog an einer Zigarette, die er mit der hohlen Hand vor dem Regen schützte. Claudia knibbelte an den Fingernägeln und spürte, wie ihr ein kaltes Rinnsal in den Kragen lief.

Schließlich wurde die ins große Rolltor des Gefängnisses eingelassene Tür geöffnet. Lothar Röhler trat ins Freie, drehte sich um und machte eine Art einladende Bewegung. Simon Kallweit folgte ihm durch die Tür, hielt sich geblendet die Hand vor die Augen.

Claudia raunte: »Der Junge tut so, als wäre er jahrelang in einem lichtlosen Kellerverlies gehalten worden. Ich könnte kotzen.«

»Vielleicht empfindet er es so. Er war nur ein paar Tage dort drin, aber das Zeitgefühl eines Siebzehnjährigen ist ein anderes als unseres.«

»Sie können aber auch alles verstehen, was?«

»Ich bemühe mich darum. Aber zum Kotzen finde ich es auch. Sogar zum Strahlkotzen«, sagte Takeda mit einem Lächeln. Er hatte das Wort vor kurzem von Claudia aufgeschnappt, und es gefiel ihm so gut, dass er es möglichst oft benutzte.

Die Tür des SUV wurde geöffnet. Astrid Kallweit stieg aus und ging auf ihren Sohn zu, umarmte ihn, schluchzte auf. Sie wechselte ein paar Worte mit Röhler, gab ihm die Hand, führte ihren Sohn in Richtung des Wagens. Simon Kallweit öffnete die hintere Tür des Wagens, wollte einsteigen, verharrte aber kurz und blickte mit ausdruckslosem Gesicht in Claudias und Takedas Richtung.

Obwohl? War da nicht ein leises Lächeln auf seinen Lippen?

Claudias Blutdruck machte einen Sprung. Am liebsten wäre sie die paar Schritte nach vorne gehechtet und hätte dem Jungen rechts und links eine runtergehauen. Was, bitte schön, gab es da zu lächeln? War es Schadenfreude? War es Hohn? Woher nur nahm der Junge diese grenzenlose Arroganz?

»Tun Sie es nicht«, hörte Claudia plötzlich eine Stimme hinter sich.

Lothar Röhler, einen halben Kopf kleiner als sie, dickbäuchig, mit sich selbst so was von im Reinen, das es widerlich war.

»Tue ich was nicht?«

»Das, woran Sie gerade denken. Das, woran sie fast ersticken.«

»Keine Ahnung, wovon Sie reden, Röhler. Verpissen Sie sich doch einfach. Oder haben wir uns noch etwas zu sagen?«

Der Anwalt machte ein schnalzendes Geräusch mit der Zunge. »Liebe Frau Harms, jetzt wollen wir doch nicht unhöflich werden. Ich kann schließlich nichts dafür, dass Sie Ihren Job nicht ordentlich gemacht haben. Ich gebe es ja zu, dass mein Mandant sich nicht korrekt verhalten hat. Aber mal ehrlich, ein Mordgeständnis eines Siebzehnjährigen? Sind Sie wirklich nie auf den Gedanken gekommen, dass sich der Junge einfach nur wichtig machen wollte? Dass er sich in eine fixe Idee verrannt hat, um vor seinen Mitschülern ein bisschen anzugeben? Sind Sie wirklich so eine Anfängerin?«

Claudia schnaubte, wandt sich dann an Takeda: »Ken, Sie sind doch mein Zeuge, oder? Ich bin gestolpert, wollte mich an Herrn Röhler abfangen und habe ihn dabei aus Versehen mit der Faust ins Gesicht getroffen?«

»Aber natürlich«, sagte Takeda und verbeugte sich. »Und als ich Sie dann stützen wollte, habe ich ihn gleich noch einmal erwischt.«

Röhlers Lächeln gefror zu Eis, und seine gerade noch so selbstzufriedene Stimme klang ein paar Nuancen feindseliger. »Ich weiß, dass Sie wütend sind, meine Herrschaften. Aber sind wir mal ehrlich, es ist Ihre eigene Schuld. Das Ganze ist zweifellos tragisch, und das Verhalten meines jungen Mandanten ist verwerflich. Aber es bleibt dabei, er hat niemanden umgebracht. Und Sie haben kläglich versagt. Nun ja, auch das wird eines Tages vergessen sein. Wenn Sie mich jetzt bitte entschuldigen wollen.«

Röhler trat an die Straße, winkte sich ein vorbeifahrendes Taxi heran, stieg ein und war kurz darauf verschwunden. Claudia blickte ihm nach und spürte dabei ihr Herz in der Brust wummern. Verdammt, sie hätte wirklich zuschlagen sollen, egal, was die Konsequenzen wären.

Andererseits hatte Röhler ja recht. Es war ihre eigene Schuld.

Takeda riss sie aus den Gedanken und fragte: »Was wollen Sie jetzt tun?«

»Was glauben Sie denn? Das Übliche natürlich.«

»Wirklich? Aber es ist noch nicht einmal Mittag.«

»Da schmeckt ein Astra besonders gut. Wollen wir wetten?«

»Top.«

17.

Kurz darauf saßen Claudia und Takeda im *Frank & Frei*, einer Kneipe im Schanzenviertel, und stießen mit ihren Astraknollen an. Scheiß doch auf die Uhrzeit, wie Claudia mehr als einmal sagte.

Takeda trug wie üblich Anzug und Krawatte, war aber dennoch nicht ganz so ein Fremdkörper wie sonst in der nachlässig gekleideten deutschen Umgebung. Es lag an der FC-St.-Pauli-Pudelmütze, die er auf dem Kopf trug und die er auf Claudias Bitte hin auch in dem Lokal nicht abgenommen hatte. Außerdem hatte er seinen Zopf gelöst, so dass sein langes seidig schwarzes Haar nun unter der Mütze bis auf seine Schultern fiel.

Claudia selbst trug Jeans und einen leicht zerknitterten Blazer, sie war ungeschminkt und übermüdet, passte also auch ganz gut in das Lokal. Sie trank aus ihrer Flasche, schnorrte von Takeda eine Zigarette und ließ sich von ihm Feuer geben. Das Rauchverbot interessierte sie nicht, und hier im Hinterraum sah es auch keiner. Ansonsten hing sie wie ein Schluck Wasser in der Kurve auf ihrem Sitz, stützte das Kinn in die Handfläche und fühlte sich beschissen und müde und so leer wie lange nicht mehr.

Takeda ging es nicht viel anders. Anders als sonst saß er nicht aufrecht an seinem Platz, sondern hing ebenfalls schlaff nach hinten gelehnt in seinem Stuhl, nuckelte an seiner Astraflasche und ließ die brennende Kippe achtlos im Mundwinkel hängen. Claudia hätte es nicht gewundert, wenn er gleich aus einem Impuls heraus irgendetwas packen und an die Wand werfen würde.

Zwei Tage lang hatten sie versucht, zu retten, was zu retten war. Allerdings steckte von Anfang an der Wurm drin. Nachdem sie sich das Bahnsteigvideo noch weitere hundert oder auch zweihundert Mal angesehen hatten, hakten sie es als Beweismittel ab. Zu undeutlich, zu viel Menschengewühl, falscher Kamerawinkel.

Nichts zu sehen. Torsten Sagaster, der Mitarbeiter der KTU, der sich mit Bewegtbildern gut auskannte, nahm sich der Sache noch einmal an und zoomte mit einem Spezialprogramm besonders große Detailbilder heraus. Am Ergebnis änderte es nichts. Es war nichts zu erkennen.

Sagaster meinte schließlich: »Vergesst das Video. Da ist nichts rauszuholen. Baut auf eure Zeugen, wenn ihr das Früchtchen festnageln wollt.«

Das Früchtchen. Der Begriff fiel Claudia als Allerletztes ein, wenn sie an Simon Kallweit dachte. Sicher, der Junge hatte einiges durchgemacht, hatte einiges einstecken müssen. Beim Gedanken an die Fotos auf dem Handy von Marcel Stubbenbaum wurde ihr immer noch schlecht. Aber wenn man nur tief genug grub, war jeder Täter auch ein Opfer. Das war einfach nicht die Frage. Sie musste herausfinden, ob Simon ein Menschenleben auf dem Gewissen hatte.

Also bauten sie auf ihre Zeugen, schließlich gab es mehr als genug davon. Claudia rief Thomas Brunkhorst an und teilte ihm mit, dass es ein Ende mit informellen Befragungen und Diskussionszirkeln an der Schule hatte. Sie beorderte ihn und ein gutes Dutzend Schüler, das an dem Tatmorgen am dichtesten an Simon Kallweit gestanden hatte, aufs Präsidium. Die ganze Atmosphäre machte deutlich, dass es diesmal um etwas ging. Keine Witze mehr, kein Streit, keine Tränen. Nur noch nüchterne Aussagen. Die Schüler, auch die Jungen, benahmen sich nun immerhin so, wie Takeda es auch von jungen Japanern erwartet hätte. Sie waren eingeschüchtert, sehr ernsthaft, fast ängstlich. Alle bemühten sich nach Kräften, die Fragen der Ermittler genau zu beantworten.

Das Ergebnis war ernüchternd. Keine einzige der Aussagen war wirklich brauchbar. Die Schüler gaben wieder, was sie von anderen gehört hatten. Gerüchte, Hörensagen, Vermutungen. Aber sobald Claudia oder Takeda konkret nachfragten und um eigene Beobachtungen baten, zuckten die jungen Zeugen mit den Schultern. So genau könnten sie sich nicht erinnern, es sei so ein Durcheinander gewesen, sie hätten zu weit weggestanden, die Polizei sollte doch lieber den oder die fragen …

Die Befragung der Schülerin Marina Selge war bezeichnend, eine Art Blaupause für alle anderen Gespräche. »Erzähl uns noch einmal ganz genau, was du in den Sekunden gesehen hast, bevor die Frau von der S-Bahn erfasst wurde«, forderte Claudia sie auf.

Das Mädchen zuckte mit den Schultern und sagte: »Simon stand abseits von uns, erst an der Seite, dann ganz vorne an den Gleisen. Brunkhorst meinte, wir sollen möglichst schnell einsteigen, also sind wir nach vorne gegangen, standen hinter oder neben Simon. Dann kam die Frau. Ich habe noch mit Sandra, also Sandra Curschmann, über ihre Highheels abgelästert, völlig unpassende Schuhe für die Uhrzeit, war ja früh morgens. Dann fuhr der Zug ein. Die Frau blieb vor Simon stehen. Ich war ein bisschen weiter hinten, das war ja ein ziemliches Gedränge. Und die ganze Zeit hat Brunkhorst genervt, dass wir gleich zügig einsteigen sollten, damit niemand zurückbleibt. Plötzlich ist die Frau so ruckartig nach vorne gefallen, das habe ich schon gesehen. Also, glaube ich jedenfalls. Eins weiß ich aber hundert Prozent, nämlich das Geräusch. Das war krass.«

»Welches Geräusch?«

»Als die Frau gegen die Bahn geprallt ist, so irgendwie hart, aber auch weich, wie wenn man ein Stück Fleisch gegen eine Glasscheibe werfen würde. Danach brach Panik aus. Wir sind weg von den Gleisen gerannt, ein paar sind auch gestolpert. Das war mehr so aus Reflex oder auch, weil wir Angst hatten, irgendetwas abzubekommen oder mitgerissen zu werden. Ich jedenfalls dachte das. Nur Simon, der stand voll ruhig da und hat die Hände gehoben. Er hat so gelächelt und einmal sogar kurz gelacht. Es war klar, dass er sie geschubst hat.«

»Hast du es gesehen?«

Wieder Schulterzucken. »Es kann ja nur er gewesen sein. Er hat so auf seine Hände gestarrt, das war wie in einem Film. Mörderhände. Und er hat so komisch gelacht und war als Einziger nicht schockiert, obwohl alles voller Blut war und so. Simon ist sowieso schräg. Kein Wunder, dass er so etwas tut. Irgendwer hat dann mit dem Finger auf ihn gezeigt und geschrien. Ich glaube, das war Nicole Behrmann, aber da bin ich mir nicht sicher. Direkt danach haben wir ja alle geschrien, also ich auch.«

»Ich frage dich noch einmal. Hast du gesehen, wie Simon Kallweit die Frau geschubst hat?«

»Ich ... äh, eher nicht.«

»*Eher* nicht?«

»Nein, hab ich nicht.«

Claudia rieb sich mit beiden Händen durchs Gesicht. »Danke, Marina. Wir legen dir später eine Abschrift deiner Aussage vor, die du dann bitte unterschreibst.«

»Klar, mache ich. Aber ... heißt das jetzt, dass es Simon doch nicht war?«

»Das wissen wir noch nicht.«

»Aber er hat doch gesagt, dass er es war. Er hat ein Geständnis abgelegt. Es stand sogar in der Zeitung. Und er ist im Gefängnis.«

»Noch.«

»Krass. Dann hat er gelogen?«

»Wie gesagt, wir wissen es noch nicht genau.«

Die Aussagen liefen im Ergebnis alle auf dasselbe hinaus. Sämtliche Schüler und Schülerinnen beriefen sich darauf, dass ja die anderen die Tat gesehen hätten und darum wären sie der festen Überzeugung gewesen, dass Simon es getan hatte.

Direkt gesehen aber hatte es keiner.

Nicht ein Einziger.

Während einer Kaffeepause besprachen Claudia und Takeda die bisherigen Ergebnisse mit Holger Sauer. Der Vorgesetzte fragte: »Welche Schlussfolgerungen ziehen Sie aus den bisherigen Zeugenvernehmungen, Frau Harms?«

»Noch gar keine. Kann sein, dass Simon Kallweit uns einen Bären aufgebunden hat und in Wahrheit unschuldig ist. Kann aber auch sein, dass es genau umgekehrt ist und er uns jetzt anlügt. Weil er die Frau eben doch gestoßen hat, aber genau weiß, dass ihn in dem Gewühle niemand wirklich sehen konnte. Darauf baut jedenfalls Röhler, da gehe ich jede Wette ein. Ich will nichts ausschließen.«

»Sie wissen hoffentlich, was auf dem Spiel steht. Der Fall kann die Reputation der Hamburger Polizei empfindlich beschädigen.«

»Das ist mir klar, Herr Sauer.«

»In diesem Fall reicht die übliche Einstellung zum Job nicht. Sie müssen sich wirklich reinhängen.«

Claudia starrte ihren Vorgesetzten an und verließ türenknallend den Raum.

Sauer wandte sich an Takeda, meinte, dass das Verhalten der Kollegin Harms doch wirklich unerhört sei. Takeda wusste nicht, wie er reagieren sollte. Der Japaner in ihm gab Sauer recht. Aber so japanisch wollte er doch gar nicht mehr sein. Also stand Takeda auf, verbeugte sich vor Sauer, bat um Verzeihung und Nachsicht und verließ ebenfalls türenknallend den Raum, auch wenn er hinterher ein furchtbar schlechtes Gewissen hatte.

Bei einer Zeugin schöpfte Claudia kurz die Hoffnung, dank ihrer Aussagen doch noch einen Durchbruch zu erzielen.

Luisa Stemman, eine der Schülerinnen, behauptete nachdrücklich, genau gesehen zu haben, wie Simon Tatjana Gebers etwa in Höhe der Schulterblätter nach vorne stieß, und zwar genau in dem Augenblick, als die Bahn in den Bahnhof einfuhr. Sie sei sich ganz sicher, schließlich habe sie direkt hinter Simon gestanden.

»Und das hast du wirklich gesehen?«

»Ganz deutlich.«

War das die Zeugenaussage, auf die sie gehofft hatten? Es klang danach. Dennoch bewahrte Claudia ihre professionelle Skepsis und führte einen Abgleich mit den Videoaufnahmen durch. Das Ergebnis: Luisa Stemman stand gar nicht hinter Simon, sondern deutlich weiter hinten. Sie konnte unmöglich gesehen haben, was vor sich ging. Ob das Mädchen mit Absicht log oder ihre Aussage aufgrund eines Schocks tätigte, würde ein Psychologe herausfinden. Claudia war es in dem Moment egal. Sie war enttäuscht. Und Takeda genauso.

Um seine Kollegin aufzuheitern, nahm der Japaner immer wieder Dinge in die Hand und warf sie, eher halbherzig, gegen die Wand. Claudia konnte nicht anders, sie musste jedesmal lachen. Ein kleiner Trost, der aber nichts an der großen Misere änderte.

Der letzte Hoffnungsschimmer war ein erwachsener Zeuge, ein Mann namens Martin Scheunemann, der ebenfalls zu Protokoll gab, Simon bei der Tat gesehen zu haben. Er habe zwar weit von der Schulklasse entfernt gestanden, mindestens zwanzig Meter, dafür aber so dicht an der Bahnsteigkante, dass er freie Sicht in Richtung des Geschehens gehabt habe. Und ja, er könne bezeugen, wie der Junge die Frau gestoßen und anschließend gelacht habe.

»Wie sah der Täter denn aus, Herr Scheunemann?«, fragte Claudia.

»Na ja, wie ein Siebzehnjähriger halt.«

»Haarfarbe?«

»Blond.«

»Der Tatverdächtige ist aber …«

»Ich meine auch mehr dunkelblond … sehr dunkel. Fast ins Schwarze gehend.«

»Sicher. Und wie groß war er?«

»Das weiß ich nicht mehr.«

»Wie ist es denn mit dem Opfer? Was für Erinnerungen haben Sie an sie?«

»Sie meinen die Frau, die gestorben ist?«

»Genau die.«

Scheunemann gab nun eine recht präzise Beschreibung von Tatjana Gebers, bezog sich aber fast nur auf ihr Gesicht – so wie es in fast allen Zeitungen abgebildet gewesen war.

»Erinnern Sie sich daran, was die Frau an dem Morgen anhatte?«

»Klar, die hatte … Also ich weiß noch, dass sie elegant war. Als wenn sie zu einer Festlichkeit wollte.«

»Morgens um neun?«

»Mein Gott, jedenfalls war sie elegant.«

»Geht es ein wenig präziser?«

»So ein Kleid mit Blumen, oder?«

»Fragen Sie das jetzt mich?«

»Ich erinnere mich nicht mehr so genau daran.«

»Vielleicht sind Ihnen die Schuhe aufgefallen?«

»Stiefel.«

»Wie hoch? Welche Farbe?«

»Fragen sie mich was Leichteres. Aber Stiefel stimmt doch, oder?«

»Beschreiben Sie bitte noch einmal, wo Sie genau standen, als es passiert ist.«

»Habe ich doch schon gesagt, an der Bahnsteigkante, etwa zwanzig Meter entfernt.«

»Weiter vorne auf dem Bahnsteig oder weiter hinten?«

»Also, das weiß ich jetzt gar nicht mehr so genau. All diese Details ... aber wissen Sie, Frau Kommissarin, eines kann ich Ihnen mit absoluter Sicherheit sagen. Diese jungen Leute, die sind zu allem fähig! Zu allem! Aber was macht die Polizei? Gar nichts! Und die Gerichte auch nicht. Das muss ein Ende haben. Darum stehe ich zu Ihrer Verfügung. Gemeinsam bringen wir den Jungen hinter Gitter.«

»Gehen Sie bitte!«

Takeda, der bei der Befragung ebenfalls anwesend war, schloss die Augen, als Claudia kurz nach dem Zeugen aus dem Raum stürmte. Mit den Fingern – beginnend mit dem kleinen Finger – zählte er bis fünf, hörte dann das scheppernde Geräusch draußen auf dem Flur. Es entstand immer, wenn Claudia gegen den Mülleimer trat, um ihrer Wut Luft zu verschaffen. Takeda quittierte es mit einem Lächeln. Er kannte Claudia inzwischen ganz gut. Er wusste, dass sie solche Ventile brauchte. Und ein wenig bewunderte er sie sogar dafür, dass sie es sich herausnahm, sich so zu verhalten.

Vielleicht sollte er es auch einmal versuchen, das mit dem Tritt gegen den Papierkorb.

Blieb Simon Kallweit selbst. Claudia und Takeda führten in den achtundvierzig Stunden bis zu seiner Entlassung vier weitere Vernehmungen mit ihm durch, zwei auf dem Präsidium und zwei im Untersuchungsgefängnis, jeweils unter Anwesenheit von Lothar Röhler.

Drei dieser Gespräche verliefen identisch, nämlich in vollkommener Stille. Simon Kallweit verweigerte jede Aussage. Immer wenn der Junge doch Anstalten machte, etwas zu sagen, ging Röhler dazwischen und ermahnte den Jungen, den Mund zu halten.

Immerhin zeichnete sich während der vierten und letzten Vernehmung eine Veränderung ab. Da Simons Haftentlassung ohnehin nicht mehr zu verhindern war, hatten Claudia und Takeda nichts mehr zu verlieren. Sie sicherten Röhler zu, die Aussagen, die Simon ab jetzt treffen würde, nicht mehr zu protokollieren, jedenfalls nicht mehr in Simons Eigenschaft als Beschuldigtem. Aber er wäre natürlich dennoch ein wichtiger Zeuge, und in dieser Eigenschaft könnten seine Beobachtungen wichtig sein, um das Geschehen auf dem Bahnhof zu rekonstruieren. Ob der Anwalt unter diesen Bedingungen seinem Mandaten gestatten würde, auf die Fragen der Ermittler zu antworten?

»Sie sagen, mein Mandant könne als Zeuge dienen, meine Herrschaften? Sind wir dann also einer Meinung, dass es um die Zeugenschaft bei einem Unfall geht? Denn ein Verbrechen liegt ja wohl offenkundig nicht vor.«

»Übertreiben Sie es bitte nicht, Herr Röhler«, sagte Claudia gepresst.

Röhler lächelte süffisant. »Also schön, stellen Sie Ihre Fragen. Nur einen Augenblick noch.« Der Anwalt beugte sich zu Simon und flüsterte ihm ins Ohr. Der Junge nickte, blickte dabei aber die ganze Zeit zu den Ermittlern hinüber. Wie bei den ganzen vorherigen Befragungen überkam Claudia ein seltsames Gefühl. Der Junge war ihr auf seltsame Art unheimlich. Aber warum? Sie konnte es nicht sagen. Eigentlich bildete sie sich ja einiges auf ihre Menschenkenntnis ein, doch bei Simon Kallweit hatte sie das Gefühl, völlig zu versagen. Es war wie eine Autofahrt in dichtem Nebel, bei der ihr zunehmend das Gefühl abhanden kam, wo die Straße verlief, wo überhaupt vorne und hinten, rechts und links war. Der Junge war rätselhaft. Und dann war da immer wieder sein penetrantes Lächeln, von dem sie nicht wusste, was es ausdrücken sollte. Abwehr? Überheblichkeit? Wahnsinn? Claudia stieg einfach nicht dahinter. Sie musste an die ekelhaften Mobbing-Attacken denken, die der Junge hatte erdulden müssen. Zu denen hatte er sogar ausgesagt, so dass Marcel Stubbenbaum und seine Mittäter mit einer Strafe rechnen mussten. Aber was hatten die Quälereien mit Simon Kallweit gemacht? Claudia wollte nicht ausschließen, dass der Junge einen tieferen seelischen Schaden davon getragen hatte, als er zugab oder ihm anzumerken war.

Die Aussage, die Simon Kallweit schließlich mit Duldung seines Anwalts abgab, lief darauf hinaus, dass Tatjana Gebers offenbar aufgrund eines Missgeschicks gestorben war. Die Frau habe vor ihm, Simon, gestanden, sei dann aber ganz plötzlich nach vorne gestolpert, vielleicht weil sich einer ihrer Absätze an einer Kante am Bahnsteig verfangen habe. Hätte er geahnt, was passieren würde, hätte er sie bestimmt festgehalten, versicherte Simon. Aber das ging nun einmal nicht, alles sei doch innerhalb von Sekunden passiert.

Claudia rief sich die Videosequenz vor Augen. Es stimmte, dass die Frau im ersten Moment mit dem Oberkörper abknickte, wobei es eigentlich so aussah, als sei sie da schon im Fallen begriffen. Ja, es könnte einfach ein Unfall gewesen sein.

»Und du bist dir sicher, dass sie auch von keinem deiner Mitschüler gestoßen wurde?«, fragte Claudia.

»Es war ein Unfall. Sie ist gestolpert.«

»Aber warum in Gottes Namen, hast du dann deine Hände angestarrt? Warum hast du den Eindruck erweckt, du wärst schuld an ihrem Tod?«

»Ich weiß nicht. Hat sich gut angefühlt.«

»Meinst du das ernst?!«

»Schon. Ich war in Gedanken. Ich habe es mir nur so vorgestellt, wie es gewesen wäre, wenn ich es getan hätte. Ich habe geträumt. Das mache ich manchmal. Dass ich wirklich die Hände gehoben habe, habe ich gar nicht gemerkt. Und dass die anderen total entsetzt waren, also von mir jetzt, das wurde mir erst hinterher klar. Dann fand ich es aber gut.«

Claudia konnte nur mit dem Kopf schütteln. »Du wirst auf jeden Fall vor Gericht erscheinen müssen. Irreführung der Justiz und Vortäuschung einer Straftat, beides verstößt gegen das Gesetz. Ich werde dafür sorgen, dass deine Strafe nicht zu knapp ausfällt.«

»Sicher, wenn Ihnen etwas daran liegt.«

Claudia hätte den Jungen am liebsten angeschrien, riss sich aber zusammen. Röhler war dabei, und er würde aus jeder Unbedachtheit Kapital schlagen.

Außerdem war das Ganze doch im Grunde sowieso nicht zum Ausrasten, sondern eher zum Heulen. Wahrscheinlich war es einfach so, dass Simon, das gequälte, gepeinigte Mobbingopfer, an dem Morgen auf dem Bahnsteig zum ersten Mal die Chance witterte aufzutrumpfen. Eine Frau starb vor seinen Augen, und er erklärte sich zum Mörder, also zu jemandem, vor dem nun die anderen endlich einmal Angst haben mussten, so wie er zuvor vor ihnen Angst hatte.

So gesehen musste sie zugeben, dass die Wendung in dem Fall allmählich Sinn ergab. Simon Kallweit war kein Mörder, und darum brauchte er im Grunde auch keine Strafe, sondern eine Therapie. Oder vielleicht auch einfach nur Eltern, die sich endlich um ihn kümmerten und merkten, wenn die Dinge für ihn schiefliefen.

Claudia wollte das letzte Verhör schon beenden, als Simon Kallweit sich zu seinem Anwalt beugte und ihm nun seinerseits ein paar Worte ins Ohr flüsterte. Röhler antwortete, es folgte ein offensichtlich feindseliger Wortwechsel zwischen Anwalt und Mandanten, bei dem sich der Junge durchsetzte.

Schließlich hob Röhler in einer ergebenen Geste die Hände und sagte: »Mein Mandant möchte mit Inspektor Takeda sprechen. Alleine.«

Claudia reagierte instinktiv, wandte sich an Simon: »Wer die Vernehmung durchführt, bestimmen immer noch wir. Vergiss es also.«

Takeda aber legte Claudia eine Hand auf den Arm und sagte: »Ich habe nichts dagegen. Wenn Simon es wünscht, kann ich mich gerne mit ihm unterhalten.«

Röhler sagte in Claudias Richtung: »Ich halte es auch für eine schlechte Idee. Aber was soll's. Tut doch niemandem weh.«

Claudia und Röhler verließen den Raum, ausnahmsweise einmal beide in einer ähnlichen Gefühlslage. Als sie im Flur standen, ließ der Wachtmeister die Tür zum Vernehmungszimmer wieder ins Schloss fallen und drehte den Schlüssel um. Es war nicht zu hören, was im Inneren gesprochen wurde.

Und jetzt saßen Claudia und Takeda also im *Frank & Frei* und tranken das dritte Astra. Blödsinn, es war das vierte, korrigierte Claudia sich. Und zwar während der Dienstzeit. War ihr das egal? Aber so was von!

»Worüber haben Sie eigentlich mit Simon gesprochen, während Sie alleine waren?«, fragte sie Takeda.

»Aber das habe ich Ihnen schon erzählt.«

»Erzählen Sie es mir noch einmal.«

»Sie glauben mir nicht, oder? Sie glauben, da war etwas. Etwas, das ich Ihnen verheimliche?«

Claudia zuckte mit den Schultern. Es stimmte, was Takeda sagte. Irgendwie hatte sie das Gefühl, dass der Inspektor ihr nicht die Wahrheit sagte. Aber warum? Am Ergebnis änderte es doch sowieso nichts. Simon war frei.

»Der Junge hat seine Unschuld beteuert. Er hatte wohl das Gefühl, dass ich ihm eher glaube als Sie. Darum wollte er alleine mit mir sprechen.«

»Das war wirklich alles?«

Takeda rief sich die Situation in Erinnerung, nachdem die Tür zum Vernehmungsraum geschlossen worden war. Zunächst vergingen einige schweigsame Augenblicke, dann war es Simon, der als Erster sprach: »Sie sind der erste Japaner, den ich kennenlerne. Ich freue mich darüber. Ich wusste nicht, dass jemand wie Sie bei der Hamburger Polizei arbeitet.«

»Du meinst, jemand aus Japan?«

»Genau.«

»Ich bin der Erste und bisher Einzige, soweit ich weiß.«

»Gefällt es Ihnen? Ich meine, hier in Deutschland zu arbeiten?«

Takeda lächelte über die Frage, über die ganze Situation. Dann blickte er abrupt auf, so schnell, dass Simon Kallweit den Blick nicht mehr abwenden konnte. »Hast du die Frau vor die S-Bahn gestoßen?«

Simon starrte den Inspektor an. Er schien über die Härte, mit der er sprach, erschrocken zu sein. Dann fasste er sich und sagte: »Ich hab's doch schon gesagt. Es war ein Unfall.«

»Und wenn ich dir nicht glaube?«

Der Junge war überrascht, suchte nach einer Antwort, aber noch bevor er sprach, konnte Takeda sehen, wie Simon seine Fassung zurückgewann. Er fand zu seiner lächelnden Fassade zurück, die alles verbarg, was in seinem Inneren vor sich ging. Er hielt Takedas Blick nun stand, sah ihn direkt an. In seinen Augen funkelte etwas, das der Inspektor nicht so recht zu deuten wusste. Schließlich sagte Simon: »Es war ein Unfall. Nichts anderes.«

Takeda kehrte in die Gegenwart zurück, sah hinüber zu Claudia. »Ja, das war alles. Simon hat seine Unschuld beteuert.«

Claudia seufzte und nahm den letzten Schluck aus ihrer Flasche. »Was halten Sie davon, wenn wir noch ein paar Schritte laufen? Vielleicht essen wir auch etwas. Wir müssen uns später noch einmal im Präsidium blicken lassen, und es schadet bestimmt nicht, wenn wir uns vorher ein wenig auslüften. Was meinen Sie?«

»Gute Idee. Wie wäre es mit einem Döner? Es gibt hier um

die Ecke einen sehr guten türkischen Imbiss. Ich bin schon einige Male dort gewesen.«

Claudia grinste. »Und Sie kennen den Besitzer bestimmt bereits mit Vornamen, stimmt's?«

Takeda entging Claudias Ironie, zumindest ging er nicht darauf ein. »Er heißt Metin, Metin Güler. Er stammt eigentlich aus Izmir, lebt aber seit über zwanzig Jahren in Hamburg. Das Essen ist ausgezeichnet.«

Claudia zuckte mit den Schultern. »Dann halt Döner. Muss ja auch nicht immer Sushi sein.«

18.

Der graue Himmel ging am Horizont nahtlos in das ebenso graue Meer über. Der Wind peitschte die Wellen auf, trieb Regen und Gischt durch die Luft. Land und Meer waren eins, eine graue, nasse Brühe, ekelhaft und erfrischend, anstrengend und berauschend.

Claudia zog Takeda weiter nach vorne, dorthin, wo die Wellen der Ostsee mit gierigem Appetit in den Strand bissen. Gemeinsam stemmten sie sich gegen den Wind, standen schräg wie krumm gewachsene Bäume und breiteten die Arme aus.

»Ist das nicht großartig?«, schrie Claudia gegen den Wind an.

»Es ist faszinierend«, bestätigte Takeda und nickte fleißig dazu, ein japanischer Mr. Spock, voll tiefster Empfindungen, aber nach außen doch still und unbewegt.

Claudia prustete. Er könnte ruhig mal ein wenig aus sich herausgehen, es würde ihm gut tun, fand sie. Darum knuffte sie Takeda in die Seite, schubste ihn, triezte ihn. Voller Zuneigung, voller Übermut. Takeda machte einen Satz nach hinten, fiel beinahe in die Wellen. Entschuldigte sie sich etwa? Nicht Claudia, im Leben nicht. Sie lachte den Japaner nach Herzenslust aus.

Und Takeda? Dem gefiel es. Er hatte noch nie jemanden wie Claudia kennengelernt. Ziemlich wechselhaft, ziemlich laut. Anstrengend wie nix Gutes. Aber auch ungeheuer anziehend.

Also sprang er über seinen Schatten. Er knuffte sie zurück, und sie fiel wirklich hin, aber was machte das schon? Er half ihr auf die Beine, sie bewarf ihn mit Sand, er beschwerte sich, sie lachte, und dann lachte er auch.

Sie beruhigten sich und spazierten weiter. Lübecker Bucht, am Sonntagnachmittag. November. Zwei Polizisten, die einen freien Tag zusammen verbrachten. Claudia zeigte mit dem Finger ins endlose Grau. »Irgendwo dahinten ist Dänemark. Und noch ein Stückchen weiter ist Schweden. Früher, in den richtig kalten Wintern, ist die Ostsee zugefroren, und man konnte hinüberlaufen. Können Sie sich das vorstellen? Zu Fuß nach Dänemark?«

»Sie nehmen mich auf den Arm!«

»Nein, es stimmt wirklich, ich schwöre. Ich habe es selbst erlebt, jedenfalls beinahe. Ich war auf der Grundschule, das war in den Achtzigern, da bin ich mit meinen Eltern hier gewesen. Hier war der Strand, und da war das Meer, aber man konnte einfach weiterlaufen. Ich hatte riesige Angst, aber dann, als ich gemerkt habe, dass man wirklich übers Meer gehen kann, konnte ich nicht genug davon bekommen.«

»Ich stelle es mir toll vor.«

»Und wie! Schade nur, dass die Winter nicht mehr so kalt werden. Das ist vorbei. Waren Sie eigentlich mal in Dänemark? Oder Schweden? Nein? Dann sollten Sie unbedingt hinfahren. Schweden kann glücklich machen.«

»Das kann Deutschland auch«, entgegnete der Inspektor lächelnd.

Sie sah ihn an, ihre Blicke begegneten sich, und Claudia wusste, dass nur er, Takeda, solche Sätze sagen konnte.

Eine halbe Stunde später standen sie im Windfang der Fischbude im Niendorfer Hafen. Zeit, sich aufzuwärmen. Das ging mit Grog am besten. Dazu etwas zu essen. Takeda blickte äußerst skeptisch auf das Matjes-Brötchen, das Claudia ihm in die Hand gedrückt hatte.

Sie hatte schon herzhaft in ihr Brötchen gebissen und sagte mit vollem Mund: »Na, Angst vor so exotischen Speisen? Seien Sie mutig! Es schmeckt köstlich.«

Takeda wiegte den Kopf. »Dieser Fisch hat das Meer schon sehr lange nicht gesehen. Es ist nicht die Art, wie wir Japaner ihn essen würden.«

Claudia lachte auf, und die Krümel flogen durch die Gegend. »Ach, probieren Sie einfach mal. Schlimmer als dieses Zeug, dass Sie neulich im *Hotoke* in mich hineingezwungen haben, kann es nicht sein. Sie wissen schon, dieser eitrige Bohnenschleim.«

»*Natto*«, sagte Takeda strahlend. »Aber es schmeckte doch köstlich, oder?«

»Wie alte Strümpfe. Dagegen ist ein Matjes die Frische selbst. Und wenn sie ihn gar nicht runterkriegen, spülen Sie einfach mit einem Klaren nach.«

Takeda folgte Claudias Empfehlung und biss herzhaft zu. Und tatsächlich, er musste Claudia recht geben. Es schmeckte köstlich. Den Schnaps danach brauchte er eigentlich nicht, aber er trank ihn trotzdem. Genau wie Claudia. Er aß das Brötchen auf, hatte immer noch Hunger und versuchte es anschließend mit einem Stück Schillerlocke. Auch ungewohnt, aber ebenfalls köstlich.

Wieder hatte er ein neues Stück Deutschland kennengelernt, sowohl was die Landschaft anging als auch das Essen. Sein Fazit: gewöhnungsbedürftig, aber wenn man sich darauf einließ, durchaus köstlich.

Man konnte dabei glücklich werden.

Es war Claudias Idee gewesen, an die Ostsee zu fahren. Eine kleine Entschädigung. Simon Kallweit war nun seit gut zwei Wochen auf freiem Fuß, die Nachbearbeitung war erledigt, die Akten geschlossen. Die Sache auf dem Bahnhof war ein Unfall. Kein Fall für die Kripo.

Sie und Takeda hatten dennoch einiges einstecken müssen. Die

Presse schoss mal wieder aus allen Rohren auf die Polizei. Die zuständigen Beamten hätten schlampig ermittelt, hätten die Bevölkerung beunruhigt, wären einem verwirrten Teenager auf den Leim gegangen. Und dafür all das Steuergeld?

Immerhin, von Suspendierung oder Disziplinarmaßnahmen war keine Rede gewesen. Im Gegenteil, der Zorn ihres Vorgesetzten war überraschend schnell verraucht, und Holger Sauer hatte die ganze Sache für erledigt erklärt. Claudia machte sich keine Illusionen. Sauers Großmut erklärte sich in erster Linie dadurch, dass die Affäre einem SPD-Senator beinahe das Amt gekostet hätte. Und ihr Vorgesetzter war nun einmal – wie die meisten Polizisten, sogar in Hamburg – eingefleischter CDU-Anhänger. Dass Kallweit senior nicht zurückgetreten war, ärgerte Sauer zwar, aber immerhin war er angezählt.

Claudia schüttelte die Erinnerung ab, war wieder in der Fischbude in Niendorf. Sie sagte: »Ich bin jedenfalls froh, dass die Sache vom Tisch ist. Mir ist dieser Simon ganz schön auf die Nerven gegangen. Ich bin froh, wenn ich ihn nicht mehr wiedersehen muss.«

Takeda wiegte den Kopf. »Um ehrlich zu sein, ich mochte ihn. Er hat viel erdulden müssen, aber er trägt auch viele Talente in sich.«

Claudia lächelte. »Die Zuneigung beruht wohl auf Gegenseitigkeit. Er fand Sie toll, das war ihm anzusehen.«

»Simon hat mich ein wenig an mich selbst in dem Alter erinnert.«

»Kein Scheiß?«

»Nein, kein Scheiß. Ich hatte als Jugendlicher auch eine Phase, in der ich mich in meinem Zimmer verkrochen habe. Ich habe mich tagelang nicht vor die Tür bewegt und nur Manga gelesen. Ich war auch ein *Hikikomori.*«

Er hatte ihr erklärt, was es damit auf sich hatte.

»Und Ihre Eltern? Haben die das akzeptiert?«, fragte Claudia.

Takeda lächelte wehmütig. »Es war ein wenig wie bei Simon. Mein Vater war nie zuhause. Und meine Mutter hat mich geliebt und mir alles durchgehen lassen. Beides kann dazu führen, dass Eltern nicht sehen, was mit ihren Kindern geschieht.«

»Hat Sie die ganze Sache nicht trotzdem schockiert? Ich meine nicht nur Simons Verhalten, sondern auch das der anderen Jugendlichen? Das Mobbing und die ganzen falschen Zeugenaussagen? Hätten Sie vorher geglaubt, dass es so etwas in Deutschland gibt?«

Takeda brummte nachdenklich, ließ sich Zeit mit einer Antwort, sagte schließlich: »Um ehrlich zu sein, nein, es hat mich nicht schockiert. Ich habe ähnliche Dinge in Japan erlebt. Aber dafür hat mich etwas anderes ausgesprochen verwundert.«

»Verraten Sie es mir?«

»Es war die Reaktion der Leute, der Erwachsenen. Alle waren sehr schockiert, weil sie ja davon ausgingen, dass Simon ein Mörder ist. Aber wirklich überrascht schien niemand davon zu sein.«

Claudia sah den Inspektor kopfschüttelnd an. »Ich bin nicht ganz sicher, ob ich verstehe, worauf Sie hinauswollen.«

»Ich habe den Eindruck, dass die älteren Deutschen der jungen Generation so gut wie alles zutrauen, auch dass einer von ihr eine Frau ohne jedes Motiv vor einen Zug stößt. So eine Tat scheint niemanden zu überraschen, im Gegenteil. Die Menschen scheinen fast ein wenig damit zu rechnen, dass so etwas geschieht.«

Claudia ließ Takedas Worte wirken, nickte schließlich. »Sie haben recht. Das liegt an der Zeit. Alle halten alles für möglich. Die Leute sind verunsichert.«

»Ich denke, dass die Generationen eine große Fremdheit füreinander empfinden.«

Claudia wollte etwas erwidern, schüttelte dann jedoch plötzlich den Kopf und sagte mit einem Lachen: »Sehen Sie, jetzt tun wir es schon wieder! Wir haben einen freien Tag und reden dennoch über unsere Arbeit. Hören wir auf damit! Lassen Sie uns lieber noch einmal hinaus an den Strand gehen. Der Wind und die Wellen werden uns die Job-Themen schon austreiben, Sie werden es sehen!«

19.

Am Montagmorgen saßen Claudia und Takeda in der großen Lagebesprechung. Sie fand wie üblich im Konferenzzimmer am Ende des Flurs statt. Es war ein nüchterner Raum, in dem die Tische u-förmig angeordnet waren und die Luft nach kaltem Zigarettenrauch roch. Horst Kröger, Kriminalhauptkommissar und einer von Deutschlands letzten verbliebenen Kettenrauchern, ließ es sich nicht nehmen, hin und wieder während der Besprechungen eine Kippe anzuzünden – nur um sie sofort unter dem lautstarken Protest der Kollegen wieder auszudrücken.

Nachdem die Kollegen Platz genommen hatten – es waren insgesamt achtzehn Beamte –, ließ Holger Sauer seinen Blick über die Runde schweifen, nickte zufrieden und sagte: »Guten Morgen, meine Herrschaften. Ich hoffe, Sie hatten ein schönes Wochenende. Sofern Sie überhaupt ein Wochenende hatten.«

Es war wie immer. Sauers Versuch, die Kollegen in der großen Lagebesprechung aufzuheitern, ging gründlich daneben. Aber es war fast schon ein Ritual. Der Kommissionsleiter machte einen flotten Spruch, die Beamten im Raum reagierten mit genervtem Augenrollen.

»Äh, ja …«, fuhr Sauer fort, »jedenfalls freue ich mich, Sie zu sehen. Übrigens vollständig, da sich ausnahmsweise niemand aus der Abteilung in die Grippe oder den Ischias verabschiedet hat. Sehr schön, so mag ich es. Kommen wir zum Eigentlichen. Kurze Darstellung der aktuellen Fälle. Kollege Michelsen, würden Sie bitte beginnen.«

Sönke Michelsen, ein ruhiger, erfahrener Kollege, grüßte in die Runde und begann, den Ermittlungstand in einem Fall zu referieren, den er zusammen mit den Kollegen Klaus-Dieter Haferkamp und Lutz Söder bearbeitete. Es ging um einen Nachbarschaftsstreit im Stadtteil Langenhorn, bei dem ein herabfallender

Balkonkasten einem Sechsundvierzigjährigen den Schädel zertrümmert hatte. Unfall? Mordversuch? Sabotage? Alles war möglich und nichts bewiesen. Michelsen, der ein zuverlässiger, aber auch etwas dröger Kollege war, begann umständlich die Untersuchungen an der Balkonhalterung zu referieren, erwähnte Spuren von Metallspänen an einer Feile, Zeugenaussagen, ein forensisches Gutachten, das Muster von Schädelfrakturen im Verhältnis zum Gewicht und zur Höhe herabfallender Gegenstände.

Claudias Gedanken schweiften ab. Sie hasste die Montagmorgen, Lagebesprechung hin oder her. Sie dachte an den Ausflug mit Takeda an die Ostsee. An dem Abend war sie so todmüde gewesen, dass sie weit vor Mitternacht schlafen gegangen war. Heute fühlte sie sich erfrischt und müde zugleich. Aber auf die angenehme Art. Sie fand es nicht einmal schade, dass sie die Nacht, genau wie alle Nächte in letzter Zeit, alleine verbracht hatte.

Anders als noch vor wenigen Wochen verspürte sie zurzeit wenig Lust, auf die Jagd zu gehen und für nächtliche Abwechselung zu sorgen. Es war schon seltsam, denn davor war kaum ein Wochenende vergangen, an dem sie nicht losgezogen und am Ende in einem fremden Bett gelandet war. Aber damit war es vorbei. Warum wusste sie selbst nicht so genau. Vermutlich, weil sie nach ihrem letzten gescheiterten Beziehungsversuch, Andreas, allmählich einzusehen begann, dass es keinen Sinn hatte. Die ewigen Affären und One-Night-Stands führten zu nichts. Der einzige Mann, der sie im Moment interessierte, war ... na ja, Takeda. Obwohl, nein, sie musste sich korrigieren, der interessierte sie schließlich nicht als Mann, sondern als Mensch. War ja nicht dasselbe. So oder so, sie war gerne mit ihm zusammen. Und wenn er nicht da war, vermisste sie ihn. Der Tag am Meer war einfach toll gewesen. Sie hatte sich wohlgefühlt.

Natürlich war sie neugierig, ob mit Takeda auch mehr möglich wäre. Aber das kam halt nicht in Frage. Er war ein Kollege, und von denen ließ sie die Finger. Außerdem wollte sie ihr gutes Verhältnis nicht dadurch aufs Spiel setzen, dass sie eine Bettgeschichte daraus machte. Es würde sowieso nicht funktionieren. Mit Männern konnte man sich entweder gut verstehen oder Sex haben. Beides gleichzeitig gab's nicht. Nie. Es war ein Wunschtraum, eine Illusion, ein ewiger Traum.

Außerdem schien Takeda ohnehin nicht an so etwas zu denken. So nett und aufgeschlossen er ihr gegenüber war, blieb er immer auch kühl und distanziert. Unter anderen Umständen würde sie sich vermutlich fragen, ob er schwul war. Aber sie wusste ja, dass er auf Frauen stand. Nur offenbar nicht auf sie.

Warum enttäuscht sein? Es war doch besser so.

Holger Sauers penetrantes Räuspern riss Claudia aus den Gedanken. Der Kommissionsleiter hatte wohl gemerkt, dass sie mit ihren Gedanken ganz woanders war. Erst als sie aufsah und ihm zunickte, fuhr er mit seinen Ausführungen fort. Er bedankte sich bei Michelsen, blickte dann zu Horst Kröger, der nervös mit einer Zigarette spielte, sowie dessen Sitznachbarn, den jungen Kollegen Manuel Jockerath, der mit ihm ein Team bildete.

»Dann bitte ich jetzt die Kollegen Kröger und Jockerath, uns im Fall Volksdorf auf den neuesten Stand zu bringen.« Michelsen setzte sich. Kröger grüßte in die Runde, hustete dann erst einmal ausführlich. Dann erklärte der alte Hauptkommissar – er war zweiundsechzig und hatte vor nichts Angst außer vor der Pensionierung und dem ärztlichen Lungencheck –, dass es sich bei dem toten Bauarbeiter, der eine Woche zuvor in einem Waldstück im Stadtteil Volksdorf gefunden worden war, aller Wahrscheinlichkeit nach um einen ukrainischen Staatsangehörigen handele. Zumindest legten das die Einnäher in seiner Kleidung nahe. Seine genaue Identität wie auch die Umstände seines Ablebens seien aber immer noch unklar. Die Obduktion hatte ergeben, dass er mehrere Knochenbrüche, Abschürfungen und Platzwunden hatte, dazu einen Alkoholwert von über vier Promille. Das Ende aber habe ihm die Kälte bereitet, er sei erfroren. Kröger hustete erneut, machte eine ergebene Handbewegung und sagte seufzend: »Meine Nase sagt mir, dass wir es mal wieder mit dem üblichen Illegalen-Drama zu tun haben. Der arme Kerl war vermutlich ohne Papiere auf einer Baustelle tätig, auch das können wir aus seiner Kleidung mutmaßen, und hat sich dabei verletzt. Anstatt zum Arzt zu gehen, hat er sich der osteuropäischen Wodka-Therapie unterzogen. Wirkt in vielen Fällen ja auch. Einfach so lange trinken, bis nichts mehr wehtut. Nur, dass der Patient in diesem Fall leider in der freien Natur eingeschlafen und dann wie gesagt erfroren ist. Wir werden in den kommenden Tagen alle Baustellen in der Umgebung des Leichenfundes abklappern, um herauszufinden, zu welchem Trupp er gehört hat. Und ob wir jemanden wegen unterlassener Hilfeleistung drankriegen.«

Claudia blickte zu Takeda hinüber. Der Inspektor saß ihr gegenüber auf der anderen Seite der Tischrunde. Er schien auch seinen Gedanken nachzuhängen. Sie hätte viel darum gegeben, zu erfahren, was ihn beschäftigte. Aber das war bei Takeda eben nicht so einfach. Auch das gehörte zu den Dingen, die Claudia immer wieder irritierten. Obwohl sie sich doch inzwischen ganz gut kannten und auch über alle möglichen privaten Dinge gesprochen hatten, war sie sich trotzdem nicht sicher, ob Takeda ihr Verhältnis wirklich als vertraut bezeichnen würde. Bei anderen Männern hätte Claudia dahinter ein Nähe-Distanz-Spiel vermutet, etwas, das sie gar nicht leiden konnte. Aber bei Takeda hatte sie eher das Gefühl, dass es etwas Japanisches war. Es schreckte sie nicht ab, es machte sie eher neugierig.

Als Nächstes bat Sauer die Kollegen Ottmar Preuß und Karsten Surbach, über den Stand ihrer noch frischen Ermittlungen in einem weiteren Mordfall zu berichten. Die beiden hatten am Wochenende einen Fall übernommen, der, wie Sauer jetzt betonte, eine erhebliche Öffentlichkeitswirkung entfalten könnte. Allerdings sei der Fall bisher bewusst aus der Presse herausgehalten worden, da die genaueren Tatumstände noch völlig unklar seien.

Preuß stand auf, nickte in die Runde und sagte mit einer für seine Verhältnis erstaunlich ernsthaften Stimme: »Am Samstagabend wurde im Anschluss an die Spätvorstellung in einem Kino im Stadtteil Hoheluft ein Besucher tot aufgefunden. Das Kinopersonal ging zunächst von einer natürlichen Todesursache aus, der Mann war nicht mehr ganz jung. Er heißt Rainer Sielmann, war siebenundsechzig Jahre alt und Stammgast in dem Kino. Alles sah nach einem Herzinfarkt aus, was, wie Karsten und ich inzwischen recherchiert haben, immer mal wieder während einer Vorstellung vorkommt. Eine Mitarbeiterin des Kinos hat eine Ambulanz gerufen, die den Tod des Mannes bestätigt hat. Zum Glück fiel einem der Sanitäter etwas Ungewöhnliches an der Leiche auf. Er alarmierte daraufhin die Kollegen von der nächsten Wache, die dann eine Leichenschau durch einen Arzt veranlassten. Anschließend sind wir ins Spiel gekommen. Kurz und gut, es sieht so aus, als wäre der Mann während der Kinovorstellung getötet worden, und zwar rücklings mit einem Draht oder womöglich einer Garotte. Sprich, wir haben es mit einem eiskalten Mord zu tun.«

»Eine Garotte? Im Ernst jetzt? Klingt ein wenig mittelalterlich«, rief einer der anwesenden Kollegen in den Raum.

Ein anderer wollte wissen, was das überhaupt wäre, woraufhin Karsten Surbach sich zu Wort meldete. Er war genau wie Preuß Anfang dreißig, solariumsgebräunt und durchtrainiert, insgesamt aber nicht ganz so selbstverliebt wie sein Kollege. Trotzdem waren die beiden ein echtes Dreamteam, fand Claudia, wobei sie sich bei dem Gedanken am liebsten demonstrativ den Finger in den Hals gesteckt hätte.

Na ja, aber zugegeben, Preuß und Surbach waren trotzdem gute Polizisten.

Surbach erläuterte, dass eine Garotte eigentlich nichts anderes war als ein Drahtseil, das an zwei kurzen Stöcken befestigt war. Es sei in der Tat eine eher antiquierte Waffe, die in früheren Jahrhunderten vor allem in Südeuropa von Straßenräubern und Meuchelmördern eingesetzt wurde. »Aber wir dürfen uns nichts vormachen, so ein Ding ist einfach zu bauen und immer noch eines der tödlichsten Handinstrumente, die man sich vorstellen kann.

Wenn dir jemand vor hinten so einen Draht um den Hals legt und blitzschnell zuzieht, hast du praktisch keine Chance. Wenn das Opfer dann noch arglos ist, kann es sein, dass es sich überhaupt nicht wehrt, sich weder aufbäumt, noch um sich schlägt. In dem Augenblick, in dem du etwas merkst, bist du auch schon tot oder zumindest ohnmächtig. Eine Garotte ist leise und effizient. Das ist vermutlich auch der Grund, warum niemand in der Kinovorstellung etwas von dem Mord bemerkt hat.«

Ottmar Preuß übernahm wieder und erklärte: »Wir haben darum bisher auch keine Zeugen ausfindig machen können. Aber das ist nicht unser einziges Problem.« Preuß machte eine Kunstpause, sah in die Runde, fuhr dann fort: »Es gibt außerdem so gut wie kein verwertbares Spurenmaterial. In dem Saal wurden an dem Tag insgesamt fünf Vorstellungen gezeigt, von denen bis auf die letzte, während der der Mord geschah, alle voll besetzt waren. Ihr könnt euch vorstellen, dass die Kollegen von der Spusi verzweifelt sind, soviel Haare, Schuppen und Ähnliches haben sie gefunden. Wir konzentrieren uns daher auf die Motivlage, aber leider sieht es da auch nicht sonderlich ermutigend aus. Wir haben mit der Ehefrau und den erwachsenen Kindern des Opfers gesprochen, haben aber keinerlei Ansatzpunkte, die ein mögliches Motiv nahelegen. Sielmann ist ein unbescholtener Bürger, bei dem auch mit viel Phantasie nicht denkbar ist, warum ihn jemand ermorden sollte, und dann auch noch auf diese Art.«

Surbach fuhr fort: »Anders ausgedrückt, wir haben im Moment noch keine Ahnung, womit wir es zu tun haben könnten. Organisierte Kriminalität? Möglich. Ist aber ungewöhnlich, die Mafia zieht eigentlich andere Mittel vor. Und wie gesagt, das Opfer hat auf den ersten Blick keinerlei Berührungspunkte zur Organisierten Kriminalität. Tja, und sehr viel weiter sind wir bisher nicht.«

Ein seltsames Gefühl beschlich Claudia. Sie sah hoch, ihr Blick begegnete dem Takedas. Sie wusste sofort, dass der Inspektor ähnliche Gedanken hatte wie sie selbst.

Der Inspektor nickte ihr zu, machte eine sanfte Kopfbewegung in Ottmar Preuß' Richtung, formte dann ein paar stumme Worte mit den Lippen, die Claudia jedoch nicht verstand.

»Was?«, fragte Claudia ebenso lautlos zurück.

Takeda erwiderte etwas, das Claudia erneut nicht verstand, so gut war Takedas Deutsch nicht, als dass man bei ihm Lippen lesen könnte.

Preuß referierte unterdessen weiter über den Kino-Mörder. Zurzeit würden sie in erster Linie die Lebensumstände des Opfers durchleuchten. Rainer Sielmann sei pensionierter Beamter, leidenschaftlicher Gärtner, Bücherfreund und eben passionierter Kinogänger gewesen. Entweder habe der Mann ein Geheimnis, auf das er und Surbach bisher nicht gestoßen seien. Oder der Mord sei eine Verwechselung, was sie zurzeit für am wahrscheinlichsten hielten.

Schließlich machte Preuß erneut eine Kunstpause, fuhr dann mit leiser Stimme fort: »Die dritte Möglichkeit, an die wir denken, beunruhigt uns am meisten. Die besteht darin, dass Sielmann Opfer einer Willkürtat geworden ist. Wir finden kein Motiv, weil es keins gibt. Keines außer der Lust zu töten.«

Claudia, die immer noch zu Takeda blickte, wusste schlagartig, welche Worte Takeda mit den Lippen formte. Es war ein Name.

Simon Kallweit.

20.

Die Lagebesprechung war zu Ende. Holger Sauer dankte in die Runde, die Kollegen strömten aus dem Besprechungsraum. Claudia und Takeda brauchten nur zwei kurze Sätze, um sich zu verständigen.

Erstens: Erst einmal kein Wort zu den Kollegen.

Zweitens: Sie mussten sich die Sache näher ansehen.

Ottmar Preuß wollte den Raum gerade verlassen, als Claudia ihn zurückrief. »Warte mal kurz, Ottmar. Dein Fall interessiert uns. Vielleicht könntest du uns noch ein paar Details ...«

Preuß, auf ewig gekränkt, weil Claudia weder auf seinen Charme noch auf seinen beeindruckenden Bizeps ansprang, sagte schmallippig: »Wozu? Damit du mir mal wieder Tipps über die richtige Ermittlungsstrategie gibst? Ist mein Fall, nicht deiner, Claudia.«

»Komm schon, Otti. Mach es nicht zu etwas Persönlichem. Es geht auch gar nicht um mich. Takeda hat mir erzählt, dass es in Japan mal einen ähnlichen Fall gab. Einen Kinomörder. Darum interessiert er sich dafür. Stimmt doch, Ken?«

Takeda, der sonst schon einmal gerne schamhaft errötete, sagte mit ernsthafter Stimme: »Es ist noch gar nicht so lange her. Wir hatten es gleich mit einer ganzen Serie zu tun, die als die Bruce-Willis-Morde in die japanische Rechtsgeschichte einging. Der Mörder hat immer nur bei Filmen mit dem Hollywood-Star zugeschlagen. Er ist genauso vorgegangen wie der Täter in Hamburg, er hat seine Opfer in der Dunkelheit der Vorstellung von hinten erwürgt.«

Ottmar Preuß zuckte mit den Schultern. »Dann ist es jedenfalls nicht derselbe. In der Vorstellung hier in Hamburg lief ein Science-Fiction-Film mit Ryan Gosling.«

»Wir kommen einfach mal mit in dein Zimmer«, sagte Claudia, »und du zeigst uns, was ihr bisher habt.«

»Wenn's denn sein muss.«

Während sie den Flur hinuntergingen, raunte sie Takeda zu: »Ich bin beeindruckt, Ken. Bruce-Willis-Morde. Sogar ich hätte Ihnen die Sache beinahe abgekauft.«

Takeda lächelte. »Wir Japaner sind ein sehr ehrliches Volk. Darum müssen wir lernen, besonders gut zu lügen.«

Kurz darauf saßen sie in dem Büro, das Preuß sich mit Karsten Surbach teilte. Merkte man schon daran, dass es penetrant nach Rasierwasser, abgestandener Cola und kalten Pommes roch, fand Claudia. Die Schreibtische waren mit Papieren übersät, auf der Fensterbank standen Teller mit verkrusteten Essensresten, an der Wand hing ein handsigniertes HSV-Mannschaftsfoto und ein Schal mit einer Fan-Freundschaftsbekundung. Zudem reihten sich auf einem Regal riesige Dosen mit Nahrungsergänzungsmitteln aneinander, auf denen eingeölte Männer mit winzigen Slips und gigantischen Muskeln abgebildet waren.

»Sieht gut aus, bei euch«, sagte Claudia.

»Sagt die Frau, die ihre Bude in einen Urwald verwandelt hat«, erwiderte Preuß.

»Jetzt nicht mehr.«

»Stimmt, jetzt hast du ja einen japanischen Gärtner ...« Preuß wandte sich an Takeda. »Nichts für ungut, Kollege. Ist nicht so gemeint.«

»Kein Problem. Und wenn ich mich hier so umschaue, würde ich mich gerne als japanische Putzfrau anbieten.«

Das saß, alle lachten. Dann wurde es dienstlich.

»Also gut, für euch also die ausführliche Version«, sagte Preuß. Er warf einen Blick auf seine Unterlagen, wandte sich dann an Surbach, der inzwischen dazugestoßen war, und meinte: »Vielleicht kannst du noch einmal den Tatablauf und das ummittelbare Danach schildern.«

Surbach schürzte die Lippen, warf ebenfalls einen Blick in seine Papiere. »Kein Problem. Erst einmal die Fakten. Die Vorstellung war am Samstagabend im Holi-Kino, ihr wisst schon, der Laden an der Hoheluftchaussee. Der Film war etwa zehn Minuten nach Mitternacht zu Ende. Der Kassencomputer im Kino besagt, dass es siebenunddreißig Besucher waren, nicht viel, aber auch nicht wenig für eine Spätvorstellung, zumal der Film schon lange im Programm ist. Nachdem alle weg waren, ging das Kinopersonal durch die Reihen und sammelte die Flaschen und den gröbsten Müll auf. Nach Angaben der Mitarbeiterin, die das an dem Abend erledigt hat, eine Mona Lastrop, Studentin, vierundzwanzig Jahre alt, kommt es immer mal wieder vor, dass ein Besucher während der Vorstellung einschläft und auch nicht aufwacht, wenn das Licht angeht. Schien diesmal auch so zu sein, aber sie dachte sich nichts dabei, zumal sie denjenigen ja kannte. Rainer Sielmann war Stammkunde. Er kam immer allein und besuchte immer die Spätvorstellung. Sie hat ein paarmal seinen Namen gerufen, ohne Wirkung. Als sie mit ihrem Müllsack durch die Reihen ging und seinen Platz erreichte, wollte sie ihn wachrütteln. Dann dämmerte ihr, dass etwas passiert sein musste. Da sie mal einen Erste-Hilfe-Kurs gemacht hat, hat sie Sielmann zunächst den Puls gefühlt, war bereit, ihn zu reanimieren, erkannte aber, dass es aussichtslos war. Sie hat ihrer Kollegin an der Kasse Bescheid gesagt, und dann haben die beiden einen Krankenwagen alarmiert. Den Rest kennt ihr.«

Surbach entnahm seiner Kladde ein paar Fotos und reichte sie Claudia und Takeda. Es war eine Ganzkörperaufnahme des Toten, wie er nackt auf dem Sektionstisch der Rechtsmedizin lag. Die typische grobstichige Dreiecksnarbe zierte bereits den Oberkörper. Die anderen Fotos waren Detailaufnahmen seines Halses. Der Draht, mit dem Sielmann erwürgt worden war, hatte sich tief in das Fleisch eingeschnitten, fast so, als hätte der Mörder versucht, den Kopf seines Opfers abzutrennen.

»Terzian von der Rechtsmedizin hat uns auf das mit der Garotte gebracht. Ihr kennt ihn ja, er liebt Mordwerkzeuge und kennt sich gut damit aus.«

Alle im Raum grinsten, auch Takeda. Sie kannten Ludger Terzian, den leicht exzentrischen Leiter der Rechtsmedizin. Der konnte sich für Tötungstechniken und entsprechende Instrumente begeistern wie andere Leute für Musikstücke oder Landschaften. Takeda und Terzian hatten sich angefreundet. Sie besuchten gemeinsam das *Hotoke*, Takedas japanisches Stammlokal, tranken Whisky und unterhielten sich stundenlang über die klassischen Schwerttechniken der Samurai. Surbach fuhr fort: »Laut Terzian kann das Opfer eines Angriffs mit einer Garotte schon nach einer halben Minute, spätestens aber nach einer Minute ohnmächtig werden. Der Exitus tritt nach spätestens drei oder vier Minuten ein, je nachdem. Da Sielmann nicht mehr der Jüngste war, war er vermutlich noch schneller tot. Wir haben keinerlei Spuren an seinem Kinosessel gefunden, die darauf hindeuten, dass er sich gewehrt hat. Er war wahrscheinlich völlig arglos, und dann, zack, hatte er das Ding um den Hals. Er hat sich höchstens ein- oder zweimal aufgebäumt, vielleicht nicht einmal das.«

»Und von den übrigen Kinobesuchern hat wirklich keiner etwas gemerkt? Ich kann es kaum glauben«, sagte Claudia.

»Ist aber so. Keiner. Jedenfalls nicht von denen, mit denen wir gesprochen haben. Es könnte auch daran liegen, dass der Film zum mutmaßlichen Todeszeitpunkt – Terzian hat uns ein Zeitfenster von dreißig Minuten genannt – mehrere laute Action-Szenen hatte. Das Publikum hat also auf die Leinwand gestarrt. Wir haben das gestern sogar nachgespielt, wir waren im Kino, haben ein bisschen rumgeturnt. Bingo, es ist ohne Probleme möglich. Da wird einer umgebracht, und keiner der übrigen Anwesenden merkt es.«

»Na, super. Ich freue mich schon auf meinen nächsten Kinobesuch. Ich werde mich auf jeden Fall nach ganz hinten setzen. Oder vor eine Säule oder so etwas«, sagte Claudia.

»Da bist du wahrscheinlich nicht die Einzige«, sagte Ottmar Preuß. »Darum haben wir den Fall übrigens auch noch nicht an die Öffentlichkeit gegeben. Bisher verbreiten wir, dass der Mann einen Herzinfarkt hatte. Es gab heute eine kurze Notiz darüber in der Zeitung. Wir wollen keine Panik auslösen, bevor wir uns nicht sicher sind, was Sache ist. Euer Fehlschuss mit diesem Jungen auf dem S-Bahnsteig ist uns allen eine Warnung. Keine Lust, so etwas allzu schnell zu wiederholen.«

Preuß grinste mit unverhohlener Schadenfreude, Claudia zeigte ihm den Finger, Takeda senkte den Blick, Surbach winkte ab.

Schließlich räusperte sich der Inspektor und fragte: »Sie erwähnten, dass siebenunddreißig Besucher während der Vorstellung anwesend waren. Konnten Sie die denn alle identifizieren?«

Surbach schüttelte den Kopf. »Natürlich nicht. Im Gegenteil, es ist ein Problem. Von den siebenunddreißig haben wir gerade einmal zwölf mit Namen und Anschrift. Mit denen haben wir auch schon gesprochen. Nicht viel, aber immerhin, es ist schwieriger, als man denken könnte, an die Leute heranzukommen.«

Preuß erklärte: »Niemand legt im Kino beim Kartenkaufen

seinen Ausweis vor. Wir mussten also Umwege gehen. Die Kinoleute kannten ein paar der Stammkunden, die waren einfach. Ein weiterer hat sich gestern gemeldet, weil er seine Tasche im Saal vergessen hatte. Vier Leute hatten per E-Mail vorreserviert – nur so wenige, weil niemand davon ausging, dass es bei einer Spätvorstellung ausverkauft sein könnte. Der Rest hat sich auf den Aufruf hin gemeldet, den wir gestern am Kinoeingang ausgehängt haben. Offizielle Begründung ist, dass ein Taschendiebstahl während der Vorstellung stattgefunden hat und wir Zeugen suchen. Wie gesagt, der Mord soll noch unerwähnt bleiben.«

Claudia wechselte einen Blick mit Takeda, fragte dann: »Habt ihr eine Liste mit den Besuchern? Kann ich mal einen Blick drauf werfen?«

»Klar, kein Problem. Nur ... warum interessiert euch das so sehr? Und kommt mir nicht wieder mit Bruce Willis.«

»Dann denk dir etwas anderes aus«, erklärte Claudia unwirsch.

Sie nahm Surbach die Unterlagen aus der Hand, blätterte sie durch und stieß schnell auf die Namensliste. Sie überflog die Namen, aber keiner kam ihr bekannt vor. Kallweit war jedenfalls nicht dabei.

»Was ist mit Kameraufnahmen? Gibt es im Kino keine Security-Kamera? Mit den Aufnahmen müsste man die Leute doch identifizieren können? Der Täter müsste ja ebenfalls einer der Besucher gewesen sein«, fragte sie.

»Glaubst du, da sind wir nicht selbst draufgekommen?«, gab Preuß zurück.

»Und?«

»Negativ. Im Kino selbst ist keine Kamera. Und in der Umgebung sieht es auch mau aus. Es gibt in der Nähe eine Sparkasse mit einem Bereich für Geldautomaten. Die Kamera dort erfasst einen Teil des Bürgersteigs vor der Tür. Dann sind da die Bahnsteigkameras der nahe gelegenen U-Bahn-Station. Weiter oben auf der Hoheluftchaussee gibt es außerdem eine Tankstelle, ebenfalls mit Aufzeichnung. Haben wir alles ins System gespielt. Aber in Sachen

Zeugen bringt uns das nichts. Wir werden die Aufnahmen sicherlich den Kinomitarbeitern zeigen, aber damit lassen wir uns noch Zeit. Schöner wäre es natürlich, wenn wir zufällig ein Bild vom Täter eingefangen hätten. Die Kollegen von der OK checken gerade, ob sie ein bekanntes Gesicht auf den Aufnahmen entdecken. Ihr wisst schon, durchreisender Mafiamörder, so etwas.«

»Ihr geht also doch von einem Mafiamord aus? Klang vorhin anders«, sagte Claudia.

»Wir gehen von gar nichts aus. Aber wir wollen auch nichts ausschließen. Ansonsten konzentrieren wir uns auf das private Umfeld des Opfers. Wir bauen darauf, dass wir bei diesem Sielmann etwas finden. Ist halt nicht ganz einfach. Die Witwe und die Kinder stehen unter Schock, die können wir nicht allzu hart rannehmen. Früher oder später werden wir ihnen härter auf den Zahn fühlen. Irgendeinen Mist wird dieser Sielmann schon am Laufen haben – warum sollte er sonst auf die Art abgemurkst werden?«

»Du hast es vorhin selbst gesagt. Weil er vielleicht ein Zufallsopfer ist.«

»Könnte sein. Aber mal ehrlich, wie oft kommt so etwas vor?«

»Fast nie.«

»Eben.«

»Können wir mal einen Blick auf die Kamerabilder werfen?«, fragte Claudia.

Preuß zuckte mit den Schultern. »Wenn ihr nichts Besseres zu tun habt – warum nicht?«

»Danke.«

21.

Claudia und Takeda warteten, bis die Kollegen das Zimmer verlassen hatten. Dann setzten sie sich gemeinsam vor Surbachs Rechner. Er hatte ihnen die entsprechenden Files geöffnet, und sie ließen die Aufzeichnungen nacheinander abfahren.

Tatsächlich machte Claudia sich nicht allzu viele Hoffnungen, auf etwas zu stoßen. Die Möglichkeit, dass Simon Kallweit hinter dem Mord im Kino stecken oder auch nur irgendetwas damit zu tun haben könnte, war äußerst unwahrscheinlich. Eine Frau vor die S-Bahn zu stoßen war eine Sache. Einen Menschen hinterrücks zu erwürgen eine ganz andere.

Dennoch hatten Takeda und sie selbst sofort daran gedacht. Das sprach für sich.

Die Bilder aus der Sparkasse waren tatsächlich mehr oder weniger unbrauchbar. Der Bildausschnitt von der Straße, von dem Preuß gesprochen hatte, zeigte gerade einmal einen schmalen Streifen des Bürgersteigs. Immer wieder gingen Passanten durch das Bild, von denen man aber nicht viel mehr sah als die Unterschenkel. Wollten sie auf diese Weise jemanden identifizieren, müsste der schon besonders individuelle Schuhe tragen oder ein unverwechselbares Gangbild haben. Insgesamt also Fehlanzeige.

Die Bilder von der Tankstelle waren schon brauchbarer. Es gab eine Kamera im Bereich der Zapfsäulen und eine im Verkaufsraum. Claudia und Takeda ließen fast anderthalb Stunden ablaufen, sahen Kunden beim Tanken, Kunden beim Einkaufen, Kunden, die einfach nur die Toilette benutzen wollten. Kein bekanntes Gesicht. Zeitverschwendung.

Als Letztes nahmen sie sich die Bahnsteigkamera der U-Bahn vor. Beide, Claudia und Takeda, mussten an ihre Ermittlungsarbeit vor zwei Wochen denken. Das Video vom Bahnhof Dammtor, das sie sich hunderte Male angesehen hatten, ohne dass es etwas Brauchbares gezeigt hätte.

Diesmal war es anders, wie sie bereits nach wenigen Minuten feststellten.

Der Videotimer und auch die im Bild befindliche Bahnsteiguhr zeigten übereinstimmend an, dass es zum Zeitpunkt der Aufnahme 00:32 Uhr war. Der Bahnsteig der Linie U3 war mehr oder weniger verlassen. Ganz am Ende aber stand ein junger Mann, schlaksig, ein bisschen kindlich noch, aber doch auch schon hochgewachsen. Er trug einen Schal um den Hals, den er bis übers Kinn gezogen hatte, dazu eine Basecap, deren Schirm ihm fast bis über die Nase reichte, so dass sein Gesicht kaum zu erkennen war.

Dennoch erkannten Claudia und Takeda ihn sofort.

Simon Kallweit.

»Scheiße«, sagte Claudia.

»Ich teile Ihre Einschätzung«, sagte Takeda. »Es ist Simon Kallweit, und er befindet sich keine halbe Stunde später in unmittelbarer Nähe zu dem Ort, an dem ein Mord geschah. Das kann kein Zufall sein.«

»Sehe ich genauso. Der Junge hat gelogen. Er war's also doch, damals auf dem Bahnsteig. Und jetzt auch im Kino.«

22.

An diesem Abend stand Ken Takeda auf der Bühne des *Bird's* und nahm an der *Open Session* teil. Begleitet von Bass, Piano und Drums, spielte er leise, melodiöse Tunes, wie immer, wenn er Trost oder Halt suchte.

Den Gästen gefiel es, doch diejenigen unter ihnen, die den Japaner schon länger kannten, spürten, dass er in einer nachdenklichen, einer niedergedrückten Stimmung war. Takedas Spiel erinnerte an John Coltrane im Jahr 1962. Damals überraschte der große Saxophonist sein Publikum, indem er die *Ballads* einspielte, eine Platte, die so süß und harmonisch war, das sie Kopfschütteln auslöste. Coltrane war damals erschöpft. Hinter ihm lagen die berühmten Sessions im Village Vanguard, wo er neben Eric Dolphy gespielt hatte, der eigentlich in die Clique um Charles Mingus gehörte. Mit ihm hatte der Saxophonist sich weit in die Gefilde des Freejazz vorgewagt. Peitschende, kratzende, dröhnende Musik, die sogar seine wohlmeinendsten Anhänger verprellte. Dann aber, mit einer wuchtigen, betäubenden Stille, erschienen die *Ballads*.

Die Platte war so zart, so vorsichtig, so schön, dass es den Fans den Atem verschlug.

Hinter Takeda lagen keine Freejazz-Sessions. Hinter ihm lag die Erkenntnis, dass ein siebzehnjähriger Junge, für den er eine überraschende Zuneigung empfand, höchstwahrscheinlich doch ein Mörder war.

Lange hatte er mit Claudia am Vormittag im Dienstzimmer ihrer Kollegen gesessen und überlegt, wie sie nun vorgehen sollten. Immer wieder sahen sie sich die Aufzeichnung aus der U-Bahn-Station an, hofften im Stillen, dass sie sich geirrt haben könnten. Aber immer wieder kamen sie zum gleichen Ergebnis. Der Junge mit dem Schal und der Mütze war Simon Kallweit. Zeit und Ort passten zu dem Vorfall im Kino.

Es war kein Zufall.

Was sollten sie also tun? Die einfachste Möglichkeit lag auf der Hand. Sie erzählten den Kollegen von ihrem Verdacht. Preuß und Surbach könnten eine Gegenüberstellung mit Simon und dem Kinopersonal arrangieren und so feststellen, ob der Junge unter den Besuchern der Spätvorstellung war. Fiel das positiv aus, könnte ein DNA-Abgleich mit den aufgefundenen Spuren rund um den Sitz des Opfers folgen. Erzielten sie auch dabei einen Treffer, zog sich die Schlinge zu. Sie würden sich auf die Suche nach der Tatwaffe machen, würden Kallweit in die Mangel nehmen und im besten Fall zu einem Geständnis treiben, diesmal aber zu einem, das er angesichts der Beweislast nicht einfach widerrufen konnte.

Claudia und Takeda entwickelten gemeinsam dieses Szenario, und sie dachten vermutlich beide, dass es kein vernünftiges Argument gegen diese Vorgehensweise gab.

Warum taten sie es also nicht? Warum sprachen sie nicht mit ihren Kollegen und weihten sie ein? Was hielt sie zurück?

Claudia war es, die als Erste Worte für ihre Zweifel fand.

»Was ist, wenn Simon es doch nicht war? Wenn er, so unwahrscheinlich das auch klingt, eben doch nur zufällig in der Nähe des Kinos war?«

»Glauben Sie das?«, fragte Takeda.

»Natürlich nicht.«

»Dann müssen wir mit Preuß und Surbach sprechen. Und auch mit Sauer.«

»Nicht so schnell, Ken. Denken Sie an die Konsequenzen, wenn wir erneut gegen Simon ermitteln. Unabhängig davon, ob er wirklich der Täter ist oder nicht, würde es wieder für Schlagzeilen sorgen. Aber diesmal gäbe es kein Zurück mehr. Der Junge wäre auf alle Zeiten gebrandmarkt, und zwar auch dann, wenn wir uns täuschen und er es eben doch nicht war. Für seine Familie gilt dasselbe. Diesmal wäre ein Rücktritt des Vaters unausweichlich. Machen wir uns keine Illusionen! Wenn wir Simon jetzt offiziell zum Verdächtigen in einem Mordfall erklären und vorladen, wäre sein Leben auf jeden Fall im Eimer. Niemand würde ihm mehr glauben. Er könnte nur noch auswandern oder sich einen Strick nehmen.«

»Sie haben recht.«

»Aber was sollen wir tun? Einfach gar nichts? Das geht auch nicht.«

»Richtig, der Verdacht wiegt zu schwer.«

Claudia schloss die Augen und massierte sich die Schläfen. Mit leiser, angestrengter Stimme sagte sie: »Was ist denn, wenn es tatsächlich kein Zufall war, dass Simon auf dem Bahnsteig und wahrscheinlich auch im Kino war. Aber wenn er trotzdem nicht der Täter ist?«

Takeda lächelte, auch ihm war dieser Gedanke gekommen, obwohl er unwahrscheinlich und absurd klang. »Aber wie könnte das möglich sein? Worauf wollen Sie hinaus?«

»Keine Ahnung. Ich denke nur laut.«

»Ich habe die Möglichkeit auch erwogen, aber ich komme zu dem Schluss, dass sie keinen Sinn ergibt.«

»Das könnte daran liegen, dass wir noch nicht das ganze Szenario überblicken. Jeder Fall ist ein Puzzlespiel, aber es gibt keinen Kartondeckel, auf dem man das fertige Bild schon einmal ansehen kann. Wir wissen einfach noch zu wenig. Aber das heißt nicht, dass es unmöglich ist.«

Takeda dachte über Claudias Worte nach, fragte dann: »Vermute ich richtig, dass Sie sehr wohl eine Idee haben, wie das fertige Bild aussehen könnte?«

»Ja und nein. Eine Idee wäre übertrieben. Aber ich habe eine vage Ahnung.«

Sie sahen sich an, und Takeda forschte in Claudias Gesicht. Er nickte und sagte: »Sie denken an den Vater, richtig? Hartmut Kallweit, den Senator?«

»Es liegt nahe, oder?«

»Aber was genau haben Sie im Sinn?«

»Erinnern Sie sich an das, was ich Ihnen von dem ersten Gespräch mit ihm und Simons Mutter erzählt habe? Damals, nur knapp zwei Stunden nach der Sache auf dem S-Bahnhof, meinte der Vater, dass es eigentlich gar nicht um seinen Sohn, sondern um ihn gehen würde. Kurz gesagt, er hat eine Intrige vermutet. Das müssen Sie sich mal vorstellen! Simon war zu dem Zeitpunkt noch geständig, alle hielten ihn für einen Mörder. Aber das hat den Senator überhaupt nicht interessiert. Er hat automatisch ein politisches Komplott gegen sich vermutet. Mich hat das damals ziemlich aufgeregt. Ich fand es egoistisch und dumm.«

»Aber jetzt glauben Sie, dass er recht haben könnte.«

»Ich will es zumindest nicht mehr ausschließen.«

Takeda gab ein paar nachdenkliche Brummlaute von sich, legte den Kopf schief, kratzte sich im Nacken. »Eine tote Frau auf dem Bahnhof. Nun ein Mord in einem Kino. Und beides, um einem Politiker zu schaden? Das ist eine interessante Theorie.«

Claudia konnte sich ein Lächeln nicht verkneifen. Sie hatte bereits verstanden, dass das Wort *interessant* aus dem Mund eines Japaners alles Mögliche bedeuten konnte, von ernst gemeinter Neugier bis hin dazu, dass er das Gehörte für totalen Unsinn hielt.

»Ich weiß, dass es verrückt klingt, Ken. Aber was ist, wenn etwas dran ist? Ich sage ja nicht, dass ich es glaube. Ich möchte nur, dass wir die Möglichkeit in Betracht ziehen.«

»Ich stimme Ihnen zu. Aber es gilt eben auch für die andere Möglichkeit, nämlich dass der Junge eben doch ein Mörder ist, sogar ein zweifacher. Und vielleicht begeht er noch weitere Taten, wenn wir ihn nicht stoppen.«

Claudia schloss erneut die Augen, ließ die Dinge sacken. Dann stand sie auf, ging unruhig im Zimmer auf und ab. Schließlich blieb sie abrupt stehen und sagte: »Ich fass es einfach einmal zusammen. Es gibt drei Möglichkeiten. Nummer eins: Es ist Zufall, dass Simon in der Nähe des Kinos war.«

»Das glauben wir beide nicht, richtig?«

»Richtig. Möglichkeit Nummer zwei: Der Junge ist, wie Sie sagen, ein Mörder, vermutlich weil er Außenseiter ist, gemobbt wurde, psychisch instabil ist.«

»Eine realistische Möglichkeit.«

»Aber es gibt auch noch Möglichkeit Nummer drei. Es ist wirklich eine Intrige. Die beiden Toten haben nichts mit Simon zu tun, weil der nur eine Figur in einem perfiden Spiel ist. In Wahrheit zielt das Ganze auf den Vater.«

»Auch das ist möglich«, sagte Takeda.

»Folgender Vorschlag, Ken: Ich klopfe einfach mal ein wenig auf den Busch und höre mich um, ob ich etwas herausfinde. Und zwar möglichst ohne allzu viel Aufsehen zu erregen. Sie befassen sich noch einmal mit dem Jungen, und zwar ebenfalls unauffällig. Nichts, was wir unternehmen, sollte nach offiziellen Ermittlungen aussehen. Wir wollen keinen unnötigen Staub aufwirbeln und niemanden in Schwierigkeiten bringen.«

»Ich bin einverstanden. Ich weiß nur nicht so recht, wie ich mit Simon in Verbindung treten könnte, ohne dass es Verdacht erregt.«

Claudia grinste. »Der Junge mag Sie, das hat ja sogar seine Mutter gesagt. Lässt sich daraus nicht etwas machen?«

»Sie meinen, ich soll es nach einer privaten Kontaktaufnahme aussehen lassen?«

»Kriegen Sie das hin?«

Takeda brummte erneut nachdenklich, sagte dann: »Ja, das kriege ich hin.«

»Gut. Preuß und Surbach sagen wir erst einmal gar nichts. Vielleicht stoßen sie ja von selbst in ihren Ermittlungen auf Simon oder auch auf seinen Vater. Dann ist die Sache sowieso klar. Und wenn wir etwas Belastbares herausfinden, sagen wir unsererseits Bescheid. Bis dahin aber arbeiten wir unterhalb des Radars.«

»So machen wir es«, sagte Takeda.

»Aber eins muss auch klar sein«, fügte Claudia hinzu. »Wir müssen uns beeilen. Ein oder zwei Tage, maximal drei. Entweder wir halten bis dahin etwas in der Hand. Oder wir ziehen uns aus der Sache zurück.«

»Einverstanden.«

Der Drummer gab mit den Stöcken den Takt für das nächste Stück vor, der Klavierspieler eröffnete es mit einem Thema von Dave Brubeck. Takeda brauchte eine Weile, um sich von seinen Gedanken zu lösen, und stieg erst mit Verzögerung ein. Er mochte Brubeck und dieses Stück besonders.

Der Bassspieler machte den Anfang und improvisierte ein paar Minuten zum Thema, wurde mit einem kräftigen Applaus des Publikums belohnt. Wie einen unsichtbaren Ball passte er dann zu Takeda hinüber.

Normalerweise hätte der Inspektor nun seinerseits improvisiert, hätte das Thema des Stücks als Startrampe genommen und wäre in wilde, verwirrende Klangwelten abgehoben.

Heute aber ließ er seinen Einsatz verstreichen. Während die übrigen Musiker Takt und Melodie hielten, stand Takeda einfach nur da und rührte sich nicht. Vor seinem inneren Auge sah er Simon Kallweit, diesen stillen, klugen Jungen. Er sah sein verwahrlostes Zimmer, sah ihn, wie er auf dem Boden lag und von seinen Mitschülern gequält wurde. Er sah Simon, wie er im Verhör auf dem Polizeipräsidium saß, seltsam lächelte und auf Japanisch sagte: *Ore wa Ghouru da.* – Ich bin ein Ghoul.

Takeda wollte mit seinem Saxophon von diesem Jungen erzählen, wollte seine Geschichte ergründen, wollte sich ihm musikalisch nähern. Aber er konnte es nicht.

Der Jazz war entstanden im lauten Durcheinander der großen Städte, im Schatten rauchender Schornsteine, im Lärm verstopfter Straßen, im Stampfen der Moderne.

So jedoch war die Welt von Simon Kallweit nicht. Sein Leben war nicht laut und stampfend und rauchend. Es war erfüllt vom stummen Geschrei der digitalen Kommunikation, von der lautlosen Raserei des Internets, vom Bilderreigen der Blogs, der Netzwerke, der Whatsapp-Gruppen. Simon Kallweit atmete nicht die rauchgeschwängerte Luft der Industriemaschine, sondern die giftig klare Luft des virtuellen Zeitalters.

Wie sollte er, Takeda, davon erzählen? Wie konnte er die Stille dieser neuen Welt ausdrücken? Der Inspektor wusste es nicht. Er führte sein Instrument an die Lippen, wollte spielen, aber er konnte es einfach nicht.

So vergingen Minuten, während der seine Mitspieler und das Publikum ihn zunehmend ratlos anstarrten.

Dann allerdings fühlte Takeda eine Ahnung in sich aufsteigen. Einen Versuch. Er blieb beim Thema von Brubeck, doch seine neue Improvisation war still und in sich gekehrt, sehr kühl, bot wenig Abwechselung. Erst nach und nach befreite er sich aus diesem Gefängnis aus Nullen und Einsen, fand zu einer Art von Melodie, holte sich das Leben zurück, wagte es, schön zu sein, war es dann mit einer so betäubenden Intensität, dass niemand im *Bird's* auch nur zu atmen wagte.

Einem Instinkt folgend ließ Takeda in diese Harmonie das Harte, Scharfe, Metallische einbrechen, ließ seine Tunes nun wie führerlose Schiffe gegeneinanderkrachen, türmte sie zu kubistischen Klangstapeln auf, um sie dann berstend zusammenstürzen zu lassen.

Virtuelle Realitäten? Sicher. Aber die Menschen starben in dieser einen blutigen Wirklichkeit.

Schließlich beendete Takeda das Stück, stellte das Saxophon in den Ständer am Rand der Bühne. Das Publikum blieb ruhig, war ratlos, war überwältig. Erst mit Verzögerung wagte ein Gast zu klatschen, und dann, ein gebrochener Damm, stiegen die anderen Besucher mit ein, applaudierten lauter und immer lauter. Hier und dort stand jemand auf, immer noch verwirrt von dem, was der Japaner ihnen geboten hatte, jedoch auch zutiefst berührt.

Takeda verbeugte sich, zeigte ein schüchternes Lächeln. Er freute sich, dass sein Spiel dem Publikum gefallen hatte. Er selbst aber wusste, dass es nur eine erste Annäherung war, ein vorsichtiges Tasten. Noch wusste er nicht recht, worauf er zusteuerte.

Erst wenn der Fall Simon Kallweit gelöst war, würde er wirklich ausdrücken können, was er in sich spürte.

23.

Zur selben Zeit, während Takeda auf der Bühne des *Bird's* stand, drückte Claudia Harms auf eine Klingel in der Hamburger Neustadt. Kurz darauf hörte sie eine Stimme in der Gegensprechanlage. »Wer ist da?«

»Pizza! Die Bestellung ist da.«

»Ich habe nichts bestellt.«

»Sorry, ich meinte nicht Pizza, sondern Paketdienst. Lieferung für Herrn Frontzeck.«

»Was soll der Blödsinn? Wer ist da? Schnelle Antwort, sonst ist's vorbei.«

»Hier ist Claudia. Mach die Tür auf, Gerd.«

»Claudia?«

»Harms.«

»Scheiße.«

»Nette Begrüßung.«

Die Verbindung wurde gekappt, Ewigkeiten geschah nichts. Claudia aber lächelte, und kurz darauf hörte sie den Türsummer.

Sie stieg die fünf Stockwerke bis zur Dachwohnung empor, wo Gerd Frontzeck in der Tür stand und sie erwartete. »Wow! Das nenne ich eine Überraschung. Was verschafft mir die Ehre?«, fragte er.

Claudia brauchte einen Moment zum Luftholen, dann sagte sie: »Ich wollte dir ein bisschen aufs Maul hauen, Gerd. Aber wenn du mir einen Kaffee und ein paar Antworten anbietest, überlege ich es mir noch einmal.«

»Darf es auch ein Glas Wein sein?«

»Klar, geht auch.«

Sie sahen sich in die Augen, lächelten beide, nahmen sich dann in den Arm. »Lange nicht gesehen, Claudia. Ich freue mich. Ehrlich.«

»Ich auch.«

Gerd Frontzeck war Journalist, und zu denen hatte eine Polizistin wie Claudia Harms naturgemäß nicht das beste Verhältnis. Journalisten, jedenfalls die lokalen, und die Polizeireporter verdienten ihr Geld damit, die Ordnungshüter zu kritisieren – zu lahm, zu mild, zu streng, zu irgendetwas. Hauptsache draufhauen. In den noch schlimmeren Fällen übernahmen die Reporter die Arbeit der Polizei und klärten die Fälle gleich selbst auf. Dann feierten sie sich selbst und gossen kübelweise Häme über die Polizei. Das alles wäre ja zu ertragen, wenn man gelegentlich zurückschlagen dürfte. Ging aber nicht. Wagte die Polizei es doch einmal, den Spieß umzudrehen, unterstellte die Presse der Polizei Ablenkungsmanöver und ein Vertuschen eigener Unzulänglichkeiten. Oder sie griff zur ganz großen Keule und faselte vom verfassungswidrigen Eingriff in die Pressefreiheit. Im Klartext, die Presse durfte alles, die Polizei nichts.

Frontzeck war eigentlich nicht so. Er kam gut mit den Ermittlern aus. Er hatte lange Zeit als freier Mitarbeiter für verschiedene Blätter gearbeitet, hatte dann einen der ersten Hamburg-Blogs im Internet aufgebaut und mit mancher Story die etablierten Zeitungen ziemlich alt aussehen lassen. Dumm nur, dass man mit einem

Blog kein Geld verdienen konnte. Erstens waren die Leser nicht bereit, dafür zu bezahlen, und zweitens zogen die Firmen gnadenlos ihre Anzeigen zurück, sollte auch nur ein kritisches Wort über sie, ihre Branche, ach eigentlich über die Wirtschaft insgesamt erscheinen. Blogs, so hatte es Frontzeck Claudia einmal erklärt, waren etwas für Idealisten mit üppiger Erbschaft oder für Idealisten mit Einzimmerwohnung und einem Aldi in der Nähe. Wo er ihr das erzählt hatte? Im Bett. Da waren sie vor vielen Jahren mal gelandet, nachdem sie in einem Fall ausnahmsweise einmal nicht gegeneinander, sondern miteinander gearbeitet hatten. Hätte sogar klappen können, das mit ihnen. Unter anderem weil Frontzeck mindestens so viel Angst vor Beziehungen hatte wie Claudia. Es bestand keine Gefahr, dass er Ansprüche stellte oder eingeschnappt war, wenn sie sich nicht meldete. Aber aus denselben Gründen klappte es eben nicht. Das sahen sie beide ein, akzeptierten es, und darum konnten sie sich heute immer noch herzlich in den Arm nehmen, etwas, das Claudia mit den meisten Männern, mit denen etwas gelaufen war, nicht hinbekam.

Vor gut zwei Jahren hatte Frontzeck dann überraschenderweise doch wieder bei einem der Hamburger Boulevardblätter angeheuert, er wurde Lohnschreiber, wie er es nannte. Etwas, das er immer verdammt hatte. Als Claudia ihn das erste Mal in seiner neuen Funktion auf einer Pressekonferenz traf, konfrontierte sie ihn damit: »Du bist jetzt festangestellt? Ausgerechnet du? Ich dachte, so etwas wäre gegen deine Prinzipien.«

»Ist es. Aber für meine Prinzipien bekomme ich keine Rente.«

War ein Argument. Schließlich hatte Frontzeck die fünfzig hinter sich gelassen.

Er führte Claudia ins Wohnzimmer, öffnete eine Flasche Chablis, stellte zwei Gläser auf den Couchtisch. An den Wänden hingen Poster von den Stones und CCR, im Hintergrund lief Musik von Led Zeppelin. Für seinen Musikgeschmack hätte Frontzeck eigentlich zehn oder auch zwanzig Jahre älter sein müssen, aber so war er schon immer gewesen. Er leistete sich eine Nostalgie für eine Zeit, die er gar nicht erlebt hatte. Claudia gefiel das, auch wenn es ihr wieder einmal zeigte, dass sie auf unterschiedlichen Planeten lebten.

Sie setzte sich auf das Sofa, Frontzeck ließ sich in einem Sessel nieder und zündete sich eine Zigarette an. »Dann klär mich mal auf, Frau Kommissarin. Warum willst du mir aufs Maul hauen?«

»Weil du es verdient hast. Stichwort Simon Kallweit. Du hast den Jungen auf die Titelseite gebracht, und zwar so, dass man eindeutig wusste, wer er ist. Das war eine Schweinerei. Der Junge ist siebzehn Jahre alt.«

»Sicher, aber es war eine Schweinerei, die dein Chef mir gesteckt hat. Du machst also den Falschen an.«

»Keine Ahnung, wovon du redest.«

»Komm schon, Claudi. Simon Kallweits Name schwirrte keine halbe Stunde nach der S-Bahn-Sache durch alle Drähte. Seine Mitschüler haben getwittert und gepostet, was das Zeug hielt. Ich habe mich nur um eine Bestätigung bemüht, und die habe ich ohne großes Drängen bekommen.«

Claudia runzelte die Stirn. »Aber doch nicht von Holger Sauer?«

»Höchstpersönlich.«

»Du verarschst mich.«

Frontzeck grinste. »Nein. Ich habe an dem Nachmittag mit Sauer telefoniert. Wir hätten die Story sowieso gebracht, wir hatten ja auch noch andere zuverlässige Quellen. Aber dein Chef war natürlich besser. Er hat mich mehr oder weniger ermutigt, es groß zu bringen und an der Identität des jungen Kallweit keinen Zweifel zu lassen. Besser gesagt, an der seines Vaters.«

Claudia schüttelte ungläubig den Kopf. Sie erinnerte sich gut an die Ansprache, die Sauer an dem Tag, als die Zeitungen draußen waren, vor der gesamten Truppe gehalten hatte. Von wegen kein Wort zur Presse und so. Verdammte Scheiße, so ein verlogener Mistkerl. Die Wut krampfte ihr den Magen zusammen, auch weil ihr klar war, dass sie Sauer keinen Strick draus drehen konnte.

Denn dann wüsste er, dass sie immer noch in Sachen Simon ermittelte. Und dass Frontzeck ihr gegenüber geredet hatte. Schachmatt.

Claudia trank einen Schluck von ihrem Chablis, schnorrte sich eine Zigarette von Frontzeck, ließ sich Feuer geben.

»Du rauchst? Wusste ich gar nicht«, sagte der Journalist.

»Tu ich nicht. Nur ab und zu. Ist gesünder, als mit dem Kopf gegen die Wand zu rennen, oder?«

»Genau das sage ich mir vierzig bis sechzig Mal am Tag. Doch jetzt noch einmal ernsthaft. Was führt dich her? Bestimmt nicht die gute Musik und der Wein.«

»Stimmt. Es geht um Politik, hier in Hamburg, in der schönsten Stadt von Deutschland, die ab und zu auch ganz schön mies sein kann.«

»Mein Metier. Was willst du wissen?«

»Bevor ich es dir sage, brauche ich dein Indianerehrenwort, dass du es für dich behältst.«

Frontzeck hob die flache Hand in die Höhe und sagte: »Hugh! Ich sage zu niemandem ein Wort.«

Claudia holte tief Luft. »Okay, dann ... erzähl mir etwas über Hartmut Kallweit, unseren Justizsenator.«

»Den Vater des S-Bahn-Schubsers?!«

»Was ja gar nicht stimmte.«

Frontzeck stieß ein heiseres Lachen aus. »Trotzdem seid ihr noch an der Sache dran. Interessant. Warum?«

»Zum Ehrenwort gehört auch, dass ich die Fragen stelle, nicht du.«

»Schon gut, aber lass mir doch wenigstens meine Überraschung.«

»Ich verlasse mich auf dich, Gerd. Das hier muss unter uns bleiben. Es ist sowieso alles sehr vage, es besteht kein konkreter Verdacht. Ich will mich einfach ein bisschen umhören.«

»Schon gut. Also Hartmut Kallweit. Was willst du wissen?«

»Feinde, Freunde, Schweinereien. Eigentlich alles.«

»Ich hoffe, du hast Zeit.«

»Ich hoffe, du hast genug Wein.«

Frontzeck lächelte. »Immer, weißt du doch. Autos fahren mit Öl, Journalisten mit Alkohol ... Um Kallweit zu verstehen, muss man die Hamburger SPD verstehen. Und um die zu verstehen, muss man die menschliche Natur verstehen. Und ihre niedersten Instinkte.«

»Klingt plausibel, aber um beim Menschen als solchem anzufangen, habe ich vielleicht doch nicht genug Zeit.«

»Das war nur das Intro. Werden wir konkreter. Die SPD in Hamburg ist im Grunde das, was die CSU in Bayern ist. Eine Partei, der ein Land oder in diesem Fall eine Stadt gehört. Nur, dass es in Wahrheit gar nicht eine Partei ist, sondern viele. Splittergruppen, Fraktionen, Einzelpersonen, Strömungen, die sich zufällig alle hinter denselben drei Buchstaben versammelt haben. Diese, ich nenne sie mal, Unter Parteien ringen um die Macht, und zwar zum Teil härter als mit den anderen Parteien. Liegt natürlich auch daran, dass es in Hamburg keine Opposition gibt. Die CDU ist ein Witz, die FDP eine One-Woman-Show und die Grünen und die Linken das übliche Großstadt-Unkraut, das man halt sprießen lässt, weil man es sowieso nicht jäten kann.«

»Die CDU ist ein Witz? Was ist mit Ole von Beust? Der war immerhin zehn Jahre an der Macht.«

»Klar. Und danach? Der totale Untergang. Für die SPD waren die Beust-Jahre ein Betriebsunfall, der sich möglichst nie mehr wiederholen darf. Vergiss es also. Aber zurück zu den Sozialdemokraten. Unter denen herrscht mitunter Krieg, weswegen die hübschesten politischen Skandale in Hamburg ja auch alle innerhalb der SPD stattfinden. Vielleicht erinnerst du dich an die verschwundenen Stimmzettel bei der Wahl des Bürgermeisterkandidaten? Ein SPD-Ding. Oder als sie in Eimsbüttel den eigenen Bundestagskandidaten versenkt haben? Die SPD! Ich könnte noch endlos weitermachen, aber sparen wir uns das. Wichtig ist, dass bei diesem Krieg der Frontverlauf chaotisch ist. Partei-

Apparatschiks gegen die eigene Basis, Bundespolitiker gegen Lokale, Rechte gegen Linke, Wirtschaftler gegen Soziale, vor allem aber die einzelnen Kreise gegeneinander. Das ist wichtig, wenn es um Kallweit geht.«

»Was meinst du mit Kreise?«

»Die Kreisverbände, die lokalen Untergruppen, die mehr oder weniger mit den Stadtbezirken identisch sind. Mitte, Wandsbek, Nord, Harburg und so weiter ... Hast du als Kind *Risiko* gespielt? Auf dem Spielbrett war eine bunte Weltkarte, und du musstest mit deinen Truppen möglichst viele Länder erobern ... So ähnlich funktioniert es bei der Hamburger SPD. Die Karte der Stadt ist bunt unterteilt, und die einzelnen Kreisverbände wollen möglichst viel vom Kuchen abhaben. Da geht es um die Macht in der Partei, in den Stadtbezirken, um Senatorenposten, um Bundestagsmandate. Es ist eine wilde Mischung aus Tradition, Lokalpatriotismus, Pfründewirtschaft, Postengeschacher.«

Frontzeck kippte seinen Chablis hinunter, schenkte sich und Claudia nach, zündete sich die nächste Zigarette an. Claudia stand auf, öffnete das schräge Dachfenster. Frontzeck protestierte, aber sie bestand darauf und erklärte, dass ihr Blut nun einmal einen gewissen Sättigungsgrad an Sauerstoff brauche. Worauf Frontzeck erklärte: »Damit habe ich schon lange aufgehört.«

»Hoffentlich geht's gut.«

Der Journalist winkte ab. »Kallweit ist Justizsenator, und alles in allem macht er das ganz gut. Er hat den Job allerdings nur, weil er gleichzeitig der Vorsitzende der SPD-Nord ist, die wiederum eine Art Erbrecht auf mindestens einen Senatorenposten hat. Der Kreisverband ist groß, hat viele Mitglieder und ist traditionell mächtig. Allerdings hat er, bevor Kallweit den Vorsitz übernommen hat, deutlich Federn gelassen, unter anderem, weil sie es dort seit Jahren nicht mehr schaffen, das Direktmandat für den Bundestag zu holen.«

»Hat Kallweit in der Richtung Ambitionen?«

»Eher nicht. Seine Ziele liegen in der Stadt. Das Besondere an dem Mann ist, dass es ihn eigentlich gar nicht geben dürfte, jedenfalls nicht an der Stelle, an der er ist, und mit dem Einfluss, den er hat.«

»Und warum?«

»Wieder eine Lektion in Sachen SPD. In der Partei kommst du nicht hoch, nur weil du klug, nett oder sonstwie begabt bist. Du brauchst Eier, als Mann wie als Frau. Geburt hilft, sprich, du bist der Sohn, die Tochter, der Neffe, die Enkelin von jemandem, der früher schon mal in der Partei etwas zu sagen hatte. Die Sozis stehen nun einmal auf Tradition. Und wenn du die Geburt nicht hast, kannst du dich zur Not auch adoptieren lassen, sprich, du suchst dir einen Gönner, der an dich glaubt und in dir die Fortsetzung seiner Macht und Herrlichkeit sieht. Das ist wie bei Shakespeare oder *Game of Thrones*. Einer von den großen Alten muss seine Hand über dich halten, sonst wirst du abgemurkst.«

»Klingt sympathisch.«

»So ist Politik! Neben deiner Hausmacht musst du natürlich fleißig sein, wenn du hochkommen möchtest, und zwar möglichst von Anfang an. Als Juso klebst du Plakate und baust Stände auf, als Mitglied der Bürgerschaft gehst du zum AWO-Kaffeenachmittag und nicht nur während des Wahlkampfes, und als Senator kümmerst du dich um deine Leute, besorgst ihnen Jobs, hievst sie in Gremien, in Ausschüsse, in Kommissionen. Und du selbst bist sowieso überall Mitglied, in der Partei, aber auch in Verbänden und Vereinen, du bist omnipräsent, nie müde und immer telefonisch zu erreichen ...«

»Ein Vierundzwanzig-Stunden-Job.«

»Damit kommst du nicht aus. Das Wichtigste, das du in der SPD brauchst, ist das Intri-Gen ... verstehst du? Du musst Intrigen spinnen können.«

Claudia zeigte ein müdes Grinsen. »Sicher.«

»Du brauchst die Fähigkeit zur gezielten Niedertracht, zur Skrupellosigkeit. Du musst deine Konkurrenten ausschalten, egal mit welchen Mitteln. Warum das moralisch in Ordnung ist? Weil es alle tun. Wenn du die anderen nicht fertigmachst, machen sie dich fertig.«

Frontzeck lachte laut auf, aber Claudia schüttelte missmutig den Kopf. »Ich bin nicht betrunken genug, um so etwas lustig zu finden.«

Frontzeck hob ergeben die Hände. »Das geht den Politikern genauso, darum sind viele von ihnen Alkoholiker oder nehmen Drogen. Sonst würden sie es auch nicht aushalten. Ein paar von ihnen sind allerdings mit einem so unverwüstlichen Naturell gesegnet, dass sie es sogar nüchtern aushalten. Einer der Oberintriganten ist bekennender Antialkoholiker.«

»Ich verstehe leider immer noch nicht, was das mit Hartmut Kallweit zu tun hat. Besser gesagt, warum es ihn nicht geben dürfte. Oder habe ich nicht aufgepasst?«

»Das kommt jetzt. Kurz gesagt, Kallweit ist ein Phänomen, weil vieles von dem, was ich aufgezählt habe, auf ihn nicht zutrifft. Soweit ich es überblicke, war er an keinen Skandalen beteiligt, hat niemanden politisch gemeuchelt, wird von links wie rechts geschätzt. Er hat auch keinen Mentor, jedenfalls keinen vom Kaliber eines Eugen Wagner oder jemanden in der Richtung. Trotzdem ist er da, wo er ist. Und im Zweifel wird er sogar der nächste Bürgermeister.«

Claudia pfiff durch die Zähne. »Wow, das war mir nicht klar.«

»Ist auch nichts Offizielles, läuft meiner Meinung nach aber darauf hinaus. Bürgermeister wirst du nur, wenn du alle Konkurrenten ausgeschaltet hast oder eben der große Saubermann bist.«

»Und das ist Kallweit? Trotz allem, was du gerade über Karrieren in der SPD gesagt hast?«

Frontzeck griente. »Vielleicht ist er einfach die Ausnahme, die die Regel bestätigt. Außerdem ist Kallweit in Sachen Fleiß allen anderen voraus. Er kümmert sich um die Partei in seinem Kreis, kennt im Zweifel die meisten Geburtstagsdaten der Mitglieder auswendig, ist auf allen Sitzungen. Dann hat er noch seine Diskussionszirkel, gibt Journalistenessen, macht Firmenbesichtigungen, Vortragsabende, was weiß ich. Das Pensum des Mannes ist beeindruckend.«

Claudia massierte sich die Schläfen. Sie spürte eine gewisse Enttäuschung, denn natürlich hatte sie sich von dem Gespräch mit Frontzeck etwas anderes erhofft. Aber so, wie es aussah, schien Kallweit ja eher ein moralisches Vorbild zu sein und nicht jemand, der sich durch Intrigen Feinde gemacht hatte, die sich wiederum durch Intrigen an ihm rächen wollten.

Claudia trank einen großen Schluck Wein, fixierte Frontzeck dann und sagte: »Jetzt mal ehrlich, Gerd. Auch so ein Superman wie Kallweit muss doch Leichen im Keller haben. Es muss Feinde und Neider geben. Menschen, denen er ans Bein gepinkelt hat und die sich rächen wollen. Es kann doch nicht sein, dass dir da so gar nichts einfällt?«

»Wie gesagt, er ist eine Ausnahme. Ich kann dir leider nicht wirklich weiterhelfen.«

»Komm schon, das kaufe ich dir einfach nicht ab. Nicht nach allem, was du mir gerade über Politik erklärt hast.«

Frontzeck schloss die Augen, machte seltsame Bewegungen mit den Lippen. Claudia kannte das noch von früher. Er machte das immer, wenn er intensiv nachdachte.

»Na ja, wenn du mich so fragst. Es gibt da doch eine Sache, der du mal nachgehen könntest Es ist sehr vage, aber es könnte sich lohnen … Bleibst du eigentlich über Nacht? Ich meine, so ein kleines Revival wäre doch nicht das Verkehrteste, oder?«

»Ist das die Bedingung dafür, dass du mir sagst, was du weißt?«

»Natürlich nicht. Ich würde mich einfach nur darüber freuen. Ist zwar alles schon eine Weile her. Aber es war nicht so schlecht, oder?«

»Nein, war es nicht. Ich weiß es noch nicht. Erzähl mir erst das über Kallweit.«

»Okay. Ich hole vorher nur noch eine Flasche Wein. Die Sache ist kompliziert. Es gab da nämlich vor gar nicht so langer Zeit einen Vorfall, in den Kallweit verwickelt war. Meiner Meinung nach hatte die Sache alle nötigen Zutaten für einen handfesten Skandal. Aber aus wundersamen Gründen ist sie nie wirklich an die Öffentlichkeit gekommen.«

Frontzeck verließ das Zimmer, kehrte kurz darauf mit einer weiteren Flasche zurück. Dann erzählte er Claudia von einem politischen Vorgang, der ziemlich kompliziert war und der doch bewirkte, dass ihre anfängliche Enttäuschung verflog.

24.

Inspektor Takeda hatte Ende der achtziger Jahre die *Kōtōgakkō*, die japanische Oberschule, beendet, doch anders als sein Vater und Großvater sollte er nicht unmittelbar in den Polizeidienst eintreten, sondern zunächst die Universität besuchen. Ein Studium an einer der renommiertesten Universitäten des Landes, möglichst an der *Tōdai*, der ehemaligen kaiserlichen Universität, sollte es ihm ermöglichen, die Laufbahn seines Vaters noch zu übertreffen. Der Alte war immerhin Abteilungsleiter im *Keishichō* gewesen, dem Tokioter Polizeipräsidium. Ken aber sollte möglichst Distriktchef, ja Polizeipräsident werden. So jedenfalls hatte es sein Vater vorgesehen, und alles sah danach aus, als würde Kenjiro sich fügen. Insgeheim aber war der Junge nach seinem Schulabschluss – er war gerade achtzehn Jahre alt geworden – keineswegs sicher, was für eine Zukunft er anstreben wollte und ob er wirklich der Familientradition gemäß Polizeibeamter werden wollte.

Dann geschah etwas Überraschendes, etwas, das seine Familie, aber auch Ken selbst nicht erwartet hatten. Er fiel durch die Aufnahmeprüfung zur Universität, versagte sogar auf ganzer Linie, und das obwohl der Prüfung eine monatelange, ja jahrelange schweißtreibende Vorbereitung vorausgegangen war. Waren die Grübeleien über seine Zukunft, denen er sich hingegeben hatte, der Grund, aus dem er versagt hatte? Hatten die Zweifel über seinen Werdegang seine Konzentration gelähmt? Oder war es gar ein Akt der Rebellion gewesen, der zum Versagen geführt hatte? Als Ken nämlich inmitten der übrigen Prüflinge gesessen hatte, warf er kaum einen Blick auf den Bogen mit den Aufgaben. Er schloss die Augen, lauschte dem Kratzen der Bleistifte rechts und links von ihm, hörte den Atem der anderen jungen Männer und Frauen, brachte aber selbst nicht ein einziges Zeichen zu Papier.

Durchgefallen.

Ken wurde also ein *Rōnīn*, ein Begriff, der eigentlich aus der japanischen Feudalzeit stammte und herrenlose Samurai bezeichnete, die sich als Söldner oder als Personenschützer verdingten, vielleicht auch als Aufseher in einem der zahllosen Bordelle von Yoshiwara oder Gion.

Im Japan von heute aber waren *Rōnin* die jungen Männer und Frauen, die durch die Universitätsprüfungen fielen und nun ein Jahr Zeit hatten, um sich auf den nächsten Prüfungstermin vorzubereiten. Viele von ihnen suchten sich einen Job als Verkäufer oder Kellner, als Essensausfahrer oder Helfer auf einem Bahnhof, nutzten ansonsten aber jede freie Sekunde, um über ihren Lehrbüchern zu brüten. Schließlich durften sie nicht noch einmal versagen!

Auch Ken wollte sich einen Job suchen, doch sein Vater verbot es ihm. Der alte Takeda, der selbst noch ganz im Geist des alten Takeda-Clans erzogen worden war, verlangte von seinem Sohn die volle Hingabe an seine Aufgabe, und die bestand nun einmal darin, die nächste Prüfung möglichst mit Bestnote zu bestehen.

Ken zog sich auf Befehl des Vaters in sein Zimmer in seinem Elternhaus im Bezirk Ōta zurück, saß Stunde um Stunde, Tag um Tag, Woche um Woche an seinem Schreibtisch und biss sich durch den Stapel an Lehrbüchern. Er saugte seinen Kopf mit Formeln, Texten, Vokabeln, historischen Daten voll. Anfangs tauchte er noch zu den gemeinsamen Mahlzeiten mit den Eltern und Großeltern auf, die ebenfalls im Haus wohnten, bald aber verzichtete er auch darauf. Er lebte wie ein Eremit inmitten anderer Menschen. Seine Mutter stellte ihm dreimal täglich ein Tablett mit einer Mahlzeit auf den Fußboden vor seiner Tür, und wenn sie das nächste Mal erschien, hatte Ken das abgegessene Geschirr an gleicher Stelle abgestellt, vorausgesetzt, er hatte es überhaupt angerührt. Ab und zu klopfte sie an seine Tür, fragte, ob es ihm gut gehe, und Ken brummte eine Bestätigung. Später aber erntete sie nur noch Schweigen, und an manchen Tagen wusste sie nicht einmal, ob ihr Sohn überhaupt noch lebte.

Ken hatte sich in diesen Monaten von der Welt zurückgezogen, war ein *Hikikomori* geworden. Er paukte in Wahrheit nämlich gar nicht mehr wie ein Besessener, sondern spielte mit seinem Nintendo-Gameboy oder las ein Manga. Er schlief kaum, aß wenig, er verlor Gewicht und verwandelte sich nach und nach in ein *Yūrei*, einen Geist. Nachdem auf diese Weise Monate vergangen waren, folgte eine Zeit, in der er kaum noch die Kraft fand, überhaupt aufzustehen. Er blieb einfach auf seinem Futon liegen, las weiterhin Manga, doch auch das ließ er irgendwann einfach bleiben. Schließlich tat er einfach gar nichts mehr. Er lag mit leerem Kopf und glasigem Blick da und starrte an die Decke, wartete auf die Erleuchtung oder vielleicht auch darauf, endlich den Mut zu finden und dem eigenen, sinnlosen Leben ein Ende zu bereiten. Im Nachhinein war Ken klar, dass er damals dicht an eine Grenze herangerückt war, hinter welcher der Wahnsinn lauerte.

Sie zu überschreiten, davor bewahrte ihn nur ein Zufall, eine glückliche Fügung. Eines Nachts wollte er seine Studien doch wieder aufnehmen und wühlte das Zimmer nach einem alten Schulbuch durch. Dabei stieß er auf den Koffer mit seinem Saxophon, das er zu diesem Zeitpunkt schon zwei Jahre nicht mehr angerührt hatte. Er hatte bereits in der Mittelschule Unterricht erhalten und im Schulorchester mitgespielt, doch gegen Ende der Oberschule verboten ihm seine Eltern das Musizieren, verlangten von ihm, sich ganz auf die Schule und seine Leistungen zu konzentrieren.

Da er nun, mitten in der Nacht, unmöglich im elterlichen Haus spielen konnte, nahm er sein Instrument und verließ zum ersten Mal seit Monaten sein Zimmer, dann auch das Haus. Mit dem

Fahrrad fuhr er hinunter zum Ufer des Tama-Flusses, dessen grüne Auwiesen wie eine Oase inmitten des endlosen Tokioter Häusermeeres lagen.

Der junge Takeda spielte in dieser Nacht so lange, bis im Osten die Sonne aufging. Als er schließlich nach Hause zurückkehrte, war er unbeschreiblich müde, und doch fand er zum ersten Mal seit langem die Kraft, wieder an seinen Büchern zu arbeiten. Wie der fieberwunde Musashi, der berühmteste Krieger des alten Japans, unter dem eiskalten Strahl eines Wasserfalls Heilung gefunden hatte, so fand Takeda im Jazz Heilung. In der Musik von Charlie Parker, von Miles Davis, von Sonny Rollins fand er seine innere Freiheit, fand sich selbst. Nun wusste er, dass er es mit dem Leben aufnehmen konnte, dass er die Universität besuchen und danach in den Polizeidienst eintreten konnte. Die Musik würde ihm niemand mehr nehmen können, sie war der Raum der Freiheit, in den er stets zurückkehren konnte, um zu sich selbst zu finden.

»Warum erzählen Sie mir das alles?«, fragte Simon Kallweit und sah den Inspektor mit seinem merkwürdigen Lächeln an.

»Ich dachte, es interessiert dich. Ich war früher wie du. Ich war ein Eremit, ein *Hikikomori*. Aber ich habe meinen Weg in die Freiheit gefunden. Mich interessiert, ob du eine Idee hast, wie dein Weg aussehen könnte? Oder hast du ihn vielleicht schon gefunden? Was ist es für ein Weg? Ist er hell und erfüllt dich mit Freude? Oder ist er dunkel und führt dich in Abgründe?«

Takeda und Simon Kallweit saßen in einem Starbucks in Hamburg-Eppendorf, nur wenige U-Bahn-Stationen von Simons Elternhaus entfernt. Es war später Vormittag. Eigentlich musste der Junge in der Schule sein, doch nach dem Vorfall auf dem Bahnhof war er zunächst krankgeschrieben, wie Takeda erfahren hatte. Es war noch nicht klar, ob er in seine alte Schule überhaupt zurückkehren konnte. Dieselbe Frage hatte sich auch bei den Jungen gestellt, die Simon gemobbt und gequält hatten, doch bei ihnen hatte sich eine schnelle Antwort gefunden. Sie alle waren der Schule verwiesen worden.

Simon verließ seit dem Vorfall im Dammtorbahnhof nur selten das Haus, und wenn, vermummte er sich mit Schal und Mütze. Als er das einmal nicht getan hatte, war er von jemandem erkannt worden, der sein Bild in der Zeitung gesehen hatte, war von ihm angespuckt und angepöbelt worden. Immer noch wurde in zahlreichen Foren über ihn diskutiert, wurde er zum Helden und Mörder erklärt oder auch zu einem Blender und Feigling.

An diesem Vormittag – es war ein kalter Herbsttag unter einem grauen, tiefhängenden Himmel – war er zu einem Spaziergang aufgebrochen und war dann zufällig Inspektor Takeda begegnet. Simon hatte im ersten Moment den Impuls verspürt, wegzulaufen, aber dann hatte offenbar seine Neugier gesiegt, und er hatte den Inspektor angesprochen. Der hatte vorgeschlagen, zu Starbucks zu gehen. Simon hatte gerne eingewilligt.

»Möchtest du noch etwas trinken?«, fragte Takeda, deutete auf ihre Pappbecher, die sie während der Erzählung aus seiner Jugendzeit in Tokio geleert hatten.

»Ich nehme noch einen Kaffee. Aber Sie müssen mich nicht einladen. Ich habe selber Geld.«

»Nein, nein, ich bezahle selbstverständlich. Du trinkst viel Kaffee, vor allem für dein Alter.«

»Finden Sie?«

»Sicher, ja. Ich glaube nicht, dass das gesund ist.«

»Haben Sie eine Ahnung. Andere in meinem Alter trinken jeden Tag einen Liter Red Bull. Ich bin harmlos.«

Takeda musste lachen. »Da hast du recht. In Japan ist es genauso, vielleicht sogar noch schlimmer.« Es war die Wahrheit, in seiner Heimat war der Konsum von anregenden Getränken enorm, genau wie der Konsum illegaler Aufputschmittel. Das galt für die Erwachsenen, aber besonders auch für die Jugendlichen, die ansonsten den Ansprüchen von Schule oder Universität nicht gewachsen wären. Die japanische Gesellschaft, vor allem die Arbeitswelt, drehte sich in einer Geschwindigkeit, der die Menschen ohne künstliche Nachhilfe nicht folgen konnten.

»Möchtest du vielleicht auch etwas essen? Ein Stück Kuchen? Ein Sandwich?«

»Nein, danke.«

Takeda lächelte. »Wie Ken Kaneki, die Hauptfigur von *Tokio Ghoul.* Der hat auch immer nur Kaffee getrunken, stimmt's?«

»Kann sein. Ich erinnere mich nicht mehr so genau daran. Ist schon eine Weile her, dass ich es gelesen habe.«

»Ich weiß es noch genau. Kaneki war nur ein Halb-Ghoul, aber wie die richtigen Ghouls konnte er nichts mehr essen. Nichts außer Menschenfleisch.«

»Ist halt ein Manga. Ein bisschen durchgeknallt.«

»Findest du? Es könnte doch auch inspirierend sein?«

Simon wandte den Blick ab, und für einen Moment verschwand das Lächeln von seinem Gesicht. Dann wandte er sich wieder Takeda zu: »Sie fragen das, wegen dem, was ich damals zu Ihnen gesagt habe, oder? Von wegen, dass ich ein Ghoul bin und so ...«

»Stimmt es denn? Kommst du dir so vor wie ein ... ein Zombie?«

Simon sagte leise und ohne Takeda anzusehen: »Eigentlich wollen Sie doch wissen, ob ich nicht doch ein Mörder bin, stimmt's? Aber es ist Unsinn. Ich habe mich an dem Morgen in etwas hineingesteigert. Es war eine Phantasie, sonst nichts.«

Takeda machte eine wegwerfende Bewegung und sagte: »Wie auch immer, ich genehmige mir ein Sandwich.«

Er stand auf, verließ die Nische, in der sie saßen, und stellte sich am Tresen an. Kurz darauf kehrte er mit zwei frischen Kaffee und einem Sandwich zurück. Als er Simons begehrliche Blicke bemerkte, hielt er ihm den Teller hin. Der Junge zögerte, griff dann aber doch zu und biss mit großem Appetit in das Sandwich, wirkte dabei wie ein Verhungernder, der seit Tagen nichts gegessen hatte.

Angesichts der Tatsache, dass er seit ihrem letzten Treffen erheblich an Gewicht verloren hatte, wollte Takeda nicht ausschließen, dass er wirklich seit längerem nichts gegessen hatte.

»Vermisst du es, zur Schule zu gehen?«, fragte der Inspektor.

Simon sah ihn überrascht an. »Woher wissen Sie, dass ich nicht zur Schule gehe? Ich habe es Ihnen nicht erzählt.«

»Das ist richtig. Aber wir haben uns vorhin auf der Straße getroffen. Es ist elf Uhr vormittags an einem normalen Wochentag. Also ist es logisch, oder nicht?«

»Stimmt. Wobei Sie ja nicht wissen können, ob ich gestern in der Schule war oder nicht. Oder ob ich morgen gehe. Vielleicht spionieren Sie mir ja nach?«

»Und wenn es so wäre?«

»Keine Ahnung. Wäre lustig. Wobei ich mich natürlich frage, was Sie herausfinden wollen. Ich habe ja keine Geheimnisse oder so.«

»Das denke ich auch. Darum musst du dir keine Sorgen machen, ich bin kein Spion. Aber ich bin neugierig. Also, wirst du morgen wieder zur Schule gehen?«

»Nein. Darf ich nicht. Ich bin krank, behaupten jedenfalls die Ärzte. Und meine Eltern auch. Eigentlich alle.«

»Was für eine Krankheit hast du?«

»Ich bin verrückt. Oder zumindest gestört, sagen sie.«

»Wie ist deine eigene Meinung?«

»Ich bin mir nicht sicher. Das, was ich da auf dem Bahnhof abgezogen habe, war schon ziemlich neben der Spur. Also so zu tun, als hätte ich einen Menschen vor die Bahn gestoßen, aber es gibt Schlimmeres, oder? Ich wusste in dem Moment ja nicht, dass es solche Wellen schlagen würde.«

»Vielleicht tust du ja wieder etwas, das Wellen schlägt? Vielleicht hast du es schon getan?«

Simon Kallweit zuckte mit den Schultern. »Soll ich Ihnen ein Geheimnis verraten, Takeda-San? Ich gehe im Moment ein paar Mal in der Woche zu einer Therapeutin und unterhalte mich mit ihr. Meine Eltern behaupten, das ist, damit es mir besser geht. Ich glaube aber, dass die Therapeuten in Wahrheit herausfinden soll, ob bei mir da oben alles richtig ist.« Simon tippte sich gegen die Schläfe.

»Was ist, wenn sie meint, dass es so ist?«

Simon zuckte mit den Schultern. »Keine Ahnung. Vielleicht komme ich in die Klapse. Auf jeden Fall kann ich dann nicht mehr an die Schule zurück. Weil ich ja gefährlich wäre. Unberechenbar.«

»Wünschst du es dir?«

»Bestimmt nicht. Ich schätze mal, meine Eltern würden mich auf ein Internat in der Schweiz stecken. Irgendwohin, wo mich niemand kennt.«

»Wieso ausgerechnet in die Schweiz?«

»Ist doch logisch. Die Schweizer Internate sind voll mit Verrückten. Dieser Koreaner, Sie wissen schon, der Diktator, der war auch in der Schweiz in einem Internat, und der ist doch ziemlich verrückt, oder?«

»Du meinst Kim Jong-un«, sagte Takeda.

»Genau. Der mit der seltsamen Frisur und diesen Elvis-Presley-Anzügen. Ich finde, er wirkt wie die Hauptfigur aus einem bizarren Manga.«

»Ich bin mir nicht sicher, ob Kim verrückt ist. Aber viele meiner Landsleute trauen ihm zu, dass er verrückte Dinge tut, ich auch.«

»Er könnte zum Beispiel eine Atombombe auf Japan werfen.«

»Das haben andere vor ihm getan, und niemand behauptet von denen, dass sie verrückt sind«, sagte Takeda nachdenklich, rief sich dann aber zur Ordnung. »Vielleicht ist die Frage falsch gestellt. Vielleicht wäre es richtiger, darüber nachzudenken, ob Menschen, die gar nicht verrückt sind, dennoch etwas Verrücktes tun können.«

»Sie sind Polizist. Sie müssen die Antwort kennen.«

»Nein, ich kenne sie nicht. Obwohl du natürlich recht hast – ich bin oft Menschen begegnet, die schreckliche Dinge getan haben, brutale Dinge, unmenschliche Dinge.«

»Und? Waren die verrückt?«

»Einige von ihnen, sicher. Aber nicht alle. Das Seltsame ist, dass sich die meisten Menschen vorstellen können, etwas Schreckliches zu tun. Natürlich nur in ihrer Phantasie. Sie gucken auch gerne Filme, in denen grausame Dinge geschehen. Krimis oder Horrorstreifen. Dennoch würden sie ihre Träume und Vorstellungen niemals in die Tat umsetzen. Andere aber tun es doch. Vielleicht sind die ja gar nicht verrückt, sondern einfach nur mutig?«

»Dann kommen die Mutigen also ins Gefängnis, und die Feigen laufen frei herum? Traurige Welt.«

Takeda lächelte. »Vielleicht hast du sogar recht. Aber ich kann es nicht ändern.«

»In Japan gibt es doch die Todesstrafe, oder? Haben Sie schon einmal jemanden verhaftet, der dann für seine Verbrechen getötet worden ist? Wie funktioniert das eigentlich?«

»Mörder werden in Japan gehängt, zumindest die wirklich brutalen. Und ja, das ist schon vorgekommen.«

»Sind Sie dann nicht selbst ein Mörder, Herr Takeda?«

Es gelang Takeda nur mit Mühe, seine Fassung zu bewahren, sich nichts anmerken zu lassen. Simon hatte einen wunden Punkt getroffen. Er selbst war ein entschiedener Gegner der Todesstrafe, aber damit gehörte er einer Minderheit in seiner Heimat an, zumindest unter den Kollegen bei der Polizei. Es stimmte, dass er Menschen verhaftet hatte, die später getötet worden waren, und diese Bürde lastete schwer auf ihm.

Der Inspektor schloss kurz die Augen, sammelte sich und fragte schließlich mit ruhiger Stimme: »Wie ist deine Meinung? Bin ich ein Mörder?«

Simon zuckte mit den Schultern. »Ich weiß es nicht. Ich schätze mal, Sie haben keinen Einfluss auf die Strafe, die das Gericht verhängt, oder?«

Takeda fand zu einem Lächeln zurück. »Das ist eine sehr gute Frage. Und die Antwort lautet: Doch, ich habe Einfluss. Ich versuche stets, zu verstehen, was einen Täter bewegt, und wenn mir das gelingt, kann ich die Akten zu seinem Fall auf die eine oder auch eine andere Weise verfassen. Die Akten werden von den Richtern gelesen. Vielleicht verstehen dann auch sie, was in dem

Täter oder der Täterin vorgegangen ist. Möglicherweise sind sie dann mit ihren Urteilen ein wenig milder. Ich kann nicht sagen, ob es so ist oder nicht, aber ich möchte nicht ausschließen, dass ich den einen oder anderen Verbrecher vor dem Strang bewahrt habe. Ich hoffe es sehr.«

Simon Kallweit nickte seinerseits, doch sein Gesicht verriet nicht, was ihn bewegte. Er trank von seinem Kaffee, der inzwischen kalt geworden war. »Dann finden Sie nicht, dass manche Menschen den Tod verdient haben? Weil sie unfassbar schreckliche Dinge getan haben? Zum Beispiel dieser Diktator aus Nordkorea? Im Fernsehen hieß es, dass er seinen eigenen Onkel hat erschießen lassen. Und seinen Halbbruder. Dazu kommen Hunderte oder auch Tausende von normalen Bürgern. Hat er ein Recht darauf, weiterzuleben? Und wäre derjenige, der ihn tötet, wirklich ein Mörder? Oder nicht eher ein Held?«

Takeda ließ sich Zeit mit einer Antwort. Es war ein seltsames Gefühl, hier mitten in Deutschland in einem Café zu sitzen und mit einem deutschen Jungen über Kim Jong-un zu diskutieren. Der Diktator war in Japan ein ständiges Gesprächsthema, unter den Menschen, in den Medien. Nordkorea war nicht weit von Japan entfernt, zwischen den Ländern lagen nur gute tausend Kilometer. Viele Japaner hatten Angst vor Kim, vor seiner Unberechenbarkeit, vor seinen Waffen, vor seinem Wahnsinn. Das Land hatte in den siebziger Jahren ganz normale Japaner entführt und nach Nordkorea verschleppt. Dort sollten sie helfen, nordkoreanische Agenten auszubilden, die dann wiederum nach Japan geschickt wurden. Auch unter den unzähligen Koreanern, die in Japan lebten, oft seit vielen Generationen, gab es einige, die Sympathien mit dem nördlichen Landesteil ihrer Heimat empfanden. Aber ging es in dem Gespräch, das er mit Simon Kallweit führte, wirklich um Korea und die Diktatur? Oder sprachen sie in Wahrheit über etwas ganz anderes?

»Du interessierst dich für den Tod, stimmt's? Wie kommt das? Was ist so faszinierend daran?«, fragte Takeda.

Erneut stockte Simons Lächeln für einen Moment, dann aber fand er zu seiner Fassade zurück und sagte in einem Tonfall, als amüsierte ihn Takedas Frage: »Ich bin ein Teenager. Es ist normal, dass der Tod mich interessiert, oder? Alle Jugendlichen tun das. Wir sind noch nicht so gewöhnt ans Leben wie die Erwachsenen, darum denken wir mehr darüber nach, wie es ist, nicht zu leben.«

»Das ist eine gute Antwort. Mir ging es in deinem Alter genauso. Dennoch gab es einen Unterschied. Mein Vater und mein Großvater haben mich seit frühester Kindheit in der Kampfkunst unserer Familie unterrichtet, im *Takeda-Ryu*. Es ist ein wenig wie *Aikido*, das du ja bestimmt kennst, aber es ist älter. Und es ist brutaler. Unsere Vorfahren haben sich damit gegen ihre Feinde gewehrt, und wenn es sein musste, diese auch getötet. Als ich Schüler war, habe ich dann gemeinsam mit meinem Vater bei der Polizei trainiert. Das Training war sehr hart, immer wieder hat sich jemand verletzt, hat geblutet, hat sich etwas gebrochen. Es ist gut, eine Kampfkunst zu trainieren, denn dann weiß man, dass die Grenze zwischen Leben und Tod sehr schmal sein kann.«

»Cool, echt. Das erinnert mich an *Rurōni Kenshin*. Auch an andere Manga. An *Kenichi Deshi* und *Angel Densetsu*.«

»Dann interessierst du dich für die Kampfkunst?«

»Klar. Hab's nur nie ausprobiert.«

»Wenn du Lust hast, kannst du mich einmal in das Dojo begleiten. Ich kann dir ein paar Techniken zeigen.«

»Echt? Das würden Sie tun?«

»Natürlich.«

»Vielleicht schon morgen? Ich habe Zeit. Ich gehe ja nicht in die Schule.«

»Ich denke, das kann ich einrichten. Vielleicht gibst du mir deine Handynummer.«

»Klar, mache ich.«

»Wenn du Lust hast, können wir auch einmal ins Kino gehen. Gehst du gerne ins Kino?«

»Wie bitte?«

»Ich fragte, ob du gerne ins Kino gehst.«

Zum ersten Mal, seit sie sich getroffen hatten, erstarb das Lächeln auf Simon Kallweits Gesicht. Er stand abrupt vom Tisch auf, nahm seine Sachen in die Hand. »Ich muss jetzt los, Takeda-San. Rufen Sie mich an, wegen dem Kampfkunst-Ding. Und danke für den Kaffee.«

Der Junge zog seine Jacke über, nickte Takeda noch einmal zu und verließ das Café.

Takeda blickte ihm durch die bodentiefen Fenster nach. Simon überquerte die Straße, interessierte sich weder für die rote Ampel noch für das wütende Hupen der Autos, die seinetwegen hart bremsen mussten, er ging einfach blind hinüber.

Erneut musste Takeda daran denken, wie schmal die Grenze zwischen Leben und Tod war.

25.

»Wussten Sie, dass Hartmut Kallweit als künftiger Kandidat fürs Bürgermeisteramt gehandelt wird? Also mir war es neu«, sagte Claudia. Sie warf Takeda einen kurzen Seitenblick zu und konzentrierte sich dann wieder auf den Verkehr.

Sie hatte ihn vorhin auf dem Handy angerufen und dann von der Starbucks-Filiale in Eppendorf abgeholt, wo er sich mit Simon Kallweit getroffen hatte.

»Obwohl ich ein intimer Kenner der Hamburger Landespolitik bin, ist mir diese Kleinigkeit leider auch entgangen«, sagte Takeda mit einem Lächeln.

Claudia prustete. »Sorry, Ken. Ab und zu vergesse ich glatt, dass Sie noch gar nicht so lange in der Stadt sind. Dass Sie überhaupt von woanders kommen.«

»Ich hoffe, das ist nicht schlimm.«

»Im Gegenteil.«

Sie waren auf dem Weg in den Norden von Hamburg, dicht an

die schleswig-holsteinische Landesgrenze, wo die Stadt grün, idyllisch und sehr reich war. Pferdekoppeln, Wälder, Moore, dazu ein paar alte reetgedeckte Katen und ein paar neue, sündhaft teure Villen. Das einzige Manko bestand darin, dass die Bewohner lange Wege in Kauf nehmen mussten, um zu ihren Kanzleien, Konzernzentralen, Reedereien in der City zu gelangen, wo sie die Millionen verdienten, die sie brauchten, um dort draußen wohnen zu können.

Claudia fuhr wie üblich schnell und ungeduldig, überholte erst einen Linienbus, dann einen Familienvan, nahm dabei wenig Rücksicht auf den Gegenverkehr. Takeda war fest davon überzeugt, dass seine Kollegin sich demnächst selbst würde verhaften müssen, schließlich hatte der Polizeipräsident erst vor kurzem in einer Rundmail angekündigt, dass die gesamte Hamburger Polizei künftig härter gegen Raser vorgehen solle.

Die Tatsache, dass Claudia an diesem Tag besonders rasant fuhr, um nicht zu sagen verwegen, lag auch daran, dass sie mit dem falschen Bein aufgestanden war. Mehr als das, es war auch das falsche Bett gewesen. Nämlich nicht ihr eigenes. Und irgendwie war das auch Takedas Schuld, was der natürlich nicht einmal ahnte. Nach ihrem Gespräch mit Gerd Frontzeck war es verdammt spät geworden, und Claudia hatte zu viel Wein getrunken. Also legten sie sich schließlich in sein Bett. Doch als Claudia Gerds Hände auf ihrem Körper spürte, wusste sie, dass es nicht das war, was sie wollte, wonach sie sich sehnte. Oder doch, sie sehnte sich danach, aber es müssten die Hände von jemand anderem sein.

Jemand, der ihr so nah war wie niemand sonst. Und zugleich so unendlich weit entfernt.

»Es tut mir leid, Gerd«, hatte sie zu ihm gesagt.

»Du willst nicht.«

»Nein.«

»Das ist … schon okay. Ist bestimmt besser so. Allerdings weiß ich nicht, ob ich unter den Umständen ein Auge zukriege. Wer kann schon schlafen, wenn er neben jemandem wie dir im Bett liegt und nicht ran darf?«

Claudia gab ihm einen Kuss. »Ich fände es schön, wenn wir einfach zusammen hier liegen. Nimm mich in den Arm, okay?«

»Okay.«

Gerd schmiegte sich an sie, legte einen Arm über sie. Es fühlte sich gut an, vertraut, geschwisterlich. Vielleicht war es ihm gegenüber nicht fair, aber mehr kriegte sie einfach nicht hin. Aber als sie schon sehr bald seine regelmäßigen Atemzüge hörte, wusste sie, dass er es offenbar doch nicht so schwer war, neben ihr im Bett zu liegen und einzuschlafen.

»So, und jetzt zum Eigentlichen«, sagte Claudia, als sie wieder im Hier und Jetzt angekommen war. »Ich habe mich gestern lange mit jemandem unterhalten, der sich gut in der Landespolitik auskennt. Er hat mir einiges über Hartmut Kallweit erzählt. Das meiste davon war überraschend positiv. Simons Vater scheint alles in allem sauber zu sein, keine großen Skandale, keine Fehltritte, vielleicht mal davon abgesehen, dass er Vollblutpolitiker ist und seine Familie vernachlässigt.«

»Was eine Erklärung für Simons Verhalten sein könnte.«

»Auf jeden Fall. Der Vater ist nie da und die Mutter leicht gestört – jedenfalls meiner Meinung nach. Aber gut, ich war ja auf der Suche nach etwas Politischem, und da konnte mein Informant mir schließlich doch etwas Interessantes berichten. Das Ganze liegt jetzt einige Monate zurück und hat durchaus die Dimension eines Skandals. Nur dass es aus unerklärlichen Gründen niemals an die große Glocke gehängt worden ist. Könnte natürlich daran liegen, dass es – zumindest indirekt – um ein Thema geht, bei dem das Eis ohnehin verdammt dünn ist und die Leute lieber in Deckung bleiben.«

»Was ist das für ein Thema?«, fragte Takeda.

»Flüchtlinge.«

»Ich verstehe«, sagte der Inspektor. Tatsächlich war ihm aufgefallen, dass die Deutschen oft seltsam reagierten, wenn die Sprache darauf kam. Es lag wohl daran, dass die Meinungen sehr gespalten waren; es gab Flüchtlingsfreunde und Flüchtlingsfeinde, und zwischen denen wurde es schnell so hitzig, dass viele Leute das Thema lieber ganz mieden.

»In Hamburg wurde vor einiger Zeit der sogenannte Flüchtlingskompromiss geschlossen. Ursprünglich wollte die Stadt ein paar sehr große Flüchtlingsunterkünfte bauen, aber dagegen haben sich verschiedene Initiativen gewehrt. Das waren übrigens keine Nazis, jedenfalls nicht nur, sondern auch ganz normale Leute, die Angst um den Wert ihrer Häuschen hatten oder sich Sorgen um den Schulweg ihrer Kinder machten. Finde ich zwar übertrieben, doch so Leute gibt es nun einmal. Am Ende hat sich die Stadt mit den Initiativen darauf geeinigt, kleinere Unterkünfte zu bauen und die möglichst im ganzen Stadtgebiet zu verteilen, also nicht nur in den ärmeren Vierteln, wohin man die Flüchtlinge ja gerne mal abschiebt. Der Bezirk Nord hatte aber nun ein Problem, er war nämlich in Sachen Flüchtlingsunterbringung gewaltig im Hintertreffen. Schwer zu sagen, woran es lag. Zum einen daran, dass die Wohlstandsbürger in den teuren Stadtteilen zwar alle für Flüchtlinge sind, aber bitte nicht vor der eigenen Haustür. Zum anderen war es wohl wirklich nicht so einfach, geeignete Flächen zu finden. Schließlich hatte die Bezirksverwaltung ein Grundstück ganz im Norden ausgemacht, auf dem sie ein Containerdorf bauen wollte. Das Areal, eigentlich nur ein Acker, war allerdings in Privatbesitz, und der Bezirk musste es erst einmal pachten. Grundsätzlich war der Eigentümer auch dazu bereit, allerdings schien ihm klar zu sein, dass die Stadt unter Druck stand, und hat darum einen völlig überteuerten Pachtzins verlangt.«

»Er hat also die Notlage der Stadt ausgenutzt.«

»Ganz genau«, sagte Claudia, tätschelte Takeda lobend das Bein. Sie warf einen kurzen Blick auf das Navi, das ihr Ziel in knapp fünf Kilometern anzeigte. Sie hatten das eigentliche Stadtgebiet längst verlassen, fuhren auf einer breiten, gut ausgebauten Straße nach Norden, von der sie aber an der nächsten Ampel abbiegen würden. Rechts und links waren Felder und ein paar Gewerbebauten zu sehen. »Die Pacht, die der Besitzer verlangte, war nach Aussage meines Informanten zehnmal höher als üblich. Es war die reinste Erpressung.«

»Warum hat die Stadt das Grundstück nicht einfach gekauft?«

»Weil der Eigentümer das nicht wollte. Warum sollte er? Schließlich verdiente er mit der Verpachtung viel mehr.«

»Sicher, aber dann hätte die Stadt doch einfach ein anderes Grundstück suchen können?«

»Das wollte sie auch. Die Bezirksverwaltung, die für die Abwicklung zuständig war, wollte den Deal platzen lassen. Die fühlten sich von dem Eigentümer über den Tisch gezogen. Aber dann kam Kallweit ins Spiel, der ja nicht nur Justizsenator ist, sondern auch Kreisvorsitzender der SPD hier im Norden. Für ihn war es wichtig, dass sein Bezirk endlich die Flüchtlingsquote erfüllte. Andernfalls wäre der Bezirk, aber auch er persönlich unter Beschuss geraten. Also hat er im Hintergrund die Strippen gezogen und dafür gesorgt, dass die Bezirksverwaltung den Pachtvertrag abgeschlossen hat, obwohl die Stadt Hunderttausende von Euro verliert.«

»In Japan wäre ein solcher Vorgang nicht ganz unüblich.«

Claudia grinste diabolisch. »Und in Deutschland kommt es wohl auch öfter vor, als man denkt. Aber es bleibt ein Skandal, zumal einige Leute, die damit zu tun hatten, dem Senator Veruntreuung von öffentlichen Geldern vorwerfen. Normalerweise wäre es ein Thema für die Zeitungen. Sie würden aufschreien und Titelseiten daraus machen. Ist aber nicht passiert. Niemand redet darüber, niemand pinkelt Kallweit ans Bein. Das Ganze ist einfach sang- und klanglos versickert. Warum?«

»Ich weiß es nicht.«

»Ich auch nicht.«

»Aber Sie glauben, dass es mit den beiden Toten zusammenhängt?«

»Ich glaube erst einmal gar nichts. Meine Erfahrung sagt mir allerdings, dass so viel Geld niemals den Besitzer wechselt, ohne dass es Neider auf den Plan ruft. Schon gar nicht, wenn es Leute gibt, die das Ganze für einen Fehler halten.«

Die Stimme des Navigationsgeräts meldete, dass sie ihr Ziel erreicht hatten.

Claudia lenkte den Wagen an den Rand der kleinen Straße und stellte den Motor ab. Sie und Takeda stiegen aus, gingen ein paar Schritte, bis sie vor einem offen stehenden Maschendrahttor standen. Ein kalter Wind wehte über die trostlose Herbstlandschaft. Claudia knöpfte ihren Blazer zu, Takeda schlug den Kragen seines Trench hoch. Der lehmige Boden zeigte noch die Spuren von Baufahrzeugen, es roch nach feuchter Erde und Zement. Im Gebüsch lagen alte Kabelrollen, verwitterte Papiersäcke und Plastikfolien. Etwa hundert Meter weiter türmte sich ein kubistisches Gebilde aus roten und blauen Wohncontainern auf, oft drei- oder sogar vierstöckig aufeinandergestapelt. Vor den meisten Containern saßen Männer und Frauen, viele Schwarze, andere vermutlich aus Afghanistan oder dem arabischen Raum. Obwohl es kalt war, zogen sie es offenbar vor, im Freien zu bleiben. Vermutlich wollten sie der Enge im Inneren der Container entkommen. Sie rauchten, unterhielten sich, einige saßen einfach nur apathisch da. Ein paar Kinder spielten auf einem provisorisch angelegten Kinderspielplatz. Weiter hinten wurde immer noch gebaut, ein Bagger hob eine Grube aus, ein Zementlaster kippte seine graue Ladung durch einen Rüssel in die Senke.

Claudia und Takeda blickten sich an. Keiner von ihnen musste es aussprechen. Sie fragten sich beide, wie diese Containerlandschaft mit einem toten Kinobesucher in Hoheluft und einer toten Frau am Hamburger Dammtorbahnhof zusammenhängen sollte?

26.

Am nächsten Vormittag um kurz nach elf Uhr stand Inspektor Takeda vor Dr. Sabine Lautenbacher, die ihn wiederum mit unverhohlener Neugier musterte. »Und Sie sind wirklich von der Polizei?«, fragte sie.

»Aber ja. Ich zeige Ihnen gerne noch einmal meinen Ausweis«, sagte Takeda und nickte nachdrücklich.

Die Therapeutin war vielleicht Anfang fünfzig, hatte lange aschblonde Haare und ein seltsam schiefes, von einer Hakennase dominiertes Gesicht. Sie schüttelte lächelnd den Kopf. »Nein, nein, ich glaube Ihnen ja. Es ist halt überraschend. Ich hatte gelegentlich schon mit Polizisten zu tun, aber die waren ... anders. Eher so, wie man sich Beamte eben vorstellt.«

»Und bei mir können Sie es sich nicht vorstellen?«

Der Inspektor kannte die Skepsis, die ihm hier in Deutschland immer wieder entgegengebracht wurde. Er konnte es den Menschen kaum übelnehmen. Bei der uniformierten Polizei waren Mitarbeiter mit ausländischen Wurzeln inzwischen recht häufig anzutreffen. Bei der Kriminalpolizei hingegen waren sie die absolute Ausnahme. Hinzu kam sein eher ungewöhnlicher, japanischer Akzent. Es war nur zu verständlich, dass die Leute verunsichert waren und nachfragten.

Bei Dr. Lautenbacher war es noch ein wenig anders. Ihre neugierigen Blicke gefielen ihm. Und er erwiderte sie. Mehr als das, er schaffte es einfach nicht, seinen Blick von der Psychologin abzuwenden. Ihr ungewöhnliches und zugleich attraktives Äußeres, ihr intensiver Blick, ihre Präsenz bannten ihn.

Dr. Lautenbacher bemerkte Takedas Blicke und ließ ihn gewähren. »Sie wollten wissen, ob ich mir Sie als Polizisten vorstellen kann? Nein, eigentlich nicht. Aber nehmen Sie das bitte als Kompliment. Ich finde, Sie sehen eher aus wie ...« Sie legte den Kopf schief, betrachtete den Inspektor noch einmal von Kopf bis Fuß. »... wie ein Musiker. Vielleicht auch ein Maler. Jedenfalls ein Künstler.«

»Womit Sie in gewisser Weise recht haben, ich spiele Saxophon. Natürlich nur nebenbei. Zu meinem Bedauern aber habe ich Sie aufgesucht, weil ich in erster Linie eben doch Polizist bin.«

Die Therapeutin mit dem Fachgebiet Kinder- und Jugendpsychologie wurde schlagartig ernst. Sie stand gemeinsam mit Takeda im Wartebereich ihrer Praxis, die eigentlich eine ganz normale Altbauwohnung im Stadtteil Rotherbaum war. Die Räume waren abgedunkelt, und es war sehr still. Die Hektik des Alltags blieb ausgesperrt, man hätte nicht einmal so recht sagen können, welche Tageszeit es war, da die bodentiefen Vorhänge keine direkten Blicke nach außen gestatteten. Ein unwirklicher Ort. »Das ist kein Problem, Herr Takeda. Wenn ich ehrlich bin, habe ich schon viel früher mit einem Besuch der Kripo gerechnet.«

»Ich vermute, nachdem Sie von dem Vorfall auf dem Bahnhof erfahren haben, in den Ihr Patient Simon Kallweit verwickelt war?«

»So ist es. Allerdings hätte ich Ihnen damals dasselbe gesagt wie heute. Ich unterhalte mich gerne mit Ihnen, allerdings nicht über Simon Kallweit. Ich unterliege als Psychotherapeutin einer Schweigepflicht, und ich sehe keinen Anlass, in diesem Fall eine Ausnahme zu machen.«

Takeda deutete instinktiv eine Verbeugung an, es war geradezu ein Reflex, der durch die Erwähnung eines Titels, eines Amtes oder eben eines respektgebietenden Berufs wie den eines Arztes oder einer Ärztin ausgelöst wurde.

»Natürlich, dessen bin ich mir bewusst. Es ist nur ... Würden Sie denn eine solche Ausnahme machen, wenn Sie damit rechneten, dass Ihr Patient eine Gefahr für die Allgemeinheit darstellt?«

Lautenbacher lächelte spöttisch, wirkte dabei aber nicht unfreundlich. »Netter Versuch, Inspektor. Aber es tut mir leid, ich kann Ihnen in der Hinsicht wirklich nicht weiterhelfen. Auch nicht indirekt.«

»Das sollen Sie auch gar nicht. Ich möchte Sie keinesfalls in Verlegenheit bringen.«

»Im Übrigen kann ich die Besorgnis, die ich hinter Ihrer Frage vermute, zurückweisen. Von keinem meiner Klienten geht eine Gefahr aus. Verstehen wir uns?«

»Natürlich, Frau Doktor. Vielen Dank.«

»Es besteht kein Anlass, sich zu bedanken.«

»Selbstverständlich nicht. Verzeihung. Lassen wir Simon Kallweit daher einfach beiseite. Vielleicht beantworten Sie mir dennoch einige Fragen über Ihre Arbeit? Ich bin sehr neugierig und würde gerne mehr über die jungen Leute in Deutschland erfahren.«

»Sehr gerne. Aber nennen Sie mich bitte nicht Frau Doktor. Mein Name genügt, Herr Inspektor.«

»Dann wollen wir es beide so halten. Ich heiße Takeda.«

»Und Sie müssen mir natürlich auch ein wenig über sich erzählen, Herr Takeda. Ich bin nämlich auch neugierig.«

Ihre Blicke begegneten sich, beide lächelten. »Sehr gerne.«

Die Therapeutin führte den Inspektor durch einen Flur in den hinteren Teil der Praxis. Im Vorbeigehen warf Takeda kurze Blicke in verschiedene Räume, sah ein Zimmer mit Spielsachen, eines mit Bällen und Sportgeräten, eines mit einer großen Matte und einem Boxsack.

Schließlich betraten sie einen Raum, der nur spärlich möbliert war. Ein Sofa, ein Sessel, ein niedriger Tisch. An den Wänden hingen Bilder aus verschiedenen Epochen, ein altes Porträt in Öl, eine impressionistische Parklandschaft, verschiedene abstrakte Motive.

Als Takeda sich nach den Spielsachen und Sportgeräten erkundigte, erklärte Lautenbacher: »Mit Kindern und Jugendlichen können Sie nicht einfach nur reden. Gerade zu Beginn einer Therapie ist es oft viel hilfreicher, miteinander zu spielen oder sich einen Ball zuzuwerfen.«

»Sie meinen, um sich kennenzulernen?«

»Mehr als das. Sehen Sie, mit meinen jüngeren Klienten, die meistens im Grundschulalter sind, baue ich zum Beispiel etwas mit Bauklötzen, oder wir malen. Manche Kinder legen sofort los, sind kreativ, vielleicht auch übereifrig. Andere warten ab und trauen sich nicht, all zu freudig zu sein, weil sie wissen, dass es zuhause wieder vorbei damit ist. Es gibt Kinder, die spielen ganz für sich alleine, werden aggressiv, wenn ich mitmachen möchte. Und dann wieder habe ich junge Klienten, die sich die ganze Zeit an mir festhalten und weinen, wenn ich mich von ihnen löse. Wieviele Stunden müsste ich mit diesen Kindern sprechen, um das zu erfahren, was sie mir auf diese wortlose Weise mitteilen?«

Takeda nickte und sagte: »Ich denke, dass es mit Erwachsenen nicht anders ist. Wenn ich mit einem Verdächtigen spreche, dann tue ich das zunächst auch ohne Worte. Schweigend kann ich vieles hören, das mit Worten unsagbar wäre. Und schweigend ist es sehr viel schwieriger zu lügen.«

Die Therapeutin schenkte Takeda ein Lächeln. »So ist es. Und das gilt auch für die Fälle, in denen sich Menschen, auch sehr junge Menschen selbst belügen.«

»Wie ist es mit den älteren Kindern, den Jugendlichen, die zu Ihnen kommen? Ich kann mir nicht vorstellen, dass sie spielen oder malen möchten. Wie beginnen Sie mit denen?«

Lautenbacher schüttelte den Kopf. »Sie täuschen sich. Ich hatte zum Beispiel bis vor einiger Zeit einen Jungen, einen Teenager bei mir, der wollte nach unserer üblichen Dreiviertelstunde nie nach Hause gehen. Der ist immer in das Spielzimmer für die Jüngeren gegangen und hat Kunstwerke aus den Bauklötzen gebastelt, riesige Gebilde, Häuser, Landschaften. Er war ungeheuer begabt. Ich mochte ihn sehr gerne.«

»Weswegen kam er zu Ihnen?«

»Er war aggressiv, zuhause und auch in der Schule. Er hat sich mit anderen Kindern geprügelt, war auch gegenüber Lehrern auffällig. Wenn er hier war, war es ihm nicht anzumerken. Eltern neigen oft dazu, das Verhalten ihrer Kinder zu kritisch zu sehen, es zu stark zu problematisieren. Vielen von ihnen muss ich erklären, dass eine einfache Schulhofprügelei nun wirklich kein Grund ist, das eigene Kind zur Therapie zu schicken.« Lautenbacher rollte mit den Augen. »Es ist vielleicht eine Binsenweisheit, aber in den Fällen, in denen die Kinder Hilfe brauchen, brauchen die Eltern sie meistens erst recht. Der Junge, von dem ich Ihnen erzählt habe, war tatsächlich sehr problematisch. Er hat seiner Mutter einen Topf mit kochendem Wasser über den Rücken geschüttet, und das war nicht alles.«

»Und trotzdem war er so kreativ, wie Sie es schildern?«

»Das war er. Aber bevor er die Praxis verlassen hat, hat er seine Bauten immer zerstört. Als ich ihn gefragt habe, warum er das tut, meinte er, dass die Dinge, die er gebaut hätte, nichts wert seien, er habe sich lediglich ablenken wollen.«

Takeda fragte sich im Stillen, ob die Therapeutin ihm in Wahrheit von Simon Kallweit erzählte, ohne seinen Namen zu nennen. Sicher war er sich nicht. »Wie haben Sie die Erklärung des Jungen interpretiert? Was steckte dahinter?«

»Ich denke, dass er die Wahrheit gesagt hat, jedenfalls seine Wahrheit. Sehen Sie, im Kopf mancher Kinder ist es sehr laut, sie tun dann alles Mögliche, um sich von sich selbst abzulenken. Sie wollen Ruhe finden. Im besten Falle tun sie das mit etwas Kreativem, denn sonst besteht die Gefahr, dass sie den üblichen Verlockungen erliegen, Computerspielen, Fernsehen, so etwas. Oder sie lenken sich mit etwas ab, das anderen Schmerzen bereitet.«

»Sie reden von Gewalt?«

»Gewalt, Prügeleien, Tierquälerei, Sachbeschädigung, Selbstverletzung. Es kann Ablenkung sein, es kann aber auch sein, dass die jungen Leute das alles nur tun, um sich selbst zu spüren. Weil sie nie gelernt haben, es auf andere Weise zu schaffen.«

»Wenn Sie sagen, dass es laut in ihren Köpfen ist, meinen Sie damit, dass sie Stimmen hören?«

Dr. Lautenbacher lachte auf. »Nein. So etwas gibt es natürlich auch, aber da sprechen wir von anderen, ernsteren Konstellationen. Sehen Sie, ich bin keine Psychiaterin. Ich arbeite mit Kindern und Jugendlichen, die nicht unbedingt als krank gelten müssen. Sie brauchen oft nur Hilfe dabei, sich selbst kennenzulernen. Ich zeige ihnen Wege, wie sie mit sich und der Welt klarkommen können. Wie sie sich eine Auszeit nehmen können, von sich und den Millionen Anforderungen, die jede Minute auf sie einprasseln. Es ist nicht einfach, heutzutage jung zu sein.«

»Das ist es gewiss nicht«, stimmte Takeda zu. »Sind denn die jungen Menschen bereit, Ihre Hilfe anzunehmen?«

»Das ist unterschiedlich. Im engeren Sinne freiwillig sind sie ja fast nie hier, sondern zumeist weil ihre Eltern, vielleicht auch ein Jugendrichter, es so möchten. Ich versuche, ihnen klarzumachen, dass sie eine Chance vergeben, wenn sie sich nicht auf mich einlassen. Sehen Sie, das Problem bei vielen Teenagern ist, dass ihr Verstand viel weiter entwickelt ist als ihre Emotionen. Zu Beginn einer Therapie muss ich den jungen Leuten klarmachen, dass sie sich nicht verstellen müssen. Wenn mir das gelingt, können wir miteinander arbeiten.«

»Und wenn nicht?«

»Dann kann es sein, dass ich eine Therapie abbreche. Es ist nicht meine Aufgabe, den Widerstand der Jugendlichen zu brechen. Wenn sie partout nicht wollen, kann ich es nicht ändern. Aber bis es soweit ist, versuche ich, an sie heranzukommen. Wie gesagt, ich habe Wege, die ohne Worte auskommen. Mit den Älteren gehen wir oft in den Sportraum, wo sie sich austoben können. Vielleicht sehen wir uns auch ein Video an, einen Film oder eine Serie und sprechen darüber. Gelegentlich arbeite ich mit Hypnose, aber auch das setzt eine gewisse Bereitschaft der Klienten voraus. Und natürlich ihrer Eltern.«

»Hypnose? Das ist interessant. Ich habe darüber gelesen, es selbst aber noch nie erlebt.«

Die Therapeutin machte eine dämpfende Handbewegung. »Das meiste, was in den Medien dazu verbreitet wird, ist Unsinn. Im besten Falle eröffnet die Hypnose Zugänge in tiefere Schichten eines Menschen, und zwar gerade dann, wenn diese Zugänge blockiert sind. Das setzt jedoch die Bereitschaft voraus, sich zu öffnen. Viele Menschen haben Angst davor, und um ehrlich zu sein, ist das auch richtig so. Alles, was heilt, kann in der falschen Dosierung auch Schaden anrichten.«

»Man kann einen Menschen, auch einen jungen Menschen, also nicht gegen seinen Willen hypnotisieren?«

Wiederum lächelte Dr. Lautenbacher, doch diesmal wirkte ihr Lächeln überheblich, sie schien sich über Takeda zu amüsieren. »Man kann überhaupt nur sehr begrenzt etwas gegen den Willen eines Menschen tun. Die Kunst besteht darin, dass der andere seinen Willen ändert, ohne dass er es merkt.«

»Sie können Menschen also hypnotisieren, ohne dass diese es merken? Vielleicht auch mich?«

Die Therapeutin lachte erneut auf. »Nein, Herr Takeda, das habe ich nicht gemeint. So etwas ist nicht möglich.«

Takeda nickte und stieß ein nachdenkliches Brummen aus. Dann sagte er: »Erzählen Sie mir bitte mehr über Fälle, in denen Jugendliche gewalttätig geworden sind. Was sind die Gründe dafür?«

»Das ist sehr unterschiedlich«, erklärte Dr. Lautenbacher. Sie ließ ihren Blick dabei suchend durch den Raum wandern. Dann stand sie auf und sagte: »Warten Sie einen Moment, ich zeige Ihnen etwas. Das mache ich auch oft mit den Eltern, deren Kinder eine Gewaltproblematik haben.«

Die Therapeutin verließ kurz den Raum, kehrte dann mit einer Kladde zurück. Sie reichte Takeda ein großformatiges Foto. Das Bild zeigte einen Hund mit fletschenden Zähnen. Er zerrte an seinem Halsband, offenbar um sich auf etwas oder jemanden zu stürzen.

»Stellen Sie sich vor, dieser Hund würde Sie angreifen. Wie würden Sie reagieren?«

»Ich hätte Angst. Ich würde weglaufen. Oder etwas suchen, mit dem ich mich verteidigen kann.«

»Eine vernünftige Wahl. Jetzt sehen Sie sich bitte dieses Bild an.«

Die Therapeutin reichte Takeda ein weiteres Bild. Es war dasselbe Foto mit dem Hund, nur dass der Bildausschnitt größer war. Jetzt war das Tier von Männern umringt, die es mit Stangen traktierten und Gegenstände nach ihm warfen. Ihre Gesichter waren amüsiert und schadenfroh. Sie quälten den Hund, der verzweifelt versuchte, sich gegen seine Peiniger zu wehren.

»Wie denken Sie nun?«, fragte Lautenbacher.

Takeda fühlte sich ertappt. »Ich bin bedrückt, denn mir wird klar, dass mein erster Eindruck mich getäuscht hat. Nun möchte ich dem Tier helfen, denn es ist offensichtlich in einer Notlage.«

»So ist es, Herr Takeda. Dasselbe Tier, das Ihnen gerade noch Angst gemacht hat, löst nun den Wunsch aus, ihm zu helfen. Dasselbe gilt für gewalttätige Jugendliche. Es ist wichtig, den Ausschnitt zu vergrößern, um die wahren Probleme zu erkennen. Es ist wichtig, nicht nur zu sehen, wie die Jugendlichen sich verhalten, sondern auch wovon sie sich bedroht fühlen.«

Takeda ließ einen Moment des Schweigens verstreichen. Dann beschloss er, alles auf eine Karte zu setzen. Er fragte: »Halten Sie es für möglich, dass das, was Sie beschreiben, auch auf Simon Kallweit zutrifft? Sie wissen sicherlich, dass er von Mitschülern gemobbt und gequält worden ist. Ist er der Hund, der die Zähne fletscht und sich auf die stürzen will, die ihm Leid zufügen? Und da er diese nicht angreifen kann, muss er seine Wut an anderen auslassen?«

Das Gesicht der Therapeutin verhärtete sich, sie schüttelte unwirsch den Kopf. »Ich habe Ihnen gesagt, dass ich nicht über Simon sprechen werde. Im Übrigen ist der Fall doch abgeschlossen? Ich verstehe daher nicht, warum Sie diese Frage stellen.«

»Sie haben recht, es war töricht von mir. Verzeihen Sie bitte.«

Die kurze Spannung im Raum löste sich auf, und das gegenseitige Wohlwollen kehrte zurück. Dr. Lautenbacher sagte mit leiser, kaum hörbarer Stimme: »Simon hat niemandem etwas getan. Es war einfach nur eine große Dummheit, die er begangen hat. Ich habe seitdem viele Male mit ihm darüber gesprochen. Die Folgen dieser kurzen Sekunden auf dem Bahnhof haben ihn selbst völlig überrascht und machen ihm sehr zu schaffen. Ihm dämmert langsam, dass er kaum in sein altes Leben wird zurückkehren können. Es gibt an seiner Schule eine Gruppe von Eltern, die dafür kämpft, dass er nie wieder dorthin kommen kann.«

»Ja, ich weiß«, sagte Takeda. »Und wie Sie schon sagten, der Fall ist abgeschlossen.«

27.

Als Takeda die psychologische Praxis verließ und wieder auf der Straße stand, fühlte er sich erschöpft und nachdenklich. Er blickte einem jungen Mädchen nach, das an ihm vorüberging, ohne nach vorn zu sehen, nur auf ihr Smartphone starrte. Immer wieder mussten Passanten ausweichen, was das Mädchen gar nicht zu bemerken schien. Die zumeist älteren Leute blickten ihm nach, waren verärgert, schüttelten den Kopf, knurrten vielleicht eine Bemerkung. Am Ende aber gingen sie doch ihrer Wege, schließlich nahm das Mädchen ihre Verärgerung so wenig wahr wie überhaupt ihre ganze Umwelt.

Takeda ging ein paar Schritte und ließ dabei sein Gespräch mit Dr. Lautenbacher Revue passieren. Sie hatten, nachdem die kurze Spannung zwischen ihnen verflogen war, noch lange über gewalttätige Jugendliche gesprochen. Die Therapeutin erklärte ihm, dass diese jungen Menschen in ihrem Inneren oft schwach und verletzlich seien. Sie schlugen zu, weil sie keine anderen Möglichkeiten gelernt hatten, um sich zu behaupten.

Ein neues Phänomen aber sei, dass sich gewalttätige Jugendliche bei ihren Taten mit ihren Smartphones selbst filmten. Es komme sogar erschreckend oft vor, obwohl die Jugendlichen sich damit ja einem großen Risiko aussetzen. Immerhin dokumentierten sie ihre eigenen Vergehen. Den jungen Tätern aber sei es wichtiger, sich vor ihren Freunden brüsten zu können, indem sie die Filme herumzeigten. Sie sahen sie sich auch selbst immer wieder an, um den Rausch der Gewalt, diesen kurzen, intensiven Kontakt mit der Wirklichkeit, immer wieder zu erleben.

Sofort war Takeda das Gespräch eingefallen, das er am Morgen im Präsidium mit den Kollegen Preuß und Surbach geführt hatte. Sie hatten ihm berichtet, dass in einem Internetforum ein Video aufgetaucht war, dass offenbar den Mord im Kino zeigte. Die

Aufnahme ließ sich nicht zurückverfolgen, war verwackelt und dunkel, so dass sich kaum etwas erkennen ließ. Wusste man aber, was vor sich ging, so war das Geschehen eindeutig. Der Hinterkopf eines Kinobesuchers, eine Drahtschlinge, der kurze, von niemandem bemerkte Todeskampf eines alten Mannes. Preuß und Surbach fühlten sich in ihrem Verdacht bestärkt, dass es sich bei dem Mord um ein Verbrechen im Zusammenhang mit dem Organisierten Verbrechen handelte. Das Video sei vermutlich so etwas wie der Beweis des Killers, dass er die Tat verübt habe, sein Auftrag erledigt sei. Takeda hatte den Kollegen nicht widersprochen.

Nun aber sah er die Dinge anders. Junge Täter filmten sich, um mit ihren Taten angeben zu können, vor allem aber, um den Rausch und das Machtgefühl ihrer Brutalität wieder und wieder genießen zu können. War das Video, das im Internet zu finden war, also nicht eher ein Beweis dafür, dass sie es mit einem jungen, einem jugendlichen Täter zu tun hatten?

Nein, widersprach Takeda sich im Stillen selbst, mahnte sich zu professioneller Vorsicht und Zurückhaltung. Ein Beweis war es nicht, sondern nur ein vager Hinweis. Ein kleines weiteres Puzzlestück, das allerdings allmählich das große Bild ahnen ließ.

Sollte er recht haben, würde er früher oder später auf weitere Hinweise und letztlich auch Beweise stoßen. Oder er schaffte es, Simon Kallweits Vertrauen so weit zu erlangen, dass der Junge sich ihm anvertraute.

Am wichtigsten war, dass er Claudia von seiner Theorie überzeugte. Auch das würde nicht einfach sein, denn sie schien sich seit dem gestrigen Tag sicher zu sein, dass das Geld, das mit Simon Kallweits Vater in Zusammenhang stand, der Schlüssel zu dem Fall war.

Auch sie war heute aufgebrochen, um ihrem Verdacht nachzugehen und Beweise zu finden.

Der Inspektor war gespannt, was Claudia inzwischen herausgefunden hatte. Er wollte sie anrufen, griff in seine Manteltasche, um sein Handy hervorzuholen, stieß dabei auf die Visitenkarte, die Sabine Lautenbacher ihm zum Abschied gegeben hatte. Die

Therapeutin hatte auf der Rückseite ihre private Telefonnummer notiert und betont, dass sie sich über einen Anruf des Inspektors freuen würde. Das Gespräch habe ihr gefallen, und sie würde es gerne in einem anderen Rahmen fortführen.

Takeda schloss die Augen. Auch ihm hatte das Gespräch gefallen, sie hatte ihm gefallen, ihr Äußeres, ihr Haar, ihr Duft. Wenn er sie anrief, bestand kein Zweifel daran, was folgen würde. Die Vorstellung war verlockend.

Dann aber rief er sich in Erinnerung, was er sich nach der Affäre mit Susanne Sassnitz geschworen hatte. Er wollte endlich das Chaos beenden, das seit seiner Scheidung von Makiko herrschte. Immer neue Affären, Alkohol, Nächte in Bars, Nächte in Jazzclubs. Damit musste Schluss sein. Er wollte zur Ruhe kommen, wollte klar werden, wollte zu sich selbst finden. Nur dann würde er den Schritt gehen können, den Makiko, seine Exfrau, vor kurzem gegangen war. Sie hatte sich auf eine neue, ernste Beziehung eingelassen, hatte sogar wieder geheiratet. Der Inspektor freute sich für seine Exfrau, das tat er von Herzen.

Auch er wollte sich eines Tages wieder wahrhaft auf jemanden einlassen können. Und dieser jemand war nicht Sabine Lautenbacher.

Takeda betrachtete die Visitenkarte ein letztes Mal, knüllte sie zusammen und warf sie in einen nahen Papierkorb.

Dann nahm er sein Telefon zur Hand und wählte Claudias Nummer. In Erwartung, gleich die Stimme seiner Kollegin zu hören, kehrte ein leises Lächeln auf sein Gesicht zurück.

28.

Claudia blickte skeptisch auf ihr Navigationsgerät, dann wieder auf die Straße. Oder besser gesagt, auf das, was man so Straße nannte. In Wahrheit war es eher ein asphaltierter Feldweg, der in seltsamen Windungen und Ecken immer tiefer in eine grüne Feld-

und Wiesenlandschaft führte, in der sie längst die Orientierung verloren hatte.

Konnte hier wirklich jemand wohnen?

Claudia stoppte den Wagen, sah aus dem Fenster. Sie sah eine eingezäunte Koppel, auf der ein paar Pferde dem schlechten Wetter trotzten. Sie kannte sich nicht gut mit Tieren aus, konnte auch nicht viel mit ihnen anfangen. Aber dass die Pferde sich an so einem grauen, nasskalten Herbsttag lieber in einem Stall aufhalten würden, stand für sie außer Frage.

Andererseits, so unglücklich sahen die Viecher nicht aus. Vielleicht gefiel es ihnen ja sogar?

Ein paar hundert Meter weiter endete die Wiesenlandschaft in einem Wäldchen, und genau dorthin schien die Straße zu führen. Ihr Navi bestätigte es, in der Richtung sollte ihr Ziel liegen, und zwar in gut einem Kilometer Entfernung.

Was soll's, dann versuchte sie es halt mal. Jetzt umzudrehen war schließlich auch bescheuert.

Sie gab Gas, und während sie sich dem Wäldchen näherte, fragte Claudia sich, ob es eigentlich stimmte, dass sie mit Tieren nicht viel anfangen konnte.

Ihre einzige Erfahrung in der Richtung lag inzwischen fast vier Jahre zurück und trug den Namen Pedro. Pedro war ein missmutiger, gute fünf Kilo wiegender Kartäuser-Kater gewesen, mit der ihre Mutter sie eines Tages zwangsbeglückt hatte. Hannelore, ihre Mutter, hatte schnaufend in Claudias Wohnungsflur gestanden, nachdem sie die Gitterbox mit der Katze eigenhändig die zwei Stockwerke hochgeschleppt hatte. Bevor Claudia auch nur fragen konnte, hatte Hannelore die Tür der Box geöffnet und die Katze unsanft ins Freie geschüttelt. »Hier, damit du das Zusammenleben mit einem anderen Wesen nicht völlig verlernst. Ein Haustier ist zwar kein Mann, aber so groß sind die Unterschiede auch wieder nicht.«

»Pack das Vieh wieder ein und bring es dorthin zurück, wo du es herhast, Mama. Ich meine es ernst.«

»Ganz bestimmt nicht, Schätzchen. Du liebst deinen Beruf, aber ich liebe dich, und ich weiß, dass du deine Art zu leben eines Tages bereuen wirst. Lass mich dir helfen.«

Der Streit, der folgte, war hässlich und laut gewesen, er führte beinahe zum Zerwürfnis zwischen Mutter und Tochter, änderte aber nichts am Ergebnis. Claudia wurde Besitzerin eines verfressenen und leicht depressiven Kartäuser-Katers. Pedro, der aus unerfindlichen Gründen einen spanischen Namen trug, schrie zweimal am Tag nach Fressen und Trinken, forderte von Claudia körperliche Zuwendung ein, wann immer es ihm in den Kram passte, und da er nur in begrenztem Maße stubenrein war, musste sie auch noch hinter ihm herputzen.

Hannelore hatte schon recht. Alles in allem kam es dem Zusammenleben mit einem Mann recht nahe.

In den ersten Monaten gelangte Claudia immer wieder an den Punkt, an dem sie Pedro in seine Kiste packen und zu ihrer Mutter, ins Tierheim oder notfalls an eine Autobahnraststätte bringen wollte. Sie tat es nicht. Insgeheim rührte Pedro etwas in ihr. Sicher, da war das Schicksal des Tiers, das fast zwölf Jahre lang bei einer Freundin ihrer Mutter gelebt hatte, die früh und plötzlich gestorben war, was die Depressionen des Katers erklärte. Aber das war nicht das Entscheidende. Eher schon ging es darum, dass Claudia überraschenderweise das Gefühl mochte, abends im Supermarkt zu stehen und beim Einkaufen an jemand anders als nur an sich selbst zu denken. Und ja, sie fand auch Gefallen daran, abends nicht in eine dunkle, einsame, stille Wohnung zurückzukehren, sondern von einem vorwurfsvollen, schlecht gelaunten Gezeter empfangen zu werden, das sie nur dadurch lindern konnte, dass sie Futter zubereitete, Milch in eine Schale goss und anschließend eine halbe Stunde mit Kraulen zubrachte.

Na ja, und Dr. Johannes Brühl, der Tierarzt, den sie dank Pedro kennenlernte, war auch nicht übel.

Dann war Claudia eines Abends nach Hause gekommen und eben nicht von einem schlecht gelaunten Maunzen empfangen worden. Sie hatte gerufen, ohne eine Antwort zu erhalten, hatte gesucht, ohne etwas zu finden. Pedro schien ausgebüchst zu sein, was eigentlich nicht möglich war. Erst zwei Stunden später fand sie die Katze. Sie war tot und hatte sich zum Sterben in die Dunkelheit unter Claudias Bett verkrochen.

Claudia weinte die ganze Nacht und war völlig überrascht von dem Ausmaß ihrer eigenen Trauer, woraufhin sie noch viel bitterer weinte. Dann dauerte es fast drei Wochen, bis sie sich daran gewöhnte, abends doch wieder in eine kalte, stille, einsame Wohnung zurückzukehren. Als sie es aber wieder ertragen konnte, schwor sie sich, sich nie wieder auf so ein Experiment einzulassen. Und auch nicht auf einen Mann, denn der würde zwar vermutlich nicht tot unter dem Bett liegen, aber er wäre irgendwann eben auch wieder weg, und wie lange sie dann heulen würde, das wagte sie sich gar nicht vorzustellen.

Sie haben ihr Ziel erreicht. Claudia schüttelte ihre Gedanken ab, die sie inzwischen nicht mehr schmerzten, sondern mit einer süßen Nostalgie erfüllten. Pedro lag im Garten ihrer Eltern unter einer Buche, und wenn sie dort zu Besuch war, suchte sie die Stelle auf, dachte an das Tier und lächelte.

Claudia parkte den Wagen, stieg aus und blickte auf ein im Schatten einiger fast nackter Laubbäume stehendes Blockhaus. Die Bohlen der Fassade wirkten verwittert, einige Fenster waren mit Plastikfolie ausgebessert, die Tür war mit einer Holzplatte verstärkt. Die Behausung wirkte unbewohnt und alles andere als einladend.

Claudia spürte, wie ihr Instinkt sich meldete und sie zur Vorsicht mahnte. Es war ein seltsamer Ort, den sie aufsuchte, und dann war sie auch noch alleine.

Na ja, zur Not hatte sie ja noch die hier, dache Claudia, und tastete an die Seite ihres Blazers, unter dem sie das Metall ihrer Dienstwaffe spürte.

Außerdem hatte sie während der Fahrt mit Takeda telefoniert, er hatte sie angerufen und von seinem Besuch bei Simon Kallweits

Therapeutin erzählt. Sie wiederum hatte ihm erklärte, wohin sie unterwegs war. Sollte das hier wirklich seltsam werden, wusste er immerhin, wo er nach ihr suchen musste.

Takeda hatte am Telefon zuversichtlich geklungen, er schien das Gefühl zu haben, weitergekommen zu sein. Er hatte sich mit der Therapeutin über neue Medien und die Sehnsucht junger Menschen nach der harten, vielleicht auch brutalen Wirklichkeit unterhalten. Claudia wollte nicht ausschließen, dass der Inspektor auf der richtigen Spur war. Aber ein Gefühl sagte ihr, dass ihre Stoßrichtung mindestens genauso vielversprechend war.

»Herr Niebel? Sind Sie da?«

Claudia klopfte gegen die Haustür. Eine Klingel hatte sie umsonst gesucht. Niemand antwortete.

Sie klopfte und rief erneut, doch wiederum blieb es im Inneren des Hauses still. Schließlich drehte sie den Knauf an der Tür und stellte fest, dass sie nicht abgeschlossen war.

»Herr Niebel? Sind Sie zuhause?«

Im Hausflur herrschte trübes Zwielicht, zudem roch es muffig, ja schimmelig. Mit einem gewissen Widerwillen trat Claudia ein und schloss die Tür hinter sich. Sie ging einen vollgestellten Flur entlang. Es war noch keine halbe Stunde her, dass sie mit Torsten Niebel telefoniert hatte, dem ursprünglichen Eigentümer des gar nicht so weit von hier gelegenen Ackergrundstücks, auf dem inzwischen die neue Flüchtlingsunterkunft stand. Niebel hatte das Land vor rund zwei Jahren verkauft, war also an dem umstrittenen Deal mit der Stadt nicht mehr beteiligt. Das hatte sie von Gerd Frontzeck erfahren, nachdem sie ihn noch einmal angerufen hatte. Von ihm hatte sie auch Niebels Nummer erhalten.

Plötzlich öffnete sich am hinteren Ende des Flurs eine Tür. Ein von Licht umrahmte Gestalt war zu sehen, die mit einer dünnen, nasalen Stimme fragte: »Die Polizistin? Sind Sie das?«

»Genau. Harms ist mein Name. Ich hatte vorhin angerufen.«

»Ja, ja, schon gut. Kommen Sie rein. Wollen Sie einen Tee?«

»Gerne«, sagte Claudia.

Sie trat in ein Wohnzimmer, das um einiges gemütlicher war, als der Flur und das Äußere des Hauses vermuten ließen. Der Raum war zwar ebenfalls mit kunterbunten Möbeln vollgestellt, der Boden eine chaotische Landschaft aus verschiedenen Teppichen, aber ein warmer Bollerofen verbreitete eine behagliche Atmosphäre. Zudem wurde die eine Wand von bodentiefen Fenstern eingenommen, die einen schönen Blick auf den herbstlichen Wald erlaubten.

»Leben Sie ganz alleine hier?«, fragte Claudia.

»Seit über vierzig Jahren.«

»Und Sie sind nicht einsam?«

Niebel, den Claudia auf über siebzig Jahre schätzte, schüttelte den Kopf. »In der Stadt wäre ich einsamer, glauben Sie es mir. Das geht den meisten Menschen so, sie merken es nur nicht.«

Claudia zuckte mit den Schultern. Schätzungsweise hatte der alte Mann recht. Sie war nicht das schlechteste Beispiel.

Sie nahm im angebotenen Sessel Platz, aus dem eine Staubwolke aufstieg, als sie sich niederließ. Sie musste niesen. Der letzte Besuch, den Niebel empfangen hatte, war wohl schon länger her.

Der alte Mann schenkte Tee aus einem Kessel ein, der auf dem Bollerofen stand. Er reichte Claudia eine dampfende Tasse, die sie wohlig in die Hände nahm. Als sie einen vorsichtigen Schluck nahm, musste sie sich allerdings unwillkürlich schütteln. Der Tee schmeckte nach Torf oder Kompost, jedenfalls nach nichts, was man ernsthaft trinken wollte. Als Niebel gerade nicht herblickte, spuckte sie die Flüssigkeit zurück in die Tasse und beschränkte sich darauf, sich an der Tasse zu wärmen.

»Wie ich am Telefon schon sagte, ich interessiere mich für das Grundstück, auf dem die neue Flüchtlingsunterkunft gebaut worden ist«, erklärte Claudia.

Am Telefon hatte Niebel nicht nach dem Grund ihrer Neugier gefragt, und Claudia hoffte, dass es dabei blieb.

»Ja, ja, das Grundstück. Hat lange meiner Familie gehört. Ich kann Ihnen dazu nicht viel sagen. Ich und meine Schwester haben es verkauft. Ist jetzt zwei oder drei Jahre her. Wir haben nicht mal viel dafür bekommen, ist auch nur ein oller Acker. Das war diesmal wohl anders.«

»Der neue Eigentümer hat es nicht verkauft, sondern nur verpachtet. An die Stadt.«

»Das weiß ich. Seinen Schnitt hat er dennoch gemacht. Und das Beste wird ja noch kommen.«

»Wie meinen Sie das?«

»Haben Sie das Grundstück gesehen?«

»Ich war mit meinem Kollegen dort. Sie haben Container draufgestellt. Die ersten Bewohner sind auch schon dort.«

Niebel sah sie aus kleinen funkelnden Augen an. »Worauf haben sie die Container gestellt? Wissen Sie das?«

»Na, auf den Acker. Oder ich verstehe Ihre Frage nicht.«

»Worauf haben sie die Container gestellt? Was ist an der Frage nicht zu verstehen?« Der alte Mann stieß ein krächzendes Lachen aus.

Claudia zuckte mit den Schultern, und Niebel sagte: »Mein Gott, Frau Polizistin, glauben Sie, die Container stehen einfach so auf der nackten Erde?«

Claudia rief sich die Baufahrzeuge in Erinnerung, die im hinteren Teil des Grundstücks an der Arbeit waren. »Irgendetwas werden die wohl gemacht haben, bevor die Container kamen. Aber ich weiß immer noch nicht, worauf Sie hinauswollen.«

Niebel trank seinerseits laut schlürfend von dem Tee. »Wissen Sie, was ein Landschaftsschutzgebiet ist? Na, sehen Sie. Dann wird Ihnen auch klar sein, dass da eigentlich nicht viel gemacht werden darf. Meine Familie hatte auf dem Gelände ganz früher Vieh drauf. Nachdem damit Schluss war, haben meine Schwester und ich es an einen Pferdehof verpachtet. Mehr ging nicht. Eine Tränke, ein Unterstand für die Tiere. Schluss. Wir wollten etwas daraus machen, aber der Antrag wurde abgelehnt.«

»Sie meinen, da darf eigentlich nicht gebaut werden?«, fragte Claudia.

»Natürlich nicht. Aber jetzt, wo diese ganzen armen Schweine aus dem Krieg zu uns kommen, aus dem Elend, ist alles anders. Wo sollen die denn alle hin? Na, sehen Sie. Also hat man mal eben das Gesetz geändert, und schon wird da gebaut, wo vorher nicht mal ein Zaun hindurfte.«

»Das wusste ich nicht.«

»Das wissen viele nicht. Aber der neue Eigentümer wird es gewusst haben, da gehe ich jede Wette ein.«

»Aber Sie haben doch schon vor zwei Jahren verkauft. Das war vor den Flüchtlingen. Der neue Eigentümer konnte doch nicht wissen, was passiert.«

»Vielleicht hat er auch einfach nur Glück gehabt. Wer weiß das schon? Und jetzt ist aus einem Haufen Mist Gold geworden.«

»Soweit ich weiß, sollen die Container dort höchstens zehn Jahre stehen. So lange läuft der Pachtvertrag. Und dann wird alles in den Ursprungszustand zurückversetzt«, sagte Claudia.

Wieder stieß Niebel sein krächzendes Lachen aus. »Sicher, zehn Jahre. Die Container kommen dann weg. Und was ist mit dem Rest?«

»Welcher Rest? Was meinen Sie?«

»Mein Gott, Mädchen. Bist du wirklich so naiv? Ich hab dich doch gefragt, worauf stehen die Container. Ich hab's doch mit eigenen Augen gesehen. Die haben gründlich gearbeitet. Fundamente, Wasserleitungen, Siele. Der ganze Tiefbau, alles ist voll erschlossen. Und das nur für ein paar Container, die irgendwann wieder wegsollen? Nie im Leben. Nein, da ist in zehn Jahren nicht Schluss. Da fängt das überhaupt erst an, glauben Sie mir.«

Claudia ahnte nun, worauf Niebel hinauswollte. »Sie meinen, die wollen da später noch etwas anderes hinbauen? Häuser vielleicht?«

Niebel verzog nur das Gesicht.

Claudia sagte: »Aber das geht doch gar nicht. Schließlich ist das immer noch Landschaftsschutzgebiet. Die Container sind eine Ausnahme.«

Niebel prustete verächtlich. »Sehen Sie sich doch an, was in Hamburg los ist. Die Stadt platzt aus allen Nähten, die Mieten sind unbezahlbar. Überall wird wie verrückt gebaut. Immer höher, immer breiter, immer mehr. Und jetzt gibt es hier ein Grundstück, das voll erschlossen ist. Glauben Sie denn wirklich, das wird der Natur zurückgegeben? Vergessen Sie es! Nein, der olle Acker ist jetzt ein Vermögen wert. Und jeder, der es wissen will, weiß es auch.«

Claudia schloss die Augen. Allmählich ahnte sie, worauf das Ganze hinauslief. Die Millionen, die die Stadt in den kommenden Jahren an Pacht für das Grundstück bezahlte, waren ein Witz gegen das, was so ein Grundstück wert war, wenn es richtig bebaut werden konnte.

Es war genau so, wie sie es Takeda prophezeit hatte. Sie mussten der Spur des Geldes folgen. Claudia hatte zwar noch keine Ahnung, wohin sie das am Ende führen würde. Aber sie hatte weniger Zweifel denn je, dass es etwas mit den beiden Toten zu tun hatte.

»Wenn es jeder wissen kann, muss es doch auch Leute geben, die sich dagegen wehren? Ein Landschaftsschutzgebiet kann doch nicht einfach so umgewidmet werden«, sagte Claudia.

Niebel stieß ein verächtliches Schnauben aus. »Die, die normalerweise auf die Barrikaden gehen, die Naturschützer, die Tierfreunde, die Grünen, die halten alle die Klappe. Wegen der Flüchtlinge. Da traut sich keiner was.«

»Irgendwo müssen die ja auch hin. Ist halt ein Dilemma.«

»Natürlich müssen sie das. Ich bin doch dafür. Aber ich bin auch nicht blöd. Die kochen halt alle ihre Suppe drauf. Und die Baufirmen sowieso. Im Moment dürfen die alles. Also werden Fakten geschaffen. Und in zehn Jahren, ja, dann ist das dann halt so.«

»Wem haben Sie das Grundstück eigentlich verkauft? Haben Sie da noch irgendwelche Unterlagen?«

»Sicher. Ein paar Ordner habe ich noch. Warten Sie mal, ich schreibe es Ihnen auf. Wollen Sie eigentlich noch einen Tee?«

Claudia blickte in ihre immer noch volle Tasse, von der sie nicht einen Schluck getrunken hatte.

»Nein, danke. War köstlich. Aber ein Becher reicht.«

»Wie Sie meinen.«

Niebel stand von seinem Sessel auf, schlurfte zu dem Schreibtisch hinüber und schob ein paar Stapel mit Papieren zur Seite. Schließlich schrieb er einen Namen und eine Telefonnummer auf einen Zettel und reichte ihn Claudia.

29.

Als Inspektor Takeda das Mädchen mit den auffälligen, silbrig schimmernden Haaren entdeckte, faltete er die Zeitung zusammen, hinter der er sich verborgen hatte.

Es war eine japanische Zeitung, eine Ausgabe der *Asahi Shimbun*, die er sich am Bahnhof besorgt hatte und die ihn mit Neuigkeiten aus der Heimat versorgte.

Takeda stand auf der dem Justus-von-Liebig-Gymnasium gegenüberliegenden Straßenseite und hatte geduldig auf das Ende des Unterrichts gewartet. Jetzt stoben die Schüler ins Freie. Die Jüngeren unter ihnen rannten oder fuhren mit ihren Fahrrädern, die Älteren schlenderten in Gruppen auf die Straße, rauchten und unterhielten sich.

Laura Delling aber, die Mitschülerin von Simon Kallweit, die ihn während ihres Gespräches so mutig verteidigt hatte, blieb alleine. Still und mit gesenktem Kopf trat sie den Nachhauseweg an. Auch heute trug sie wieder lange wallende Gewänder, die ihr, zusammen mit ihren auffälligen Haaren, das Aussehen einer Figur aus einem Fantasy-Film gaben.

Oder aus einem *Anime*, der filmischen Version eines Manga.

Takeda vermutete, dass sie eine Cosplayerin war, die zwar nicht in ihrem vollen Kostüm zur Schule ging, aber eben auch nicht ganz darauf verzichtete. Cosplay – es war ein englisch-japanisches

Kunstwort und bedeutete Costume Play – war in Japan seit langem eine Mode unter jungen Leuten, hatte inzwischen mit dem Siegeszug von Manga und Anime die ganze Welt erobert. Cosplayer verwandelten sich mit großem Aufwand an Schminke, Kostümen und anderen Utensilien in ihre Lieblings-Mangafiguren, wurden zu Prinzessinnen oder Zauberinnen, Samurais oder Magiern, Lolita-Mädchen oder Monstern.

Takeda versuchte zu erraten, welche Manga-Figur Laura Delling sein wollte. Vielleicht gab ihm das Emblem eines Hasen, das sie am Revers trug, einen Hinweis? Doch so sehr er sich auch anstrengte, er kam einfach nicht darauf. Im Genre der *Shōjo*-Manga, das sich in erster Linie an Mädchen und junge Frauen richtete, kannte er sich einfach nicht aus.

Der Inspektor wartete noch einige Augenblicke, setzte sich dann mit genügend Abstand zu Laura in Bewegung. Während die meisten Schüler, sofern sie nicht von ihren Eltern in großen SUVs abgeholt wurden, in Richtung der nahegelegenen U-Bahn-Station gingen, schlug Laura eine andere Richtung ein. Sie schien ihren Nachhauseweg zu Fuß bestreiten zu wollen.

Nach einiger Zeit aber wurde Takeda klar, dass das Mädchen ein anderes Ziel hatte. Laura überquerte mehrere Straßen, ging entlang eines schmiedeeisernen Zaunes, trat schließlich durch eine rostige Pforte und gelangte so an einen Ort, der in vielerlei Beziehungen besonders war und den Takeda ohnehin bereits seit langem hatte besuchen wollen – den Ohlsdorfer Friedhof.

Es war, wie Takeda gelesen hatte, der größte Parkfriedhof der Welt. Seine Fläche entsprach mit nahezu vier Quadratkilometern fast genau der des kaiserlichen Palastes in Tokio, nur dass man anders als dort jeden Winkel der Anlage betreten durfte. Im Kaiserpalast hingegen waren weite Areale, drinnen wie draußen, der Öffentlichkeit versperrt, und die meisten seiner Landsleute konnten sich auch in ihren kühnsten Träumen nicht vorstellen, die heiligen Räume jemals zu betreten.

Takeda hatte den Ohlsdorfer Friedhof unter anderem deshalb

besuchen wollen, weil sein Vater ihn am Telefon darum gebeten hatte. Er wünschte sich, dass Ken ein Foto von einer bestimmten Grabstätte anfertigte und ihm zusandte. Der Inspektor vermutete, dass es um das Grab von Helmut Schmidt gehen könnte oder eines anderen namhaften Politikers oder Künstlers, der hier bestattet war. Doch auf seine Nachfrage hin murmelte sein Vater nur undeutlich einen Namen und wirkte dabei fast ein wenig verschämt. Erst nach einigen Anläufen sprach er den betreffenden Namen klar und deutlich aus: *James Last*. Takeda war amüsiert, verkniff sich aber ein Lachen. Er wusste, dass sein Vater den deutschen Bandleader geliebt hatte und seit den siebziger Jahren seine Alben sammelte, allen voran natürlich das japanische Album *Sekai wa Futari no tameni*.

Ihr Musikgeschmack war weiß Gott nicht derselbe, aber Takeda gefiel es, dass sein Vater sich überhaupt gelegentlich die Zeit nahm und ein paar unterhaltende Stücke hörte.

Je weiter Takeda dem Mädchen auf das Gelände des Friedhofs folgte, desto mehr wurde der Inspektor von der ruhigen, ein wenig morbiden Atmosphäre des Geländes eingenommen. Seine Gedanken an deutsche Unterhaltungsmusiker verflogen und machten einer süßen, melancholischen Stimmung Platz. Die imposanten Mausoleen und Gruften, deren Gemäuer von Moos und Flechten bewachsen waren, wirkten wie eine Filmkulisse und entführten den Betrachter in eine unwirkliche Traumwelt.

Offenbar ließ sich auch Laura Delling von dieser Stimmung einfangen, das konnte Takeda an der Art ihrer Bewegungen sehen. Das Mädchen verlangsamte seine Schritte, blieb immer wieder vor einzelnen Gräbern stehen. Einmal beobachtete Laura ein Eichhörnchen, das über ein paar Zweige kletterte. Dann wieder entdeckte sie ein paar Krähen, die ihr Angst einzujagen schienen, und sie setzte ihren Weg fort.

Schließlich betrat Laura das von Säulen bestandene Portal eines großen Mausoleums. Es war aus Marmor und Granit gearbeitet und erinnerte an einen römischen Tempel. Takeda entdeckte im

Giebel eine lateinische Inschrift, deren Bedeutung ihm aber verborgen blieb.

Laura ließ ihre Tasche von der Schulter gleiten und setzte sich auf einen Mauervorsprung. Sie hatte nun eine Kladde in der Hand, schien zu schreiben oder zu zeichnen.

Takeda stand unschlüssig hinter ein paar Büschen, konnte die Augen aber nicht von dem abwenden, was er sah. Das tempelartige Mausoleum, auf den Stufen davor ein Mädchen mit silbernen Haaren und der Kleidung einer japanischen Mangafigur, das andächtig in eine Kladde schrieb. Es war unwirklich und schön zugleich.

Schließlich trat der Inspektor aus seinem Versteck hinaus, näherte sich der Grabstätte und machte sich durch ein Räuspern bemerkbar. Laura blickte auf und sah ihm aus einem Auge, das andere wurde durch ihr silbernes Haar verdeckt, entgegen. Sie schien keineswegs überrascht zu sein. Auf ihrem Gesicht erschien ein leises, kaum wahrnehmbares Lächeln.

»Hallo, Inspektor, kommen Sie ruhig näher. Ich habe mich gefragt, wann Sie mich wohl ansprechen würden.«

»Dann haben Sie mich bemerkt?«

»Schon als Sie vor der Schule standen. Es fällt auf, wenn jemand hier in Deutschland auf der Straße steht und eine japanische Zeitung liest.«

»Ich ahnte, dass meine Tarnung nicht perfekt war. Es tut mir leid. Ich wollte nicht vor deinen Mitschülern mit dir sprechen.«

»Das ist schon okay. Ich freue mich, Sie zu sehen. Wissen Sie, warum?«

»Nein.«

»Ich finde Sie kakko-ii.«

Takeda lachte. »Es ist nett, dass du das sagst.« *Kakko-ii* war japanisch und besagte, dass der Inspektor eine gute Figur machte. Ein Kompliment.

»Es ist ein schöner Platz hier, nicht wahr?«, sagte Laura.

»Sehr. Ich wollte ohnehin einmal herkommen.«

Takeda trat ebenfalls über zwei Stufen in den überdachten Eingangsbereich des Mausoleums. Es roch nach Moos, fauliger Erde und alten Steinen. Er setzte sich Laura gegenüber auf einen Mauervorsprung.

»Stört es dich, wenn ich rauche?«

»Aber nein, gar nicht.«

»Kommst du oft her?«

»Jeden Tag. Ich mag Friedhöfe. Und diesen ganz besonders.«

»Das kann ich verstehen. Er ist wunderschön.«

»Aber auch still und traurig.«

Takeda lächelte. »Magst du traurige Orte?«

»Sie sind wahrhaftig. Ohne Lüge.«

»Das stimmt. Im Tod enden alle Lügen. Niemand braucht mehr jemandem etwas vorzumachen.«

Lauras Haar war erneut vor ihr Gesicht gefallen, bedeckte ihr eines Auge, aber sie machte keine Anstalten, es zurückzustreichen. Es verstärkte den Eindruck einer Manga-Figur. »Worüber möchten Sie mit mir sprechen? Über Simon?«

»Ja.«

»Warum? Es ist doch alles geklärt.«

»Ist es das?«

Laura zuckte mit den Schultern. »Ich dachte, schon.«

»Vielleicht. Aber ich bin ein neugieriger Mensch. Ich möchte die Dinge verstehen.«

»Und Sie glauben, dass ich Ihnen dabei helfen kann?«

»Du bist doch mit Simon befreundet, oder nicht?«

»Das weiß ich nicht so genau.«

»Wie kann man das nicht wissen?«

»Wenn Sie Simon besser kennen würden, wüssten Sie, was ich meine. Man weiß nie so genau, woran man bei ihm ist. Früher haben wir uns gut verstanden, aber einfach war es nie. Er hat Angst, wenn man ihm nahekommt. Am liebsten ist er alleine.«

»Was ist mit dir? Bist du nicht auch gerne alleine? Du kommst hierher, hast niemanden, mit dem du reden kannst, malst ...«

»Klar, aber … mit ihm war es besser. Wir haben nie viel geredet. Es war nur gut zu wissen, dass er da war.«

»Siehst du Simon denn trotzdem ab und zu? Trefft ihr euch? Er kommt ja zurzeit nicht in die Schule.«

Laura machte eine unbestimmte Kopfbewegung. »Eigentlich nicht. Vor ein paar Tagen haben wir uns zufällig getroffen. Wir gehen zur selben Therapeutin.«

»Zu Frau Lauterbacher?«

»Sie kennen sie?«

»Nur flüchtig. Eine nette Frau. Darf ich wissen, warum du dorthin gehst?«

Laura lächelte. »Sehen Sie mich an. Für meine Eltern sind meine Haare und meine Klamotten schon Grund genug, mich in eine Therapie zu stecken. Sie hassen es, wie ich bin. Alle tun das.«

»Gehst du gerne zu Dr. Lautenbacher?«

»Schon. Ich bin oft durcheinander. Sie hilft mir, hier oben aufzuräumen.« Laura tippte sich an die Stirn.

»Als du Simon getroffen hast, habt ihr euch unterhalten?«

»Nur kurz. Er ist gegangen, ich bin gekommen. Es geht ihm nicht gut, seit das auf dem Bahnhof passiert ist.«

»Ich denke, es ging ihm auch vorher nicht gut. Dank deiner Hilfe wissen wir, was er erdulden musste. Du weißt schon, wovon ich spreche. Von Mobbing.«

»Die Typen, die das getan haben, sind krank. Marcel Stubbenbaum sowieso, aber auch die anderen. Die müssten nicht in Therapie, die müssten in den Knast.«

»Ich stimme dir zu, und möglicherweise kommt es auch dazu. Zumindest werden sie wohl vor Gericht erscheinen müssen. Sie sind bereits jetzt von der Schule geflogen.«

»Ich weiß, und ich finde es gut so.«

»Ich verstehe nicht, warum Simon nicht früher darüber gesprochen hat, warum er keine Hilfe gesucht hat. Und warum du nicht den Lehrern oder Simons Eltern Bescheid gesagt hast.«

»Er wollte das nicht.«

»Aber wieso? Sie haben ihm große Schmerzen zugefügt. Er muss furchtbar gelitten haben.«

»Es hat etwas mit Simons Vater zu tun. Er hält Simon für einen Schwächling. Er wollte seinem Vater nicht dadurch recht geben, dass er um Hilfe ruft. Er wollte alleine damit klarkommen.«

»Indem er die Dinge einfach ertragen hat?«

Laura lächelte. »Das verstehen Sie nicht. Es war so eine Art Spiel, eine Challenge. Ich habe mit Simon oft darüber geredet. Er meinte, dass die Dinge einem nur etwas anhaben können, wenn man es zulässt. Es ist alles in einem selbst, der Schmerz, die Niederlage, aber auch der Triumph. Er war sich sicher, dass die Idioten früher oder später einsehen würden, dass sie ihn nicht wirklich mit ihren Aktionen erreichen können.«

Takeda sann den Worten des Mädchens nach, empfand zugleich Respekt wie auch Mitleid. »Trotzdem war es gut, dass du uns das Handy von diesem Marcel gegeben hast. Es war sehr mutig von dir.«

Laura zuckte mit den Schultern. »Ich hatte Angst, dass Marcel mich deswegen zusammenschlägt. Hat er aber nicht getan. Außerdem war es doch seltsam, dass er überhaupt zu dem Gespräch gekommen ist, finden Sie nicht?«

»In der Tat. Ich habe mich schon gefragt, was ihn dazu bewogen haben könnte.«

»Ich glaube, er wollte, dass es rauskommt. Er hat sich schuldig gefühlt an dem, was Simon angeblich getan hat. Das mit der Frau, meine ich. Erst als sich herausstellte, dass Simon es gar nicht war, war Marcel sauer. Er ist ja von der Schule geflogen. Für nichts, wie er meint.«

Ein paar Krähen landeten auf der Fläche vor dem Mausoleum, näherten sich ihnen mit trippelnden Schritten. Takeda konnte spüren, wie Lauras ganzer Körper sich zusammenzog, sie förmlich erstarrte.

Takeda klatschte in die Hände, und die Krähen flogen mit krächzenden Schreien davon. »Du hast Angst vor Vögeln?«, fragte er.

»Schon.«

»Krähen sind sehr kluge Vögel. In Japan gibt es sehr viele davon, in den Städten sind sie eine Plage.«

»Ich würde so gerne einmal nach Japan reisen. Besonders nach Tokio, nach Harajuku und Shibuya. Da treffen sich die Cosplayer. Und überall gibt es Läden, wo man sich Sachen dafür kaufen kann. Ich stelle es mir toll vor.«

»Simon möchte auch einmal nach Japan, er ist ein Manga-Fan, genau wie du.«

»Früher haben wir oft darüber gesprochen. Wir wollten sogar zusammen fahren. Wer weiß, vielleicht tun wir es ja eines Tages.«

Takeda ließ einige Momente der Stille verstreichen, fragte dann: »Kannst du dir vorstellen, dass Simon einen Menschen tötet?«

»Wieso fragen Sie das?«

»Wie gesagt, ich bin neugierig. Außerdem gehört es zu meinem Beruf.«

Laura sah den Inspektor immer noch nur mit einem Auge unter ihren silbernen Haaren hinweg an. »So ist Simon nicht. Er tut niemandem etwas. Wieso sollte er?«

Der Inspektor nickte nachdenklich, begann dann leise zu summen, flüsterte schließlich auf Japanisch: »*Oshiete oshiete yo sono shikumi o. Boku no naka ni dare ka iru no*? ... Kennst du diese Zeilen?«

»Vielleicht. Ich weiß nicht.«

»Es ist die Titelmelodie von *Tokyo Ghoul*, von der Anime-Version.«

»Kann sein. Das kenne ich nicht so gut. Ich mag es auch nicht.«

»Ich übersetze es für dich. Es bedeutet: *Erklär mir, was das alles zu bedeuten hat. Bin ich überhaupt jemand?* Man könnte die zweite Zeile auch anders übersetzen: *Ist da jemand in mir drin?* Dieser jemand ist vielleicht ein anderer als der, für den man sich selbst hält.«

»Ich verstehe nicht, was Sie sagen möchten.« Lauras Stimme klang nun feindselig, auch ängstlich.

»Vielleicht tut Simon Dinge, von denen er selbst nichts weiß. Weil jemand anderes in ihm drin ist?«

Takeda blickte Laura Delling fragend an, aber das Mädchen mied seinen Blick. Leise sagte es: »Sie machen mir Angst, Herr Takeda. Und was Sie sagen, ist Unsinn. Simon ist ungewöhnlich, aber er ist nicht verrückt.«

Laura stand abrupt auf, nahm ihre Tasche und verstaute ihre Schreibkladde darin. »Ich muss jetzt los. Ich glaube, ich finde Sie doch nicht *kakko-ii.*«

»Es tut mir leid, Laura. Leider muss ich diese Fragen stellen.«

»Machen Sie doch, was Sie wollen. Aber lassen Sie mich in Ruhe. Und Simon auch. Ich glaube nicht, dass es Zufall war, dass Sie ihn getroffen haben. Sie sind hinter ihm her. Aber es wird Ihnen nichts nützen.«

Das Mädchen ging mit eiligen Schritten davon, schüttelte dabei den Kopf und murmelte vor sich hin. Sie war offensichtlich verstört.

Der Inspektor blickte Laura nach und schüttelte nachdenklich den Kopf. Er hatte ihr von seiner Begegnung mit Simon nichts erzählt, dennoch wusste sie Bescheid. Anscheinend sprachen die beiden doch miteinander.

Noch etwas anderes irritierte Takeda; er vermochte allerdings nicht zu sagen, was es war. Es hatte mit Lauras Äußerem zu tun, aber auch mit ihrem Verhalten. Die Haare, die vor ihr eines Auge fielen, ihre Angst vor Vögeln, der aufgestickte Hase … Irgendwo war ihm all das schon einmal begegnet.

Takeda zog sein schwarzes Notizbüchlein hervor, blätterte einige Seiten zurück. Schließlich stieß er auf seine Aufzeichnungen, die er gemacht hatte, als er eine ganze Nacht lang Manga gelesen hatte, unter anderem *Tokyo Ghoul.* Damals hatte er sich vor allem für Ken Kaneki interessiert, die Hauptfigur, mit der Simon Kallweit sich offenbar identifizierte. Zumindest hatte der Junge bei ihrer ersten Begegnung ein Sweatshirt mit Kanekis Abbild getragen.

Aber er hatte sich bei seiner Lektüre auch einige Notizen zu anderen Figuren gemacht. Takeda ging seine Aufzeichnungen durch, las halblaut Namen, Charakterzüge, Orte.

Dann blieb sein Finger abrupt auf dem Papier stehen. Toka Kirishima. Sie war so etwas wie die weibliche Hauptfigur in dem Manga, war Ken Kaneki in einer seltsamen Mischung aus Abneigung und Liebe zugetan. Auch Kirishima blickte zumeist mit einem Auge in die Welt, da das andere von ihren Haaren verdeckt war. Sie hatte Angst vor Vögeln. Und ihr Spitzname war Rabbit, da sie als Ghoul eine Hasenmaske trug. Laura Delling hatte nur eine Art Brosche, die einen Hasen zeigte, an ihrer Kleidung getragen. Dennoch waren all diese Anzeichen zu viel, um Zufall zu sein.

Natürlich, all das konnte auch nur das Spiel zweier Teenager sein, die den Figuren eines Manga nacheiferten.

Aber dann musste Takeda wieder an Tsutomu Miyazaki, den *Otaku*-Mörder und Kannibalen aus Saitama, denken.

Nein, dies hier war kein Spiel.

30.

»Sie haben sich mit Laura Delling auf dem Ohlsdorfer Friedhof getroffen? Im Ernst? Was machen Sie als Nächstes? Besuchen Sie gemeinsam das Leichenschauhaus?«, fragte Claudia.

Sie und Takeda saßen im Auto und fuhren auf Claudias Bitte hin in Richtung der Hamburger Innenstadt. Diesmal hatten sie sich für Takedas BMW entschieden und ihren Peugeot am Bahnhof in Ohlsdorf zurückgelassen. Der Inspektor durfte im Rahmen seines Aufenthaltes einen funkelnagelneuen Dienstwagen benutzen, etwas, wovon die deutschen Kollegen nur träumen konnten. Es war zwar nur ein Dreier-Modell, aber mit einiger Sonderausstattung und einer starken Maschine. Dem Tachostand nach zu urteilen, nutzte Takeda den Wagen weidlich aus. Das wusste Claudia jedoch schon. Die Leidenschaft für schnelle Autos teilten sie miteinander.

»Laura hat eine Vorliebe für melancholische Orte, und der Friedhof ist sehr schön«, erklärte Takeda.

»Das ist er wirklich«, sagte Claudia, ganz stolze Hamburgerin. »Hat Ihr Gespräch denn etwas gebracht?«

»Ich bin mir noch nicht ganz sicher.«

»Aber eine Ahnung haben Sie schon?«

Takeda ließ sich Zeit mit einer Antwort, sagte dann: »Das Mädchen ist seltsam und auch bemerkenswert. Erinnern Sie sich an das, was der Lehrer, Herr Brunkhorst, über Simon gesagt hat? Er wäre sehr still, aber auch sehr intelligent. Es trifft auch auf Laura zu.«

»Stille Wasser sind tief. An dem Spruch ist etwas dran.«

»Laura weiß mehr, als sie zugibt, da bin ich mir sicher. Sie steht in Kontakt mit Simon, sagt es aber nicht. Ich möchte nicht ausschließen, dass sie ihm hilft oder in anderer Form mit den Taten zu tun hat.«

»Immer vorausgesetzt, Simon ist überhaupt der Täter. Um ehrlich zu sein, ich glaube immer weniger daran.«

Ihr andeutungsvoller Tonfall ließ Takeda aufhorchen. Er wandte Claudia einen kurzen Seitenblick zu, musste sich jedoch im nächsten Moment wieder auf den Verkehr konzentrieren. »Dann haben Sie etwas herausgefunden?«

»Mir geht es genau wie Ihnen. Ich bin mir noch nicht ganz sicher. Aber eine Ahnung sagt mir, dass ich mich in die richtige Richtung bewege. Das Gespräch mit diesem Herrn Niebel war aufschlussreich. Es geht wohl um noch sehr viel mehr Geld, als uns klar war. Das war allerdings nicht einmal das Interessanteste. Er hat mir den Namen des Anwalts aufgeschrieben, der damals die Leute vertreten hat, die das Grundstück erworben haben. Mir sagte der Name nichts, aber in solchen Fällen ist es ja immer eine gute Idee, unseren Kollegen Vollmer zu fragen. Genau das habe ich vorhin getan.«

Dieter Vollmer war Hauptkommissar und ein biederer Typ, mit dem Claudia noch nie ein privates Wort gewechselt hatte. Er war

Anfang fünfzig, lebte mit seiner uralten Mutter zusammen, trug sommers wie winters einen Rauten-Pullunder und kämmte die wenigen verbliebenen Haare in fettig glänzenden Strähnen über seine Glatze. Ein lebendes Fossil und alles andere als Claudias Typ. Trotzdem war Vollmer anerkanntermaßen ein Experte in Sachen Wirtschaftsdelikte. Er wurde immer dann in Ermittlungen miteinbezogen, wenn ein Kapitalverbrechen in die Welt der Wirtschaft führte. Und das war hier der Fall, davon war Claudia inzwischen überzeugt.

»Ich mag Dieter Vollmer«, sagte Takeda.

»Nein, tun Sie nicht. Sie glauben das nur, weil Sie sich nicht mit Deutschen auskennen. Man kann jemanden wie Vollmer nicht mögen. Der trägt Unterhosen mit Schleifspuren, da gehe ich jede Wette ein.«

»Ich verstehe nicht ganz.«

»Ist auch besser so.«

Takeda zuckte mit den Schultern: »Dieter ist sehr an Mathematik interessiert. Wir führen immer wieder anregende Gespräche. Die Mathematik ist für Kriminalisten viel bedeutender, als die meisten Menschen glauben.«

Claudia rollte mit den Augen. »Kann sein. Aber bitte nennen Sie ihn nicht *Dieter*, da wird mir ganz anders. So eng sind Sie nicht mit ihm. Sagen Sie einfach Vollmer, so wie alle.«

Takeda verstand offenbar nur Bahnhof, nickte aber und sagte: »Selbstverständlich.«

»Jedenfalls kennt er die Hamburger Firmenszene wie niemand sonst, inklusive der Juristen, die die Fäden im Hintergrund ziehen. Ich habe ihn also nach dem Anwalt gefragt, dessen Namen ich von Niebel habe. Wissen Sie, wie Vollmer reagiert hat? Er hat gelacht! Verstehen Sie, Ken? Vollmer! Hat gelacht! Das passiert sonst nie.«

»Ich verstehe.«

»Dann hat er mir erklärt, warum. Dieser Anwalt, ein gewisser Martin Soltau, ist, um es milde zu formulieren, eine zwielichtige

Gestalt. Zu seinen Klienten gehören in erster Linie Firmen aus dem grauen Kapitalmarkt. Aber irgendwie ist alles grau an und um diesen Mann. Aber jetzt kommt es: Dieser Soltau ist nicht nur derjenige, der damals die Käufer des Grundstücks vertreten hat, sondern er hat jetzt auch den Pachtvertrag mit der Stadt ausgehandelt. Damit nicht genug. Ich wollte mehr über diesen Vertrag erfahren. Darum hat Vollmer auf meine Bitten hin ein paar Leute angerufen. Eigentlich eine Kleinigkeit für ihn. Diesmal aber nicht.«

»Das heißt, dass niemand etwas darüber weiß?«

»Ja und nein. Das Ganze ist ja eine öffentliche Sache, es stand sogar ein bisschen was in den Zeitungen. Immerhin ist auf dem Gelände die größte Flüchtlingsunterkunft in diesem Teil von Hamburg gebaut worden. Interessanterweise ist es aber so, dass niemand weiß, wem das Grundstück zurzeit eigentlich gehört, sprich, wer der Vertragspartner der Stadt ist.«

»Ich verstehe nicht ganz. Herr Niebel, der ehemalige Eigentümer, muss es doch wissen.«

»Dachte ich auch. Ich habe ihn vorhin sogar noch einmal angerufen und danach gefragt. Aber er meinte, dass er nur diesen Soltau, also den Anwalt, kenne, nicht die Käufer selbst.«

»Es lässt sich doch bestimmt recht einfach herausfinden, wem ein Grundstück gehört?«

»Vollmer hat vorhin beim Grundbuchamt nachgefragt, wir haben da ja zum Glück einen kurzen Draht zu den Behörden.«

»Was hat er herausgefunden?«

Claudia lächelte verkniffen. »Das Grundstück gehört laut Eintrag einer Sonnenland GmbH. Das ist immer noch dieselbe Firma, die das Grundstück vor zwei Jahren von Niebel gekauft hat. Die spannende Frage ist aber, wem nun wiederum diese Firma gehört, und da fängt es an, kompliziert zu werden.«

»Auch das müsste sich doch recht einfach feststellen lassen?«

»Theoretisch ja, dafür gibt es ja das Handelsregister oder auch die Kammer, die Branchenverbände, was weiß ich. Praktisch sieht es ganz anders aus. Die Sonnenland GmbH gehört nämlich mehreren Leuten oder besser gesagt mehreren anderen Firmen. Der größte Anteilseigner ist eine Firma namens Sun Projects Limited, die in Großbritannien eingetragen ist. Vollmer arbeitet gerade daran, herauszufinden, wer wiederum hinter der Firma steckt. Aber er meinte schon, ich solle mir keine zu großen Hoffnungen machen. Solche Firmenverflechtungen wären wie diese russischen Matrjoschka-Puppen. In der Puppe steckt die nächste Puppe und wieder die nächste und noch eine und noch eine. Sich da bis zum Kern durchzuarbeiten dauert ewig oder ist sogar unmöglich.«

Takeda gab ein paar nachdenkliche Brummlaute von sich, während er den Wagen weiter in Richtung Innenstadt lenkte. Claudia beobachtete ihn amüsiert. Takeda erinnerte sie in solchen Momenten immer an einen Teddy. Oder vielleicht eher an einen Panda. Obwohl – brummen Pandas eigentlich?

Dann sagte er: »Wenn ich Sie richtig verstehe, hat die Stadt also einen überteuerten Pachtvertrag mit einer Firma abgeschlossen, von der niemand weiß, wem sie eigentlich gehört.«

»Ziemlich seltsam, oder?«

»Trotzdem verstehe ich nicht, worauf das alles hinausläuft. Es gibt Ungereimtheiten mit einem Grundstück, und der Justizsenator ist irgendwie in diese Sache involviert. Aber wie könnte das Ihrer Meinung nach mit den Vorfällen auf dem Bahnhof und im Kino zusammenhängen?«

Claudia stieß ein leises Schnauben aus. »Das ist genau die Frage, Ken. Ich weiß es nicht. Es gibt ein Sprichwort im Deutschen. Wenn etwas aussieht wie Scheiße und stinkt wie Scheiße, dann ist es wahrscheinlich auch Scheiße.«

»Das kannte ich noch nicht.«

»Jetzt mal im Ernst. Ich weiß nicht, worauf es hinausläuft. Aber das, was ich bisher gehört habe, reicht mir, um ein gewisses Gefühl zu entwickeln. Und dieses Gefühl sagt mir, dass diese Sache zu groß ist, als dass ein Siebzehnjähriger darin die Fäden zieht. Irgendjemand tötet Menschen, und er tut es im Umfeld des Jungen. Aber es geht eigentlich um den Vater, um den Senator und zukünftigen Bürgermeister der Stadt Hamburg, da bin ich mir ganz sicher. Und jetzt fahren wir zu diesem Anwalt, diesem Herrn Soltau, und stellen ihm ein paar Fragen. Vielleicht sind wir danach schlauer.«

31.

Martin Soltaus Kanzlei befand sich in einer Seitenstraße des Valentinkamps, nicht weit von der altehrwürdigen Musikhalle und den Hamburger Gerichten entfernt. Das Gebäude war modern, die Fassade glitzerte in Glas und glattem Marmor. Neben der Eingangstür befanden sich Tafeln, auf denen unzählige Firmennamen standen, Anwälte, Notare, Reedereinen, eine Anlageberatung, eine internationale Wirtschaftsprüfungsgesellschaft.

Eine feine Adresse, die sich dieser graue Anwalt ausgesucht hatte.

Ein Aufzug brachte Claudia und Takeda in den fünften Stock, wo erneut eine Tafel alle Firmen anzeigte, die auf der Etage ihre Räume unterhielten. Es waren erstaunlich viele, was darauf schließen ließ, dass die Büros klein waren. Sündhaft teuer waren sie wohl dennoch. Man bezahlte hier nicht für die Quadratmeter, sondern für die wohlklingende Adresse.

Claudia erläuterte Takeda ihren Gedanken, doch der zuckte nur mit den Schultern und meinte, dass in Japan Firmen oft in unscheinbaren Büros und abgehalfterten Gebäuden residierten. Man lege deutlich weniger Wert auf Repräsentation als in Europa.

»Dabei sind die Japaner doch solche Ästheten«, erwiderte Claudia.

»Das ist richtig. Vor allem aber legen wir Wert darauf, dass alle Dinge am richtigen Ort stattfinden. Auch die Schönheit.«

Sie gingen einen langen Korridor hinunter und standen schließlich vor einer Tür, auf der nur Soltaus Name und die Berufsbezeichnung »Rechtsanwalt« zu lesen war. Claudia klingelte, und sofort schnarrte ein elektrischer Summer. Die Tür sprang auf. Sie traten ein und fanden sich in einem Vorraum wieder, der, milde ausgedrückt, unaufgeräumt war. Hinter einem Besuchertresen standen zwei Schreibtische, die mit Papieren, Akten und allem möglichen anderen Kram übersät waren. Dasselbe galt für die Wandregale, die Aktenschränke, überhaupt für jede gerade Fläche. Sogar auf dem Fußboden stapelten sich die Akten, teilweise aufgeschlagen, teilweise mit Staub bedeckt und offenbar seit Monaten nicht angerührt. Außerdem roch es penetrant nach kaltem Zigarettenrauch und ranzigen Essensresten. Die Kanzlei war offensichtlich nicht auf den Besuch von Klienten ausgelegt.

»Ich komme gleich. Sekunde«, rief aus einem hinteren Raum eine Männerstimme.

Claudia und Takeda wechselten einen Blick, beide zuckten mit den Schultern. Wenn das mal keine Aufforderung war …

Sie traten hinter den Empfangstresen und blickten auf die herumliegenden Papiere. Kaufvertragsentwürfe, Klageandrohungen, Mahnschreiben, Entgegnungen auf Forderungen und Mandantenbriefe. Daneben lagen Mietverträge, Kündigungen, Schreiben anderer Anwälte, Kalkulationen, Bauzeichnungen, Tabellen. Die Unterlagen waren zum Teil jüngeren Datums, zum Teil auch Monate oder gar Jahre alt. Alles lag wild durcheinander. Entweder gab es hier keine Anwaltsgehilfen, oder sie verbrachten ihre Zeit mit etwas anderem als mit Ablage.

»He! Was machen Sie da? Wer sind Sie überhaupt?«

Claudia wirbelte herum. Takeda, der Soltau eine Sekunde zuvor bereits bemerkt hatte, war bereits einen Schritt von den Schreibtischen zurückgetreten.

»Mein Name ist Harms, Kriminalpolizei. Sie sind Martin Soltau?«

»Allerdings bin ich das. Kripo sagen Sie? Und? Wollen Sie Ihren Job behalten? Dann sollten Sie nicht in den Unterlagen eines Anwalts herumschnüffeln, ohne ihn vorher zu fragen. Und eigentlich auch dann nicht.«

Claudia lächelte ungerührt. »Wie ist es bei Ihnen? Wollen Sie Ihren Job behalten? Ich kann mir nicht vorstellen, dass ein solches Chaos standesgemäß ist.«

Soltau reagierte auf Claudias Gegenangriff mit einem Grinsen. Touché.

»Und wer ist das?«, fragte der Anwalt. Er deutete mit dem Kinn in Takedas Richtung.

»Mein Name ist Kenjiro Takeda, ebenfalls Kriminalpolizei.«

»So, so, Takeda ... Ich habe schon mal von Ihnen gehört. Der japanische Inspektor, der hier in Deutschland ermittelt. Im Vergleich zu Tokio ist Hamburg ein Dorf, oder?«

Takeda lächelte. »Jede Stadt ist im Vergleich zu Tokio ein Dorf. Aber ich fühle mich sehr wohl hier.«

»Freut mich für Sie. Aber egal, kommen Sie mit nach hinten in mein Büro. Was führt Sie überhaupt zu mir? Kaffee?«

Claudia und Takeda bejahten letztere Frage, während sie dem Anwalt in den einzigen weiteren Raum folgten. Er war nicht sonderlich groß und ebenfalls komplett zugemüllt. Zu allem Überfluss glimmte inmitten der Papierberge auf dem Schreibtisch eine Zigarette.

Während Claudia nur den Kopf schüttelte, erschien auf Takedas Gesicht ein Lächeln. Wie immer, wenn er in Deutschland auf eines der wenigen überlebenden Exemplare der Gattung Raucher stieß.

»Sie gestatten?«, fragte der Japaner und hielt eine Packung *Mild Seven* in die Höhe, seine japanische Stammmarke. Als Claudia ihn vor kurzem verwundert gefragt hatte, warum ihm niemals die Vorräte ausgingen, hatte Takeda ihr erklärt, dass er sich von seinem Vater regelmäßig Nachschub schicken ließ – zusammen mit Bergen japanischer Fertiggerichte, mit denen er sich offenbar zuhause ernährte.

»Sicher, rauchen Sie ruhig. Aber streuen Sie die Asche nicht auf den Boden, das kann ich nicht leiden«, erklärte der Anwalt und machte mit seinen gelblichen Fingern eine Geste durch den Raum.

Der Anwalt war klein, kleiner als Claudia, er hatte einen deutlichen Bauchansatz und war zugleich überraschend braungebrannt. Eigentlich kein Wunder. Soltau reiste vermutlich von einem Steuerparadies zum nächsten, und die befanden sich ja wundersamer Weise immer an Orten, an denen die Sonne schien. Die Kaimaninseln, Bermudas, Malta. Na ja, vielleicht auch nicht verwunderlich. Wer dem Finanzamt Millionen vorenthielt, wollte das doch in aller Regel mit einem Daiquiri und einer braunhäutigen Schönheit im Arm genießen.

Der Anwalt lotste sie zu einem Besprechungstisch, der in die einzige freie Ecke des Raums gequetscht war. Er holte drei Tassen aus einem Bord, schenkte Kaffee aus einer Maschine ein, die auf der Fensterbank stand. Der Kaffee war zähflüssig und roch streng, hatte vermutlich seit dem Morgen auf der heißen Platte gestanden. Claudia überlegte, ob sie dann nicht doch lieber den Kompost-Tee von Torsten Niebel trank.

»Also, noch mal, was führt Sie zu mir? Ich habe nicht viel Zeit. Ich erwarte jemanden, von dem ich eigentlich dachte, dass er es wäre, als die Klingel ging.«

»Wir interessieren uns für ein gewisses Grundstück im Norden Hamburgs. Das, auf dem mittlerweile ein paar Dutzend Container für Flüchtlinge stehen«, erklärte Claudia.

»Aha.«

»Sie sind doch mit der Abwicklung des Pachtvertrages zwischen den Eigentümern und der Stadt betraut gewesen, oder? Damit sind wir auch schon bei unserer wichtigsten Frage. Wer ist eigentlich der Eigentümer des Grundstücks? Seltsamerweise scheint es auf diese Frage keine einfache Antwort zu geben.«

Soltau fuhr sich mit der Zunge zwischen Oberlippe und Schneidezähnen entlang, starrte dabei die ganze Zeit Claudia an. Ja, Schönheit hat ihren Ort, und hier war er definitiv nicht.

»In welchem Zusammenhang interessiert Sie das, wenn ich fragen darf?«

Gute Frage, nächste Frage, dachte Claudia. Sie blickte zu Takeda hinüber. Dummerweise waren sie ja nicht aufgrund offizieller Ermittlungen hier und hatten insofern auch keinerlei Recht, den Anwalt zu befragen. Natürlich hatte Claudia sich etwas zurechtgelegt, aber sie wusste selbst, dass ihre Story wenig glaubhaft klang. Sie wollte gerade damit loslegen, als Takeda sich räusperte und in Soltaus Richtung sagte: »Wir untersuchen einen Todesfall, von dem wir noch nicht genau wissen, ob er überhaupt in einem Zusammenhang mit dem Grundstück steht. Dennoch würden wir Ihnen gerne ein paar Fragen stellen.«

»Hm. Ein Todesfall? Dann sind Sie von der ...«

»Mordkommission, ganz recht«, sagte Claudia. Ihr war Soltaus überraschend schwache Reaktion auf Takedas Legende sofort aufgefallen. Sie durften jetzt nicht locker lassen. »Also? Können Sie uns etwas über den Eigentümer sagen?«

»Dafür sind Sie eigens hergekommen? Das hätte Ihnen doch auch Google sagen können.«

»Google sagt nur das, was Google weiß.«

»Eben.«

Claudia rollte mit den Augen. »Beantworten Sie doch bitte unsere Frage.«

Soltau hob die Hände, als wäre er das Opfer eines Überfalls. »Schon gut, Frau Kommissarin. Der Pachtvertrag ist zwischen der Stadt und den gemeinschaftlichen Eigentümern des Grundstücks geschlossen worden, zu denen mehrere natürliche wie auch juristische Personen gehören.«

»Nennen Sie das eine Antwort?«

Soltau lächelte zuckersüß. »Selbstverständlich.«

»Wie wäre es mit ein paar Namen, Herr Anwalt?«

»Die Stadt als Vertragspartner ist über die Eigentumsverhältnisse informiert. Das muss genügen.«

»Die Stadt wurde über den Tisch gezogen, aber niemanden scheint das groß aufzuregen. Und ich möchte wissen, warum.«

Soltau stieß ein albern klingendes Kichern aus. Seine kurze Unsicherheit, die auf die Erwähnung des Toten gefolgt war, war verflogen. »Sehen Sie, Frau Harms, ich bin in dieser Sache lediglich als Sachwalter und Vermittler tätig geworden. Ich bin nicht verpflichtet, Ihnen nähergehende Auskünfte über meine Mandantschaft zu erteilen. Schon gar nicht, wenn Sie mir nicht plausibel machen können, warum Sie sich eigentlich dafür interessieren.«

Claudia schloss die Augen und konzentrierte sich auf ihren Atem. Takeda hatte ihr erklärt, dass das helfen soll, es sei so eine Art japanischer Zaubertrick. Man soll atmen und sein *Hara* spüren, sein Zentrum, seine Mitte, das tiefste innere Selbst. Ja, super, dachte Claudia. Vielleicht kann ich dieses *Hara*, wenn ich es gefunden habe, ja Soltau rechts und links um die Ohren hauen. Scheiß auf Atmen.

»Herr Soltau, ich bitte Sie einfach nur um eine geringfügige Auskunft. Und wenn Sie uns die nicht geben wollen, fragen wir uns natürlich, woher diese Verweigerung rührt. Das macht uns dann erst recht neugierig.«

Der amüsierte Gesichtsausdruck, den Soltau angenommen hatte, blieb unerschütterlich. »Es tut mir leid, meine Herrschaften. Ich würde Ihnen wirklich liebend gerne weiterhelfen, aber mir sind die Hände gebunden.«

»Wir werden es doch sowieso herausfinden.«

»Viel Glück dabei.«

Ihre Blicke begegneten sich. Beide wussten, dass Claudia und Takeda diese Partie verloren hatten. Sie hatten nichts in der Hand, um den Anwalt unter Druck zu setzen, was dieser auch genau wusste.

Andererseits war es nicht gerade Claudias Stärke, sich mit so einer Situation einfach abzufinden. Schon gar nicht, wenn sie dabei in eine so selbstgefällige Visage wie die von Soltau blicken musste.

Sie wollte gerade laut werden, als Takeda sich ruckartig von seinem Sitz erhob, in Claudias Richtung eine beruhigende Handbewegung machte und zu Soltau sagte: »Wir bedanken uns herzlich für Ihre freundliche Kooperationsbereitschaft. Es war uns eine Ehre, Sie kennengelernt zu haben.«

Dann machte Takeda eine tiefe Verbeugung.

Soltau starrte Takeda nicht weniger verblüfft an als Claudia. Bei ihm wusste man nie, ob er etwas ernst meinte oder nicht. Seine Ironie, wenn es denn welche war, war so subtil, dass man vermutlich Japaner sein musste, um sie zu verstehen.

Claudia machte einen zweiten Versuch, noch etwas zu sagen, diesmal aber stellte sich Takeda einfach zwischen sie und den Anwalt. Er verbeugte sich erneut, sagte dann zu Claudia: »Lassen Sie uns gehen. Wie Sie dem Herrn Anwalt bereits sagten, werden wir die gewünschten Auskünfte auch auf anderem Wege erhalten. Wir wollen Herrn Soltau nicht weiter zur Last fallen.«

»Und wie ich dem Typen zur Last fallen will«, zischte Claudia, ließ sich dabei aber dennoch von Takeda aus ihrem Sessel und in Richtung Ausgang ziehen.

»Vielen Dank für Ihren Besuch, meine Herrschaften«, sagte Soltau, der ihnen bis zur Außentür des Büros folgte. Dann ließ er die Tür knallend ins Schloss fallen.

Kurz darauf standen Claudia und Takeda draußen auf der Straße. Claudia zitterte immer noch vor Wut, sie sagte mit gefährlich gepresster Stimme zum Inspektor: »Sachen an die Wand zu werfen, das kriegen Sie schon ganz gut hin, Ken. Die nächste Lektion in deutscher Polizeiarbeit wird darin bestehen, Arschlöcher so zu behandeln, wie sie es verdienen.«

»Das wird bestimmt eine interessante Erfahrung, ich freue mich darauf«, sagte Takeda lächelnd. Dann fuhr er fort: »Dennoch war es besser, Herrn Soltau nicht weiter zu belästigen. Er hat uns genug geholfen.«

»Hat er nicht.«

»Doch, und zwar durch die kolossale Unordnung in seiner Kanzlei. Die hat gelegentlich große Vorteile.«

Jetzt erst zündete es bei Claudia. Sie sah Takeda aus zusammengekniffenen Augen an und sagte: »Spannen Sie mich nicht auf die Folter, Ken. Was haben Sie gefunden?«

Der Inspektor zog einen Briefbogen aus seiner Jackettasche. Er war zerknittert, offenbar weil er ihn eilig in die Tasche gestopft hatte. Takeda faltete das Blatt auseinander und strich es glatt. »Das könnte interessant sein, sehen Sie mal …«

Noch bevor Takeda seinen Satz beenden konnte, riss Claudia ihm den Brief aus der Hand und überflog die wenigen maschinengeschriebenen Zeilen, die sich offenbar um einen Pachtvertrag drehten, ansonsten aber nicht sonderlich aussagekräftig waren. Deutlich spannender war die handschriftliche Notiz neben dem Textblock. *H. K. darf als Vertragspartner nicht genannt werden. Politisch alles Klarschiff, Unterschrift nächste Woche.* Das war allerdings der Hammer. Aber das Beste kam ja noch, nämlich der ins Papier eingestanzte Briefkopf des Schreibens. Schmitter – Sandmann – Röhler. Rechtsanwälte. Klein darunter standen die vollständigen Namen. Claus Schmitter, Rüdiger Sandmann, Lothar Röhler.

Claudia blickte zu Takeda und sagte mit immer noch überraschter, fast ungläubiger Stimme: »H. K. heißt ja wohl Hartmut Kallweit. Und Röhler ist sein Anwalt.«

»Davon können wir ausgehen.«

»Hier steht, dass Kallweits Name als Vertragspartner nicht erscheinen darf. Es gibt doch nur eine schlüssige Erklärung dafür …«

»Das erscheint mir auch so.«

»Kallweit muss auf die Seite der Verpächter gehören. Schließlich ist die andere Seite, also der Pächter – die Stadt oder besser gesagt der Bezirk. Aber ist Ihnen klar, was das bedeutet? Kallweit steckt hinter dem Firmenkonglomerat, dem das Grundstück gehört. Er verpachtet das Land sozusagen an sich selbst und widmet es unter dem Mäntelchen der Flüchtlingshilfe in Bauland um.«

Takeda nickte gedankenschwer. Zum ersten Mal war auch er bereit, Claudias Theorie zu folgen. Der Vorgang war so ungeheuerlich, dass er in der Tat die Erklärung für die beiden Morde liefern musste.

Claudia sagte leise: »Die Frage ist, ob wir es auch beweisen können. Der Brief alleine reicht nicht.«

»Wir brauchen einen Zeugen. Jemanden, der bereit ist, auszupacken.«

»Und? Haben Sie zufällig eine Idee, wer das sein könnte?«

Takeda lächelte. »Nein. Aber mir fällt jemand ein, der uns einen Tipp gehen könnte.«

32.

Das *Lukasz' Corner* befand sich in einer Seitenstraße von St. Pauli. Es war ein kleines, von außen unscheinbares Lokal, das aber wegen der hervorragenden osteuropäischen Küche bereits Kultstatus genoss. Claudia hatte schon ein paarmal von Freunden gehört, dass sich ein Besuch lohne, war selbst aber noch nicht dort gewesen.

Heute Abend sollte sich das also ändern. Allerdings war sie nicht gekommen, um die köstlichen Blini, Pelmeni und Pirogi zu probieren, sondern um etwas über einen zweifelhaften Grundstücksdeal im Norden Hamburgs zu erfahren.

Warum sie ausgerechnet hier auf die Lösung des Rätsels stoßen sollten, hatte Takeda, der das Ganze eingefädelt hatte, ihr bisher nicht verraten. »Bitte, lassen Sie sich überraschen«, hatte der Inspektor nur gesagt.

Takeda, wie immer ein Gentleman, hielt Claudia die Tür auf. Sie betraten das voll besetzte Lokal, in dem das Durchschnittsalter Anfang zwanzig war. Junge Hipster, Kiezgänger, aufgestylte Mädchen, Studenten, ein buntes, lautes Durcheinander. In der Luft lag ein säuerlicher Geruch nach osteuropäischen Eintöpfen, gepaart mit dem seltsam aromalosen Duft von Wodka. Im Hintergrund lief leise Jazzmusik, was hier in St. Pauli eher die Ausnahme war. Kein Wunder, dass Takeda es hier gefiel.

Der Kellner, ein hübscher, junger Kerl mit Tunnelohrring und gepflegtem Vollbart, wollte ihnen gerade einen Tisch zuweisen, als von hinten eine Stimme zu hören war: »Kenjiro! Wie schön, Sie zu sehen! Kommen Sie nach hinten durch, hier entlang.«

Claudia entdeckte einen weiteren jungen Hipster, der Takeda freudestrahlend entgegenblickte und die Arme ausbreitete. Takeda folgte dem Ruf, durchschritt das Lokal bis zum Kücheneingang, umarmte den jungen Mann. Der sagte mit ehrfürchtiger Stimme: »Sensei! Eine Ehre, dass Sie mein Lokal besuchen!«

»Die Ehre ist ganz auf unserer Seite.«

Der junge Mann streckte Claudia die Hand entgegen. »Sie sind bestimmt die Kollegin von Kenjiro. Schön, Sie kennenzulernen. Kommen Sie mit, mein Onkel wartet hinten auf Sie.«

Claudia blickte Takeda fragend an, der Inspektor aber nickte ihr, um Geduld bittend, zu. Gemeinsam folgten sie dem jungen Mann durch die kleine Küche, traten durch eine Hintertür, durchquerten einen dunklen Flur und betraten einen rauchgeschwängerten Hinterraum. Auch hier lief leise Jazzmusik. Unter einer tief hängenden Lampe stand ein mit grünem Filz bezogener Spieltisch, weiter hinten befanden sich ein Ledersofa und einige Sessel, in der Ecke ein weiterer Tisch, der zum Essen eingedeckt war. Aus einem der Sessel erhob sich nun die einzige Person, die im Raum war, und trat in den Lichtkegel der Lampe.

Claudia sah einen älteren, gepflegt wirkenden Herrn, nicht sonderlich groß, der in Cordhose und Strickjacke gekleidet war. Sein rundes, rotwangiges Gesicht verzog sich zu einem strahlenden Lächeln, als er Takeda erblickte. Er nahm die qualmende Zigarre in die linke Hand, streckte Takeda die rechte entgegen und sagte mit einem weichen, polnischen Akzent: »Ken! Wie schön, Sie hier begrüßen zu können. Es ist viel zu lange her.«

»Das ist es, Janusz, das ist es.« Takeda schüttelte die kleine, fein säuberlich manikürte Hand des Mannes.

Dann wandte sich der Pole an Claudia, nahm ihre Hand, umschloss sie mit der eigenen, führte sie zum Mund und drückte einen Kuss darauf. »Sie müssen Claudia sein. Welche Freude, Sie kennenzulernen! Kenjiro hat oft von Ihnen gesprochen. Aber er hat nicht erzählt, wie hübsch Sie sind.«

Claudia lachte unwillkürlich. Das letzte Mal, dass ihr ein Mann die Hand geküsst hatte, war ... eigentlich noch nie vorgekommen. Sie fühlte sich geschmeichelt, klar, welche Frau wäre das nicht, und zugleich auch ein wenig angeekelt von der altmodischen Galanterie des Polen.

Sie fand ihre Stimme wieder und fragte: »Und mit wem, bitte, habe ich die Ehre?«

Der Pole blickte zu Takeda, lächelte, sagte: »Kenjiro hat nichts gesagt? Wie wunderbar. Ich bin Janusz Walasek, ein großer Bewunderer des Inspektors, und damit meine ich nicht nur seine Fähigkeiten als Kriminalist, sondern besonders als Musiker. Es gibt kein Land auf der Welt, in dem der Jazz die Seelen der Menschen mehr bewegt als in Japan und Polen. Aber kommen Sie, setzen Sie sich! Wir wollen essen und trinken.«

Walasek machte eine einladende Bewegung in Richtung des eingedeckten Tisches in der Zimmerecke.

Claudia hatte ihre Überraschung immer noch nicht so recht überwunden. Sie raunte in Takedas Richtung: »Ken, können wir mal bitte kurz unter vier Augen sprechen?«

»Selbstverständlich.«

Walasek räusperte sich. »Ich will sowieso mal in der Küche nachsehen, ob alles vorbereitet ist. Reden Sie also ungestört miteinander.«

Der Pole verließ den Raum, und sobald die Tür geschlossen war, sagte Claudia mit kratziger Stimme: »Ist Ihnen klar, wer Janusz Walasek ist?«

»Sicher.«

»Dann ist Ihnen klar, dass er einer von Hamburgs größten Bordellbetreibern ist? Und dass unsere Kollegen vom Milieudezernat und von der OK immer wieder Ärger mit ihm haben? Dass er Frauen versklavt, Menschen ausplündert, schmuggelt und was sonst noch alles tut?«

»Natürlich. Walasek ist ein Verbrecher«, sagte Takeda mit gleichmütiger Stimme.

Claudia konnte sich ein Lachen nicht verkneifen. »Dann ist ja alles in Butter. Prima, essen und trinken wir mit ihm. Wird bestimmt ein schöner Abend.«

»Es freut mich, dass wir das klären konnten. Dann können wir uns nun an den Tisch setzen.«

Claudia wollte Takeda mit Blicken töten. Es kam nicht oft vor, aber es kam vor. »Ken, wie war noch mal das japanische Wort für Ironie? Gibt es überhaupt eines? Hören Sie überhaupt irgendwelche Zwischentöne, wenn ich mit Ihnen spreche?«

»*Hiniku* ist das japanische Wort«, entgegnete der Inspektor ungerührt. »Und ja, ich höre Zwischentöne. Mir ist klar, dass Sie sich nicht wohl fühlen.«

»Nicht wohl fühlen? Trifft es nicht ganz. Das hier ist zum Kotzen. Ein gemeinsames Essen mit Walasek kann uns den Job kosten, zumindest aber den Ruf bei unseren Kollegen.«

»Sie meinen, weil wir versuchen, ein Verbrechen aufzuklären? Und uns dazu eines Kriminellen bedienen, um Informationen zu erhalten? Aber wäre es denn nicht sehr dumm von uns, wenn wir es nicht täten?«

Claudia schüttelte ungläubig den Kopf und frage sich, ob sie träumte.

Dann aber, ganz plötzlich, spürte sie eine gewisse Leichtigkeit in ihrem Inneren. Schätzungsweise hatte sie gerade ihr *Hara* gefunden, ihre wahre Mitte. Darum erschien es ihr auf einmal auch gar nicht so schlimm, was hier geschah. Takeda hatte ihr schon öfter erzählt, dass es in Japan durchaus üblich war, dass Polizei und Organisierte Kriminalität offiziell in Kontakt miteinander standen. Einige der Verbrecherbanden, die Yakuza, unterhielten regelrechte Büros und offizielle Niederlassungen, es gab Listen mit ihren Mitgliedern, ihre Geschäftsfelder waren klar definiert. In den zurückliegenden Jahren war das Verhältnis zwar schlechter geworden, auch die Gesetze waren erheblich verschärft worden.

Doch grundsätzlich bestand immer noch ein gegenseitiges Geben und Nehmen. Warum auch nicht? Es war doch genau wie Takeda sagte. Wenn es dazu diente, ein Verbrechen aufzuklären, nahm man, was man kriegen konnte.

»Was soll's, dann essen wir halt mit dem wunderbaren Herrn Walasek. Hoffentlich bringt es uns weiter.«

Takeda lächelte ihr erleichtert zu. »Sie werden sehen, dass Janusz ein ausgesprochen umgänglicher Mann ist. Er hat in seiner Jugend Trompete gespielt und ist genau wie ich ein großer Bewunderer von Miles Davis.«

Claudia Augen wurden wieder schmaler. »Übertreiben Sie es nicht, Ken. Sonst überlege ich es mir doch noch anders.«

»Verzeihung.«

Eine halbe Stunde später saß Claudia mit den beiden Männern am Tisch und war reichlich angetrunken. Kein Wort, kein Satz, kein Thema ohne den obligatorischen Wodka dazu. Gerade wurde endlich die Hauptspeise gebracht, ein bräunlich-weißes Einerlei, das ihr Walasek eigenhändig mit einer Kelle auf den Teller häufte.

»Was genau ist das?«, fragte Claudia.

»Flaki. Mein Neffe Lukasz, der das Lokal betreibt, ist ein wunderbarer Koch.«

»Flaki?«

»Probieren Sie! Und vergessen Sie nicht, dabei zu trinken.«

»Wie könnte ich?«, sagte Claudia, denn ihr war klar, dass sie das Zeug, das nach Sauerkraut und Innereien roch, ohne Wodka niemals runterkriegen würde. Sie probierte vorsichtig von dem eintopfartigen Gericht und musste feststellen, dass es köstlich schmeckte. Sie hatte zwar keine Ahnung, welcher Teil einer Kuh in dem Gericht verarbeitet war, aber das wollte sie eigentlich auch gar nicht wissen.

Takeda ging es offenbar ähnlich. Er probierte mit der Vorsicht, mit der ein Archäologe ein besonders kostbares Artefakt behandeln würde, lobte dann ausführlich den köstlichen Geschmack des Flaki und spülte mit reichlich Wodka nach.

Nebenbei plauderten sie über Jazz, die Veränderung des Hamburger Kiezes, die polnische Regierung, das Verhältnis zu Russland und zu Amerika. Die Sympathie, die Takeda und Walasek füreinander empfanden, war sichtbar, und zu ihrem eigenen Erstaunen musste Claudia sich eingestehen, dass auch sie den alten Polen mochte. Er war sympathisch und humorvoll, plauderte galant und sorgte umsichtig dafür, dass seine Gäste sich rundum wohlfühlten.

Andererseits, würde er den Mädchen, die für ihn anschaffen gingen, auch die Hand küssen? Würde er ihnen den Teller füllen, ihnen Komplimente machen, nett zu ihnen sein? Walasek war und blieb ein Verbrecher, was Takeda aber, dessen war Claudia sich nun sicher, genausowenig vergaß wie sie selbst.

Erst als sie beim Nachtischkaffee angelangt waren, breitete Walasek die Arme aus und sagte: »Aber gut, es hat einen Grund, warum Sie hier sind, und nun ist es Zeit, dass wir darüber sprechen. Ken, Sie haben mir ja bereits am Telefon gesagt, dass es um das Grundstück im Norden geht, und um ehrlich zu sein, ich bin sehr froh, dass Sie mich deswegen aufsuchen. Wie Sie wissen, bin ich selbst in der Vermittlung von Arbeitskräften im Baugewerbe tätig. Deswegen lässt mich dieser Vorfall selbstverständlich nicht unberührt.«

Claudia warf Takeda einen fragenden Blick zu, und der Inspektor erklärte ihr in kurzen Worten, dass Walasek nicht nur im, äh, Vergnügungssektor tätig war, er vermittelte auch illegale Arbeitskräfte in die Baubranche, und zwar vor allem aus Nicht-EU-Ländern, also Russen, Ukrainer, Weißrussen, Georgier. Die hatten in Deutschland kaum Chancen auf ein Arbeitsvisum, obwohl ihre Arbeitskraft dringend benötigt wurde. Genau darum war es auch nicht schwer, die Männer ohne Papiere und Verträge an Bauunternehmen zu vermitteln.

»... und ich bin mir bewusst, dass die Männer immer wieder mit erheblichen Problemen zu kämpfen haben«, fuhr Walasek fort, unterstützte seine Worte mit einer Geste der Last und

Mühsal. »Diese Probleme – das muss ich leider auch sagen – haben sie vor allem mit ihren deutschen Arbeitgebern. Die Firmen lassen die Männer oft wochenlang schuften, aber Geld bezahlen sie am Ende keines. Es kommt immer wieder vor. Und warum tun sie das? Weil sie genau wissen, dass die Männer keine Möglichkeit haben, sich zu wehren. Keine Polizei, keine Behörde und auch sonst niemand, an den sie sich wenden könnten. So etwas kann und will ich nicht dulden, und immer, wenn ich von derlei Fällen höre, bemühe ich mich, die Dinge zu bereinigen. Leider habe ich von dem Fall, der Sie hergeführt hat, erst gehört, als es schon zu spät war.«

»Wir sprechen jetzt über die Errichtung des Flüchtlingslagers?«, fragte Claudia nach.

»Gewiss. Zumindest über die Erschließungsarbeiten, also die Leitungen, die Entwässerung, die Wege, die Fundamente. Das sollte ja alles so schnell wie möglich gehen. Die Männer, die ich vermittelt habe, haben wochenlang vierzehn, sechzehn Stunden am Tag gearbeitet. Ich hatte keine Ahnung, dass es Probleme mit der Bezahlung gibt. Hätten sie sich deswegen an mich gewandt, würde Igor Awilow noch leben.«

»Wer?«, fragte Claudia.

»Igor Awilow. Der tote Ukrainer, wegen dem Sie doch hergekommen sind.«

Claudia warf einen fragenden Blick zu Takeda, doch auch der zuckte ratlos mit den Schultern.

Der Inspektor räusperte sich und sagte: »Vielleicht ist es ein Missverständnis, Janusz. Wir wollen in erster Linie herausfinden, wem das Grundstück gehört, auf dem dort gebaut worden ist. Die Information ist sehr wichtig für uns.«

Walasek riss ein Streichholz an und zündete die Zigarre wieder an, die er vor dem Essen in einen Aschenbecher gelegt hatte. Er paffte ein paar Mal demonstrativ, lehnte sich dann behaglich zurück. »Wem das Grundstück gehört? Spielt das eine Rolle? Ich habe nicht die geringste Ahnung. Die Stadt hat es gepachtet, und verschiedene Firmen haben die Arbeiten in ihrem Auftrag durchgeführt. Und die wiederum haben verschiedene Subunternehmer engagiert, und für einen von denen war Awilow im Einsatz. Ich habe nur die Kontakte vermittelt, mit dem eigentlichen Auftrag habe ich nichts zu tun.«

Während Takeda und Walasek die Namen der beteiligten Subunternehmer durchgingen, der Inspektor auch immer wieder auf die Frage nach den Eigentumsverhältnissen zu sprechen kam, fühlte Claudia sich wie betäubt. Igor Awilow? Den Namen hatte sie noch nie gehört. Aber er war Ukrainer. Und im Fall eines toten Ukrainers ermittelten ihre Kollegen Kröger und Jockerath. Vielleicht kamen sie und Takeda also in ihrer eigenen Sache hier nicht weiter, klärten aber ganz nebenbei einen anderen Fall auf.

Claudia schaltete sich in das Gespräch ein und fragte: »Wissen Sie denn, was mit diesem Awilow genau passiert ist? Wie er ums Leben gekommen ist? Soweit ich weiß, ist er doch ganz woanders gefunden worden, nämlich in Volksdorf.«

Walasek machte eine wedelnde Handbewegung. »Frau Kommissarin, wann finden Sie einen Toten bitte dort, wo man ihm das Leben genommen hat?«

Claudia sparte sich eine Antwort, und Walasek fuhr fort: »Ich erzähle ihnen, was ich weiß, möge es helfen. Es war folgendermaßen: Awilow und seine Truppe, insgesamt zwölf Mann, waren fertig mit den Arbeiten für das Flüchtlingsdorf. Die von der Stadt beauftragte Firma hatte keine Verwendung mehr für sie. Also sind die meisten Männer weitergezogen.«

»Mit Ihrer Hilfe?«

»Gewiss. Einige sind nach Bremen zu einer Baustelle, die anderen sind in ihre Heimat zurückgekehrt. Das ist alles Monate her. Irgendwann stellten die Männer fest, dass ihr Subunternehmer nicht mehr zu erreichen war. Das ist ein Mann namens Kaczmarek, Michal Kaczmarek. Er schuldete den Männern noch beinahe den kompletten Lohn für die Monate in Hamburg. Ich kannte Kaszmarek nicht gut, und glauben Sie mir, es war das letzte Mal, dass ich ihm Männer vermittelt habe. Es ist überhaupt das letzte Mal, dass er … aber lassen wir das. Awilow wollte sich nicht damit abfinden, dass er kein Geld bekam. Er hat sich auf die Suche nach Kaszmarek gemacht und hat ihn schließlich auch gefunden. Der aber behauptete steif und fest, dass sein deutscher Auftraggeber seinerseits nicht bezahlt hätte. Ich muss sagen, auch das ist nicht selten. Keine Aufenthaltsgenehmigungen, keine Verträge, keine Beweise. Jeder tut, was er will, und niemand geht zur Polizei. Und das hier, mitten in Ihrem ordentlichen Deutschland, das doch immer allen anderen Ländern, auch meinem eigenen, erklärt, was Recht und Ordnung bedeuten. Awilow hat Kaszmarek geglaubt und beschlossen, es selbst bei der deutschen Firma zu versuchen. Tja, das war vor rund drei Wochen. Kurz darauf hat man seine Leiche gefunden.«

»Wissen Sie, welche deutsche Firma das ist?«

»Ich kann es herausfinden.«

»Tun Sie das bitte. Immerhin behaupten Sie ja, dass die Leute von dieser Firma Awilow auf dem Gewissen haben.«

Walasek gab ein erschöpftes Schnaufen von sich, blickte hilfesuchend zu Takeda. »Inspektor, sagen Sie es doch bitte der entzückenden Frau Kommissarin, dass ich nicht das Geringste behaupte. Ich esse nur mit Ihnen zu Abend und plaudere ein wenig. Und vielleicht kommen Sie auf eine Idee, mit wem Sie sich einmal näher unterhalten sollten.«

Takeda nickte pflichtschuldig, wollte etwas sagen, aber Claudia hob die Hand. »Schon gut, Ken. Ich hab's verstanden. Plaudern Sie einfach weiter, Herr Walasek.«

»Es gibt nicht viel mehr zu sagen. Darum lassen Sie uns trinken und die schweren Themen vergessen.«

Gute zwei Stunden später durchquerten Claudia und Takeda das immer noch voll besetzte Lokal in Richtung Ausgang. Die jungen Männer und Frauen aßen Pirogi und Pelmini, tranken Wodka und genossen die exotische osteuropäische Atmosphäre.

Dass das Restaurant letztendlich auf dem Rücken von anschaffenden Mädchen und ausgebeuteten Bauarbeitern errichtet war – wen interessierte das schon? Multikulti war schön, war friedlich, war inspirierend. Wer will es schon genauer wissen?

Schließlich standen sie im Freien. Claudia atmete die kühle, belebende Nachtluft ein. War der Abend ein Erfolg gewesen? Für sie und Takeda nicht unbedingt. Für Kröger und Jockerath schon. Sie würden sie spätestens morgen ins Bild setzen.

»Und nun, Ken? Was machen wir?«

Takeda warf einen Blick auf die Uhr. »Es ist spät, und wir werden uns morgen eine neue Strategie überlegen müssen, wie wir weitermachen.«

»Stimmt. Aber morgen ist morgen.«

»Da haben Sie recht.«

»Und betrunken sind wir sowieso schon. Da könnten wir doch genauso gut weitertrinken. Was meinen Sie?«

»Eine hervorragende Idee«, sagte Takeda.

»Na, dann auf in die nächste Kneipe.«

33.

Es war der nächste Vormittag. Der schwarze Peugeot von Kriminalhauptkommissarin Claudia Harms bewegte sich durch den Norden von Hamburg, als würde er von Geisterhand gelenkt. Niemand saß am Steuer, und doch fuhr der Wagen mit unerlaubt hoher Geschwindigkeit über die Landstraße. War Magie im Spiel?

Natürlich beruhte der Eindruck auf einer optischen Täuschung. Claudia saß sehr wohl am Steuer, hatte sich allerdings so weit in Richtung des Beifahrersitzes gebeugt, dass sie von außen nicht zu sehen war. Immer wieder hob sie kurz den Kopf, um hinauszusehen. Kein anderes Auto weit und breit, sie hatte die Straße ganz alleine für sich. Na, dann konnte sie ja beruhigt weiter im Fußraum und unter dem Beifahrersitz suchen. Irgendwo musste doch noch eine Packung Aspirin sein. Sie war sich ganz sicher! Schließlich hatte sie immer eine kleine Notfallapotheke im Wagen, und dazu gehörten auch Kopfschmerztabletten. Es kam zwar nicht gerade regelmäßig vor, dass sie in einem so dermaßen verkaterten Zustand Auto fuhr. Aber es kam vor.

Plötzlich gab sie einen triumphierenden Schrei von sich. Ihre Fingerspitzen hatten einen runden, länglichen Gegenstand ertastet, etwas aus Plastik. Ein Tablettenröhrchen. Verdammt, sind die weit hinten! Vielleicht sollte sie doch anhalten? Blödsinn! Claudia beugte sich noch weiter nach unten, konnte nun gar nicht mehr hinaussehen. Gleich hab ich dich, du Mistding!

Sekundenbruchteile später wurde sie von der laut dröhnenden Hupe eines Lkw aufgeschreckt. Sie richtete sich blitzschnell auf, starrte auf die Straße, merkte, dass sie viel zu weit auf die Gegenfahrbahn geraten war und ihr eine riesige Zugmaschine entgegenkam. Der Brummi hupte nun ohne Unterlass, ein tiefes Tröten wie bei einem Ozeandampfer. Claudia riss das Steuer herum, entwischte dem heranrasenden Laster noch so gerade eben. Allerdings überzog sie dabei, so dass sie beinahe auf der anderen Straßenseite in den Büschen gelandet wäre. Sie steuerte erneut in die andere Richtung, der Wagen schlingerte gefährlich, sie bremste, zerrte am Steuer, schrie auf und sah sich schon im Straßengraben. Dann endlich hatte sie es geschafft. Der Wagen war unter Kontrolle! Im Rückspiegel sah sie den Brummi davonziehen, der als Abschiedsgruß noch ein paar Mal hupte.

Claudia nutzte die nächste Einmündung einer kleinen Seitenstraße, um anzuhalten. Motor aus, Augen zu, durchatmen. Ach nee, erst mal lautstark fluchen, und zwar über sich selbst.

Mensch, Claudia, wie bescheuert bist du eigentlich? Du benimmst dich wie ein Führerscheinneuling! Dass mit dem Brummi gerade eben hätte ohne weiteres schiefgehen können, und dann wärst du Matsch gewesen. Um genau zu sein, Matsch mit reichlich Restalkohol im Blut. Der Artikel, der dann über dich in der Zeitung gestanden hätte, wäre genau die Sorte gewesen, über die du dich selbst immer so aufregst.

Sie öffnete die Tür, stieg aus, räkelte sich erst einmal ausführlich. Auf die paar Minuten kam es jetzt nämlich nicht an.

Dann umrundete sie das Auto, öffnete die Beifahrertür und fischte mit der Hand das Röhrchen mit den Tabletten heraus. Na, super! Es waren Brausetabletten, und sie hatte nicht einen Schluck Wasser dabei. Ach, scheiß drauf. Claudia holte eines der weißen Tabs aus dem Röhrchen, legte es auf die Zunge und schloss die Augen.

Für ein paar Sekunden war es lustig. Die Tablette prickelte auf der Zunge und erinnerte sie an ihre Kindheit, an die Brausebonbons, die sie sich mit ihrer Grundschulfreundin Mirjam geteilt hatte, an endlose Nachmittage, endlose Ferien, endlose Wochenenden. Überhaupt war damals alles endlos.

War schon seltsam, dass das Leben, je älter man wurde, immer schneller wurde. Und meistens auch noch immer langweiliger. Na ja, in der Hinsicht konnte sie sich nicht beklagen. Wer verbrachte schon seine Nächte mit polnischen Paten und japanischen Polizisten auf dem Hamburger Kiez?

Ob das mit der Geschwindigkeit in Japan genauso war? Hatten auch da die Leute das Gefühl, dass das Leben immer schneller raste und dass man verdammt aufpassen musste, um nicht eines Morgens aufzuwachen und zu merken, dass es eigentlich schon vorbei war? Oder hatten die Japaner vielleicht ein Zaubermittel gegen diese Krankheit entwickelt? Irgendwie sagte Takeda ja ziemlich oft, dass man sich auf den Augenblick konzentrieren müsste. Zum Beispiel, wenn er für Claudia im Präsidium eine seiner improvisierten Teezeremonien durchführte. Es ging dann immer sehr ruhig und konzentriert zu, fast schon andächtig. Am Anfang dachte Claudia jedesmal, dass sie durchdrehen müsste, weil sie mitten im Alltag einfach nicht so herunterschalten konnte. Spätestens aber, wenn Takeda die kostbare japanische Schale mit dem Matcha-Tee vor sie stellte, sie sich beide verbeugten und Claudia einen ersten, vorsichtigen Schluck nahm, spürte sie, wie sie von einer großen, inneren Ruhe erfüllt wurde ...

Ja, vielleicht hatten die Japaner wirklich ein Zaubermittel gegen die Raserei der modernen Zivilisation gefunden. Sie musste Takeda unbedingt danach fragen.

Claudia lehnte sich gegen die Außenwand ihres Peugeot und genoss die Sonne, die von einem klaren Herbsthimmel schien. Die Luft war kalt, aber die Sonne hatte immer noch eine erstaunliche Kraft und tat unglaublich gut.

Es gelang ihr sogar, fast zu vergessen, dass sie eigentlich verdammt schlechte Laune hatte. Es lag nicht am Kater oder daran, dass ihre Haare, obwohl sie sie gewaschen hatte, immer noch nach Walaseks Zigarre zu stinken schienen.

Es lag daran, dass sie das Gefühl hatte, sich verrannt zu haben. Und Takeda genauso.

Sie jagten einem Gespenst hinterher, von dem sie nicht einmal wussten, ob es überhaupt existierte. Wenn sie ehrlich waren, hatten sie bisher nichts erreicht. Natürlich, Kallweit senior war in einen dubiosen Grundstücksdeal verwickelt. Aber stand das wirklich im Zusammenhang mit dem Toten im Kino? Oder mit dem Vorfall auf dem Bahnhof Dammtor?

Das einzige Bindeglied zwischen den Vorfällen war die Tatsache, dass Simon Kallweit in irgendeiner Form darin verwickelt war. Obwohl das im Falle des Kinomordes ja nicht einmal bewiesen war. Er war kurz nach der Tatzeit ganz in der Nähe auf einem Überwachunsgsvideo zu sehen. Aber was bewies das schon?

Dann war da noch die Tatsache, dass beide Morde, sofern das am Bahnhof überhaupt einer war, auf Video festgehalten worden waren.

Takeda fand das bedeutsam, schließlich war er immer noch davon überzeugt, dass Simon selbst der Täter war, möglicherweise mit Unterstützung von Laura Delling. Die Tatsache, dass Aufnahmen der Taten im Internet auftauchten, passte seiner Meinung nach zum Profil eines jugendlichen Täters.

Aber konnte Takeda irgendetwas beweisen? Nein, ebenso wenig wie sie selbst.

Alles, was sie bisher hatten, ließ sich auch durch puren Zufall erklären.

Einen kleinen Trost gab es immerhin doch. Wie es aussah, konnten sie dazu beitragen, ein anderes Verbrechen aufzuklären, nämlich den mutmaßlichen Mord an dem ukrainischen Bauarbeiter. Kröger und Jockerath hatten am Morgen nicht schlecht gestaunt, als sie und Takeda den beiden erzählten, was sie von Walasek erfahren hatten. Natürlich ohne den Namen des Polen zu nennen. Die beiden Kollegen wollten der Sache sofort weiter nachgehen, schließlich waren sie kurz davor gewesen, das Ganze als Unfall einzustufen und zu den Akten zu legen.

Claudia wollte dasselbe mit ihren eigenen Ermittlungen tun, sie zu den Akten legen.

Ihre Fahrt heute Vormittag war der letzte Versuch, doch noch einen Durchbruch zu erzielen. Sie hatte am Telefon einen Mitarbeiter in einer Außenstelle des Bezirksamtes ausfindig gemacht, der mit der Errichtung des Flüchtlingslagers und dem Pachtvertrag befasst war. Am Telefon klang es so, als hätte der Mann Redebedarf. Also würde sie diese Anstrengung noch einmal unternehmen. Dasselbe galt für Takeda, der sich heute noch einmal mit Simon Kallweit treffen wollte.

Blieben beide Versuche ohne Ergebnis, war endgültig Schluss. Dann würde sie zu Sauer gehen und darum bitten, dass ihr und Takeda ein neuer Fall zugewiesen wurde. Sauer glaubte schließlich, dass sie seit dem Abschluss der Bahnhofsache alte Akten abarbeiteten und ihre Cold Cases durchgingen. Er würde ihnen liebend gerne einen neuen Fall aufs Auge drücken.

Claudia stieg in ihren Wagen, startete den Motor und machte sich auf den Weg. Sie hoffte darauf, bald eine Tankstelle zu finden, wo sie sich etwas zu trinken besorgen konnte.

Brause-Aspirin ohne Wasser führte nicht wirklich dazu, dass es einem besser ging.

34.

Inspektor Takeda trug einen schwarzen *Hakama*, den klassischen Hosenrock der japanischen Kampfkünste, dazu ein weißes, leinenes Oberteil. Er verbeugte sich, betrat die Matte, verbeugte sich erneut und sagte zu Simon Kallweit, der ihm gegenüberstand: »Dann kann es losgehen. Greif mich an!«

»Angreifen? Echt jetzt?«

»Aber ja! Versuch es. Du musst keine Rücksicht nehmen.«

»Ich weiß doch gar nicht, was ich machen soll.«

Takeda lächelte. »Dir wird schon etwas einfallen. Du kannst versuchen, mich zu schlagen oder zu treten. Du kannst mich werfen, hebeln oder würgen. Es ist völlig egal.«

»Sie sind auch bestimmt nicht sauer? Ich meine, wenn ich Ihnen wehtue oder so?«

»Mach dir keine Sorgen«, sagte Takeda.

Er machte eine auffordernde Handbewegung, und tatsächlich rückte Simon vor, zunächst zögerlich, dann aber mit wachsender Entschlossenheit. Takeda wich mit tastenden Fußbewegungen zurück, behielt den Jungen hinter gesenkten Lidern stets im Blick.

Simon und er befanden sich im Dojo des Polizeisportvereins, wo gerade kein Training stattfand. Sie hatten die große, mit beigefarbenen Matten ausgelegte Kampffläche ganz für sich. Simon, der keine klassische Trainingskleidung besaß, trug eine Adidas-Hose und ein T-Shirt mit einem *Rurōni Kenshin*-Aufdruck, einem Manga, in dem es auch um Kampfkünste ging.

Dann, ohne jede Vorwarnung, stieß Simon einen gellenden Schrei aus und stürmte auf den Inspektor zu, schlug um sich und trat mit den Füßen wie ein Derwisch.

»Bist du in Ordnung?«, fragte Takeda wenige Sekunden später. Er beugte sich über Simon, der auf der Matte lag und mit schreckgeweiteten Augen an die Decke starrte.

»Was war das denn?«, fragte der Junge mit zittriger Stimme.

»Du bist gestolpert, denke ich.«

»Ganz bestimmt.«

Takeda lachte. »Am besten versuchst du es noch einmal.«

Simon schnaubte. »Ich ahne schon, wie es ausgeht.«

»Dann streng dich mehr an.«

Der Junge raffte sich auf, fand zu seinem Lächeln zurück. Diesmal ließ er sich mehr Zeit, taxierte den Inspektor, machte ein paar Scheinangriffe, stürmte dann nach vorne.

Das Ergebnis war dasselbe. Simon lag auf der Matte, ohne dass er hätte sagen können, was ihm widerfahren war. Es kam ihm vor, als hätte Takeda ihn nicht einmal berührt, und doch schien er wie von einer unsichtbaren Kraft von den Füßen gehoben und durch die Luft gewirbelt zu werden, nur um am Ende krachend auf den Matten zu landen.

So ging es eine gute halbe Stunde. Am Ende lag Simon mit gerötetem Gesicht auf dem Boden, lachte erschöpft und sagte: »Ich geb's auf, Herr Takeda. Hat keinen Zweck. Ich weiß nicht, wie Sie es machen, aber ich kriege Sie einfach nicht zu fassen. Für Ihr Alter sind Sie ganz schön fit. Respekt.«

Takeda reichte dem Jungen die Hand und zog ihn auf die Beine. »Fit? Vielleicht. Doch eigentlich bewege ich mich fast gar nicht.«

»Trotzdem kriege ich Sie nicht gepackt.«

»Es liegt nicht an der Geschwindigkeit. Deine Aktionen sind zu vorhersehbar. Du machst fünf Schritte in dieselbe Richtung. Ich mache einen halben Schritt in eine andere. Und schon hast du mich verfehlt, und ich kann dich ohne jede Mühe werfen.«

»Verstehe. Dann muss ich wohl ein bisschen gemeiner werden. Vielleicht klappt es ja dann.«

In Simons Augen glomm etwas auf, das Takedas Interesse weckte, etwas Trotziges, Wütendes, Hinterlistiges. Deswegen war er hier.

»Ja, vielleicht klappt es dann. Wir werden sehen. Aber erst einmal machen wir eine Pause.«

Takeda ging an den Rand der Matte und holte zwei Plastikflaschen mit Wasser aus seiner Tasche. Eine warf er Simon zu. Der Junge fing die Flasche ungelenk auf, trank dann in großen Schlucken.

Bei Takeda selbst war es nicht anders. Er war durstig und fühlte sich immer noch entsetzlich verkatert. Daran hatte auch die Kur nichts geändert, der ihn der Kollege Horst Kröger am Morgen unterzogen hatte. Während er und Claudia ihm von ihrem Gespräch mit Janusz Walasek und ihren Erkenntnissen über Igor Awilow erzählt hatten, hatte Kröger den Inspektor mitleidsvoll angesehen. Schließlich meinte er, er habe ein wunderbares altes Hausmittel gegen solche Fälle, nach dem es ihm sofort viel besser gehe. Kröger verschwand kurz und kehrte mit einer Flasche Schnaps und einem Glas Rollmöpsen zurück, zwang Takeda dazu, von beidem zu kosten. Danach ging es seinem Kopf tatsächlich besser, aber dafür verspürte er ein sehr seltsames Gefühl in der Magengegend.

Takeda und Simon setzten sich nebeneinander an den Rand der Matte, legten beide die Arme um die Knie. Takeda ließ ein paar Momente der Stille verstreichen, bevor er mit vorsichtiger Stimme sagte: »Wieso hast du mit niemandem darüber gesprochen, was diese Jungs dir angetan haben? Wieso hast du dir keine Hilfe gesucht?«

Simon zuckte mit den Achseln. »Ich weiß nicht. Ich schätze mal, ich hätte mich noch mieser gefühlt. Ich dachte halt, dass sie irgendwann von selbst damit aufhören.«

»Aber das haben sie nicht getan, oder?«

»Jetzt schon.«

»Du meinst, weil die Jungen nicht mehr auf der Schule sind.«

»Genau.«

»Hast du keine Angst, dass sie sich dafür an dir rächen könnten?«

»Schon, aber ... was soll ich tun?«

Takeda blickte den Jungen forschend an. »Du könntest dich wehren. Oder du könntest deine Eltern überzeugen, in eine andere Stadt zu ziehen. Du könntest zur Polizei gehen. Man kann immer etwas tun.«

»Ach, wissen Sie, so schlimm war es gar nicht. Die haben sich immer neue Sachen ausgedacht, die sie mit mir anstellen können. Aber mir war es einfach egal. Am Anfang war es schlimm, und ich habe geheult und so. Aber dann habe ich beschlossen, es einfach zu ignorieren.«

»Du hast es über dich ergehen lassen.«

»Ist doch nicht das Dümmste, oder? Früher oder später wäre ihnen langweilig geworden.«

»Anscheinend ja nicht.«

Simons Gesichtsausdruck verhärtete sich. »Ist ein blödes Thema. Hören wir auf davon.«

Takeda nickte, gab Simon dann einen Klaps und sagte: »Los, es geht weiter. Wir wollen uns den Waffen zuwenden. Worauf hast du Lust? Stock? Lanze? Oder Schwert?«

Der Junge öffnete die Augen, sah Takeda neugierig an und sagte: »Wenn Sie mich schon so fragen, dann nehme ich das Schwert.«

»Eine gute Wahl. Das Schwert ist die edelste aller Waffen. Ich werde ein *Bokken* nehmen, ein Übungsschwert aus Holz. Aber für dich habe ich etwas ganz Besonderes.«

Takeda ging zu der Bank, die neben der Mattenfläche stand, und nahm einen in ein Seidentuch eingeschlagenen, länglichen Gegenstand zur Hand. Er kniete sich auf den Boden, entknotete das Seidentuch in einer zeremoniell wirkenden Bewegung. Zum Vorschein kam ein Schwert in einer hölzernen, schwarz lackierten Scheide. Der Griff war auf traditionelle Art mit Rochenhaut bespannt, das Stichblatt mit altertümlich wirkenden Schriftzeichen graviert. »Das ist der Name meiner Familie. Und dies hier …«, Takeda zeigte auf ein Relief, das aus mehreren Rauten bestand, »… ist unser Wappen. Die Familie trägt es seit fast tausend Jahren.«

»Cool«, sagte Simon.

»Ja, cool«, bestätigte Takeda und lächelte. Dann zog er in einer fließenden Bewegung das Schwert aus der Scheide. Die mattsilberne Klinge blitzte auf, und sofort schien es im Raum still und andächtig zu werden. Simons Lächeln erstarb. Er betrachtete die Waffe aus glänzenden Augen.

»Dieses Schwert ist schon sehr alt. Es wird von Generation zu Generation in meiner Familie weitergereicht. Mein Vater hat es mir vor einigen Jahren im Beisein meines Großvaters und zwei meiner Onkel überreicht.«

»Das ist beeindruckend. Ich meine, ich dachte, so etwas gibt es nur im Manga.«

»Heutzutage hast du recht. Nicht mehr viele Familien halten die alten Traditionen aufrecht. Vermutlich würde ich es auch nicht tun, wenn mein Vater nicht so sehr darauf bestanden hätte.«

Takeda hob vielsagend die Augenbrauen. Er stand den alten Traditionen, die doch gerade in seiner Familie hochgehalten wurden, skeptisch gegenüber, zumindest dann, wenn sie mit zuviel Bedeutung überhöht wurden. Andererseits konnte auch er sich der Aura der uralten Überlieferungen und Rituale nicht entziehen. Allein der Gedanke, dass eben dieses Schwert seine Vorfahren in große Schlachten begleitet hatte, dass es getötet hatte und auch mancher seiner Träger den Tod gefunden hatte, nötigte ihm Respekt ab.

Der Inspektor erhob sich, ließ das Schwert kreisen und legte es vor Simon Kallweit. »Hier, nimm du es und versuche erneut, mich anzugreifen.«

Simon zögerte, die Waffe zu nehmen. »Das Ding ist scharf, oder?«

»Wie eine Rasierklinge.«

»Was ist, wenn ich Sie erwische?«

»Dann hast du gewonnen, und ich werde Schmerzen erleiden.«

»Ganz schön heftig. Am Ende tue ich Ihnen wirklich etwas an und lande doch noch im Gefängnis.«

»Nicht für das, was hier im Dojo geschieht. Dafür geht niemand ins Gefängnis, das kann ich dir versprechen. Also los! Du musst vor nichts Angst haben. Ich weiß, was ich tue.«

Der Junge starrte weiter auf das Schwert, streckte schließlich die Hand danach aus. Er richtete die Klinge auf und strich mit dem Daumen darüber, stieß im gleichen Augenblick einen zischenden Schmerzenslaut aus. Blut sickerte aus der aufgeritzten Haut seiner Daumenkuppe. »Sie haben nicht übertrieben. Es ist scharf wie eine Rasierklinge.«

»Und jetzt los!«

Takeda trat in die Mitte der Mattenfläche und verbeugte sich in Simons Richtung. Er hatte ein schlichtes Übungsschwert aus Ebenholz in der Hand, hielt es seitlich nach unten. Er hatte den Blick leicht gesenkt, wodurch nicht ganz klar war, ob er den Jungen ansah oder nicht.

Simon überwand seine Verunsicherung, schien sogar Gefallen an der Situation zu finden. Er wirkte konzentriert und wild entschlossen. Er hielt das Schwert mit beiden Händen vor sich, näherte sich mit lauernden Schritten dem Inspektor.

Dann ging alles rasend schnell. Simon schlug mit der Klinge erst senkrecht nach unten, vollführte dann einige gerade Stichbewegungen, die eher nach europäischem Degenfechten als nach japanischer Schwertkunst aussahen. Takeda war durch die ungewöhnliche Strategie des Jungen überrascht, suchte nach einer passenden Antwort. Er wich nach hinten aus, duckte sich vor einem erneuten Stich, stolperte dabei aber über den Saum seines *Hakama* und fiel zu Boden. Simon setzte blitzschnell nach und richtete die Waffe direkt auf Takedas Kehle.

Simon Kallweit wirkte plötzlich völlig ruhig und gefasst. Lächelnd blickte er auf den vor ihm liegenden Inspektor und sagte: »Ich weiß, dass Sie mich testen wollten, Herr Takeda. Ich weiß auch, dass Sie mir nachspionieren. War mir von Anfang klar.«

»Ich wiederum wusste, dass du es weißt.«

Simons Gesicht wurde spöttisch. »Nützt Ihnen nur leider nichts. Sie haben es ja selbst gesagt. Für das hier werde ich nicht ins Gefängnis gehen.«

Dann stach der Junge mit einem wilden Schrei zu.

35.

Gegen halb zwölf saß Claudia einem Mann namens Gerhard Nölle gegenüber. Er war Sachbearbeiter in einer Außenstelle des Bezirksamts und für öffentliche Bauvorhaben zuständig. Mit seinem schütteren Haarkranz und der Strickweste wirkte er wie das Inbild eines Beamten, aber dennoch fand Claudia ihn überraschend sympathisch, nicht zuletzt weil er ihr als Erstes einen großen Pott Kaffee in die Hand drückte und sagte: »Ich glaube, Sie können ihn brauchen.«

Nölle setzte sich hinter seinen Schreibtisch, strich sich über seine Stirnglatze und sagte: »Sie sind wegen dem Flüchtlingslager hier? Da sind Sie bei mir genau richtig. Ich kann Ihnen einiges dazu erzählen, aber es wird Ihnen kein Vergnügen bereiten.«

»Ich bin nicht hier, um mich zu vergnügen, Herr Nölle. Ich brauche Antworten, und wenn ich die von Ihnen bekomme, wäre ich Ihnen äußerst dankbar.«

Der Beamte schloss kurz die Augen und konzentrierte sich, sagte dann: »Der ganze Vorgang ist, verzeihen Sie den Ausdruck, eine einzige Schweinerei. Und eine Demütigung für uns Bezirksamtsmitarbeiter obendrein. Es geht dabei übrigens gar nicht um die Flüchtlinge, die können ja nichts dafür und müssen irgendwo unterkommen. Es geht nur darum, dass uns ein Politiker dazu gezwungen hat, alle Regeln zu brechen, zu deren Einhaltung wir eigentlich verpflichtet sind. Aber gut, am besten fange ich noch einmal ganz von vorne an.«

»Nichts dagegen«, sagte Claudia, »aber vielleicht hätten Sie vorher noch so einen Becher Kaffee für mich?«

»Schon ausgetrunken?«

»Wie Sie schon sagten, ich kann es brauchen«, sagte Claudia lächelnd.

Nölle schenkte nach, zog dann aus einer Schublade eine Landkarte, die er vor Claudia ausbreitete. Sie zeigte den gesamten Stadtbezirk, angefangen von den dicht bebauten innerstädtischen Bereichen bis hin zu den eher ländlichen Gebieten im Norden. Dann erklärte er: »In einem Punkt waren sich alle von Anfang an einig, die Unterbringung der vielen Flüchtlinge ist in unserem Bezirk nicht einfach. Wir haben – anders als die Nachbarbezirke – so gut wie keine leer stehenden Schulen oder Gewerbeflächen, die man mal eben umwidmen könnte. Und mit freien Flächen, auf denen wir Containerdörfer bauen könnten, sieht es auch nicht üppig aus.« Nölle ließ einen Kugelschreiber über der Karte kreisen, tippte schließlich auf das Grundstück, auf dem inzwischen die Flüchtlingsunterkunft errichtet worden war. »Das Gelände, für das man sich am Ende entschieden hat, war im Prinzip eine gute Wahl. Es gab genug Platz, die Anbindung an die Versorgungsnetze war machbar, und es gab nicht allzu viele Nachbarn, die auf die Barrikaden gehen können, wie es in solchen Fällen leider üblich ist. Wir von der Behördenseite hätten gerne zugestimmt, wäre da nicht ein kleiner, aber gravierender Schönheitsfehler gewesen.«

»Der Preis, nehme ich an.«

»Richtig. Die Pachtforderungen, die die Eigentümerseite gestellt hat, waren völlig überhöht! Diese Leute wussten ganz genau, dass der Bezirk gehörig unter Druck stand und dringend auf die Fläche angewiesen war. Die wollten das schamlos ausnutzen und uns regelrecht aussaugen.«

Claudia nickte, machte sich ein paar Notizen, fragte dann beiläufig: »Wer ist eigentlich die Eigentümerseite?«

»Das ist eine Firma, eine Sommer … nein, Sonnenland GmbH. Ist eine komplizierte Firmenstruktur, das sind Spekulanten, darüber machen wir uns keine Illusionen. Ob die von der Umwidmung des Areals vorher etwas wussten oder einfach nur Glück hatten, lässt sich jetzt nicht mehr klären. Auf jeden Fall wussten sie, dass die Stadt die Fläche haben wollte, und sie haben es weidlich ausgenutzt.«

»Am Ende haben sie das Geld ja bekommen, das sie haben wollten.«

»Ja, aber nur gegen unseren erbitterten Widerstand. Alle Stellen im Bezirk und auch beim Liegenschaftsamt haben sich ganz klar gegen einen Vertragsabschluss ausgesprochen. Aber dann hat Hartmut Kallweit, der Justizsenator und großer SPD-Zampano hier im Bezirk, sich eingeschaltet. Der wollte die Unterkunft unbedingt, koste es, was es wolle. Im wörtlichen Sinne. Dem waren die überzogenen Pachtforderungen egal, der hat den Vertragsabschluss gegen alle Widerstände durchgedrückt.«

»Kann er das denn so einfach?«

»Machen Sie sich klar, wer von denen, die solche Entscheidungen treffen, das richtige Parteibuch hat. Hamburg halt. Kallweit hat über seinen Anwalt direkt mit den Eigentümern verhandelt. Er hat den Preis sogar noch ein wenig gedrückt. Reine Symbolik, wenn Sie mich fragen. Es wurde dadurch ein paar Tausender billiger, war aber immer noch eine lachhaft hohe Summe. Tja, so funktioniert Politik. Es geht nicht um die Sache, es geht nur um Macht. Und Steuergelder gibt man nun einmal leichter aus als das eigene Vermögen.«

»Können Sie sich vorstellen, dass Kallweit persönlich von dem Vertrag profitiert?«

Nölle zeigte ein müdes Lächeln. »Gerüchte gab es einige, zum Beispiel dass Kallweit mit den Eigentümern gekungelt hat.«

»Und dass ein Teil des Geldes in seiner eigenen Tasche gelandet ist?«

Der Beamte zuckte mit den Achseln. »Das wurde gemunkelt, aber das ist Unsinn. Es ging ganz allein um Politik. Kallweit hat politische Ambitionen, und die zielen nach ganz oben. Er will Chef im Rathaus werden. Dazu musste er beweisen, dass er ein Macher ist, und darum hat er alle Widerstände gegen das Projekt brutal aus dem Weg geräumt.«

Claudia glaubte Nölle. Dennoch fühlte sie sich enttäuscht. Damit brach die Theorie, die sie entwickelt hatte, zusammen. Sie war auf der falschen Fährte. Aber noch wollte sie nicht aufgeben. »Es gibt aber auch noch andere Gerüchte, soweit ich weiß. Angeblich soll aus dem Gelände später, wenn die Flüchtlinge weg sind, Bauland werden. Ist da etwas dran?«

Nölle machte eine abwehrende Handbewegung. »Das ist Blödsinn. Der Bebauungsplan für das Gebiet ist eindeutig. Da kann nicht gebaut werden.«

»Aber so ein Plan lässt sich doch ändern? Für die Container musste das Gebiet erschlossen werden. Es gibt Leute, die behaupten, dass das niemals alles wieder abgerissen und zurückgebaut wird. Nicht, wo die Stadt doch so dringend Wohnungen braucht.«

»Von wem haben Sie das? Von den Umweltschützern?«

»Spielt keine Rolle. Es wird gemunkelt.«

Der Beamte ließ sich Zeit mit einer Antwort, sagte dann: »Sind wir einmal ehrlich. Ich würde mein Geld nicht darauf wetten, dass es am Ende nicht wirklich so kommt. Aber dem Bezirk Kungelei zu unterstellen ist eine Frechheit. Im Gegenteil, wir haben doch alles dafür getan, um den Bau der Unterkunft zu verhindern. Aber wir konnten uns einfach nicht durchsetzen.«

»Okay, Sie und Ihre Kollegen sind also stinksauer auf Kallweit – sehe ich das richtig?«

»Absolut.«

»Gibt es sonst noch jemanden, der bei der Entscheidung übergangen worden ist oder zurückstecken musste?«

»Klar, da sind zum einen die Anwohner. In dieser Gegend sind das in erster Linie Leute, die Angst haben, dass ihre Luxusimmobilien weniger wert werden, nur weil irgendwo in der Nähe ein paar Migranten unterkommen. Und zum anderen gab es eine heftige Auseinandersetzung mit den Umweltschützern, die sich gegen das Projekt gestellt haben.«

»Weil es um ein Landschaftsschutzgebiet geht?«

»Mehr als das. Unmittelbar neben dem Areal, wo jetzt die Container stehen, fängt eine Moorlandschaft an, die unter strengem Naturschutz steht. Die Ökos behaupten, dass die Bauarbeiten den Wasserhaushalt im Moor beeinflussen. Als die ersten Bagger rollten, haben sich ein paar von denen sogar an die alten Bäume dort gekettet. Es hat die Arbeiten um ein paar Tage verzögert. Stand damals sogar in der Zeitung, ich habe den Artikel noch irgendwo da. Letztendlich haben die aber Ärger mit ihren eigenen Leuten bekommen. Weil es ja um Flüchtlinge ging, waren die von Anfang gespalten. Ein Teil meinte, dass man die Natur nicht über die Menschen stellen dürfe.«

»Klingt nachvollziehbar.«

»Traurig genug, dass man sich überhaupt entscheiden muss.«

Claudia nippte an ihrem Kaffee, während Nölle in einem Aktenordner wühlte, um den entsprechenden Zeitungsartikel herauszusuchen.

Schließlich reichte er ihr die Kopie eines Artikels herüber. Claudia überflog den kurzen Text, betrachtete dann das Foto, das allerdings durch die Fotokopie ziemlich undeutlich war. Es zeigte drei Männer und eine Frau, die sich mit Stahlseilen und Fahrradschlössern an eine Eiche gekettet hatten. Claudia kniff die Augen zusammen, hielt das Bild dicht vor ihre Augen, konnte aber immer noch nicht wirklich die Gesichter erkennen. Trotzdem hatte sie das Gefühl, dass ihr einer der Männer bekannt vorkam. Unter dem Bild waren keine Namen genannt.

»Sagen Sie, Herr Nölle, kennen Sie die Leute, die die Aktion durchgeführt haben?«

»Sicher. Mit denen habe ich bei jedem größeren Bauvorhaben zu tun, das wir hier im Norden des Bezirkes realisieren.«

»Dann wissen Sie, wie sie heißen? Der hier zum Beispiel?«

Claudia hielt dem Beamten die Kopie hin, deutete auf den Mann rechts im Bild.

Nölle rollte mit den Augen. »Das ist unser notorischster Fall, ein echter Öko-Radikalinski. Der ist bei der Aktion handgreiflich geworden, und das nicht zum ersten Mal. Als er von Kallweits Rolle dabei erfuhr, hat er ihn sogar ganz direkt bedroht und Rache geschworen. Ein gefährlicher Mensch, wenn Sie mich fragen. Er heißt … Warten Sie, gleich fällt es mir wieder ein.«

Nölle überlegte und nannte dann einen Namen, bei dem Claudia ihn überrascht anstarrte.

»Sind Sie sicher?«

»Aber natürlich.«

»Danke, Herr Nölle. Sie haben mir sehr geholfen.«

Claudia verließ das Dienstzimmer.

Kurz darauf stand sie draußen auf dem Parkplatz vor ihrem Auto. Sie fühlte sich leicht, wie befreit, auch wenn der Anlass düster war. War das der Durchbruch, auf den sie gehofft hatte? Ergab nun endlich alles einen Sinn? Aber wieso nur waren sie und Takeda nicht früher darauf gekommen?

Claudia holte ihr Handy heraus, wählte die Nummer des Inspektors. Sie konnte es gar nicht abwarten, ihm von der Neuigkeit zu erzählen. Leider aber sprang nur Takedas Mailbox an.

Claudia zuckte mit den Schultern. Wenn sie es richtig in Erinnerung hatte, wollte Takeda sich um diese Uhrzeit mit Simon Kallweit im Polizeisportverein treffen.

Sie beschloss, einfach auch dorthin zu fahren und Takeda vor Ort zu erzählen, was sie herausgefunden hatte.

Das war sogar noch besser.

36.

Gerade als Claudia vor dem Polizeisportverein vorfuhr, sah sie, wie jemand die Stufen von dem erhöht liegenden Vereinsheim hinabstieg und auf die Straße trat. Es war Simon Kallweit. Der Junge hatte wieder einen Schal umgeschlungen und sich sein Basecap tief ins Gesicht gezogen, trotzdem erkannte sie ihn. Er wirkte seltsam gehetzt, war offenbar außer Atem. Simon blickte sich nach rechts und links um, ging dann mit schnellen Schritten in Richtung des Stadtparks davon.

Claudia überlegte, ob sie ihn zurückhalten sollte. Andererseits, warum sollte sie? Nach allem, was sie gerade von Gerhard Nölle erfahren hatte, war Simon Kallweit vom Haken. Der Junge mochte seltsam sein, hatte sich zweifellos auch verdächtig verhalten. Aber ein Mörder war er offenbar nicht. Takeda war auf der falschen Spur gewesen, sie selbst aber hatte recht gehabt, von Anfang an.

Claudia stieg aus dem Wagen, ging ihrerseits die Stufen empor und betrat das Vereinsgebäude.

Sie fand Takeda mitten in der großen Trainingshalle. Er trug seine traditionelle Trainingskleidung, lag aber seltsam reglos mitten auf den Dojo-Matten. Neben ihm lag ein Schwert, offenbar eine echte Klinge, deren Spitze rötlich schimmerte. Claudia, die den Raum, ohne zu klopfen, betreten hatte, starrte auf dieses seltsam stille Bild, das sich ihr bot. Ein unangenehmes Gefühl beschlich sie. Alles war so still, so ruhig, so ... leblos.

Sie machte einen Satz nach vorne, stürmte auf die Matten und kniete sich vor Takeda, berührte ihn mit den Händen. »Ken! Ist alles in Ordnung? Was ist passiert? Ken! Sagen Sie doch etwas.«

Takeda öffnete die Augen, sah Claudia erschrocken an und sagte mit verschlafener Stimme: »Es tut mir schrecklich leid, aber ... bitte treten Sie nicht mit den Schuhen auf die Dojo-Matten.«

Claudia kniff die Augen zusammen. »Sie verarschen mich, oder?«

»Aber, nein. Die Etikette im Trainingsraum verlangt es so.«

»Ken! Verdammt! Ich habe einen Riesenschreck bekommen, als ich Sie hier liegen sah. Und Sie faseln etwas von Schuhen auf der Matte?!«

Der Inspektor setzte sich auf. Er schien jetzt erst zu merken, dass Claudia wirklich erschrocken, ja in tiefster Sorge um ihn war.

Er deutete eine Verbeugung an. »Es tut mir leid, Claudia. Ich wollte Sie nicht erschrecken. Ich fühlte mich nach dem Training mit dem Jungen ein wenig erschöpft und wollte mich nur kurz ausruhen. Ich bin untröstlich.«

Claudias Züge milderten sich. »Sie haben gerade noch die

Kurve bekommen, mein Lieber. Ich habe schon überlegt, ob ich Sie auch ein wenig mit dem Schwert kitzele.« Sie deutete auf die Waffe, die neben ihnen lag.

»Danke, das hatte ich heute zur Genüge.«

Takeda hob das Kinn und zeigte auf seine Kehle. Claudia sah eine verkrustete Blutspur unmittelbar oberhalb von Takedas Adamsapfel. »War das Simon? Sollen wir ins Krankenhaus fahren?«

»Nein, nein. Es ist nur ein Kratzer. Allerdings zugegebenermaßen an einer empfindlichen Stelle. Und ja, es war Simon.«

»Ich habe ihn gesehen, wie er das Dojo verlassen hat. Wenn ich gewusst hätte, dass er Sie verletzt hat, hätte ich ihn aufgehalten.«

»Es ist nicht der Rede wert und auch nicht die Schuld des Jungen. So etwas passiert, wenn man mit scharfen Klingen umgeht.«

Claudias Augen wurden zu schmalen Schlitzen. »Sie haben dem Jungen ein scharfes Schwert in die Hand gegeben? Im Ernst?«

»Aber ja.«

»Sind Sie lebensmüde?«

»Nein, nur neugierig. Es war ein Experiment.«

Takeda schilderte Claudia den Ablauf seines Trainings mit Simon, berichtete von ihren ersten waffenlosen Runden und ihrem anschließenden *Shiai*, dem Übungskampf, bei dem Simon mit dem echten, messerscharfen *Katana* gekämpft hatte.

»Und das nennen Sie ein Experiment? Hat es sich wenigstens gelohnt? Sind Sie schlauer geworden?« Claudias Stimme war ihre Missbilligung anzuhören.

Takeda brummte nachdenklich, rief sich zunächst selbst die Situation vor Augen, die noch keine Viertelstunde zurücklag. Simon Kallweit stand über ihm, hielt das Schwert an seine Kehle. Eine kleine Bewegung hätte genügt, um ihn, Takeda, zu töten. Genau das hatte er gewollt, nur darum hatte er einen unbeabsichtigten Sturz simuliert und sich so vermeintlich in Simons Hände begeben. Nun lag er da und blickte dem Jungen in die Augen. War Simon Kallweit ein Mörder?

Tatsächlich konnte Takeda die Erregung des Jungen spüren.

Das hier, das war der Rausch der Gewalt, von dem Dr. Lautenbacher, die Therapeutin, gesprochen hatte. War Simon süchtig danach? Kannte er diesen Zustand? Hatte er ihn bereits erlebt? Auf dem Bahnsteig? Im Kino? Wusste er, wie es sich anfühlt, das Leben eines Menschen in der Hand zu halten und es nach Belieben auszulöschen?

Kurz bevor Simons Züge vollends sein wahres Inneres offenbarten, geschah etwas Unvorhergesehenes. Der Junge lächelte, wirkte verspielt dabei. Dann schrie er auf alberne Art wie die Karikatur eines Samurai und stieß das Schwert neben Takeda in die weiche Übungsmatte. Danach kniete er sich hin. Er verbeugte sich tief, so dass seine Stirn den Boden berührte. »*Dōmo arigatō*, Takeda-San. Das war wirklich eine sehr interessante Erfahrung. Trotzdem bin ich ein wenig traurig. Ich dachte, wir sind befreundet. Aber da habe ich mich wohl getäuscht.«

»Aber nein, Simon. Du darfst es nicht missverstehen.«

Die Züge des Jungen schienen echte Traurigkeit auszudrücken, doch sicher war Takeda sich nicht. »Ich muss jetzt los zum Mittagessen, sonst macht meine Mutter Stress.«

Der Junge schenkte ihm sein seltsames, undurchschaubares Lächeln, raffte seine Sachen zusammen, zog sich eilig um und verließ keine Minute später das Dojo.

Takeda kehrte in die Gegenwart zurück. Er schüttelte den Kopf, seine Züge verrieten seine Enttäuschung. Zu Claudia gewandt sagte er: »Das Experiment ist leider nicht gelungen. Simon hat gemerkt, was ich vorhatte und dass die ganze Situation ein Test war. Es ist sehr schwierig, zu beurteilen, wann der Junge die Wahrheit sagt und wann er lügt. Er spielt. Er ist raffiniert. Und er ist, wie wir bereits wissen, sehr intelligent.«

»Wann wäre der Versuch denn erfolgreich gewesen? Wenn Sie tot auf der Matte gelegen hätten? Fall geklärt, Inspektor tot. Ich weiß nicht ...«

Takeda machte eine wedelnde Handbewegung. »Aber nein. Es bestand niemals ernsthafte Gefahr.«

»Wieso? Ist Ihre Kehle aus Stahl? Ist das so ein Zaubertrick, wie diese Mönche sie immer zeigen? Sie wissen schon, die in den gelben Strampelanzügen, die mit ihrer Kehle Speere zerbrechen?«

»Sie meinen die Shaolin-Mönche? Das ist nur Spielerei. Nein, nein. Hätte Simon ernsthaft die Absicht gehabt, zuzustechen, hätte ich angemessen reagiert, glauben Sie mir.«

»Gucken Sie sich bei Gelegenheit Ihren Hals im Spiegel an.«

»Wie gesagt, nur ein Kratzer.«

Claudia hob spöttisch die Augenbrauen. »Wissen Sie, was am ärgerlichsten an Ihrem Vorgehen ist? Es war überflüssig. Simon Kallweit ist nämlich kein Mörder.«

»Das wissen Sie so genau?«

»Zumindest spricht einiges dafür. Ich habe vorhin etwas sehr Interessantes herausgefunden. Gut möglich, dass unser Fall gelöst ist. Die einzige verbleibende Frage wird die sein, wie wir beide, Sie und ich, vorher so blind sein konnten. Sie werden nie erraten, auf wen ich gestoßen bin. Es ist …«

»Verzeihen Sie, wenn ich Sie unterbreche, Claudia. Ich bin wirklich sehr gespannt, alles zu erfahren. Aber wenn Sie mich vorher bitte kurz entschuldigen wollen.«

Der Inspektor stand auf, verstaute das Schwert in der hölzernen Scheide, nahm seine Sachen und verschwand unter Claudias ungläubigen Blicken in der Herrenumkleide.

Kurz darauf hörte sie das Geräusch der Dusche. Dünne, heiße Dampfwölkchen krochen unter dem Türspalt hindurch. Unschlüssig ging sie vor der Tür zur Herrenumkleide auf und ab. Ob sie einen Blick riskieren sollte? Einen ganz kurzen wenigstens? Takeda unter der Dusche? Sie stellte es sich appetitlich vor.

Claudia hob gerade die Hand, um sie auf die Klinke zu legen, als die Tür von innen geöffnet wurde. Takeda, frisch geduscht, gekämmt und wie immer überkorrekt gekleidet, trat hinaus und sah sie überrascht an.

»Wollten Sie auch hier hinein? Es ist nur für Herren, befürchte ich.«

»Nein, äh … ich wollte nur sicher gehen, dass es Ihnen gut geht. Wegen Ihrer Verletzung am Hals. Nicht, dass Sie mir noch unter der Dusche zusammenklappen«, stotterte Claudia.

Takeda lächelte. »Es ist alles in Ordnung. Wir können fahren.«

»Super«, sagte Claudia. »Total super.« Sie wandte sich ab, bevor er ihren puterroten Kopf bemerkte.

37.

»Hier, es ist genauso wie ich es mir gedacht habe. Thomas Brunkhorst hat uns eiskalt angelogen«, sagte Claudia und tippte mit ihrem Kugelschreiber auf den Computerbildschirm.

Sie saß gemeinsam mit Takeda in den Räumen der KTU im Präsidium und ließ erneut das Bahnsteigvideo aus dem Dammtorbahnhof ablaufen. So, wie sie es zu Beginn der Ermittlungen schon hundertfach getan hatten.

Damals hatten weder sie noch Takeda das Entscheidende gesehen. Diesmal schon. Denn diesmal wussten sie, wonach sie suchen mussten.

Claudia warf einen Blick in die Vernehmungsprotokolle, sie hatte die Unterlagen neben der Tastatur ausgebreitet. Sie fuhr mit dem Zeigefinger am Text entlang. »Hier steht es. Brunkhorst hat damals ausgesagt, er hätte zum Zeitpunkt, als die Frau vor die Bahn stürzte, sehr weit hinten gestanden. Also hinter der Schülergruppe, mehr oder weniger außer Sichtweite des eigentlichen Geschehens. Aber das stimmt nicht. Schauen Sie es sich an, Ken. Er steht nur ein oder zwei Reihen hinter Simon. Er war ganz dicht dran. Dicht genug, um es zu tun.«

»Sie meinen, um die Frau vor die Bahn zu stoßen? Darauf wollen Sie hinaus?«

»Ist doch durchaus möglich, oder! Überlegen Sie doch mal. Brunkhorst ist nach Aussagen von diesem Nölle ein Öko-Radikaler und ein entschiedener Gegner des Bauprojekts da oben im

Norden. Er neigt zu Gewalttätigkeiten, auch das hat Nölle gesagt. Dann kommt Hartmut Kallweit daher und wischt alle Bedenken gegen das Projekt zur Seite, finanzielle und ökologische. Er lässt die Bagger rollen. Brunkhorst ist Biologielehrer, er wird einschätzen können, wann ein Naturschutzgebiet gefährdet ist. Also kettet er sich mit ein paar anderen Aktivisten an einen Baum. Es nützt nichts. Bei der Beendigung der Aktion wird Brunkhorst sogar handgreiflich gegen unsere Kollegen. Und er hat Kallweit gedroht! Der Mann ist unglaublich wütend, davon können wir ausgehen. Er sinnt auf Rache. Und dann wird ihm klar, dass er sogar die perfekte Möglichkeit dazu hat.«

»Aber er hat nicht den Senator angegriffen, falls es überhaupt stimmt, sondern eine wildfremde Frau«, gab Takeda zu bedenken.

»Das hatten wir doch schon. Brunkhorst spielt über Bande. Er will Kallweit ja nicht töten, sondern seine Karriere zerstören. Dafür belastet er Kallweits Sohn mit einem Verbrechen, das den Vater zum Rücktritt zwingt. Ein genialer Plan, der beinahe sogar geklappt hätte.«

Takeda nickte nachdenklich, blickte dann konzentriert auf den Bildschirm. Er bat Claudia, die Sequenz ein weiteres Mal abzuspulen. Er musste zugeben, dass der Widerspruch zwischen Brunkhorsts Aussage und den Kamerabildern eklatant war. Und dass es in der Tat ein großes Versagen ihrerseits war, dass sie es damals nicht sofort bemerkt hatten.

Warum nicht? Weil sie den Lehrer einfach nicht zum Kreis der Verdächtigen gezählt hatten. Es war ja keinerlei Motiv zu erkennen gewesen. Sie waren auf Simon Kallweit fixiert gewesen, so dass sie Brunkhorsts Aussage gar nicht überprüft hatten.

Das mit dem Motiv sah nun anders aus, wie Takeda zugeben musste. Dennoch wollte er sich noch nicht Claudias überraschender Theorie anschließen. Sicher, die Neuigkeiten, die sie von diesem Nölle erfahren hatte, waren brisant. Und an einen Zufall wollte auch Takeda nicht glauben. Sie hatten inzwischen herausgefunden, dass Brunkhorst zwar in Ohlsdorf an der Schule unterrichtete, aber selbst oben im Norden von Hamburg wohnte, gar nicht allzu weit von der Flüchtlingsunterkunft entfernt. Eine Recherche hatte ergeben, dass er in der Tat immer wieder an Protestaktionen beteiligt war, die sich gegen Bauprojekte richteten. Er war dabei mehrfach gewalttätig geworden und bisher nur mit großem Glück einer Strafe entgangen.

Aber reichte das, um Brunkhorst eines, vielleicht sogar zweier Morde zu bezichtigen? Denn so viel war logisch, wenn der Lehrer die Frau auf dem Bahnhof getötet hatte, dann hatte er auch den Kinobesucher auf dem Gewissen.

Takeda ließ die Videosequenz ein drittes und ein viertes Mal ablaufen und war erstaunt, dass Brunkhorst so deutlich erkennbar weit vorne an der Bahnsteigkante stand. Sie hatten das Video hunderte Male angesehen, ohne sich auch nur die geringsten Gedanken darüber zu machen. Brunkhorst war wie der berühmte Gorilla auf den Youtube-Videos, der sich immer wieder ins Bild schlich, ohne dass ein Betrachter ihn wahrnahm. Es hatte etwas mit Wahrnehmungspsychologie zu tun. Der menschliche Geist blendete alles aus, womit er nicht rechnete oder was für ihn keinen Sinn ergab, und zwar vor allem dann, wenn seine Aufmerksamkeit auf etwas anderes gerichtet war.

Aber ihnen als Polizisten durfte so etwas nicht passieren. Sie mussten immer alles für möglich halten. Ein Anfängerfehler!

Takeda brummte nachdenklich, kratzte sich dabei verlegen im Nacken. Dann sagte er: »Sie haben recht. Brunkhorsts Aussage entspricht nicht der Wahrheit. Aber können wir wirklich daraus schließen, dass er auch gelogen hat? Es könnte auch sein, dass er sich falsch erinnert hat oder es einfach nicht so genau nahm. Es ist noch kein Beweis.«

Claudia zuckte mit den Schultern. »Nach Ihrer Logik könnte man einen Verdächtigen nie der Lüge überführen! Weil er gar nicht lügt, sondern sich entweder falsch erinnert oder ungenau ist.«

»Oft ist es so.«

»Klar, das ist auch hier möglich. Andererseits, überlegen Sie doch mal! Damals gingen wir alle noch von Mord aus, auch Brunkhorst, und Simon schien der Täter zu sein. Schließlich hatte er ein Geständnis abgelegt. Unter solchen Umständen versucht man doch, sich haarklein an alles zu erinnern. Nein, vergessen Sie es, das war keine Ungenauigkeit. Brunkhorst stand dicht hinter Simon und hat uns gegenüber behauptet, weit vom Geschehen entfernt gewesen zu sein. Er hat gelogen, da bin ich mir sicher.«

Claudia war in Wahrheit weit weniger überzeugt, als ihre energische Tonlage vermuten ließ. Ihre anfängliche Euphorie war längst verflogen. Sie fand es immer noch erstaunlich, dass sie so unvermutet auf den Namen von Thomas Brunkhorst gestoßen war und dass es einen Zusammenhang zwischen dem Lehrer und Hartmut Kallweit gab. Aber machte ihn das schon zum Mörder? Genügte ein Umweltskandal als Motiv, um unbeteiligte Menschen zu töten? Claudia hatte Zweifel. Andererseits war es nun einmal die beste Spur, die sie bisher hatten, und darum würde sie so schnell nicht aufgeben.

Takeda schloss die Augen, ließ Claudias Worte wirken. Dann sagte er leise:

»Es gibt da einen Punkt, der mir noch nicht einleuchtet. Sie gehen davon aus, dass es von vornherein Brunkhorsts Plan war, Simon als Mörder dastehen zu lassen. Aber er hätte doch unmöglich wissen können, wie Simon reagiert, nachdem die Frau vor die Bahn gestürzt ist. Wenn Simon sich nicht selbst der Tat bezichtigt hätte, wäre er vielleicht niemals in Verdacht geraten, und Brunkhorsts Plan wäre schiefgegangen.«

Claudia reagierte äußerlich gelassen, mit dem Einwand hatte sie gerechnet. »Simons Verhalten war für Brunkhorst ein Glücksfall, es hat ihm in die Hände gespielt. Ich bin mir sicher, dass er sonst einen Plan B gestartet hätte. Vermutlich hätte er von sich aus Simon belastet und behauptet, er hätte gesehen, wie der Junge die Frau vor den Zug gestoßen hat. So aber war es noch einfacher für ihn, weil der Junge ihm diese Arbeit selbst abgenommen hat.«

»Und nur weil wir Simon wieder aus der Haft entlassen haben, musste Brunkhorst einen weiteren Mord begehen und diesen wieder im Umfeld von Simon geschehen lassen«, sagte Takeda.

»Das wäre die logische Konsequenz.«

»Einverstanden. Dann ist da noch etwas.« Diesmal tippte Takeda mit einem Kugelschreiber auf den Bildschirm. »Hier, sehen Sie selbst. Der Zug fährt ein, die Frau stürzt nach vorne. Brunkhorst bewegt sich jedoch nicht. Seine Schultern bleiben ruhig.«

»Ist das so eindeutig? Der Mann steht inmitten einer Menschenmenge. Die Schüler sind fast genauso groß wie er selbst. Wir können gar nicht genau erkennen, ob er den Arm bewegt oder nicht.«

»Und noch ein weiterer Aspekt. Thomas Brunkhorst steht, wie Sie selbst sagen, nicht unmittelbar hinter Simon. Es sind noch zwei weitere Schüler dazwischen. Zwischen ihm und dem Opfer stehen also insgesamt drei Personen. Ist das nicht zu weit, um jemanden zu stoßen?«

»Sie können ein echter Korinthenkacker sein, Ken, wissen Sie das eigentlich?«

»Ein ... äh Korinthenkacker?«

»Schlagen Sie es bei Gelegenheit nach. Jedenfalls stehen die Schüler dicht gedrängt. Für meine Augen ist Brunkhorst weniger als einen Meter von der Frau entfernt. Die genaue Distanz können unsere Experten ausmessen. Brunkhorst ist groß, er hat lange Arme. Es ist eine Distanz, die er ohne weiteres überbrücken kann. Er kann es also gewesen sein. Wir müssen ihn vorladen und mit den Vorwürfen konfrontieren.«

Claudia blickte Takeda an und merkte, wie sie wütend wurde. Sicher, ihre Theorie war gewagt und stand noch auf schwachen Füßen. Aber sie könnte ohne weiteres stimmen! Wieso war Takeda so skeptisch? Weil er unbedingt an seiner Manga-Theorie festhalten wollte und Simon Kallweit für einen Mörder hielt? Dafür sprach bisher nichts, als Takedas vage Ahnung. Brunkhorst hingegen hatte ein Motiv, er hatte eine Gelegenheit, und er hatte ihnen gegenüber ganz offensichtlich gelogen. Nein, für sie stand fest, dass das alles kein Zufall war. Zum ersten Mal ergab das Geschehen auf dem Bahnhof einen Sinn.

Andererseits durften sie es sich nicht zu einfach machen, da hatte Takeda schon recht. Es gab immer noch zahlreiche, ungeklärte Punkte. War Brunkhorst auch im Kino gewesen? Warum hatte er das Video hochgeladen? Vielleicht um auch dadurch Simon zu belasten? Und war das Motiv wirklich tragfähig genug, um so eine perfide Tatbegehung auszulösen?

Claudia gab zu, dass ihre Hypothese noch nicht wasserdicht war. Sie war zunächst auch nur eine Vermutung – allerdings eine, für die durchaus einiges sprach.

Es bedeutete, dass sie weitere Anhaltspunkte finden mussten, um die Sache wirklich beurteilen zu können. Immerhin konnte es gut sein, dass sie ihre These sehr bald vor dem Staatsanwalt und noch später auch vor Gericht würde vertreten müssen.

Claudia räusperte sich und sagte mit sachlicher Stimme: »Sie haben recht, Ken. Wir müssen alle Einzelheiten genau abwägen. Aber Sie müssen doch zugeben, dass meine Theorie eine gewisse Wahrscheinlichkeit für sich verbuchen kann. Mir reicht das, damit wir Brunkhorst vorladen.«

Takeda sog zischend die Luft zwischen den Zähnen ein, ein Ausdruck des mühevollen Nachdenkens. »In der Tat, es spricht viel dafür, dass Sie recht haben. Und um ehrlich zu sein, ich bin erleichtert. Die Vorstellung, dass Simon Kallweit und möglicherweise mit ihm Laura Delling zwei Menschen getötet haben, hat mir gar nicht gefallen.«

»Geht mir genauso. Obwohl mir die Vorstellung, dass ein Lehrer Menschen tötet, genausowenig gefällt.«

38.

Inspektor Takeda verbrachte seine reichlich verspätete Mittagspause in einem kleinen vietnamesischen Imbiss ganz in der Nähe des Polizeipräsidiums.

Er betrat das Lokal, in dem man ihn bereits kannte, und bestellte Krabben mit Gemüse in Kokossauce. Während aus der Küche das Klappern der Wokpfannen zu hören war, beschloss Takeda, die Wartezeit zu nutzen und vor der Tür eine Zigarette zu rauchen.

Es war kalt, aber der Himmel war blau, und die Sonnenstrahlen im Gesicht taten gut. Er hatte schon öfter hier gestanden, hatte geraucht und die Umgebung beobachtet. Alsterdorf, wo sich das Präsidium befand, war ein ungewöhnlicher Hamburger Stadtteil, wie Takeda immer wieder feststellen musste. Die U-Bahn, die hier überirdisch fuhr, durchschnitt das Gebiet und teilte es in zwei sehr unterschiedliche Hälften. Östlich der Bahn befanden sich hochaufragende Siedlungshäuser, in denen arme Menschen lebten. Sie waren schlecht gekleidet und hatten zumeist ihre Wurzeln im Ausland. Die Deutschen unter ihnen standen Tag für Tag in Gruppen am U-Bahnhof, tranken Bier aus Flaschen und rauchten. Westlich der Bahn hingegen standen prachtvolle Einzelhäuser und Villen, die von großzügigen Gärten umgeben waren. Hier waren auch die Mietshäuser gepflegt und einladend. Die Straßen wurden von Bäumen gesäumt, verfügten zum Teil über Kopfsteinpflaster, über das zumeist teure, große Autos fuhren.

Wie in einem Brennglas spiegelte Alsterdorf im Kleinen wider, was Hamburg im Großen prägte, eine tiefe Spaltung, einen Graben. Osten und Westen, Armut und Reichtum, Enge und Großzügigkeit.

Verwahrlosung gab es wohl auf beiden Seiten, wenn auch unter unterschiedlichen Vorzeichen. Das hatte Takeda spätestens während der Ermittlungen um den ermordeten Internetunternehmer

Markus Sassnitz erfahren. Damals waren er und Claudia sowohl am Osdorfer Born gewesen, einer trostlosen Großsiedlung am Rande Hamburgs, als auch in der HafenCity, wo sich nur wohlhabende Bürger eine Wohnung leisten konnten. Gemordet wurde hier wie dort, oben wie unten, bei den Reichen wie den Armen, und oft waren die Motive sehr ähnlich. Habgier und Missgunst, Eifersucht und Kränkung, Hass und Verbitterung.

Erstaunlich fand Takeda, dass alle Deutschen, mit denen er sprach, eben jenen Graben zwischen oben und unten vehement beklagten. Sie sprachen überraschend oft davon, eigentlich ständig. Und alle, die Armen wie die Reichen, waren sich einig darin, dass die Gesellschaft sich noch weiter spalten würde, wenn man nicht schleunigst etwas dagegen unternähme.

Allerdings – und auch das hatte Takeda bemerkt – hieß das keineswegs, dass die Menschen auch nur im Geringsten bereit waren, ihr Leben zu verändern. Vielleicht war es sogar umgekehrt, und gerade weil die Deutschen die Ungerechtigkeit in ihrem Land so laut beklagten – viel lauter als seine Landsleute in Japan –, konnten sie sie in Wahrheit mühelos ertragen.

Der Wirt des Imbisslokals rief nach dem Inspektor, sein Krabbencurry sei fertig. Takeda kehrte in das Lokal zurück und setzte sich zu Tisch. Er löffelte sein Mittagessen und dachte dabei an das Land, in dem er sich schon nach wenigen Monaten heimisch fühlte. Er dachte an die Offenheit und Herzlichkeit der Deutschen, an ihren Pessimismus und ihre Rechthaberei. Er dachte auch an die jungen und etwas weniger jungen Männer, die allesamt so überraschend wütend in diesem Land waren.

Takeda war froh, dass Claudia beharrlich ihrer ersten Vermutung gefolgt und nun endlich auf eine belastbare Spur gestoßen war. Er empfand Erleichterung, dass Simon Kallweit offenbar kein Mörder war.

Dann aber wieder dachte er an den Blick des Jungen, als der mit dem Schwert in der Hand über ihm gestanden hatte. So recht an seine Unschuld glauben wollte er nicht.

39.

Thomas Brunkhorsts lautes Lachen erfüllte das Vernehmungszimmer im Polizeipräsidium, hallte von den Wänden wider, dröhnte in den Ohren.

Besonders in Claudias Ohren.

Dann verstummte der Lehrer schlagartig. Er blickte Claudia an, und in seinen Augen erlosch der letzte Rest von Sympathie, die er bei ihrer ersten Begegnung für die Kommissarin empfunden hatte.

Ihr war es ja genauso gegangen. Der Mann hatte ihr gefallen, sehr sogar. Bei ihr war es auch vorbei damit.

Scheißjob.

»Dann äußern Sie sich doch mal dazu«, sagte Claudia. Sie hatte Brunkhorst soeben mit ihrer Theorie zu den Geschehnissen auf dem S-Bahngleis konfrontiert, woraufhin der in sein übertrieben lautes Gelächter verfallen war.

»Was wollen Sie denn hören?«, fragte er.

»Wie wäre es mit der Wahrheit.«

»Klar. Die Wahrheit sieht so aus, dass es Quatsch ist, was Sie sich da zusammengereimt haben. Sie machen sich lächerlich.«

Der Lehrer lachte erneut auf, und wieder klang es künstlich und aufgesetzt.

»Hören Sie auf damit. Es nervt. Die Sache ist weiß Gott zu ernst dazu«, fauchte Claudia ihn an.

Brunkhorst verstummte schlagartig, sah Claudia in die Augen. »Da haben Sie recht. Das hier ist wirklich nicht lustig. Für mich am allerwenigsten. Sie unterstellen mir, einen Menschen getötet zu haben. Aber das ist kompletter Unsinn. Wenn Simon Kallweit es nicht war, und das steht inzwischen doch fest, dann war es ein Unfall, sonst nichts. Und das im Kino? Keine Ahnung. Ich war jedenfalls nicht dort.«

Dann lachte er doch wieder, seine Stimme überschlug sich dabei, klang heiser, fast hysterisch. Das war nicht das souveräne Lachen eines Unschuldigen. Das war das aufgesetzte Lachen eines Mannes, der sich in die Ecke gedrängt sah und seine Verzweiflung überspielen wollte. Brunkhorst hatte Angst.

Aber warum? Das war die entscheidende Frage. Weil er eben doch ein Mörder war? Claudia war sich nicht sicher.

Sie blickte zu Takeda hinüber, dessen Gesicht wie in Stein gemeißelt war. Sie hatte nicht die geringste Ahnung, was in ihm vor sich ging, aber ein wenig Beistand wäre nicht verkehrt.

Takeda verstand ihr stummes Signal. Er wandte sich an den Beschuldigten, räusperte sich und sagte: »Erklären Sie uns bitte, warum Sie uns nichts davon gesagt haben, dass Sie und Hartmut Kallweit sich kennen, und zwar keineswegs, weil Sie seinen Sohn unterrichten, sondern wegen des Bauvorhabens im Hamburger Norden. Sie und der Senator sind regelrecht verfeindet. Sie können sich vorstellen, dass wir sehr erstaunt waren, davon zu erfahren.«

Brunkhorst wirke plötzlich angefasst. Er brauchte ein paar Anläufe, um zu sprechen, sagte schließlich: »Ich habe Ihnen nichts davon gesagt, weil es keinen Grund dazu gab. Mein Verhältnis zu Senator Kallweit hat nichts, aber auch gar nichts mit der Sache auf dem Bahnhof zu tun. Und ich trenne es selbstverständlich davon, dass sein Sohn auf die Schule geht, an der ich arbeite. Im Übrigen mag ich Simon. Aber auf der anderen Seite bin ich nun einmal Mitglied einer Bürgerinitiative, die gegen eine umweltpolitische Schweinerei vorgeht, in die Simons Vater involviert ist. Aber wie gesagt, ich kann das trennen. Mehr gibt es dazu nicht zu sagen.«

»Das sehen wir anders, Herr Brunkhorst«, sagte Claudia kühl. »Es geht um Mord. Sie sollten sich ein wenig mehr Mühe geben.«

Der Lehrer gab ein leises, nun eher erschöpft klingendes Seufzen von sich. »Sie glauben allen Ernstes, ich hätte diese Frau vor die S-Bahn gestoßen? Eine mir völlig fremde, unschuldige Person? Und dann versuche ich auch noch, das Ganze einem Siebzehnjährigen in die Schuhe zu schieben, um dessen Vater eins auszuwischen? Wie krank ist das denn?«

»Erklären Sie es uns.«

»Ich wüsste nicht, wie.«

»Dann wiederhole ich die Frage meines Kollegen. Warum haben Sie nichts von der Sache mit dem Grundstück gesagt? Und warum haben Sie uns darüber belogen, wo Sie auf dem Bahnsteig gestanden haben? Ihnen muss doch klar gewesen sein, dass wir das früher oder später herausfinden.«

Brunkhorst wollte etwas sagen, schüttelte jedoch nur stumm den Kopf. War das Verzweiflung? Oder Unglauben? Fest stand, dass Claudia und Takeda den Lehrer kalt erwischt hatten. Sie hatten ihn vorhin von den uniformierten Kollegen aufs Präsidium holen lassen. Anfänglich hatte er noch gescherzt und sogar versucht, mit Claudia zu flirten. Er sagte, dass er seit ihrer letzten Begegnung öfter an sie gedacht habe und sich freue, sie wiederzusehen. Dann hatte Claudia ihm eröffnet, worum es ging. Lüge, Mord, Intrigen. Brunkhorst war regelrecht kollabiert, hatte sie blass und mit offenem Mund angestarrt, war schließlich zu seinem übertriebenen, aggressiven Lachen übergegangen.

»Herr Brunkhorst, beantworten Sie bitte meine Frage. Warum haben Sie uns nichts davon erzählt und sogar gelogen?«, fragte Claudia scharf.

»Ich hab's Ihnen doch schon erklärt. Die beiden Dinge haben nichts miteinander zu tun. Es wäre idiotisch gewesen, darüber zu sprechen. Jetzt mal ehrlich, wir sind doch alle davon ausgegangen, dass es Simon war, an dem Morgen auf dem Bahnhof. Dass er eine Riesendummheit begangen hat! Und dann soll ich Ihnen etwas von einem Flüchtlingsheim im Norden der Stadt erzählen? Und dass ich sauer auf Simons Vater bin? Sie hätten mich doch für bekloppt gehalten.«

»Damals vielleicht. Aber heute? Sie haben Drohungen in Richtung von Senator Kallweit ausgestoßen, sind gegenüber Beamten handgreiflich geworden, und das nicht zum ersten Mal.«

»Und das wollen Sie mir vorwerfen? Die haben da oben mehrere uralte Bäume gefällt. Eichen, die Hunderte von Jahren alt waren. Danach haben sie dann völlig übertriebene Erschließungsarbeiten durchgeführt, und zwar direkt neben dem Naturschutzgebiet! Gegen so etwas muss man sich wehren, das können Sie mir doch nicht vorwerfen!«

»Die Flüchtlinge müssen ja wohl irgendwohin.«

»Als wenn es um die Flüchtlinge ginge! Dann sollten die Politiker doch mal den Mut aufbringen und den Millionären in Eppendorf oder Winterhude auf den Leib rücken. Da gibt es genug Flächen, die sie für die Flüchtlinge nutzen könnten. Aber so viel Mumm bringen die nicht auf. Stattdessen wird eine kostbare Naturlandschaft für immer zerstört. Und am Ende werden da auch noch Wohnungen gebaut, und zwar wiederum für die Millionäre. Da gehe ich jede Wette ein.«

»Ihre politischen Ansichten interessieren uns nicht, Herr Brunkhorst. Sie haben erklärt, dass Sie sich an Senator Kallweit rächen wollen.«

»Das habe ich doch nur so dahingesagt, und es heißt doch nicht, dass ich jemanden etwas antue.«

Takeda schaltete sich erneut ein und fragte: »Es gibt noch einen weiteren Punkt, der uns interessiert. Bitte erklären Sie uns, wo Sie am vergangenen Samstagabend waren.«

Thomas Brunkhorst sah ihn feixend an. »Weil da der Mann im Kino umgebracht wurde?«

»Beantworten Sie meine Frage.«

»Ich weiß nicht, wo ich war.«

»Dann denken Sie bitte nach. Es geht um den Zeitraum nach etwa dreiundzwanzig Uhr.«

Der Lehrer zuckte mit den Schultern, doch sein Gesicht zeigte mehr als deutlich, dass ihm die Frage nicht behagte. Schließlich sagte er: »Ich war zuhause.«

»Ab wieviel Uhr?«

»So ab sieben, schätze ich mal.«

»Und dann den ganzen Abend? Sie sind nicht noch einmal weggegangen?«

»Nein.«

»Ich vermute mal, dass es keinen Zeugen dafür gibt, oder? Sie leben alleine?«

»Ja, richtig, ich lebe alleine. Aber es gibt einen Zeugen.«

»Sagen Sie uns bitte den Namen, wir überprüfen das.«

»Muss das sein? Ich meine ...«

Claudia lachte auf. »Ist die Frage ernst gemeint? Es geht für Sie darum, ob Sie von hier aus direkt in U-Haft gehen oder nicht. Wenn ich Sie wäre ...«

»Also gut«, sagte Brunkhorst. »Reden Sie mit Astrid Kallweit. Sie kann Ihnen bestätigen, wo ich war, sowohl am Abend als auch während der ganzen Nacht.«

Claudia zuckte zusammen. Was sollte das denn jetzt?

40.

Es war spät am Abend, fast schon nachts. Claudia keuchte. Sie spürte den Schweiß, der ihr über die Stirn und den Nacken lief, sah ihre weißen Atemwolken, die sie rhythmisch schnaufend ausstieß. Sie spürte ihr Herz laut und schnell in ihrer Brust hämmern, während sie in der eisigen Dunkelheit des Waldes rannte. Eigentlich konnte sie nicht mehr. Ihre Beinmuskeln schmerzten, ihr Puls war viel zu hoch, die eiskalte Luft schmerzte in ihren Lungen. Aber aufgeben? Niemals.

Sie ballte die Fäuste und zwang sich dazu, nicht nachzulassen, im Gegenteil, sie rannte noch schneller. Lange würde sie das nicht durchhalten. Eigentlich. Aber sie hielt es eben doch durch, weil sie genau darum hier war. Um über ihre Grenzen zu gehen.

Sie wollte das Limit sprengen, wollte bis zur totalen Erschöpfung rennen.

Erst dann könnte sie sich wieder selbst spüren. Erst dann würde es ihr wieder gut gehen.

Das Niendorfer Gehege, eine waldartige Grünanlage, war eine

kleine Wildnis mitten in der Stadt. Claudia kam gerne hierher, meistens um zu joggen, ab und zu auch, um spazieren zu gehen. Üblicherweise war sie am Wochenende hier, immer nur tagsüber, niemals spät abends oder gar nachts. Zu dieser Uhrzeit aber – es war fast Mitternacht – war sie noch nie hier gewesen, und zwar aus gutem Grund.

Es war gerade mal drei Jahre her, als sie ganz in der Nähe eine Leiche aus einem mit Wasser vollgelaufenen Wurzelkrater gezogen hatten. Eine junge Frau, die an einem Sonntagabend beim Spazierengehen überfallen worden war. Gefesselt und geknebelt, vergewaltigt, am Ende erdrosselt. Claudia hatte dem Täter nach seiner Festnahme so heftig in die Fresse gehauen, dass er drei Zähne verlor und sie sich den Handwurzelknochen brach. Es hätte sie ihren Job kosten können. Aber der Mistkerl, gerade Mitte zwanzig, hatte sie nicht verklagt, er hatte sich nicht einmal beschwert. Wie hieß er noch? Hellbach? Genau, Sandro Hellbach. Er hatte das Blut aus dem Mund gespuckt, Claudia angegrinst und gesagt, dass sie die Nächste sei, die dran glauben werde. Sobald er wieder auf freiem Fuß sei. Und dass er sich schon darauf freue, sie schreien zu hören.

Hellbach saß immer noch im Knast. Andere Mistkerle aber liefen frei herum.

Es war Claudia egal. Sie baute darauf, dass die eiskalten Temperaturen solche Typen davon abhielten, sich hier herumzutreiben. Sollte sich trotzdem einer in ihren Weg stellen, wäre das auch kein Problem. Das Geräusch einer brechenden Nase, einer knackenden Rippe, eines ausgespuckten Zahns wäre im Moment genau das Richtige für sie. Perfekt, um ihr inneres Gleichgewicht wiederzuerlangen.

Claudia beschleunigte ihren Laufschritt noch einmal. Sie schwitzte noch stärker, ihr Puls ging noch höher, ihr Atem war ein schnelles, lautes Keuchen.

Es schmerzte höllisch. Sie hatte Angst, dass ihr Herz explodierte, ihre Lungen, ihr Kopf.

Egal. Weiter.

Hundert Meter noch. Und noch einmal hundert. Und ein letztes Mal. Und einmal, ein einziges Mal noch.

Dann stand Claudia da, inmitten der Dunkelheit einer überfrorenen Wiese, und lächelte in die Nacht. Sie beugte sich nach vorne, stützte die Hände in die Seiten, holte keuchend Luft.

Genau das hatte sie gebraucht. Sie fühlte sich wieder leicht. Das Gefühl, sich in dem Fall verrant zu haben, löste sich auf.

Zum ersten Mal seit Stunden war der Druck in ihrer Brust verschwunden. Zum ersten Mal, seit sie vorhin aus dem Präsidium abgehauen war, bekam sie wieder Luft.

Claudia erreichte ihr Auto, das sie auf einem Parkplatz nahe der Kreuzung zum Bondenwald abgestellt hatte. Sie zog sich einen Sweater über, setzte sich in den Wagen, startete den Motor, so dass die Heizung den Betrieb aufnahm, fuhr aber nicht los.

Hier im Auto zu sitzen war gar nicht so schlecht. Zuhause würde sie augenblicklich die Müdigkeit überkommen. Hier aber konnte sie noch eine Weile ihren Gedanken nachhängen.

Sie drückte auf die Taste der Zentralverriegelung, die mit einem Klacken die Türen verschloss. Dann startete sie den CD-Player, in der eine CD von Pink steckte. *Funhouse*. Claudia drehte auf volle Lautstärke.

Thomas Brunkhorst hatte gelogen. Aber er war nicht der Mörder vom Dammtorbahnhof und auch nicht aus dem Holi-Kino. Im Falle des zweiten Mordes war die Sache sogar noch eindeutiger, denn Brunkhorst hatte ein Alibi. Er hatte ein Verhältnis mit Astrid Kallweit, Simons Mutter, der Ehefrau seines politischen Feindes.

Sie überprüften es augenblicklich. Die Kallweit bestätigte es, sie und Brunkhorst waren an dem Abend des Kino-Mordes zusammen gewesen. Damit war Brunkhorst raus.

Damit hatte sich auch Claudias ganze Konstruktion erledigt. Es war denkbar, dass ein Mann den Sohn seines politischen Gegners instrumentalisierte, um seinem Kontrahenten zu schaden. Allerdings nicht, dass er das mit dem Sohn seiner Geliebten tat. Ausgeschlossen!

Doch darauf kam es gar nicht mehr an, denn eigentlich war ihr von Anfang an klar gewesen, dass sie mit Brunkhorst den falschen Mann hatten. Er log zwar, aber seine Lügen hatten einen anderen, viel simpleren Grund. Einen, den Claudia durchaus nachvollziehen konnte, der sie fast anrührte. Brunkhorst hatte Angst gehabt, seinen Job zu verlieren. Er hatte tatsächlich viel weiter vorne auf dem Bahnsteig gestanden, hatte den Tod der Frau unmittelbar mitangesehen. Und genau wie alle anderen hatte er zunächst geglaubt, dass Simon sie gestoßen hatte. Ihm war aber, ganz egoistisch, auch sofort klar gewesen, dass man ihm die Verantwortung für das Geschehen geben würde. Er hätte seine Aufsichtspflicht verletzt, hätte seine Schüler und besonders Simon nicht im Griff, zumal er ja unmittelbar hinter dem Jungen gestanden hatte. So hätten die Vorwürfe gelautet, und nur darum hatte er behauptet, weiter hinten gestanden zu haben, wo er gar nicht hätte sehen können, was passierte. Er hatte viel früher damit gerechnet, dass die Polizei ihn deswegen zur Rede stellen würde. Als es nicht passierte, war er einfach bei seiner Version geblieben.

Sie ließen Brunkhorst gehen und sicherten ihm zu, dass niemand im Umfeld der Schule erfahren würde, dass sie ihn einbestellt hatten.

Als der Lehrer bereits in der Tür stand, hielt Takeda ihn noch einmal zurück und fragte: »Eine letzte Sache, Herr Brunkhorst. Weiß Simon eigentlich von Ihrer Liaison mit Frau Kallweit?«

Der Lehrer starrte Takeda an, zuckte dann mit den Schultern. »Ich glaube nicht. Jedenfalls haben wir immer aufgepasst, dass er uns nicht sieht. Aber beschwören würde ich es nicht. Der Junge ist klug. Gut möglich, dass er sich sein Teil denkt.«

»Vielen Dank.«

Claudia startete den Wagen und kehrte nach Hause zurück, wo sie duschte und sich dann erschöpft ins Bett sinken ließ. Sie war hundemüde, aber einschlafen konnte sie dennoch nicht. Sie wollte den Fall nun endgültig beenden, es war vorbei, sie waren einem Phantom nachgejagt. Vermutlich gab es gar keinen Zusammenhang zwischen den beiden Toten. Takeda aber war anderer Meinung. Er hatte schon nachdem Brunkhorst fort war, davon gesprochen, dass er Simon immer noch für verdächtig halte.

Es war schon richtig, dachte Claudia nun. Zu den vielen Demütigungen, die der Junge hatte erleiden müssen, die Quälereien durch seine Mitschüler, der ewig abwesende Vater, kam nun noch hinzu, dass seine Mutter ein Verhältnis mit seinem Lehrer hatte.

Es gab weniger schlimme Umstände, unter denen junge Menschen außer Kontrolle geraten waren.

So oder so, nach dem Rückschlag mit Brunkhorst mussten sie nun endlich mit Surbach und Preuß sprechen. Es würde alles andere als friedlich werden, da war Claudia sich sicher.

41.

Am nächsten Morgen erwartete Claudia die nächste unangenehme Überraschung. Die Nachricht vom Garotten-Mord im Kino war an eine der Hamburger Zeitungen durchgesickert. Vermutlich hatte eine der Mitarbeiterinnen vom Kino geplaudert. Das Blatt hatte die Geschichte sofort auf die Titelseite gehoben, sprach in riesigen Lettern vom Phantom-Mörder, der in der Dunkelheit der Kinosäle zuschlug. Immerhin ging der Artikel davon aus, dass es sich um einen Mafia-Mord handelte. Eine kleine Beruhigung.

Aber der nächste Schritt würde nicht lange auf sich warten lassen. Die Reporter waren jetzt an der Geschichte dran. Als Nächstes schrieben sie bestimmt darüber, dass der Mörder sein Opfer willkürlich ausgewählt haben könnte. Die Folge? Leere Kinosäle, leere Theater, Panik in der ganzen Stadt.

Im Präsidium wurde der Fall nun jedenfalls ganz nach oben gehängt. Alle waren aufgeregt, mischten sich ein, hatten eine Meinung, wollten zur Aufklärung beitragen.

Für Claudia und Takeda bedeutete es vor allem, dass die Kollegen Preuß und Surbach noch missgelaunter waren, als sie es ohnehin auch ohne den Artikel gewesen wären.

»Was um Himmels willen habt ihr euch dabei gedacht? Das war total unprofessionell. Und eine Kollegenschweinerei.« Ottmar Preuß' Stimme überschlug sich. Er ging mit stampfenden Schritten im ohnehin beengten Dienstzimmer von Claudia und Takeda herum, stieß immer wieder gegen einen Schrank oder eine von Claudias Zimmerpflanzen. Mit seinen prallen Oberarmen und dem kleinen, gedrungenen Körper sah er nach ihrer Meinung nach ohnehin aus wie ein Kampfhund. Wenn er dann auch noch so wütend war wie im Moment, könnte man mit einem Video von ihm bestimmt einen Youtube-Hit landen. Vor allem, wenn man es mit Hundegebell und Geknurre unterlegte.

Normalerweise hätte Claudia eine entsprechende spöttische Bemerkung gemacht, aber das wäre im Moment nun wirklich nicht angebracht gewesen. Preuß und Karsten Surbach hatten allen Grund, stinksauer auf sie und Takeda zu sein.

Sie hatten die beiden vorhin zu einer Besprechung in ihr Zimmer geholt und ihnen gebeichtet, womit sie sich in den zurückliegenden Tagen beschäftigt hatten, angefangen von dem Bahnsteig-Video in der Nähe des Kinos, auf dem sie Simon Kallweit erkannt hatten, bis hin zu der Fährte mit dem Grundstück im Norden Hamburgs, die sich inzwischen als falsch erwiesen hatte. Sie endeten schließlich damit, dass zumindest Takeda davon überzeugt war, dass Simon Kallweit für die Tat auf dem Dammtorbahnhof und eben auch für den Mord im Kino verantwortlich war.

Karsten Surbach, ebenfalls athletisch, insgesamt aber ruhiger als Preuß, hatte Claudias und Takedas Ausführungen ohne sichtbares Zeichen von Ärger oder Wut zugehört. Claudia machte sich jedoch keine Illusionen. Karsten war nur im ersten Anlauf besonnener als Ottmar, dafür konnte er hinterher aber umso giftiger sein.

Als Surbach sich schließlich räusperte und zu sprechen ansetzte, wurde Claudia allerdings überrascht. Karsten war keineswegs giftig, sondern im Gegenteil überraschend ruhig und sachlich. Das, was er sagte, traf Claudia aber umso heftiger.

»Ich teile Ottis Meinung. Euer Alleingang war eine miese Nummer. Aber um ehrlich zu sein, ist das im Moment mein kleinstes Problem. Was mich mehr stört? Nicht der Artikel in der Zeitung heute. Nein, sondern die Tatsache, dass wir, wenn ihr mit uns geredet hättet, höchstwahrscheinlich einen dritten Mord hätten verhindern können.«

»Wie bitte?« Claudia starrte Surbach mit ungläubigem Gesicht an. Auch Takeda war von seinem Stuhl aufgesprungen.

»Ihr hört schon richtig«, sagte Surbach, streifte Claudia mit einem vernichtenden Blick und sah auch Takeda nicht viel freundlicher an. »Vorgestern Nacht ist am Alsterufer in Winterhude ein Obdachloser getötet worden. Habt ihr wahrscheinlich schon gehört. Was ihr aber nicht wisst, ist Folgendes: Wir haben Hinweise darauf, dass die Tat von einem Jugendlichen verübt wurde – und zwar genau wie die im Kino, wie wir inzwischen ebenfalls herausgefunden haben. Wir gehen davon aus, dass es derselbe Täter ist. Und dank euch wissen wir jetzt vielleicht sogar, wie der junge Mann heißt. Wie gesagt, zwei Tage früher und ein alter Bettler würde vermutlich noch leben.«

Takeda stieß ein Schnaufen aus, als litte er unter Schmerzen. Claudia hingegen war völlig erstarrt und schien nicht glauben zu können, was sie da hörte.

Surbach schilderte die Umstände des dritten Mordfalls. In der vorvergangenen Nacht war in einem Grünstreifen am Alsterlauf ein schlafender Obdachloser mit Benzin übergossen und angezündet worden. Der Mann, der schwer alkoholisiert war, hatte keinerlei Chancen gehabt, zu überleben. Die Spurenlage am Tatort war dürftig, das einzige Beweisstück, das gefunden worden war, war ein leerer Benzinkanister. Der war zurzeit noch bei der KTU zur Auswertung. Fingerabdrücke gab es allerdings keine, aber vielleicht fanden sich angehaftete DNA-Spuren.

Claudia, die ihre Fassung einigermaßen wiedergewonnen hatte, fragte: »Jetzt noch einmal von vorne. Ihr sagtet, dass es in beiden Fällen Hinweise auf einen jugendlichen Täter gibt. Worauf genau stützt ihr euch? Es interessiert mich besonders bei dem Kino-Mord.«

Surbach sah zu Preuß herüber, der übernahm das Wort: »Wir haben endlich so etwas wie einen Zeugen für die Tat. Er hat sich nicht früher bei uns gemeldet, weil er erst jetzt wieder im Kino war und das Plakat mit dem Zeugenaufruf gesehen hat. Das war also noch, bevor die Zeitung hinter die Sache gekommen ist. Jedenfalls haben wir zum ersten Mal eine brauchbare Aussage bekommen.«

Preuß berichtete, dass der Zeuge während der Spätvorstellung am vergangenen Samstag, also der Vorstellung, in der der Mord geschehen war, eine interessante Beobachtung gemacht hatte. Er hatte gesehen, wie jemand im Saal herumgeschlichen sei, oder besser gesagt, er sei zwischen zwei Stuhlreihen über den Boden gerobbt. Der Zeuge hatte es zunächst für einen Schabernack von jungen Leuten gehalten, denn seiner Beobachtung nach war es ein Teenager, der dort herumkroch. Er hatte der Sache weiter keine Beachtung geschenkt, auch nicht, nachdem er in der Zeitung von dem Herzinfarkt-Toten während der Vorstellung gelesen hatte. Dann aber sei er erneut im Kino gewesen und habe das Plakat mit dem Zeugenaufruf gesehen. Da habe er sich wieder an alles erinnert und die Polizei kontaktiert.

»Konnte der Zeuge denn eine Beschreibung von dem Schleicher im Kino geben?«, fragte Claudia.

»Nur annäherungsweise«, sagte Preuß.

»Was heißt das?«

»Keine Haarfarbe, keine Gesichtszüge, schließlich war es stockdunkel. Entsprechend dünn ist die Beschreibung ausgefallen. Trotzdem ist er sich sicher, dass es sich um einen Jugendlichen gehandelt hat, denn zur Figur konnte er Angaben machen. Groß und schlank. Außerdem hätte der Schleicher ein Basecap getragen und sein Gesicht mit einem Schal verhüllt. Wir haben daraufhin auch noch einmal alle Videos durchgesehen und sind ebenfalls auf den jungen Mann gestoßen, den die Kamera auf dem U-Bahnsteig eingefangen hat.«

»Scheiße«, entfuhr es Claudia. Sie warf Takeda einen Blick zu.

»Wie gesagt, hättet ihr früher mit uns geredet, hätten wir einen Namen gehabt. Danke noch einmal dafür«, fügte Preuß gepresst hinzu.

Claudia schüttelte den Kopf und sagte mit leiser Stimme, als spreche sie mehr zu sich selbst: »Wir waren uns halt nicht sicher und wollten den Jungen nicht leichtfertig in Schwierigkeiten bringen. Er hat es auch so schon nicht einfach. Ein Fehler, wie ich jetzt zugebe.«

»Vielleicht ist er es ja auch gar nicht«, sagte Preuß. »Aber es ist eine heiße Spur. Wir müssen so schnell wie möglich mit ihm reden. Und was euch zwei angeht ... Am liebsten würde ich zu Sauer gehen und die Sache melden. Das Disziplinarverfahren wäre euch sicher. In diesem Fall auch Ihnen, Herr Takeda. Japaner hin oder her.«

Claudia wollte nun doch zu einer saftigen Replik ansetzen, aber Takeda sprang im gleichen Moment von seinem Stuhl auf und machte in Preuß' und Surbachs Richtung eine tiefe Verbeugung. Er verharrte mit einem um neunzig Grad abgeknickten Oberkörper, hielt die Hände wie ein Skispringer seitlich vom Körper und rief mit einer lauten, eines militärischen Appells würdigen Stimme: »Kollege Surbach, Kollege Preuß! Es tut mir, nein, uns aufrichtig leid! Sie haben recht. Unser Verhalten war unwürdig. Es war unüberlegt und unkollegial. Ich und Claudia geloben Besserung und bitten tausendfach um Ihre Vergebung. Bitte, nehmen Sie unsere Entschuldigung an.«

Takeda machte Claudia mit der Hand ein Zeichen, dass sie auch aufstehen und sich verneigen sollte. Claudia, die nun ein Prusten kaum noch zurückhalten konnte, zuckte mit den Schultern. Aber warum eigentlich nicht?

Sie stand also auf und tat es Takeda gleich. Sie verbeugte sich und sagte: »Ich wiederhole die Worte meines ehrwürdigen Kollegen Takeda. Bitte, Surbach-San! Bitte, Preuß-San! Vergeben Sie uns, denn sonst sind Takeda und ich gezwungen, uns vor Scham das Leben zu nehmen!«

Preuß und Surbach wussten offenbar nicht so genau, wie sie reagieren sollten. Sie tauschten verunsicherte Blicke aus, zuckten beide mit den Schultern, stotterten herum. Takeda rührte sich während der ganzen Zeit keinen Millimeter.

Schließlich stieß Surbach seinen Kollegen Preuß mit dem Ellbogen an, tuschelte kurz mit ihm und sagte anschließend mit lauter Stimme zu Takeda und Claudia: »Lasst gut sein, Kollegen. Shit happens. Und wenn wir den Fall jetzt gemeinsam lösen, ist doch gut. Das mit Sauer war sowieso nur ein Spruch. Wir verpfeifen keine Kollegen.«

Claudia entspannte sich, und auch Takedas angewinkelter Oberkörper klappte wieder in die Senkrechte. Er drehte sich um, warf Claudia einen kurzen Blick zu und zwinkerte dabei mit einem Auge.

Um die Atmosphäre weiter aufzulockern, bereitete Takeda für alle Anwesenden eine Schale Matcha-Tee zu. Claudia genoss den tiefgrünen, intensiv schmeckenden Tee und spürte seine belebende Wirkung.

Karsten Surbach kostete vorsichtig, nickte wohlwollend und trank die ohnehin geringe Menge des kostbaren Tees in wenigen Schlucken aus. Ottmar Preuß hingegen roch an seiner Schale, schüttelte sich angeekelt und sagte: »Ist da Fisch drin? Und so etwas trinkt man in Japan freiwillig?«

Takeda sagte ungerührt: »Freiwillig und ausgesprochen gerne. Fisch aber ist bestimmt nicht darin. Es ist reiner grüner Tee. Übrigens ein Tencha-Matcha aus Uji, von der Familie Matsuhara, von der meine Familie seit über dreihundert Jahren Tee bezieht. Er kostet etwa zweihundert Euro für einhundert Gramm. Aber ich mache Ihnen gerne eine Tasse Filterkaffee, wenn Ihnen das lieber ist.«

»Zweihundert Euro? Im Ernst? Dann probiere ich doch lieber mal.«

42.

Nach dem Tee wurde die Atmosphäre wieder ernsthaft, und sie kehrten zum Fall zurück. Takeda meldete sich zu Wort, wandte sich an Preuß und Surbach. »Erlauben Sie mir eine Frage. Woraus schließen Sie, dass die Tat im Kino und der Mord an dem Obdachlosen miteinander zusammenhängen oder sogar vom selben Täter verübt wurden? Die vage Beschreibung des Täters erscheint mir recht dünn. Gibt es also noch weitere Anhaltspunkte?«

Preuß antwortete: »Gibt es in der Tat. Kurz nach dem Überfall auf den Obdachlosen hat eine Streifenwagenbesatzung einen Jugendlichen beobachtet, der etwas nördlich des Tatorts an der Ludolfstraße zu Fuß unterwegs war. Da er sich auffällig verhielt, haben ihn die Kollegen angesprochen. Der Jugendliche geriet in Panik und ist sofort abgehauen. Die Kollegen wollten hinterher, aber er ist in den Hayns Park gerannt und dort in der Dunkelheit entkommen. Dass ein Zusammenhang zu dem Obdachlosen-Mord bestehen könnte, wurde den Kollegen erst klar, als sie über Funk von dem Vorfall erfuhren. Sie haben die Zentrale alarmiert. Daraufhin haben sämtliche Streifenwagen in der Umgebung nach dem Jugendlichen Ausschau gehalten, ohne Erfolg. Immerhin haben wir dadurch auch eine Personenbeschreibung. Wie Sie schon sagten, Herr Takeda, ist diese nicht gerade präzise. Aber in diesem Fall vielleicht ja doch: Groß, schlank, Basecap und ein Schal vor dem Gesicht.«

Claudia, die konzentriert zugehört hatte, murmelte: »Der Jugendliche ist durch den Hayns Park abgehauen, das heißt, er ist nach Norden, Richtung Ohlsdorf gerannt, wo die Familie Kallweit wohnt. Wartet mal bitte einen Moment.«

Claudia zog einen der Telefonapparate heran, wählte eine Nummer, ließ sich ein paar Mal weiterverbinden. Schließlich hörte sie ein Freizeichen in der Leitung. Bevor am anderen Ende abgenommen wurde, erklärte sie im Flüsterton: »Das Haus der Familie Kallweit wird von unseren Kollegen bewacht, ich will wissen, ob die Diensthabenden in der Nacht etwas …« Sie wurde von einer Stimme in der Leitung unterbrochen, sagte in den Hörer: »Ja, Harms hier, Mordkommission. Sind Sie das, Herr Treutner? Wir haben uns vor einigen Wochen kennengelernt, als ich und mein Kollege Takeda … Ja, genau. Nur eine Frage. Hatten Sie vorgestern Nacht Dienst? Nein? Schade … ah, aber ihr Kollege Laubach. Ist der da? Sehr gut, fragen Sie ihn doch bitte einmal, ob in der Nacht zufällig Simon Kallweit das Haus verlassen hat und wann er zurückgekommen ist … Ja, danke.« Claudia wartete einige Momente, lauschte dann wieder in die Leitung, nickte, kritzelte ein paar Notizen auf einen Zettel. Dann beendete sie das Gespräch.

Sie blickte zu den Kollegen und sagte: »Simon Kallweit bricht öfter mal zu spätabendlichen oder nächtlichen Spaziergängen auf, das wissen wir schon von der Mutter. Die Kollegen haben soeben bestätigt, dass er das auch in der betreffenden Nacht getan hat. Er schleicht sich immer aus dem Haus und glaubt, dass die Kollegen ihn nicht bemerken, aber da täuscht er sich. Sie wissen genau Bescheid. In der betreffenden Nacht ist er gegen ein Uhr morgens aufgebrochen und gegen vier Uhr dreißig nach Hause zurückgekehrt. Nach Aussage des Kollegen war er bei seiner Rückkehr in einer aufgewühlten Verfassung und wirkte regelrecht gehetzt.«

Surbach stieß ein Schnauben aus. »Der Mord an dem Obdachlosen geschah gegen Viertel vor vier, die Kollegen im Streifenwagen haben den auffälligen Jugendlichen um kurz vor vier gesehen.«

»Wenn Simon zu Fuß nach Hause gegangen oder sogar gerannt ist, hätte er sein Elternhaus gegen halb fünf erreicht.«

Die Kollegen wechselten einen stummen Blick.

Takeda, der sich während der zurückliegenden Minuten an seinem Rechner zu schaffen gemacht hatte, räusperte sich. Er drehte den Monitor seines Computers in den Raum und sagte: »Bitte, sehen Sie es sich an.«

Auf dem Bildschirm war der Internet-Browser geöffnet, zeigte ein Chat-Forum im Internet. In einen Post war ein Video eingebettet, das Takeda mit einem Mausklick startete. Die Aufnahme war dunkel und verwackelt, offenbar mit einem Handy gemacht. Wie bei einem Ego-Shooter sah man einen ausgestreckten Arm, der einen gelben Benzinkanister hielt. Der Ton war schlecht, und dennoch war keuchendes, offenbar erregtes Atmen zu hören. Die Hand stülpte den Kanister um und goss den Inhalt auf ein am Boden liegendes Deckenbündel. Dann verschwand die Hand, tauchte Sekunden später mit einem brennenden Streichholz wieder auf. Das Streichholz segelte zu Boden, und sofort schoss eine Stichflamme ins Bild. Dann stand das Deckenbündel auch schon lichterloh in Flammen. Die Kamera entfernte sich einige Meter, hielt aber weiter auf das Feuer. In das Deckenbündel kam plötzlich Bewegung. Die Kontur eines Menschen, dessen Kleidung in Flammen stand, schälte sich daraus hervor. Zu hören war ein Auflachen, dazu die Schreie des Obdachlosen. Dann endete das Video.

43.

Drei Tage später saß Claudia gemeinsam mit Ottmar Preuß bei ausgeschaltetem Motor in ihrem Peugeot. Es war nach Mitternacht, und die dunkle, überfrorene Straße glänzte silbrig im Widerschein des Mondlichts. Das Haus der Familie Kallweit lag gute dreißig Meter entfernt auf der anderen Straßenseite. Bisher hatte sich nichts gerührt.

Genausowenig wie in der vorangegangenen und der Nacht davor. Auch da hatten sie jeweils bis in die frühen Morgenstunden hier gesessen, ohne dass etwas geschehen war.

Sie hatten den Fall inzwischen in der großen Runde präsentiert und waren nun offiziell als Vierer-Team darauf angesetzt. Während Preuß und Surbach Simon direkt zur Vernehmung vorladen wollten, hatte Takeda vorgeschlagen, ihn lieber weiter zu beobachten, um Beweise zu sammeln oder ihn im besten Fall auf frischer Tat zu stellen. Die beiden Kollegen hatten protestiert und gemeint, dass es besser sei, Simon mit den Tatvorwürfen zu konfrontieren. Sollte Simon der Täter sein, müssten sich die Videos aller Taten, zumindest aber gelöschte Fragmente davon auf seinem Smartphone finden lassen. Außerdem waren auf dem Benzinkanister tatsächlich DNA-Spuren gesichert worden, die sich mit denen von Simon abgleichen ließen.

All das genüge, um Simon zu überführen oder eben von den Tatvorwürfen zu entlasten.

Takeda hatte eingewandt, dass der Junge seiner Meinung nach viel zu intelligent war, um all diese Spuren nicht zu bedenken. Er würde Vorsorge getroffen haben.

Nein, Simon musste auf frischer Tat gestellt werden. Das sei die einzige Möglichkeit, ihn zu überführen.

Claudia war als Erste aus der Runde auf Takedas Position umgeschwenkt, Preuß und Surbach folgten schließlich widerwillig. Die Folgen mussten sie gemeinsam in der Form ausbaden, dass sie seit drei Tagen die Nächte in ihren Autos verbrachten. Ob Simon tatsächlich erneut das Haus verlassen und eine Tat begehen würde, wussten sie nicht. Es konnte also gut sein, dass sie vergeblich hier warteten.

Um etwas Abwechselung zu haben, hatten sie die Teams gemischt. Das war der Grund, warum Claudia in dieser Nacht gemeinsam mit Preuß vor dem Haus Wache hielt, während Takeda und Surbach in einer nahe gelegenen Seitenstraße auf Position waren.

Da sie den Motor immer nur für kurze Zeit laufen ließen, wurde es im Inneren des Wagens nach und nach eiskalt. Claudia legte sich ihren Daunenmantel wie eine Decke über. Preuß hingegen trug nur ein T-Shirt, vermutlich um mal wieder seine protzigen Oberarme zur Geltung zu bringen. Außerdem quasselte er unentwegt über seine Erfolge beim Sport.

»Sieh dir mal diese Oberschenkel an, Claudi. Ich lege auf der

Beinpresse vierhundert Kilo auf, das schafft sonst keiner im Studio. Willst du mal anfassen? Guck doch mal!«

Preuß spannte die Oberschenkel an, was seine Jeans beinahe zum Platzen brachte. Claudia schüttelte nur den Kopf. Irgendwo hatte sie so etwas doch schon mal erlebt. Im Kino vielleicht? Ach, wahrscheinlich erinnerte sie sich einfach nur an die vergangene Nacht, in der es genauso war.

Als Nächstes versuchte Preuß es mit seinem Bizeps, auch da stellte er angeblich alle seine Trainingspartner in den Schatten. »Guck dir das mal an! Fünfundvierzig Zentimeter, wenn ich anspanne. Ist das ein Oberarm, oder was?«

Claudia rollte genervt mit den Augen und fragte Preuß schließlich, wozu dicke Oberarme nützen würden, wenn alles andere vor Kälte klitzeklein zusammenschrumpfte.

Preuß zog daraufhin beleidigt seine Jacke über. Zehn schweigsame Minuten vergingen.

Schließlich wollte Preuß doch wieder etwas sagen, aber Claudia schnitt ihm das Wort ab. »Bitte, Otti, verschon mich mit weiteren Geschichten übers Gewichtheben. Interessiert mich echt weniger als null.«

Preuß verkniff das Gesicht und sagte: »Wollte ich gar nicht. Ich wollte was anderes fragen.«

»Dann ist ja gut.«

»Ich wollte wissen, ob wir eigentlich wirklich wegen eines Comic-Heftes hier sind. Das kann der Japse doch unmöglich ernst meinen.«

»Er ist nicht der Japse, sondern wenn überhaupt, dann der Japaner. Aber nenn ihn am besten einfach Takeda«, korrigierte Claudia. »Außerdem geht es nicht um ein Comic-Heft, sondern um ein Manga.«

»Ist das nicht dasselbe?«

»Die Augen der Figuren sind größer, und man liest das Ganze von hinten nach vorne. Aber sonst hast du schon recht.«

»Ist trotzdem Schwachsinn, wenn du mich fragst. Ich glaube, dass Takeda nicht kapiert hat, dass er nun in Deutschland ist. Kann ja sein, dass sich bei ihm zuhause die Menschen wegen einer Bildergeschichte gegenseitig umbringen. Aber hier bei uns? Gewagte Theorie.«

»Finde ich eigentlich auch. Andererseits geht es in dem speziellen Fall um ein Horror-Manga, das von mordenden, menschenfressenden Zombies handelt. Takeda hält es für möglich, dass Simon sich in eine Art Wahn hineingesteigert hat. Ist ja nicht so, als hätte es so etwas bei uns nicht gegeben. Denk an die Satanisten-Morde, mit denen wir es immer wieder zu tun hatten.«

Preuß zuckte mit den Schultern. »Takeda glaubt also, dass dieser Simon Kallweit sich selbst für eines dieser Monster hält und darum Menschen umbringt? Am Ende frisst er sie auch noch auf, oder was? Von wegen Menschenfresser?«

Claudia zuckte mit den Schultern. »So etwas nennt sich J-Horror und ist in Takedas Heimat wohl ziemlich verbreitet. Filme, Manga, Spiele, aber alles in der Horror-Fassung. Jedenfalls solltest du das Manga mal lesen, es heißt *Tokyo Ghoul*. Dann würdest du Takeda vielleicht eher glauben.«

»Nee, lass mal. Lesen ist nicht so mein Ding.«

»Ich weiß, aber einen Comic hätte ich dir gerade noch zugetraut.«

Preuß grinste. »Nicht mal das, sorry. Ich bin noch unterbelichteter, als du glaubst.«

»Glaube ich nicht, aber egal. Ich hab's jedenfalls gelesen und war überrascht von der Geschichte. Sie hat mir gefallen, weil sie irgendwie philosophisch ist.«

»Auch das noch.«

»Die Ghoule sind Einzelgänger, genau wie die Hauptfigur, dieser Ken Kaneki, mit dem Simon sich zu identifizieren scheint. Die anderen Leute, die normalen Japaner, sind einfach nur eine Masse, die sich in ihrem Alltag verliert. Kaneki wäre selbst gerne wieder normal, aber das geht nicht, weil er sich in einen Ghoul verwandelt hat. Als Leser kapiert man nach und nach, dass in Wahrheit die normalen Menschen die Zombies sind. Nur eben in einem philosophischen Sinn. Sie sind lebendig, leben aber eigentlich wie Tote. Die Ghoule hingegen sind frei, sie verwirklichen sich selbst, sind echte Individuen. Genau danach sehnt sich auch Simon, davon ist Takeda überzeugt. Er hat sich ja mit dem Jungen beschäftigt, hat seinen Charakter studiert.«

Preuß zuckte mit den Schultern. »Okay, so gesehen kann es schon hinkommen. Doch Philosophie hin oder her, der Junge scheint in jedem Fall hochgradig gestört zu sein. Höchste Zeit, ihn aus dem Verkehr zu ziehen.«

Claudia wollte gerade antworten, als sie auf der anderen Straßenseite am Haus der Kallweits eine Bewegung bemerkte. Ein unbeleuchtetes Fenster über der seitlichen Garage des Hauses wurde geöffnet. Kurz darauf kletterte eine Person – groß, schlank, mit Basecap und Schal – erst auf das Garagendach, dann hinunter in den Vorgarten. Schließlich stieg sie über den niedrigen Zaun, blickte sich nach rechts und links um, verschwand dann schnellen Schrittes die Straße hinunter.

Claudia wartete einige Sekunden, zog dann ihr Handy hervor und wählte Takedas Nummer. »Ken? Es geht los. Simon hat das Haus verlassen. Er bewegt sich nach Süden, kommt also genau auf euch zu.«

44.

Takeda spürte, wie sein Pulsschlag in die Höhe schnellte. Er hatte die zurückliegenden Stunden mit Karsten Surbach im Auto gesessen, hatte gewartet und sich innerlich auf genau diesen Moment vorbereitet.

Doch jetzt, wo es soweit war, spürte er eine ungeheure Anspannung. Bald würde sich erweisen, ob er mit seinem Verdacht richtig lag und Simon Kallweit wirklich der Täter war, hinter dem sie seit Wochen her waren.

Ein junger Mann, ein Teenager, eigentlich noch ein Kind, das aber doch drei Menschen getötet hatte.

Takeda hoffte, dass er sich täuschte. Aber daran glauben wollte er nicht. Sicher, für ihn, für Claudia, für das ganze Team wäre es ein Erfolg als Polizisten. Menschlich gesehen jedoch wäre es eine tragische Niederlage.

Nachdem er das kurze Telefonat mit Claudia beendet hatte, wandte Takeda sich an Surbach. »Es geht los. Simon Kallweit hat das Haus verlassen und bewegt sich in unsere Richtung. Wir müssten ihn gleich sehen können.«

»Alles klar. Dann gehen wir erst einmal auf Tauchstation.«

Surbach rutschte auf seinem Sitz nach unten, Takeda folgte seinem Beispiel. Beide Beamten sprachen nicht, atmeten leise, versuchten möglichst keine Bewegung zu machen.

Kurz darauf hörten sie Schritte auf dem Bürgersteig, bemerkten einen Schatten, der das Auto passierte und sich dann langsam wieder entfernte.

Sie warteten noch eine gute halbe Minute, setzten sich auf und sahen die hochgewachsene Gestalt von Simon Kallweit, die allmählich mit der Dunkelheit verschmolz. Als die beiden Beamten ausstiegen und die Verfolgung aufnahmen, verschwand Simon gerade um die nächste Straßenecke. Takeda und Surbach rannten einige Meter, verlangsamten dann ihre Schritte und lugten vorsichtig um die Ecke.

Es war nichts zu sehen. Simon Kallweit war verschwunden. Takeda sog zischend die Luft zwischen den Zähnen ein. *Kuso!*

»Verdammter Mist«, murmelte auch Surbach, als wollte er die Übersetzung liefern. Er zog sein Handy aus der Tasche, wollte wählen, als Takeda ihm die Hand auf den Arm legte.

»Warten Sie«, zischte der Inspektor. Er zog den Kollegen am Jackenärmel zurück in den Schatten.

Sekunden darauf tauchte Simon auf. Er war zwischen zwei geparkten Autos in die Hocke gegangen, hatte offenbar abgewartet, ob ihm jemand folgte.

Der Junge blieb ein paar Momente stehen, blickte angestrengt in die Dunkelheit, lächelte kurz. Dann setzte er seinen Weg fort.

»Ganz schön raffiniert, das Bürschlein«, sagte Surbach leise.

»Das ist er. Wir dürfen ihn nicht unterschätzen.«

Sie warteten noch ein paar Momente, vergewisserten sich, dass Simon sich nicht erneut in ein Versteck zurückzog, folgten ihm dann mit schnellen, lautlosen Schritten.

Einige Straßenecken weiter blieb Simon erneut stehen. Er ging allerdings nicht in Deckung, sondern schien sich eher suchend umzusehen.

Surbach hob fragend die Augenbrauen, Takeda zuckte mit den Schultern. Dann aber erhielten sie eine Antwort auf die Frage, was vor sich ging. Sie hörten Schritte, dann leise Stimmen, als Simon jemanden begrüßte.

»Er ist nicht allein«, sagte Surbach im Flüsterton.

»Nein, ist er nicht«, bestätigte Takeda, ohne allzu überrascht zu wirken.

Er hatte sich also nicht getäuscht. Simon Kallweit war ein *Hikikomori*, war also eigentlich ein Einzelgänger. Aber das hieß nicht, dass er sich nicht gelegentlich mit anderen *Hikikomori* zusammenfand. Die zweite Person trug ebenfalls eine Mütze und hatte zudem ihr Gesicht mit einer Hasenmaske vermummt. Dennoch sah Takeda einzelne silberne Haarsträhnen in der Nacht funkeln. Laura Delling.

Die beiden wechselten nur wenige Sätze, machten sich dann weiter auf den Weg. Takeda und Surbach folgten ihnen, waren ab jetzt aber noch vorsichtiger, immerhin waren es jetzt schon vier Augen und vier Ohren, vor denen sie sich verbergen mussten.

Gute zwanzig Minuten später erreichten sie in der Nähe der Meenkwiese ein unbebautes Grundstück, das von einem Lattenzaun umgeben war. Takeda und Surbach sahen gerade noch, wie Simon und Laura an einer Stelle, an der einige Bohlen fehlten, durch den Zaun kletterten und auf dem Grundstück verschwanden.

Die Beamten warteten erneut, traten dann an den Bauzaun und sahen ins Innere des Grundstücks. Die einige Meter unter dem Straßenniveau liegende Fläche war riesig, war von Bergen aus Bauschutt und Erde bedeckt, die zum größten Teil schon mit Büschen und Bäumchen überwuchert waren. Das Gelände musste seit Jahren brach liegen, vermutlich nachdem zuvor eine alte Bebauung abgerissen worden war. Es war schwierig zu überblicken und bot mehr als genug Möglichkeiten, sich zu verstecken. Ein offenbar erst kürzlich errichtetes Schild zeigte eine Zeichnung mehrerer Stadtvillen und kündigte deren Fertigstellung für einen Zeitpunkt in etwa zwei Jahren an. Noch aber schienen die Arbeiten nicht begonnen zu haben.

Surbach hob die Augenbrauen. »Ist eigentlich ein Wunder, dass so eine Fläche überhaupt so lange brach liegt. In dieser Gegend muss sie Millionen wert sein. Na ja, die Geduld des Investors dürfte sich ausgezahlt haben.«

Takeda nickte nachdenklich. Er musste an das Gespräch mit Thomas Brunkhorst denken, der gemeint hatte, dass es genug andere Flächen gegeben hätte, wo ein Containerdorf für Flüchtlinge hätte errichtet werden können. Die Stadt hätte sich nur gegen die anspruchsvollen Bewohner dieser Gegend durchsetzen müssen. Etwas, was der Senat, SPD-geführt oder nicht, einfach nicht schaffe, ja nicht einmal versuche.

Über Handy informierte Takeda Claudia und Preuß, die schon kurz darauf auftauchten. Sie parkten ihren Wagen in einiger Entfernung, näherten sich dann mit schnellen Schritten.

»Und jetzt? Wie wollen wir vorgehen?«, fragte Surbach.

Preuß zuckte mit den Schultern. »Die Frage ist doch, ob die beiden da unten bleiben oder ob sie an der anderen Seite wieder rauskommen.«

Claudia und Takeda wechselten einen kurzen Blick, verstanden sich auch ohne Worte.

»Der Inspektor und ich gehen rein«, sagte Claudia. »Ihr teilt euch. Einer bleibt hier, der andere läuft, so schnell es geht, ans andere Ende und hält dort die Augen auf. Wenn wir euch brauchen, schlagen wir Alarm. Umgekehrt genauso.«

Surbach atmete hörbar aus. »Keine gute Idee, wenn ihr mich fragt. Wenn es stimmt, dass der Junge drei Menschen auf dem Gewissen hat, ist das hier ein Fall fürs MEK.«

»Theoretisch, ja. Praktisch, nein. Wir müssen erst sicher sein, was los ist. Am Ende machen die beiden ein Feuerchen und braten sich ein paar Marshmallows. Dafür wollen wir kaum ein großes Rad drehen«, sagte Claudia.

Takeda dachte an die Situation im Dojo, als Simon Kallweit ihm die Klinge seines Schwertes an den Hals gehalten hatte und er in den Augen des Jungen die Lust am Töten hatte funkeln sehen. »Wir werden auf der Hut sein. Verlassen Sie sich drauf.«

Claudia wartete den weiteren Protest der Kollegen gar nicht erst ab. Sie schlüpfte durch die Lücke im Bauzaun. Takeda folgte ihr.

Das Licht war spärlich, aber dank des Mondes, der als Sichel am Himmel stand, war es hell genug, um sich zu orientieren. Sie verschafften sich eine Übersicht, kletterten dann die steile Böschung hinab, die von dem Zaun auf das tiefer liegende Grundstück führte. Von hier unten sahen die Schutthügel, aus denen Betonelemente und rostige Eisenstreben ragten, noch größer aus, eine bizarre, miniaturisierte Gebirgslandschaft. Es roch nach Morast und Zementstaub. Takeda, der vorhin Simons erste Schritte zwischen den Schutthügeln beobachtet hatte, gab die Richtung vor.

Der Boden war überfroren, doch die kalten Tage hatten nicht gereicht, dass der Frost schon tief ins Erdreich gedrungen war. Immer wieder sackten sie durch die dünne Eisschicht ein und hatten schon nach wenigen Schritten Lehmklumpen an den Schuhen, die das Laufen erschwerten. Claudia war froh, dass sie ein paar Sneakers angezogen hatte und nicht in Pumps unterwegs war. Takeda trug wieder sündhaft teure Lederschuhe. Allein während der Monate, die er nun in Deutschland war, hatte er schon zwei Paar bei Einsätzen verloren. Aber es schien ihm egal zu sein, er blieb sich treu. Stil hatte eben seinen Preis.

Sie schlichen in der Talsohle zwischen den Schutthügeln auf die Mitte des Grundstücks zu und verharrten schließlich, als sie flüsternde Stimmen hörten.

Claudia wollte ihre Dienstwaffe ziehen, doch Takeda schüttelte den Kopf. Wie üblich war er unbewaffnet. Er deutete auf den Schutthügel direkt vor ihnen, ein Gebilde aus Erde, Kies und größeren Betonstücken, vermutlich die alten Wände einer Tiefgarage.

»Sie wollen da rauf? Im Ernst?«, fragte Claudia in kaum hörbarem Flüsterton.

»Wir werden von dort oben eine gute Sicht haben.«

»Vorausgesetzt, wir brechen uns beim Klettern nicht den Hals.«

»Werden wir nicht«, sagte Takeda und ließ keinen Widerspruch zu. Er begann bereits, den Hügel emporzuklettern.

Claudia zuckte mit den Schultern, er hatte ja recht. Sie begann ebenfalls mit dem Aufstieg, konnte sich dabei nicht entscheiden, was sie mehr Mühe kostete, keinen Lärm zu machen oder sich an einer der spitz hervorstehenden Eisenstreben nicht selbst aufzuspießen.

Schließlich erreichten sie die Spitze des Schutthügels, vielleicht fünf, sechs Meter oberhalb des Grundstücks. Oben fanden sie ein flaches Betonteil, das ein Stück über den Hügel hinaus in Richtung der Grundstücksmitte ragte. Als Claudia oben angelangt war, deutete Takeda mit Gesten an, was er vorhatte. Claudia nickte. Sie legten sich auf den Boden, ignorierten die eisige Kälte des Steins, robbten nach vorne, von wo sie hinabblicken konnten.

Was Claudia dann sah, versetzte ihr einen solchen Schreck, dass sie beinahe laut aufgeschrien hätte.

45.

Auch den Inspektor packte das Entsetzen. Er schloss kurz die Augen, konzentrierte sich auf seinen Atem und zwang sich zur Ruhe. Dann zwang er sich, erneut in die Tiefe hinabzublicken. Er wollte ganz sicher gehen, dass ihm seine Augen keinen Streich spielten. Zugleich fasste er mit der anderen Hand nach Claudia, berührte sie am Arm und versicherte ihr, dass er bei ihr war. Er spürte, wie sie gegen die Übelkeit ankämpfte, genau wie er selbst.

Dort unten, vielleicht zehn Meter entfernt, saßen Simon Kallweit und Laura Delling an einem aus einer Baupalette gebauten Tisch. Im Holz steckte, einem Pflock gleich, ein Messer mit einer langen, im Mondlicht blitzenden Klinge.

Mit lachenden, blutverschmierten Gesichtern beugten sie sich über den toten Körper eines Menschen, der vor ihnen lag. Immer wieder griffen sie mit bloßen Händen in den aufgeschlitzten Leichnam, entrissen ihm Fleischstücke oder Innereien, schoben sie sich roh und bluttriefend in den Mund, schlugen lustvoll die Zähne in ihre Beute.

Takeda sah es und wollte es doch nicht glauben. Die Teenager aßen von dem Toten, schmatzten, spuckten, lachten. Wie bei einem Rudel Hyänen ging es zu, gierig und jenseits aller Zivilisation. Gelegentlich wechselten Simon und Laura kurze Sätze, bezeugten sich gegenseitig ihre Lust, ihre Gier, ihre Befriedigung, sie lachten sogar, schrien euphorisch, schienen keinerlei Angst vor Entdeckung zu haben. Sie redeten zumeist auf Deutsch, doch immer wieder folgten auch Worte auf Japanisch, Worte, die dem Inspektor wie Klingen in den Leib fuhren.

Takeda spürte, wie er dem Entsetzen, das in ihm brannte, kaum noch Widerstand entgegensetzen konnte. *Ore wa Ghouru da.* Ich bin ein Ghoul. Simon Kallweit hatte es ihm bei ihrer ersten Begegnung, am Tag des Vorfalls auf dem Bahnhof, im Vernehmungszimmer des Polizeipräsidiums gesagt. Ganz offen, ganz direkt.

Es war von Anfang an die Wahrheit gewesen. *Tokio Ghoul.* Ein Manga, das Wirklichkeit geworden war. Hier in Deutschland. Ein *Hikikomori*-Verbrechen, ein *Otaku*-Mord, wie er doch eigentlich nur in seiner Heimat vorkommen sollte. Jetzt aber musste Takeda einsehen, dass Japan tatsächlich nicht nur seine Manga und Anime in die ganze Welt exportiert hatte, überhaupt seine ganze, oft so bizarre Jugendkultur. Auch der damit verbundene Funke des Wahnsinns war in die Welt hinausgegangen, hatte die Köpfe junger Menschen infiziert, hatte sie zu Taten getrieben, die ohne ihre gezeichneten Manga-Vorbilder unmöglich wären.

Takeda lag auf der eiskalten Betonplatte, sah die kannibalischen Teenager und empfand tiefe Scham. Er war Japaner, und somit trug er auch Verantwortung für das, was dort unten geschah. Wie nur sollte er diese Schande ertragen? Wie den deutschen Kollegen, seinen Nachbarn, den Menschen auf der Straße jemals wieder ins Gesicht sehen?

Eine Bewegung riss den Inspektor aus den Gedanken. Claudia! Sie hatte sich wieder gefasst. Ihr Gesicht verriet zwar immer noch Abscheu, aber auch eine tiefe Entschlossenheit.

»Gott, ist das eine kranke Scheiße da unten«, flüsterte sie.

»Ich könnte es nicht besser ausdrücken.«

»Wir sollten es beenden.«

»So schnell wie möglich. Was schlagen Sie vor?«

»Ich sage den anderen Bescheid, dann gehen wir runter. Das schaffen wir auch ohne MEK.«

Claudia robbte ein Stück nach hinten, drückte ein paar Tasten an ihrem Handy. »Karsten? Claudia hier. Wir gehen jetzt rein und nehmen Kallweit und das Mädchen fest. Was passiert ist? Kann ich dir jetzt nicht erklären. Ja, ein vierter Toter, Identität unklar ... nein, ich glaube nicht, dass die Verhaftung ein Problem wird. Aber danach brauchen wir den großen Bahnhof, Spusi, Rechtsmedizin und für alle Fälle eine Ambulanz. Ach ja, und sag allen Bescheid, dass sie sich auf eine widerliche Sache gefasst machen sollen ... Nein, kann ich nicht beschreiben. Ich müsste kotzen, wenn ich es nur versuche.«

Claudia beendete die Verbindung, robbte wieder zu Takeda vor. Dort in der Tiefe hatte sich kaum etwas geändert. Die bluttriefende Orgie des Wahnsinns ging unverändert weiter. Inzwischen zogen die Teenager immer mehr Innereien aus dem Körper hervor, Organe, Därme, bissen hinein, warfen die Reste achtlos auf den Boden. Dann griff Simon Kallweit nach dem Messer, hob es empor und wollte es gerade tief in den Leichnam stoßen, als er in der Bewegung erstarrte.

Claudia war aufgestanden, hatte ihre Schusswaffe in Anschlag genommen. »Lass das Messer fallen, Simon. Und keine weitere Bewegung. Du auch nicht, Laura. Wir wollen eure Hände sehen! Bleibt ansonsten einfach sitzen und rührt euch nicht, dann passiert euch nichts.«

Simon sprang auf die Füße, blickte panisch nach rechts und links. Er schrie Laura zu, dass sie abhauen solle, wollte dann selbst losspurten.

Er kam keinen halben Meter weit. Takeda, der mehr oder weniger von dem Schutthügel hinabgesprungen war, packte ihn am Genick, verdrehte ihm den Arm auf den Rücken, so dass er das Messer fallen ließ.

»Es tut mir leid, Simon. Ich mag dich sehr gerne. Aber nun muss ich dich leider wegen des Verdachtes, vier Menschen getötet zu haben, verhaften.«

46.

Am nächsten Vormittag saß Inspektor Takeda an seinem Schreibtisch im Präsidium. Er nippte an einer Tasse mit grünem Sencha-Tee und sah aus dem Fenster in einen grauen, wolkenverhangenen Himmel.

Er fühlte sich hundeelend. Mehr als das – es ging ihm so schlecht, dass ihm die Vorstellung reizvoll erschien, aufzustehen, das Fenster zu öffnen und in die Tiefe zu springen.

Welch wunderbare Erleichterung musste die tiefe, ewige Stille des Todes sein!

Der Inspektor stand tatsächlich auf, doch anstatt das Fenster zu öffnen, stellte er den Wasserkocher an. Er wartete einige Momente, ließ das aufgekochte Wasser wieder ein wenig abkühlen, goss es in die Teekanne, in der die nassen Sencha-Blätter lagen, und bereitete sich einen dritten Aufguss.

Oder war es schon der vierte?

Er wusste es nicht. Als wenn das eine Rolle spielte.

Gestern Nacht, vor nicht einmal zwölf Stunden, hatte es so ausgesehen, als könnten er und Claudia einen ermittlerischen Triumph feiern. Als könnten sie diesen so seltsamen Fall endlich abschließen. Zwei blutrünstige Teenager, die Menschen töteten, die Menschen fraßen, die außer Kontrolle waren.

Manga-Kids, Manga-Monster.

Alle Teile des Puzzles, die Takeda in den zurückliegenden Wochen zusammengetragen hatte, schienen sich zu einem stimmigen Ganzen zu fügen.

Doch schon Sekunden, nachdem er Simon den Arm auf den Rücken gedreht hatte, ahnte Takeda, dass sich alles, was er vermutet hatte, als furchtbarer Irrtum erweisen würde. Er spürte es in dem Moment, in dem sein Blick auf die, nun ja, Leiche fiel, die auf dem grob gezimmerten Holztisch zwischen den Schutthügeln lag. Zum ersten Mal sah er sie von nahem, sah sie ganz deutlich.

Eine Schaufensterpuppe.

Sicher, ihr ausgehöhlter Torso war voll mit rohem, blutigem Fleisch, mit Innereien, mit Adern, Augen, Gedärmen ... Aber war das Beweis genug?

Ore wa Ghouru da. Ich bin ein Ghoul. Es war eben kein Mordbekenntnis, sondern wohl doch nur der alberne Spruch eines Teenagers, der sich in Traumwelten flüchtete und dort die Freiheit und Anerkennung fand, die ihm in der Wirklichkeit verwehrt blieben.

Es war zu spät gewesen, um noch Fragen zu stellen. Sekunden nach seinem Zugriff stürmten Preuß und Surbach heran, hielten ihre Waffen schussbereit vor sich. Es blieb keine Zeit für Erklärungen, keine Zeit für Fragen. Die Kollegen blickten die blutverschmierten Teenager mit angewiderten Gesichtern an, verdrehten ihnen die Arme auf den Rücken und legten ihnen Handschellen an. Dann führten sie Simon Kallweit und Laura Delling ab. Die

Kollegen von der Spurensicherung trafen ein, bauten ihr Equipment auf, tauchten die bizarre Szene inmitten der Schutthügel in das gleißende Licht ihrer Scheinwerfer. Die blutige Schaufensterpuppe wurde schließlich in einen der üblichen Zinksärge der Rechtsmedizin gelegt und zu Ludger Terzian gebracht, dem Leiter des Instituts für Rechtsmedizin.

Schon da stieß Markus Tellkamp, ein Kollege von der Spurensicherung, ein seltsames Schnaufen aus. Er blickte eher amüsiert als angeekelt auf die Szenerie, die im grellen Kunstlicht der Scheinwerfer wie das Set eines Amateurfilms wirkte, und sagte: »Ist unser Aufwand nicht ein wenig übertrieben? Das ist doch dummer Kinderkram hier.«

»Warten wir es ab. Wenn morgen die Ergebnisse aus der Rechtsmedizin da sind, sind wir schlauer«, antwortete Claudia und warf Takeda einen ahnungsvollen Blick zu. Sie wusste es so gut wie er.

Takeda nippte von seinem Sencha-Tee, warf einen Blick auf seine Uhr. Es war fast elf Uhr Vormittag. Terzian wollte sie in einer halben Stunde zu einer ersten Besprechung empfangen. Er würde ihnen mitteilen, ob das Fleisch, das die Teenager verzehrt hatten, menschlichen Ursprungs war. Claudia war vorhin zu Holger Sauer beordert worden, und ausnahmsweise hatte sie es nicht gewagt, ihren Vorgesetzten warten zu lassen. Er, Takeda, sollte keinesfalls dabei sein, darüber hatte der Kommissionsleiter keinen Zweifel gelassen. Wie Sauer nun über ihn dachte, darüber machte Takeda sich keine Illusionen. Aber was war mit Claudia? Verachtete sie ihn nun? Lachte sie über ihn? Verdammte sie ihn?

Er würde ihnen mitteilen, ob das Fleisch, das die Teenager verzehrt hatten, menschlichen Ursprungs war. Schließlich hatte er fest an die Schuld Kallweits geglaubt, hatte sich für dessen nächtliche Überwachung stark gemacht. Erwies sich alles als Irrtum, hätten sie wertvolle Zeit bei der Sache nach dem wahren Täter verloren. Holger Sauer würde den Stab über ihn brechen. Takeda stellte sich vor, wie er seinen Schreibtisch hier im Präsidium ausräumte und dann am Spalier der Kollegen, der Vorgesetzten, gar des Polizeipräsidenten vorbei zum Ausgang ging. Sie alle würden Verachtung empfinden, ihn für einen Stümper halten, der den Lügen von ein paar Teenagern aufgesessen war. Sein Blick wanderte erneut zum Fenster.

47.

Eine knappe halbe Stunde später lenkte Takeda seinen Wagen auf den Parkplatz des Instituts für Rechtsmedizin, das sich am Rande des Universitätsklinikums Eppendorf befand. Er blieb noch einen kurzen Moment im Wagen sitzen, lauschte den letzten Klängen von *Monk's Dream*, einer CD von Thelonious Monk.

Es war ein Trost. Notfalls hängte er den Job als Polizist an den Nagel und schlug sich als Jazzmusiker durch. Es wäre nicht einmal das schlechteste Los.

Ein ungeduldiges Autohupen schreckte Takeda auf. Er blickte sich um und sah, dass Claudia mit ihrem Peugeot auf den Parkplatz neben ihn gefahren war. Sie winkte ihm zu. Takeda lächelte. Er war sich nicht sicher gewesen, ob sie es rechtzeitig zu dem Termin schaffen würde. Ja, ob sie überhaupt noch Wert darauf legte, daran teilzunehmen.

Nachdem Takeda ausgestiegen war, stieg auch Claudia aus ihrem Wagen. Sie kam auf ihn zu, blieb stehen, stemmte die Hände in die Hüften und sagte: »Jetzt machen Sie nicht so ein Gesicht, Ken. Egal, was Terzian sagt, die Welt wird davon nicht untergehen.«

»Die Welt vielleicht nicht. Aber doch möglicherweise mein Aufenthalt hier bei Ihnen in Deutschland. Und mein Beruf als Polizist.«

»Ach, Blödsinn. Jeder macht mal Fehler. Wissen Sie, was man in Deutschland sagt? Die Hoffnung stirbt zuletzt.«

»Aber sagt man nicht auch, dass nur Narren an ihren Illusionen festhalten?«

»Nein, das sagt man nicht. Jedenfalls habe ich noch nie davon gehört.«

Takeda brummte nachdenklich und raffte sich zu einem kleinen Lächeln auf. »Wie war Ihr Gespräch mit Holger Sauer?«

»Ich wäre lieber in einem Schützengraben in Verdun gewesen oder am Marterpfahl bei den Apachen.«

»Ich verstehe nicht ganz.«

»Es war beschissen. Er hat mich fertiggemacht. Und Sie auch, sozusagen in Abwesenheit. Aber was soll's? Die Details erzähle ich Ihnen später. Freuen Sie sich einfach, dass Sie nicht dabei waren.«

»Hat Herr Sauer gesagt, ob er mich suspendieren oder sogar nach Japan zurückschicken wird?«

Claudia winkte ab. »Wie gesagt, lassen Sie uns später darüber sprechen.«

Ludger Terzian, der Institutsleiter, empfing sie im großen Sektionsraum. Er trug seinen grünen Laboranzug, vor den er eine gummierte, blutverschmierte Schürze gespannt hatte.

Als er die Ermittler sah, rief er ihnen quer durch den gekachelten, säuerlich riechenden Raum einen Gruß zu und forderte sie auf, näher zu kommen. Er winkelte den Arm an und reichte Claudia statt der Hand den Ellbogen. Gegenüber Takeda verbeugte er sich. »*Konnichiwa*, Takeda-San. Hallo, Frau Harms. Sorry, ich weiß, dass meine Berufskleidung nicht sonderlich sexy ist.«

Claudia schaffte nur ein müdes Grinsen. »Kein Problem, Professor. Aber tun Sie uns bitte heute den Gefallen und verschonen uns mit heiteren Geschichten über ihre Lieblingsleichen. Wir sind nur aus einem einzigen Grund hier.«

»Ich weiß. Aber schade. Ich habe nämlich ein paar wunderbare Exemplare auf den Tischen. Der hier zum Beispiel«, er deutete auf einen von einem Leichentuch abgedeckten Toten auf einem der Sektionstische, »hat zu viele selbstgezüchtete Zucchini gegessen. Wussten sie, dass die Dinger tödliche Dosen an Gift enthalten können? Doch, wirklich. Cucurbitacine. Merkt man eigentlich am bitteren Geschmack, aber in manchen Fällen eben nicht. Ich mag sie ja eigentlich, besonders diese italienische Variante, eingelegt in Olivenöl, dazu ein paar Kräuter und Knoblauch. Der Tote hatte aber Glück im Unglück oder besser gesagt seine Angehörigen. Die dachten, dass ihm seine zweite Ehefrau Arsen in den Kaffee getan hätte. Nicht, dass ihm die Familie nachtrauert, aber bei einem Verbrechen hätte die Versicherung nicht gezahlt.«

»Lieber Herr Terzian«, sagte Claudia und fixierte den Mediziner mit einem giftigen Lächeln, »noch ein Wort, und ich serviere Ihnen demnächst ein Ragout aus vergifteten Zucchini. Ehrlich jetzt, Takeda und mir ist wirklich nicht nach Späßen zumute.«

Terzian zupfte sich die Gummihandschuhe ab und strich sich über seine Glatze. »Ich vermute mal, dann interessiert Sie auch nicht der Kandidat auf dem Nebentisch? Schade. Vier Promille und zweihundert Stundenkilometer sind eine unglückliche Mischung. Hat sich auf der Autobahn um einen Brückenpfeiler gewickelt. Die Kollegen von der Feuerwehr mussten vier Stunden die Umgebung absuchen, bis sie alle Leichenteile zusammen hatten. Ein Blick lohnt sich, jedenfalls wenn man Interesse für menschliche Puzzlespiele hat.«

»Schluss jetzt, Professor«, fauchte Claudia. »Sie wissen, warum wir hier sind. Also spannen Sie uns nicht länger auf die Folter.«

Terzian machte eine dämpfende Handbewegung. Spätestens jetzt war ihm aufgefallen, dass nicht nur Claudia, sondern besonders Takeda in keiner guten Verfassung war. Das Gesicht des Inspektors war grau und eingefallen, er hatte dem Geplänkel mit Claudia nur stumm gelauscht.

»*Shitsurei shimashita*«, sagte Terzian. Verzeihen Sie meine Unhöflichkeit. Dank mehrerer Aufenthalte auf Medizinerkongressen in Japan hatte er so manche Phrase aufgeschnappt.

»Nein, nein. Es ist völlig in Ordnung«, sagte Takeda reflexhaft und verbeugte sich.

»Kommen Sie mit. Wir besprechen die Ergebnisse der Obduktion Ihrer ... wie soll ich sagen ... Ihrer Leiche in meinem Zimmer.«

Terzian unterdrückte nur mühsam ein Lachen. Er führte Claudia und Takeda durch einen gekachelten Korridor in sein Büro, hängte die Schürze neben seine Tweed-Jacke an die Garderobe, wies ihnen Stühle zu. Er selbst nahm hinter seinem Schreibtisch Platz, setzte eine Lesebrille auf und überflog ein Formular, das er selbst am frühen Morgen ausgefüllt hatte.

Dann legte der Rechtsmediziner die Fingerspitzen zusammen und sagte: »Rindfleisch. Nicht mal schlechte Qualität. Nicht gerade Kobe-Beef, Takeda-San, aber trotzdem nicht zu verachten. Man könnte viele leckere Gerichte daraus zaubern. Sie sagen also, diese jungen Leute haben das Zeug roh gegessen?«

»Haben die beiden. Sie haben die Puppe doch gesehen«, sagte Claudia.

»Ja, wurde mir stilvoll in einem Sarg geliefert. Wirklich, diese jungen Leute von heute, also ich verstehe sie nicht mehr. Jedenfalls sind Ihre beiden Verdächtigen keine Kannibalen, falls Sie das dachten. Die wollten einfach nur spielen. Die Innereien, die sie dabei verzehrt haben, ebenfalls vom Rind, sind übrigens ziemlich ungesund, zumindest in rohem Zustand. Sie sollten den beiden empfehlen, sich untersuchen zu lassen.«

Claudia winkte ab. »Das ist meine geringste Sorge im Moment. Sie können also hundertprozentig ausschließen, dass menschliches Fleisch oder Gewebe dabei war?«

»Absolut. Mein Team hat sich Mühe gegeben. Ausschließlich tierisches Fleisch. Wir haben das Zeug übrigens tiefgefroren. Sie können es mitnehmen und sich heute Abend in die Pfanne hauen.«

»Lassen Sie es gut sein, Professor.«

Claudia und Takeda bedankten sich noch einmal bei dem Mediziner, verließen dann gemeinsam das Labor. Als sie vor ihren Autos auf dem Parkplatz standen, sagte Claudia: »Wie geht's Ihnen jetzt?«

Takeda lächelte tapfer. »Wenn ich Sie zitieren dürfte, beschissen.«

»Da haben wir etwas gemeinsam. Sauer hat mich für den Fall, dass Terzian einen Mord ausschließt, beauftragt, zur Familie Kallweit zu fahren. Er selbst wird ebenfalls dazustoßen. Der Auftrag lautet, kleine Brötchen zu backen.«

»Werden Sie auch mit Simon sprechen?«

»Wenn er da ist, sicher. Er hat die Nacht in der Zelle verbracht, ist aber schon heute Morgen entlassen worden. Laura Delling genauso. Preuß und Surbach haben die beiden noch einmal intensiv befragt. Besonders Simon. Er kommt ihrer Meinung nach als Täter nicht in Frage, und zwar weder für den Kino-Mord noch im Fall des toten Obdachlosen. Ich werde trotzdem ein Hühnchen mit Simon rupfen. Er und Laura haben vielleicht nicht gegen Gesetze verstoßen, aber toll ist das nicht, was sie da getan haben.«

»Bitte grüßen Sie Simon von mir. Sagen Sie ihm, dass es mir sehr leid tut. Ich mag den Jungen wirklich, und ich hätte ihn inzwischen besser kennen müssen, als dass ich ihm solche Taten zutraue.«

»Werde ich ihm ausrichten. Aber sehen Sie es nicht allzu schwarz. Die Hauptschuld daran, dass wir ihn erneut verhaftet haben, trägt er selbst.«

»Sicher, so kann man es sehen. Ich hoffe, er lernt etwas draus.«

»Und seine Eltern auch«, fügte Claudia hinzu. »Vielleicht kapiert der Senator endlich, dass Politik nicht alles im Leben ist und dass er sich endlich auch mal um seine Familie kümmern sollte.«

»Sie erwähnen die Sache mit seiner Frau und Thomas Brunkhorst nicht?«

»Wieso sollte ich? Die Eheprobleme der Kallweits gehen uns nichts an.«

»Was genau hat Herr Sauer nun eigentlich über mich gesagt?«

Claudia grinste. »Jetzt lassen Sie endlich das *Herr* weg. Er ist unser Vorgesetzter. Da müssen Sie mit dem Respekt sparsam sein. Aber egal, er ist stinksauer, will aber erst einmal das Gespräch mit Kallweit abwarten. Wenn der allerdings Konsequenzen sehen möchte, geht es uns an den Kragen.«

»Ihnen auch?«

»Mitgefangen, mitgehangen. Sauer wirft uns besonders vor, dass wir Preuß und Surbach solange nichts von unserem Verdacht erzählt haben. Keine Ahnung, woher er es weiß, aber das ist ja jetzt auch egal. So ein Alleingang ist für ihn jedenfalls ein rotes Tuch. Ich finde, er hat recht.«

»Also eine Suspendierung. Es würde für mich wirklich das Ende meines Aufenthalts in Deutschland bedeuten.«

»Und für mich das Ende bei der Mordkommission. Ich darf dann wieder Falschparker aufschreiben. Jedenfalls etwas in der Richtung.«

Takeda starrte Claudia mit erschrockenem Gesichtsausdruck an. Seine Wangen bebten leicht. »Es tut mir unendlich leid, Claudia. Ich werde mit Herrn Sauer reden und ihm sagen, dass es ganz allein meine Schuld ist. Ich habe Simon in Verdacht gehabt, von Anfang an. Sie haben mir immer widersprochen.«

»Hören Sie doch auf, Ken! Außerdem lag ich mit der Spur zum Flüchtlingslager und mit Brunkhorst doch auch daneben. Wir hatten beide gute Gründe für unseren jeweiligen Verdacht. So etwas passiert.«

»Mein Fehler war schlimmer. Ich stehe tief in Ihrer Schuld.«

Takeda verbeugte sich vor Claudia und bat erneut murmelnd um Verzeihung. Claudia wollte ihm einen aufmunternden Klaps geben, ihn dazu ermutigen, lieber über den Fall nachzudenken, schließlich war er immer noch nicht aufgeklärt.

Takeda aber ließ nichts gelten. Er sah sie mit versteinertem Gesichtsausdruck an, stieg dann wortlos in seinen Wagen und fuhr davon.

Claudia blickte ihm nach und war sich nicht sicher, was sie fühlen sollte. Takeda tat ihr leid. Aber gleichzeitig war sie auch sauer und enttäuscht. Wann hörte er endlich auf, so gottverdammt japanisch zu sein? Er behandelte sie ja glatt wie eine Fremde. Konnte er die Dinge nicht einfach mal etwas lockerer sehen?

48.

Scham und Schuld. Konnte man die Gesellschaften der Welt wirklich danach unterteilen, ob sie eher dem einen oder dem anderen zuneigten? War es so eindeutig, dass ein Asiate, wenn er eine Verfehlung beging, eben mit Scham reagierte, während ein Westler sich schuldig fühlte?

Takeda saß am Tresen des *Hotoke*, seinem japanischen Stammlokal am Rande des Hamburger Hafens, das an eine typische Tokioter *Izakaya*-Kneipe erinnerte, und war eigentlich nicht in der Verfassung, über solche schwergewichtigen Fragen nachzudenken. Dazu war er viel zu betrunken.

Das Lokal war längst geschlossen, Takeda der letzte Gast. Er hatte die Krawatte auf Halbmast gezogen, den obersten Hemdknopf geöffnet, ein dunkler Bartschatten zeichnete sein Gesicht. Eine qualmende Zigarette hing ihm im Mundwinkel, seine Augen waren müde und rot geädert. Mit fahrigen Bewegungen zog er den Korken von seiner persönlichen Whisky-Flasche und drehte sie auf den Kopf. Nur ein paar spärliche Tropfen fielen in sein Glas.

»Oi, Yamaguchi! Bring mir eine neue Flasche. Ich habe Durst.«

Der Wirt, ein gutmütiger Typ, der den Inspektor gut leiden konnte, wischte gerade die Tische im hinteren Teil des Lokals sauber. Er warf den Lappen mit einem Seufzen in das Eimerchen, trocknete sich die Hände an seiner Schürze ab. Ihn brachte so leicht nichts aus der Fassung, auch kein sturzbesoffener Gast. Und Takeda schon gar nicht, dazu kannte er ihn inzwischen viel zu gut. Aber er wusste auch, dass der Inspektor immer wieder mit seinen Dämonen zu kämpfen hatte und dann herkam, um zu trinken.

Yamaguchi sah ihn mit einem Seufzen an und fragte: »Soll ich dir nicht lieber einen Tee machen, Inspektor? Der erfrischt dich. Und dann rufe ich dir ein Taxi, das dich nach Hause bringt.«

»Tee? Ich brauche keinen Tee. Ich will Whisky.«

»Du hast mehr als genug, Inspektor. Anderthalb Flaschen. Wenn du weiter trinkst, liegst du die nächsten drei Tage im Bett.«

»Und wenn schon.«

»*Shikkari shiro, keiji!* Reiß dich zusammen, Inspektor«, sagte Yamaguchi in einem strengen Tonfall.

»Ja, ja, ist ja gut.«

Takedas Kopf rutschte von seiner Hand, er drohte mit dem Kinn auf den Tresen zu knallen, fing sich aber in letzter Sekunde.

»Was ist denn überhaupt los?«, fragte der Wirt.

»Ich habe Mist gebaut. Ich werde wohl suspendiert. Vielleicht sitze ich schon morgen im Flugzeug und bin auf dem Weg in die Heimat.«

»Du machst Witze, oder?«

»Sehe ich so aus?«

Yamaguchi seufzte, verschwand hinten im Vorratsraum und kehrte mit einer frischen Flasche Yamazaki zurück. Den achtzehnjährigen. Sündhaft teuer. Aber es war nun einmal Takedas Lieblingssorte. Er entkorkte die Flasche, schenkte dem Inspektor ein, sah ihn fragend an. Als Takeda nickte, gönnte er sich selbst ein Glas. Sie stießen miteinander an.

»Du sagst, du hast Mist gebaut? Da glaube ich nicht. Wir kennen uns zwar noch nicht lange, aber ich weiß, dass du ein guter Polizist bist. Vielleicht der beste. Also komm schon, lass dich nicht so hängen. Es ist bestimmt nur ein Missverständnis.«

»Ein guter Polizist? Vielleicht war ich das in der Heimat. Aber hier? Ich verstehe die Deutschen einfach nicht. Sie sind so anders, so … seltsam. Ich hätte viel vorsichtiger sein müssen. Aber das war ich nicht.«

Yamaguchi warf einen Blick auf die Uhr. Es war weit nach Mitternacht. Aber in so einem Zustand konnte er den Inspektor unmöglich vor die Tür setzen. Andererseits, morgen war sein freier Tag, da blieb das *Hotoke* geschlossen. Was soll's also?!

Der Wirt stellte die neue Flasche vor Takeda. »Hör zu, Inspektor. Ich räume schnell zu Ende auf. Dann setze ich mich zu dir, und wir betrinken uns zusammen und erzählen uns Geschichten aus der Heimat. Was meinst du?«

»Hervorragend, Yamaguchi. Hervorragend«, sagte Takeda mit schwerer Zunge.

Solange der Wirt beschäftigt war, trank Takeda alleine. Er trank und hing dabei seinen Gedanken nach.

Er wusste einfach nicht, wie er Claudia, aber auch den übrigen Kollegen im Präsidium jemals wieder unter die Augen treten sollte. Er selbst initiierte eine tagelange Überwachung zweier Jugendlicher, und am Ende entpuppte sich alles als ein makabrer Scherz mit einer Puppe ... Nein, diese Schmach, diese Schande, war unerträglich.

Scham und Schuld. Die Frage war nichts Abstraktes, ganz im Gegenteil. Er wollte doch wissen, was dort in ihm selbst rumorte, ihn so elend machte, ihn vorhin sogar ernsthaft hatte überlegen lassen, das Fenster zu öffnen und in die Tiefe zu springen ...

Es war, wenn er es richtig in Erinnerung hatte, eine amerikanische Wissenschaftlerin gewesen, Ruth Benedict, die der Frage nach Scham und Schuld als Erste nachgegangen war. In ihrem wohl bekanntesten Buch, *Chrysantheme und Schwert*, hatte die Anthropologin im Jahr 1944 japanische Kriegsgefangene in den USA befragt und daraus eine große Kulturstudie angefertigt, die bis heute als bahnbrechend galt. Darin war die Wissenschaftlerin zu dem Schluss gekommen, dass Japaner eben mit Scham reagierten, wenn sie einen Fehler begingen. Es schien ganz logisch zu sein. Für einen Japaner war seine Gruppe das Wichtigste, seine Familie, seine Firma, mitunter sein ganzes Land. Verlor er vor seiner Gruppe das Gesicht, weil er etwas falsch machte, so konnte er den übrigen Mitgliedern der Gruppe nicht mehr unter die Augen treten. War es eine kleinere Verfehlung, so bat er um Vergebung. War es aber ein schwerwiegendes Vergehen, so blieb ihm nur noch die Möglichkeit, sich selbst das Leben zu nehmen, um sich von der Schande zu befreien, die er auf sich geladen hatte.

So geschah es auch heute noch tagtäglich in seiner Heimat, sei es, weil Politiker Bestechungsgeld annahmen, weil Familienväter arbeitslos wurden, weil Studenten eine Prüfung nicht bestanden, weil Frauen Männer liebten, die ihren Familien nicht genügten.

Die Antwort? Selbstmord.

Ruth Benedict hatte recht. Er war doch das beste Beispiel! Er schämte sich, denn er hatte durch seinen Fehler die ganze japanische Polizei in Misskredit gebracht. Mehr als das, Holger Sauer, der Polizeipräsident, alle Kollegen dachten nun bestimmt, dass man keinem japanischen Polizisten trauen könne, weil sie unzuverlässig waren, vermessen, eingebildet.

Aber war das wirklich alles, diese Scham? Ganz und gar nicht. Denn er, Takeda, fühlte sich eben auch schuldig. Schuldig, weil er Claudia in eine schreckliche Situation gebracht hatte. Schuldig, weil er Simon Kallweit etwas Unverzeihliches angetan hatte. Schuldig, weil er einfach zu leichtsinnig vorgegangen war, weil er seinem Instinkt vertraut hatte, obwohl er doch wissen sollte, dass er hier, in der Fremde, seiner inneren Stimme mit Skepsis begegnen musste.

Ließ sich also überhaupt zwischen Scham und Schuld unterscheiden? Oder war das Leben wie üblich nicht schwarz und weiß, sondern grau, und zwar in unendlich vielen Schattierungen?

Ein Geräusch riss Takeda aus seinen betrunkenen Gedanken. Er hörte ein Klopfen an der Tür des Lokals, dann Yamaguchis Schritte und seine Stimme. Der Wirt sagte dem späten Besucher, dass das Lokal leider schon geschlossen wäre. Dann aber stockte er, sagte in freundlicherer Tonlage: »Ach, Sie sind es ... ja, er ist hier. Aber er ist kein schöner Anblick.«

»Das bin ich auch nicht. Sehen Sie mich an.«

»Und ob Sie es sind. Kommen Sie herein. Sie sind durchgefroren. Ich mache Ihnen einen Tee.«

»Nein, nein, lassen Sie nur. Ich bleibe auch nicht lange. Es ist nur ... Ich muss etwas erledigen.«

Dann stand Claudia vor Takeda. Sie sah wirklich durchgefroren aus, war blass, ihr Haar war zerzaust, die Schminke um ihre Augen zerlaufen.

Aber Yamaguchi hatte dennoch recht. Sie war wunderschön.

»Trinken Sie mit mir?«, fragte Takeda mit heiserer Stimme.

Ihr Gesicht blieb ernst. »Nein.«

»Warum sind Sie dann hier?«

»Wollen Sie es wirklich wissen?«

»Sicher.«

»Darum.«

Claudia beugte sich in einer schnellen Bewegung vor und drückte Takeda einen Kuss auf die Lippen. Mehr als das – sie küsste ihn leidenschaftlich, voller Wut und Zuneigung, voller Verwirrung und Entschlossenheit, voller Verachtung dessen, was der nächste Tag bringen würde.

»Das musste einfach mal sein«, sagte sie.

Dann löste sie sich von ihm, rannte aus dem Lokal, knallte die Tür zu und war verschwunden.

Plötzlich war es im *Hotoke* so still, als hätte jemand geschossen. Takeda blickte wie erstarrt auf die Tür. Er hatte das Gefühl, als wäre er vom Blitz getroffen worden.

»Na, Inspektor, vielleicht doch lieber einen Tee?«, fragte Yamaguchi und sah ihn auffordernd an.

Takeda löste sich nur langsam aus seiner Erstarrung. Er drehte sich zum Tresen und sagte: »Ja, ein Tee wäre nicht schlecht. Und hör bloß auf, so blöd zu grinsen, Yamaguchi.«

49.

Der Herbst hatte den Wald in einen unfreundlichen Irrgarten aus nass-dunklen Bäumen verwandelt. Herabgefallene Blätter bedeckten den Boden und raschelten bei jedem Schritt. Nur ein paar immergrüne Nadelbäume gaben der Landschaft einige Farbtupfer.

Trotzdem genoss Claudia es, hier zu sein. Die Stille, die Strenge, die Einsamkeit.

Ankommen bei sich selbst.

Die Idiotie der Städte hinter sich lassen.

Sie und Gudrun, ihre beste Freundin, waren schon eine gute halbe Stunde unterwegs, als Claudia zum ersten Mal stehen blieb. Sie sagte: »Ich hab's getan, weil ich so unglaublich sauer auf ihn war.«

»Guter Grund, um einen Mann zu küssen.«

»Aber so war es wirklich.«

Gudrun lachte, und Claudia stieg mit ein. Ihr war klar, wie idiotisch ihre Erklärung klingen musste. Aber irgendwie stimmte es trotzdem. Oder?

Sie waren raus nach Aumühle gefahren, liefen durch den Sachsenwald, der vor über hundert Jahren dem Eisernen Kanzler Bismarck geschenkt worden und immer noch im Besitz der Familie war. Claudia kam gerne her, weil der Sachsenwald eine andere Nummer war als ihr kleines, überschaubares Niendorfer Gehege. Es war der größte Wald hier oben im Norden. Man konnte stundenlang spazieren gehen, ohne einem anderen Menschen zu begegnen, jedenfalls an normalen Wochentagen.

Sie setzten ihren Weg fort. Raschelndes Laub, stumme Atemwolken. »Ich bin jedenfalls nicht verliebt in ihn oder so.«

»Na, dann ist doch alles paletti. Es macht die Dinge entschieden unkomplizierter«, sagte Gudrun übertrieben unbeschwert.

»Gut, dass du das sagst.«

»Allerdings würde mich schon interessieren, was du für ihn empfindest. Weil, verliebt bist du ja nicht.«

Claudia ließ sich Zeit, suchte nach Worten, sagte schließlich: »Ich weiß es nicht. Ich werde gerade aus mir selbst nicht schlau. Und aus ihm sowieso nicht. Mir ist so etwas noch nie passiert. In der einen Sekunde denke ich, dass ich noch nie jemanden getroffen habe, der mich so fasziniert und dem ich so sehr vertraue. Und dann, in der nächsten Sekunde, wird mir klar, dass ich nicht das Geringste über ihn weiß und dass er mir total fremd ist. Er ist oft so unnahbar. Und immer so beherrscht, als ob er gar nichts fühle. Dann ekelt er mich fast an.«

»Aber geküsst hast du ihn trotzdem«, sagte Gudrun mit einem sanften Lächeln.

»Oh, Gott, ich weiß, wie verrückt das klingt.«

»Dass du dir das eingestehst, ist immerhin schon ein Fortschritt.«

Sie gingen weiter, und Claudia sagte seufzend: »Es war ein Fehler, oder? Das mit dem Kuss? Jetzt ist bestimmt alles vorbei zwischen uns. Wir können nicht mal mehr als Kollegen miteinander klarkommen.«

Gudrun legte den Arm um sie. »Du wirst es herausfinden. Aber mach dich nicht jetzt schon fertig deswegen.«

»Findest du, ich sollte mich bei ihm entschuldigen?«

»Keine schlechte Idee. Habt ihr euch danach denn noch nicht wiedergesehen?«

Claudia schüttelte den Kopf. »Nein, wir machen heute beide frei. Die letzten Tage waren anstrengend. Aber morgen geht es wieder los. Wir dachten ja, dass unser Chef uns suspendiert. Ist aber nicht passiert, das hat er heute Morgen entschieden. Im Gegenteil, wir sollen den Fall mit Hochdruck zu Ende bringen. Leichter gesagt als getan. Es gibt drei Leichen, aber wir sehen überhaupt keinen Zusammenhang. Wir wissen nicht einmal, wo wir mit den Ermittlungen ansetzen sollen.«

»Dir wird schon etwas einfallen. Du bist eine gute Polizistin«, sagte Gudrun.

50.

Es war später Nachmittag, und Inspektor Takeda saß mit untergeschlagenen Beinen auf seinem Futon im Schlafzimmer, rauchte eine Zigarette und hörte *In a silent way* von Miles Davis.

Die Platte war 1969 aufgenommen worden und war in gewisser Weise Miles' japanischstes Album. Sehr ruhig, ausgeglichen, mitunter fast eintönig und doch von einer ungeheuren Intensität. Das Album bestand überhaupt nur aus zwei Stücken und erinnerte ein wenig an ein klassisches *Shakuhachi*-Konzert. Nicht dass Miles' Horn wirklich Ähnlichkeiten mit der klassischen japanischen Bambusflöte hätte. Und doch bewies er auf dem Album, dass Musik in Wahrheit ohne Stille nicht denkbar war. Ruhe und Lärm, Stille und Harmonie, Ton und Schweigen waren in einem ständigen Dialog. Sie bedingten einander. Nur die Musiker, die das erkannten, fanden in ihrem Spiel zu jener unglaublichen Zurückgenommenheit, die wahre Meisterschaft kennzeichnete.

Takeda schloss die Augen, zog an seiner Zigarette und stellte erleichtert fest, dass die Auswirkungen seines Katers allmählich abklangen. Die Kopfschmerzen, mit denen er am Mittag aufgewacht war, waren unerträglich gewesen.

Nun gut, es war die verdiente Strafe für seine Ausschweifungen in der vergangenen Nacht gewesen. Immerhin hatten die ihn von seinen düsteren Gedanken vom Vortag befreit.

Außerdem hatte er nach dem Aufwachen eine Nachricht von Holger Sauer auf der Mailbox seines Handys vorgefunden. Er hatte sie mit klopfendem Herzen abgehört und fest damit gerechnet, dass Sauer ihm seine Entlassung mitteilte, aber er täuschte sich. Er und Claudia sollten sich diesen Tag freinehmen und sich dann schleunigst um die Lösung des Falls kümmern.

Takeda hatte sich unendlich erleichtert gefühlt. Und natürlich dachte er nicht im Traum daran, diesen Tag freizunehmen. Im Gegenteil, er würde sich sofort an die Arbeit machen.

Allerdings hatte sogar sein starker japanischer Wille ihn nicht davor bewahrt, noch einmal zurück auf seinen Futon zu sinken und ein paar Stunden weiterzuschlafen.

Jetzt am Nachmittag ging es ihm endgültig besser. Er stand auf, ging in die Küche und setzte einen Kaffee auf. Während er dem blubbernden Geräusch der Cafetiera auf dem Herd lauschte, fiel sein Blick auf das Foto, das auf dem Küchentisch lag. Es war vor einigen Wochen mit der Post gekommen und zeigte seine Exfrau Makiko auf ihrer zweiten Hochzeit. Sie stand in einem prachtvollen Hochzeitskimono neben ihrem Bräutigam, der ebenfalls klassisch gewandet war. Die beiden hatten ihre Ehe nach shintoistischem Ritual geschlossen, waren von einem Priester getraut worden und hatten dabei traditionell Sake aus winzigen Schalen getrunken.

Der Gedanke an Makikos neues Glück ließ Takeda lächeln, was ihn selbst überraschte. Natürlich erfüllte ihn auch eine gewisse Nostalgie, wenn er an sie dachte. Aber das war nach den langen Jahren der Ehe wohl verständlich. Er trauerte ihr indes nicht mehr nach.

Er war nun wirklich frei.

In a silent way. Die Platte von Miles Davis war wie der Soundtrack der Lebensphase, in der er steckte. Er hatte die wilden, ausschweifenden Phasen, die seiner Scheidung gefolgt waren, hinter sich gelassen, sozusagen den Bebop, den Hardbop. Nun wollte er erst einmal bei den ruhigen Melodien bleiben. Das war er sich selbst schuldig. Und er war es den Menschen schuldig, die ihn umgaben, die ihm nahestanden. Er hatte Makiko damals unendlich wehgetan, durch seine Feigheit, durch seine Sprunghaftigkeit.

Er wollte diesen Fehler nicht noch einmal machen. Er wollte behutsam sein. Mit sich. Und mit anderen.

Takeda trank einen doppelten Espresso, der die letzten Reste seiner Müdigkeit vertrieb und zugleich Erinnerungen an die letzte Nacht weckte. Ihm fiel Claudia und ihr seltsamer Auftritt im *Hotoke* ein. Ziemlich verwegen, ziemlich mutig. So war sie. Und es gefiel ihm. Mal sehen, wie es war, wenn sie sich wiedersahen.

Takeda kehrte ins Schlafzimmer zurück, wo er mit der Hand über die Reihe seiner Anzüge strich, die an einer Kleiderstange hingen. Er entschied sich für einen schlichten Anzug von *Beams*, wählte ein einfaches Hemd und verzichtete auf die Krawatte.

An der Haustür schlüpfte er in seine Schuhe, zog seinen Trenchcoat über, in den er vor einigen Tagen das Winterfutter geknöpft hatte, und verließ die Wohnung.

51.

Es dämmerte bereits, als Claudia zum Alsterufer in Winterhude kam. Sie hatte es nicht geschafft, nach ihrem Spaziergang mit Gudrun einfach nach Hause zu fahren und den restlichen Tag freizu machen. Klar, ein wenig Erholung tue gut. Aber sie habe sich nicht erholt, sie sei durchgedreht.

Stattdessen war sie direkt hierhergekommen, hatte ihren Wagen abgestellt und ging nun zu Fuß an dem Grünstreifen entlang, der unter anderen Umständen idyllisch gewesen wäre. Sie war auch gar nicht weit von dem Grundstück entfernt, auf dem sie Simon Kallweit und Laura Delling verhaftet hatten.

Claudia brauchte nur ein paar Minuten, um die Stelle zu finden, nach der sie gesucht hatte. Sie war kaum zu übersehen, Spaziergänger hatten dort ein riesiges Blumenmeer aufgetürmt. Zwischen den Blüten lagen Zettel und Zeichnungen, Beileidsbekundungen, Zeilen der Fassungslosigkeit, letzte Grüße. Ein Spaziergänger hatte eine volle Flasche Wodka hingestellt, mit einem Zettel daran, auf dem er dem Toten eine gute letzte Reise wünschte.

An dieser Stelle war Ralf Wordemann, den sie Ralle nannten, zu Tode gekommen. Mit Benzin überschüttet, angezündet, jämmerlich verbrannt. Und in seinem Todeskampf auch noch gefilmt.

Wenn sie mit ihren Vermutungen richtig lagen, war der Täter vielleicht siebzehn, höchstens achtzehn Jahre alt.

Aber er hieß nicht Simon Kallweit.

Simon war zwar, wie sie inzwischen wussten, in der betreffenden Nacht tatsächlich unterwegs gewesen, sogar ganz hier in der Nähe. Aber eben nur weil er auch da, auf dem nahe gelegenen Baugrundstück seinem bizarren Hobby nachgegangen war und Zombie gespielt hatte. Oder *Ghoul*, wie es eigentlich heißen musste.

Dasselbe galt im Übrigen für den Abend, an dem Rainer Sielmann im Kino getötet worden war. Simon war tatsächlich in der betreffenden Vorstellung gewesen, da er nun einmal gerne ins Kino ging, und zwar fast immer allein. Aber er konnte glaubhaft machen, dass er niemanden getötet hatte. Er hatte nicht einmal etwas von dem Verbrechen bemerkt, auch hinterher nicht.

War das alles nur Zufall? Oder war Simon Kallweit das verbindende Element der Verbrechen?

Aber warum? Was steckte dahinter? Wer könnte ein Interesse daran haben, dem Jungen gleich mehrere grausame Morde in die Schuhe zu schieben oder sie wenigstens in seinem Umfeld geschehen zu lassen?

Logischerweise kamen ihr erneut Simons Mitschüler in den Sinn. Handelte es sich um einen besonders perfiden Fall von Mobbing, dessen Ziel es war, einen Mitschüler nicht einfach nur zu demütigen, sondern ihn ins Gefängnis zu befördern? Und waren die Jugendlichen, die so etwas taten, sogar bereit, dazu unschuldige Menschen zu töten?

Claudia arbeitete seit fast zehn Jahren bei der Mordkommission, doch so etwas hatte sie noch nie erlebt. Sie konnte es sich nicht vorstellen.

Ausschließen wollte sie es jedoch auch nicht. Darum hatte sie den Verdacht bereits gestern mit Preuß und Surbach durchgesprochen. Die wiederum hatten die in Frage kommenden Schüler, also die, die wegen Mobbings an Simon der Schule verwiesen worden waren, noch einmal befragt. Als sie die Kollegen vorhin aus dem Auto angerufen hatte, hatten die erklärt, dass alle Schüler, die sie bisher getroffen hatten, ein Alibi für den Abend der Kinovorstellung hatten, die meisten auch für die Nacht, in der Wordemann getötet worden war.

Fehlanzeige.

Was aber dann? Worum ging es hier? Und was hatte es mit Simon Kallweit zu tun?

Claudia stand lange vor dem Blumenmeer und fühlte einen bitteren Geschmack im Mund. Sie hatte einfach keine Idee, wo sie ansetzen sollte.

Die lokalen Medien, Zeitungen und TV-Stationen, machten inzwischen einen ungeheuren Druck. Die Kollegen von der Presseabteilung hatten sich gestern entschieden, noch einmal an die Öffentlichkeit zu gehen. Und sie hatten die beiden Todesfälle, den im Kino und nun den am Alsterufer, miteinander in Verbindung gebracht. Claudia hatte abgeraten, allerdings kein Gehör gefunden. Das Ergebnis übertraf ihre schlimmsten Befürchtungen. Die Hamburger Blätter überboten sich mit dramatischen Schlagzeilen, sprachen vom Phantommörder, der in der Stadt unschuldige Menschen ermordete. Die Kommentatoren versäumten es nicht, zu erwähnen, dass es jeden Bürger jederzeit treffen könnte. Einige der Berichte waren mit undeutlichen, schwarzweißen Aufnahmen geschmückt, die sie aus den Internet-Videos der Taten herausgeschnitten hatten.

Diese Videos waren zwar aus den entsprechenden Foren längst verschwunden, aber in Zeiten wie diesen schien es immer Möglichkeiten zu geben, in den hintersten Winkeln des Internets Kopien oder Kopien von Kopien zu finden. Gerade dann, wenn sich mit solchen Aufnahmen viel Geld verdienen ließ.

In den Kommentaren schrieben die Zeitungen über die Verrohung der Gesellschaft, die Enthemmung der Jugendlichen, den Untergang des Abendlandes. Und alles in einem Tonfall, als hätte man all das doch eigentlich wissen müssen.

Claudia war jedoch Polizistin, sie arbeitete seit Jahren in der Mordkommission. Diese allgemeinen Weltuntergangsgefühle waren ihr fremd. Sie war zu nah an der Wirklichkeit, und die Wirklichkeit war anders – schlimmer und harmloser zugleich.

Die Zahl der Morde sank in Deutschland seit Jahren. Das war die gute Nachricht. Und wenn es doch zu Tötungsdelikten kam, dann geschahen sie in aller Regel aus denselben Motiven wie schon zu Zeiten, als die ersten Menschen in der Steppe von Afrika mit Faustkeilen aufeinander losgegangen waren. Rache, Eifersucht, Habgier.

Das war der positive Teil.

Der negative bestand darin, dass die nach Schlagzeilen gierenden Journalisten eben doch ein Stück weit recht hatten. Das Unnormale wurde normal. Und zu den üblichen althergebrachten Motiven gesellten sich eben doch neue hinzu, die noch schwerer zu ertragen waren.

Junge Männer, die sich Autorennen lieferten und dabei Unschuldige über den Haufen fuhren. Eltern, die ihre Schusswaffen herumliegen ließen, mit denen sich dann ihre Kinder im Grundschulalter gegenseitig abknallten. Oder eben Jugendliche, die Morde begingen und sich dabei filmten. Vielleicht taten sie es überhaupt nur deswegen. Der Mörder als Youtube-Star …

Also doch Weltuntergangsstimmung?

Nein, bestimmt nicht. Dazu stand Claudia zu fest mit beiden Beinen auf der Erde.

Es musste ein Motiv geben, das darüber hinausging. Auch in diesem Fall. Sie waren nur noch nicht darauf gekommen.

Es musste einen Zusammenhang geben. Zwischen den drei Toten. Sie konnten ihn nur noch nicht sehen.

Claudia überflog die Briefe, Zettel, Botschaften, die die Leute in dem Blumenmeer für Wordemann hinterlassen hatten, hoffte auf etwas zu stoßen, das vielleicht einen Hinweis lieferte. Plötzlich spürte sie, wie jemand dicht neben sie trat.

Sie erschrak nicht, sie lächelte. Weil sie wusste, wer es war, noch bevor sie sich umdrehte.

»Ken, wie geht's Ihnen?«

»Jetzt, wo meine Kopfschmerzen weg sind, ganz gut.«

»Hangover?«

»Mmh.«

Claudia konnte nicht anders, sie musste lachen. Sie knuffte Takeda freundschaftlich in die Seite und sagte: »Ich möchte mich bei Ihnen entschuldigen. Ich habe mich gestern unmöglich benommen.«

»Aber wieso denn? Da ist nichts, was es zu verzeihen gäbe.«

Claudia blickte Takeda unsicher an. Hatte er etwa vergessen, was gestern Nacht passiert war? Hatte er die Erinnerung an ihren Überfall im *Hotoke* im Alkohol ertränkt?

Sein Lächeln und der Blick in ihre Augen sagten etwas anderes.

Am liebsten hätte sie sich vorgebeugt und das Ganze noch einmal getan: Takeda wieder einen Kuss auf die Lippen gepresst. Danach konnte sie sich ja gleich noch einmal entschuldigen.

Und Takeda? Er sah sie auf eine Art an, als hätte er gar nichts dagegen. Oder als überlegte er sogar, dasselbe zu tun.

Dann war es auch schon vorbei. Es ging hier nicht um sie und ihre kindischen Gefühle. Sie hatten etwas zu tun. Darum war sie hier, darum war er hier.

Claudia drehte sich zu dem Blumenmeer, blickte erneut auf die vielen geschriebenen Botschaften. Sie sagte: »Eine tote Frau am Bahnhof, ein Ermordeter im Kino, ein angezündeter Obdachloser – wo ist die Verbindung?«

»Ich weiß es nicht. Aber ich habe eine Idee, wie wir eine Antwort finden könnten.«

52.

Claudia war noch nie in Takedas Wohnung gewesen. Das hier war also eine Premiere. Er hatte vorgeschlagen, zu ihm zu gehen, schließlich wohnte er nicht allzu weit vom Alsterlauf entfernt.

Weil der Inspektor stets tadellos gekleidet war, hatte Claudia angenommen, dass auch seine Wohnung stylish und modern sein müsste.

Japanisch und cool. Zen und Innenarchitektur. Jazz und klare Linien. Irgendetwas in der Richtung.

Nun aber warf sie erstaunte Blicke in die Zimmer und stellte fest, dass die Wohnung mehr oder weniger leer war. Und besonders ordentlich war sie auch nicht, sofern das in einer leeren Wohnung überhaupt möglich war. Takeda hatte keinerlei Möbel, er hatte nicht einmal ein Bett. In dem Raum, den er Schlafzimmer nannte, lag nur ein eingerollter Futon. Daneben befanden sich ein kleiner Fernseher mit einer angeschlossenen Playstation und eine Musikanlage. In einem anderen Raum stand noch ein Kleiderständer mit seinen Anzügen und Hemden. Das war's. Die restlichen Zimmer waren einfach leer. Nur in der Küche stand ein Tisch mit zwei Stühlen.

»Gemütlich bei Ihnen. So übersichtlich«, sagte Claudia.

Takeda errötete. »Ich hatte bisher keine Zeit, mich einzurichten.«

»Klar, Sie sind ja auch erst seit vier Monaten hier.«

Takeda kratzte sich verlegen im Nacken. »Um ehrlich zu sein, ich habe alles, was ich brauche.«

»Vielleicht sollten Sie eine WG gründen. Sie könnten ein paar Studenten glücklich machen. Ist doch Verschwendung, die Zimmer leer stehen zu lassen.«

»Sie haben recht. Ich sollte darüber nachdenken.«

Claudia kannte ihn und seine japanische Mentalität inzwischen gut genug, um zu wissen, dass Takedas Antwort eine der tausend Umschreibungen für *Nie im Leben* war. Er dachte nicht im Traum daran, die Zimmer unterzuvermieten. War ja von ihr auch nur so dahingesagt gewesen.

»Eine Kaffeemaschine habe ich übrigens. Möchten Sie eine Tasse?«, fragte er.

»Unbedingt. Mein Koffeinlevel ist im kritischen Bereich. Ich schlafe im Moment nicht sonderlich gut.«

»Das geht mir genauso.«

»Weil Sie über den Fall nachdenken? Die Sache Ihnen keine Ruhe lässt? Bei mir ist es so.«

Takeda hob zur Bestätigung die Schultern, sagte dann: »Bitte, kommen Sie mit in die Küche.«

»Sie meinen, weil da die einzige Sitzgelegenheit ist?«

»Zumindest wenn Sie nicht auf dem Fußboden sitzen möchten. Für mich wäre auch das in Ordnung.«

Er befüllte die Cafetiera, stellte zwei Tassen auf den Küchentisch. Claudia setzte sich. Eigentlich hatte der Inspektor ja recht, dachte sie. Warum sich mit unnötig vielen Dingen umgeben? Man brauchte sie ja doch nicht, sie waren nur Ballast. Vielleicht sollte sie einfach seinem Beispiel folgen und ihre Wohnung einmal so richtig entrümpeln.

Claudia trank von dem starken Espresso und spürte, wie ihre Lebensgeister erwachten. Takeda trank ebenfalls, stand dann auf, stellte eine Schale mit Reiscrackern dazu und sagte: »Das sind *Osembei*. Die passen besser zu grünem Tee. Aber zur Not gehen sie auch zum Kaffee.«

Claudia probierte eines der mit Seetang umwickelten zuckerglasierten Gebäckstückchen aus Reismehl. »Gar nicht übel.«

Takeda sah sie forschend an. »Ist das eine deutsche Umschreibung dafür, dass Sie sie ekelig finden?«

Claudia lachte. »Nein. Wir Deutschen sind nicht so subtil, das sollten Sie doch inzwischen wissen. Wir sagen, was wir denken. Gar nicht übel heißt gar nicht übel.«

Takeda nickte zwar, wirkte aber nicht überzeugt. Dann kam er auf das eigentliche Thema zu sprechen: »Mir ist eine Sache aufgefallen. Wir wissen einiges über Tatjana Gebers, die Frau, die auf dem Bahnhof zu Tode kam. Und die Kollegen Preuß und Surbach haben auch einiges über Rainer Sielmann herausgefunden, den Mann, der im Kino ermordet wurde. Aber sie haben sich nicht die Mühe gemacht, mehr über den toten Obdachlosen herauszufinden.«

Claudia sah den Inspektor überrascht an. Er hatte recht, schließlich hatte sie selbst am Vortag mit Preuß und Surbach genau darüber gesprochen. Tatsächlich hatten sie nicht viel mehr über das dritte Opfer in Erfahrung gebracht als seinen Namen und dass er seit einigen Jahren auf der Straße lebte. In den kalten Wintermonaten kehrte er immer mal wieder in einer Obdachlosenunterkunft in St. Georg ein. Mehr herauszufinden erschien ihnen Zeitverschwendung; es sei zu klar, dass Wordemann ein Zufallsopfer war.

»Aber glauben Sie denn, dass uns der persönliche Hintergrund des Opfers weiterbringt?«, fragte Claudia überrascht. »Ich meine, halten Sie es für möglich, dass er gar kein Zufallsopfer war, sondern gezielt getötet wurde?«

»Waren wir nicht einer Meinung darüber, dass wir nicht an Zufall glauben?«, gab Takeda mit einem Lächeln zurück.

»Schon, aber ... wir haben doch schon im Falle von Tatjana Gebers und Rainer Sielmann geprüft, ob es Anhaltspunkte für eine gezielte Tat gab. Wir haben nichts gefunden. Warum sollte das bei Wordemann anders sein?«

Takeda hob abwehrend die Hände. »Ich sage nicht, dass es anders ist. Ich möchte nur sichergehen. Sehen Sie, selbst wenn uns ein Täter sagt, dass er seine Opfer zufällig auswählt und sogar selbst fest daran glaubt, heißt das nicht, dass es wirklich stimmt. Vielleicht gibt es etwas an seinen Opfern, das ihn an etwas erinnert oder ihn sonstwie berührt, ohne dass er es selbst merkt. Die Haarfarbe, die Gesichtsform, die Kleidung, das Parfum. Er selbst glaubt, dass er das Opfer willkürlich auswählt, aber in Wahrheit gibt es eben doch Gründe dafür, Zusammenhänge, die ihm selbst gar nicht klar sind.«

Claudia waren Takedas Gedanken nicht fremd. Das, was der Inspektor aussprach, war die tiefere Bedeutung dessen, dass es keine Zufälle gab. Es hieß einfach nur, dass immer Zusammenhänge zwischen zwei Ereignissen bestanden, nur dass sie mitunter so tief verborgen waren, dass sie sich der Wahrnehmung entzogen. Ihre Aufgabe als Ermittler bestand darin, so tief zu graben, dass sie auf ebendiese Zusammenhänge stießen.

Aber es war eine mühselige Arbeit, und ob sie von Erfolg gekrönt sein würde, stand überhaupt nicht fest. Doch was sollten sie sonst tun?

Claudia nickte entschlossen. »Okay, versuchen wir es. Finden wir heraus, wer dieser Ralf Wordemann war und warum es vielleicht einen Grund gab, dass er sterben musste.«

Sie nahm den letzten Schluck Espresso. Jetzt waren ihre Lebensgeister endgültig geweckt.

53.

»Ralle? Schreckliche Sache«, sagte Konrad Viersen, einer der Mitarbeiter der Obdachlosenunterkunft *Herzbude* im Stadtteil St. Georg. Er führte Claudia und Takeda durch den großen Aufenthaltsraum im Erdgeschoss der Einrichtung. Etwa fünfzehn Bewohner saßen an den Tischen. Einige tranken Kaffee und unterhielten sich oder spielten Karten. Takeda hörte Deutsch, aber auch Polnisch, Rumänisch, Russisch. Andere waren in einem schlechteren Zustand, hatten verfilzte Haare, kaum Zähne im Mund, hockten einfach da und starrten apathisch ins Leere.

Der Inspektor ließ seinen Blick durch den Raum schweifen, spürte die neugierigen, vielleicht auch misstrauischen Blicke einiger Männer und reagierte darauf mit einem freundlichen Lächeln.

Er hatte auch in Tokio mehr als einmal in ähnlichen Einrichtungen ermittelt. Entgegen der Meinung vieler Ausländer gab es auch in Japan unzählige Obdachlose, insbesondere in den großen Städten. Man konnte ihre aus Plastikplanen und Pappkartons zusammengezimmerten Behausungen entlang der Flussufer und Bahnstrecken in Tokio sehen. Noch vor einigen Jahren siedelten sie auch in großer Zahl in den großen Bahnhöfen von Shinjuku und Shibuya, doch inzwischen hatte die Polizei durchgegriffen. Aus den Augen, aus dem Sinn. Diese urdeutsche Redensart galt erst recht für viele seiner japanischen Landsleute und vor allem für die Politiker.

In Japan bezeichnete man die Obdachlosen zumeist mit dem englischen Begriff *Homeless*. Takeda hatte mit einigen von ihnen Kontakt, weil es zu Taten unter ihnen gekommen war oder weil er sich eine Zeugenaussage erhoffte. Viele seiner Kollegen gingen rabiat mit den Betroffenen um, kommandierten sie herrisch herum und hatten kaum Verständnis für ihre Lage. Takeda hingegen hatte die Erfahrung gemacht, dass es sich auszahlte, die Obdachlosen respektvoll zu behandeln. Nicht selten verbargen sich hinter den verwahrlosten Gestalten gebildete Menschen, die noch wenige Jahre zuvor ein normales Leben geführt hatten. Der Verlust der Arbeit, der Familie, einer geliebten Person hatte sie aus der Bahn geworfen. Unvermittelt fanden sie sich auf jener anderen Seite des Lebens wieder, von der aus die japanische Gesellschaft kaum je eine Rückkehr zuließ. Andere waren, wie Takeda zu seiner Überraschung festgestellt hatte, sogar freiwillig auf eben jene andere Seite gewechselt. Er hatte unter den Homeless ehemalige Professoren getroffen, verhinderte Künstler, Weltreisende, die nicht bereit waren, sich den rigiden Zwängen eines bürgerlichen Lebens unterzuordnen, und es vorzogen, in Armut, aber eben auch in Freiheit zu leben.

»Können Sie uns etwas über Herrn Wordemann erzählen?« Claudia wandte sich mit ihrer Frage an Konrad Viersen und holte damit auch Takeda wieder in die Gegenwart.

Viersen zuckte mit den Schultern. »Ich weiß nicht wirklich viel über Ralle. Er war um die fünfzig, ein Einzelgänger. Ich muss leider sagen, dass er nicht sonderlich beliebt war. Aber das ändert nichts daran, dass sein schrecklicher Tod viel Unruhe auf die Straße gebracht hat. Unsere Klienten haben Angst, das können Sie sich ja vorstellen. Unsere Belegung ist im Moment extrem hoch, wie immer nach solchen Vorfällen. Niemand will nachts da draußen sein.«

Viersen geleitete sie zu einem Tisch in der Ecke, besorgte drei Kaffee und setzte sich dann ebenfalls. »Ralle gehörte zu den Vergessern. Das ist auch der Grund, warum bei ihm nicht viel zu machen war. Er wollte keine Hilfe. Er lebte genau das Leben, für das er sich entschieden hatte.«

»Was ist ein Vergesser?«, fragte Takeda.

»Wollte ich auch gerade fragen. Kein übliches Wort«, fügte Claudia hinzu.

»Mein Wort«, sagte Viersen. Er war selbst erschreckend hager, hatte ein Gesicht mit hohlen Wangen, einen ergrauten Vollbart.

Die Sorte Streetworker, deren eigenes Leben auch nicht gerade straight verlaufen war. Aber die genau darum von den Klienten akzeptiert wurden. »Viele unserer Leute sind krank, und damit meine ich nicht ihre körperliche Verfassung. Die werden von ihren inneren Dämonen gejagt. Die kriegen einfach keinen Anschluss. Mit den Osteuropäern ist das noch einmal anders. Da haben wir viele Trinker dabei, und glauben Sie mir, die verstehen unter Trinken etwas anderes als wir. Aber der Ralle, der war ... auf der Flucht.«

»Vor wem? Oder was?«, fragte Claudia sofort.

Viersen lächelt sie herablassend an. »Vor sich selbst. Vor seiner Vergangenheit, was weiß ich. Eben ein Vergesser. Der hat sich selbst nicht ertragen. Darum konnte man mit dem auch nicht reden. Der kam nur in den wirklich kalten Winternächten, und meistens war er nach spätestens drei Tagen schon wieder verschwunden. Bei einer unserer letzten Unterhaltungen meinte er, er hoffe, bald sterben zu dürfen. Vor den Zug werfen, vom Hochhaus springen, ins Wasser gehen, hätte er alles versucht. Aber er schaffe es einfach nicht. So gesehen hat das Schwein, das ihn auf dem Gewissen hat, ihm sogar einen Gefallen getan. Das ist ein bitterer Trost, aber es ist einer.«

»Und Sie haben keine Idee, was es war, das er vergessen wollte?«

»Ein Familiending, aber mehr weiß ich auch nicht.«

»Sie sagten, dass er unbeliebt war. Warum?«

»Aus dem gleichen Grund. Er wollte seine Ruhe haben. Er hat diejenigen, die sich ihm genähert haben, abblitzen lassen.«

Takeda, der dem Gespräch bisher stumm gelauscht hatte, sagte: »Wenn Sie mich bitte kurz entschuldigen würden.«

Er stand auf und ging zu einem anderen Tisch hinüber, an dem ein einzelner Mann saß. Er gehörte zu den heruntergekommensten Personen im Raum. Sein Haar umrahmte den Kopf in langen, fettigen Strähnen. Auch der Bart bestand nur noch aus filzigen Büscheln, in denen es vor Ungeziefer zu wimmeln schien. Die Gesichtshaut, sofern davon etwas zu sehen war, war rot geädert und seltsam prall, als würde sie jeden Moment platzen. Seine Kleidung bestand aus dunkelbraunen Lumpen, zum größten Teil fleckig und mottenzerfressen.

Dennoch hatte er versucht, ihrem Gespräch mit Viersen zu lauschen, wie Takeda bemerkt hatte.

Der Inspektor verbeugte sich höflich, nannte seinen Namen und stellte sich als Mitarbeiter der Mordkommission vor.

Der Obdachlose starrte ihn nur an, und Takeda war unsicher, ob er ihn verstand. Dann aber begegneten sich ihr Blicke, und er sah die erstaunlich wachen Augen des Mannes.

»Täusche ich mich, oder ist es möglich, dass Sie Herrn Wordemann, dass Sie Ralle kannten?«

»Kann sein.«

»Ich denke, sein Schicksal interessiert Sie.«

»Du kannst Gedanken lesen, oder was?«

»Nein, aber ich kann in Gesichtern lesen«, entgegnete Takeda. Er entlockte dem Obdachlosen ein Lächeln.

»Ihr tappt im Dunklen, was? Lasst euch nicht zu viel Zeit, sonst zündet das Schwein bald den nächsten von uns an.«

»Vielleicht können Sie uns dabei helfen, dass es nicht soweit kommt.«

»Vielleicht.«

»Erzählen Sie mir bitte, was Sie über Herrn Wordemann wissen.«

Der Obdachlose kratzte sich, erst am Kopf, dann am Bart. »Ich weiß nichts über ihn. Keiner weiß was. Der hat nicht geredet.«

»Warum interessiert Sie dann sein Schicksal?«

»Wer sagt, dass es mich interessiert?«

»Ich.«

»Schon möglich. Wir haben ein paar Mal zusammen gehaust da draußen. Er war ein Guter, auch wenn er es nicht gezeigt hat.«

»Und er hat Ihnen wirklich nicht das Geringste erzählt? Über sich, über sein Leben? Vielleicht hat er erwähnt, dass er vor jemandem Angst hatte?«

Der Obdachlose lachte und hauchte Takeda dabei seinen alkoholschwangeren Atem ins Gesicht. »Wie wäre es mit einer Spende, Herr Polizist? Dann fällt mir vielleicht etwas ein.«

Martin Viersen, der in Hörweite saß, sprang von seinem Stuhl auf und kam auf den Tisch zu. »Betteln kannst du draußen. Kurt. Wenn du etwas weißt, sag's.«

Kurt zog sich augenblicklich in sich selbst zurück, blickte feindselig zu Viersen. »Ich weiß aber nix.«

»Bitte, gewähren Sie mir einen Moment alleine mit ihm«, sagte der Inspektor zu Viersen.

»Aber geben Sie ihm nichts. Das darf gar nicht erst einreißen.«

»Verlassen Sie sich auf mich«, sagte Takeda und nickte nachdrücklich.

Doch schon in dem Augenblick, in dem Viersen sich umgedrehte, zog er seine Börse hervor und drückte Kurt einen Zehn-Euro-Schein in die Hand.

Der Obdachlose lachte. »Du bist mir ja einer.«

»Bitte, reden Sie.«

»Ich weiß nichts, aber ich kann dir sagen, mit wem du reden musst. In St. Georg, im Krankenhaus, da gibt es eine Schwester in der Notaufnahme. Keine Ahnung, wie die heißt. Die mochte er. Hat er mir erzählt. Die musst du suchen.«

Takeda machte sich eine Notiz, verbeugte sich und sagte: »Danke sehr, Herr Kurt. Es war mir eine Ehre, mit Ihnen zu sprechen.«

»Nichts für ungut, Inspektor. Kommen Sie mal wieder vorbei.«

54.

Erst vier Tage später hatten sie die richtige Krankenschwester identifiziert. Es dauerte vor allem deshalb so lange, weil Claudia und Takeda weder einen Namen noch eine Beschreibung hatten. Eine Mitarbeiterin der Personalstelle des Krankenhauses in St. Georg war dennoch bereit, auf ihr Drängen hin eine Rundmail an alle in Frage kommenden Mitarbeiterinnen zu schicken. Trotzdem dauerte es quälend lange, bis Claudias Handy klingelte und sich eine Frau namens Lisa Wessel meldete. Sie bestätigte, dass sie Ralf Wordemann kannte. Da die Zeitungen seinen Namen nicht abgedruckt hatten, hatte sie von seinem Tod noch nicht erfahren, reagierte am Telefon hörbar schockiert und war sofort zu einem Treffen bereit.

Es war später Vormittag, als Claudia ihren Peugeot in einer Seitenstraße in Hamburg-Horn parkte. Sie und Takeda stiegen aus. Über einen kleinen Stichweg erreichten sie den Eingang eines Siedlungshauses, dessen typisch hamburgische Rotklinkerfassade vor nicht allzu langer Zeit mit weißem Dämmmaterial zugekleistert worden war – was inzwischen leider ebenfalls als typisch hamburgisch gelten musste und Claudia unendlich aufregte.

Sie überflog die Klingelschilder, drückte dann auf den richtigen Knopf.

Kurz darauf betraten sie eine kleine, geschmackvoll eingerichtete Zwei-Zimmer-Wohnung, in der Claudia sich dennoch nicht wohl fühlte. Sie mochte die Möbel, die Bilder an den Wänden, die moderne Küche, die frischen Blumen auf dem Wohnzimmertisch. Lisa Wessel hatte Geschmack, das stand fest, und er war gar nicht so unähnlich von ihrem eigenen. Aber gleichzeitig strahlte die Wohnung, genau wie ihre Besitzerin, eine tiefe, bittere Einsamkeit aus, die Claudia ebenfalls an sich selbst erinnerte. Sie wusste, dass sie hier schnell wieder herausmusste, um nicht in eine düstere Laune abzurutschen.

Sie überließ Takeda die Befragung. Der Inspektor erzählte Lisa Wessel von ihrem Gespräch mit Konrad Viersen und einem der Obdachlosen in dem Wohnheim, der wiederum Ralf Wordemann gekannt hatte. »Dieser Mann – er hieß Kurt – sagte uns, dass Herr Wordemann Sie mochte und sich gerne mit Ihnen unterhalten hat.«

Lisa Wessel war eine kleine, zähe Person. Takeda schätzte sie auf Ende dreißig. Sie hatte ein hübsches Gesicht, das aber erschöpft und ausgezehrt aussah und einen erschreckend bitteren Zug um den Mund zeigte. Daran war sicherlich auch die Arbeit in der Notaufnahme schuld, sagte er sich. Dort erlebte man ähnlich viele unangenehme Dinge wie in seinem Beruf. Möglicherweise war es sogar noch aufreibender, denn während die Polizei die Opfer zumeist erst zu Gesicht bekam, wenn sie bereits tot waren, wurde man als Krankenschwester nicht selten Zeuge ihres Dahinscheidens.

»Das stimmt schon. Ralf – ich mochte seinen Spitznamen Ralle nicht – wurde vor ein paar Jahren bei uns mit der Ambulanz eingeliefert«, sagte Lisa Wessel. »Das war im Winter, im Dezember oder Januar. Es waren besonders kalte Monate in dem Jahr. Dann häufen sich solche Fälle, also, dass die Obdachlosen eingeliefert werden. Wir in der Notaufnahme sind nicht begeistert davon, das können Sie glauben. Stockbesoffen, verlaust, verfloht, verwanzt, ein unerträglicher Gestank. Die ganze Palette. Vor allem wäre es ja gar nicht nötig, es gibt in Hamburg genug Unterkünfte. Aber ein paar von denen wollen halt nicht ins Warme. Die halten es nicht aus, wenn Wände um sie herum sind. Ralf war so ein Fall. Wir mussten ihm die Kleider vom Leib schneiden, und was wir dann zu sehen bekamen, war nicht lustig. Er hatte schon Erfrierungen an den Händen und Füßen und war selbst für einen auf der Straße in einem erbärmlichen Zustand. Wir haben ihn gewaschen und geschoren, und eigentlich war er erst danach wieder ein Mensch. Ich erinnere mich noch so gut daran, weil er die ganze Zeit geheult hat. Wollen Sie wissen, warum? Weil er wieder rauswollte. Der pfiff auf unsere Hilfe. Er wollte auf die Straße und sterben. Aber das konnten wir natürlich nicht zulassen. Na ja, jetzt scheint es geklappt zu haben.«

Takeda warf Claudia einen fragenden Blick zu, die schüttelte den Kopf. Sie hatte Lisa Wessel zwar erzählt, dass Wordemann tot war, hatte aber nichts über die Umstände gesagt.

Takeda holte es nach, er sagte: »In gewisser Weise haben Sie recht. Allerdings ist Herr Wordemann nicht erfroren oder Ähnliches. Er ist ermordet worden.«

»Was?«

»Er hatte sein Quartier in einem Gebüsch an der Alster aufgeschlagen, ist dort mit Benzin überschüttet und angezündet worden.«

Lisa Wessels Gesichts verdüsterte sich nur um Nuancen, was daran lag, dass sie ohnehin bedrückt aussah. »Er war das also. Ich habe davon in der Zeitung gelesen. Wissen Sie schon, wer es getan hat?«

»Nein. Aber darum sind wir hier.«

»Ich bin mir nicht sicher, ob ich Ihnen helfen kann. Aber ich werde es gerne versuchen.«

»Haben Sie denn damals ein wenig über Herrn Wordemanns Leben erfahren? Hat er Ihnen erzählt, warum er auf der Straße lebt?«

»Nicht gleich am Anfang, aber später. Ralf war sehr verschlossen, der hat eigentlich mit niemandem geredet. Beim ersten Mal auch nicht mit mir. Als er wieder einigermaßen laufen konnte, war er auch schon wieder weg. So etwas finden wir natürlich auch nicht so toll. Wir haben die Leute mühsam aufgepäppelt, dann verschwinden sie wieder nach draußen und werden ein paar Tage später wieder eingeliefert.«

»Wann haben Sie ihn denn wiedergesehen?«

»Nach ein paar Monaten. Aber das war nicht in der Notaufnahme. Ich stehe ab und zu draußen in der Zufahrt und rauche. Irgendwann im Frühling kam er da angeschlichen und hat sich bedankt. Er hat eine Zigarette geschnorrt, und wir haben ein paar Worte gewechselt. Er war in einer besseren Verfassung als damals, als er eingeliefert wurde. Immer noch kaputt, aber nüchtern. Danach ist er dann öfter mal aufgetaucht. Er hat in einer Ecke gewartet, bis ich auf eine Zigarette herauskam. Wir haben uns unterhalten. Ich mochte ihn. Beruhte wohl auf Gegenseitigkeit.«

»Wir haben gehört, dass er ein Einzelgänger war und eigentlich nicht viel geredet hat.«

»Ist auch so. Aber ich war eine Ausnahme. Meinte er selbst. Ich habe ihn wohl an seine Tochter erinnert, obwohl die um einiges jünger sein muss als ich. Vielleicht war es auch nur ein Spruch, damit ich nicht denke, dass er etwas von mir wollte.«

Takeda warf Claudia einen Blick zu, sagte dann: »Wir wussten nicht, dass Herr Wordemann eine Tochter hat. Bisher sind wir davon ausgegangen, dass er keine Familie hat. Nach seinem Tod haben sich keine Angehörigen bei der Polizei gemeldet. Auch in den Unterlagen ist davon nicht die Rede.«

»Die war unehelich. War wohl ein ziemliches Drama. Er hat ab und zu davon gesprochen. Wollen Sie es wirklich wissen?«

»Darum sind wir hier.«

Lisa Wessel stand auf, kehrte mit einer Packung Zigaretten zurück. Auch Takeda zündete sich eine an. Claudia rollte mit den Augen, sagte aber nichts. Dann ließ sie sich halt einräuchern.

»Wollen Sie etwas trinken? Ich habe eigentlich nichts da. Ich könnte höchstens einen Tee kochen«, sagte Lisa Wessel.

»Machen Sie sich bitte keine Umstände. Erzählen Sie uns lieber von der Tochter.«

»Ralf hat mir immer nur in Bruchstücken davon erzählt. Hier ein Satz, da ein Satz. Darum nageln Sie mich nicht auf Einzelheiten fest. Er hatte wohl mal vor vielen Jahren eine Frau kennengelernt, das war in besseren Zeiten, als er noch einen Job hatte. Da muss er in den Dreißigern gewesen sein, aber da bin ich mir nicht sicher. Ist jedenfalls schon eine ganze Weile her. Trotzdem hat es ihn nicht losgelassen. Die Geschichte ist einer der Gründe, warum er so abgestürzt ist.«

»Hat er das gesagt?«, erkundigte sich Takeda.

»Nein, aber es war nicht schwer, sich das zusammenzureimen. Dafür hat er einfach zu oft davon gesprochen. Jedenfalls hatte er damals eine Frau kennengelernt und auch etwas mit ihr angefangen. Und sie ist schwanger geworden.«

»Hat er einen Namen erwähnt?«

»Ich glaube nicht. Aber vielleicht erinnere ich mich auch einfach nicht. Jedenfalls hat sie sich, noch bevor das Kind kam, von ihm getrennt. Das hat ihn aus der Bahn geworfen. Er dachte, er hätte es geschafft, so familienmäßig. Frau und Kind. Dann war beides auf einmal weg. Er hat eine ganze Zeit an ihr herumgebaggert, aber ohne Erfolg. Sie wollte nichts von ihm wissen.«

»Wissen Sie, warum?«

»Keine Ahnung. Ralf war ein Loser. Immer schon. Mit den Jobs lief es nicht gut, er flog ständig überall raus. Das Übliche halt. No money, no honey. Irgendwann hat er wohl kapiert, dass es mit der Frau endgültig nichts mehr werden würde. Aber er wollte wenigstens seine Tochter sehen. Davon hielt die Mutter allerdings nichts. Sie hat es verhindert. Ralf hat sogar vor Gericht geklagt, hat aber nichts genützt.«

»Dann ist er obdachlos geworden?«

»Nicht sofort. Das ist ja zig Jahre her. Ich will auch gar nicht drum herumreden. Wenn ich es richtig verstanden habe, hat er die Frau gestalked. Er ist sogar bei ihr eingebrochen und hat sie angegriffen.«

Takeda blieb zwar äußerlich gefasst, war aber doch sehr erstaunt. Claudia ging es nicht anders. Zum ersten Mal schaltete sie sich in das Gespräch ein. »Was bedeutet angegriffen? Wissen Sie Näheres?«

Lisa Wessel zuckte mit den Schultern. »Er hat das jetzt nicht so deutlich gesagt. Aber ich denke, dass er sie schwer verletzt hat. Er hat sich gestellt und ist in den Knast gewandert. Als er rauskam, war es vorbei mit ihm. Kein Job, keine Familie, kein Geld. Er ist auf der Straße gelandet.«

Claudia sah zu Takeda hinüber. »Über den Vorgang müsste es noch Gerichtsakten geben. Vielleicht bringen die uns weiter.«

Dann wandte sie sich wieder zu Lisa Wessel. »Hat er vielleicht den Namen der Tochter erwähnt?«

Lisa Wessel schüttelte den Kopf. »Nein. Oder vielleicht doch, ich weiß es nicht mehr. Ist wie gesagt lange her.«

»Vielen Dank für das Gespräch. Sie haben uns weitergeholfen«, sagte Takeda.

»Kein Problem. Glauben Sie, dass er wegen seiner Frau angezündet wurde? Oder dass sie es sogar war?«

»Das wissen wir nicht. Aber wir werden es herausfinden.«

55.

Als Claudia und Takeda vor die Tür traten, erwartete sie eine Überraschung. Es hatte zu schneien begonnen, und die Umgebung war mit einer dünnen, weißen Schicht aus Puderzucker bedeckt.

Claudia lachte und meinte zu Takeda, wie schön das doch wäre. Sie drehte die Handflächen nach oben und sah, wie ein paar Schneekristalle ihre Finger berührten und sich im gleichen Augenblick in winzige Wassertropfen verwandelten. Eine ganze Weile starrte sie so vor sich hin, schien dann wie aus einer Trance zu erwachen. »Wir müssen die Frau und die Tochter finden. Wenn das mit den Zeitangaben ungefähr stimmt, müsste das Mädchen jetzt ungefähr achtzehn Jahre alt sein, vielleicht ein Jahr jünger, vielleicht ein Jahr älter.«

Takeda nickte nachdenklich. »Die Hand auf dem Video ... das, auf dem zu sehen ist, wie Wordemann mit Benzin überschüttet wird und stirbt. Es ist nicht die Hand einer Frau. Und auch nicht die eines Mädchens.«

»Habe ich auch schon gedacht. Unsere Kollegen, die in der Nacht jemanden gesehen haben, sind auch von einem jungen Mann ausgegangen. Obwohl das ja auch Simon Kallweit gewesen sein könnte. Im Kino war es genauso. Ein junger Mann. Kein Mädchen.«

Takeda zuckte mit den Schultern. »Es ist ohnehin nur ein vager Verdacht.«

Claudia lächelte trotzig. »Aber die beste Spur, die wir bisher haben.«

»Das denke ich auch.«

»Dann lassen Sie uns keine Zeit verlieren. Wie gesagt, ich gehe davon aus, dass es Gerichtsakten zu dem Fall gibt. In denen müsste der Name der Frau stehen. Dürfte nicht so schwierig sein, die herauszusuchen. Am besten fahren wir direkt ins Gericht.«

Takeda war einverstanden.

Sie gingen zum Auto. Claudia blieb erneut stehen und fing eine Schneeflocke. »Freuen Sie sich übrigens besser nicht auf weiße Weihnachten. Das Wetter erlaubt sich diesen Scherz jedes Jahr. Im November oder Anfang Dezember macht es auf Winter. Es schneit und ist eiskalt. Aber kurz vor Weihnachten haben wir dann wieder um die zehn Grad und Regen. Sie werden es erleben.«

»Ich freue mich trotzdem darauf. Ich war noch nie zu Weihnachten in Deutschland. Ich stelle es mir sehr schön vor.«

Claudia blickte Takeda überrascht an. Sie hatte sich bisher nicht gefragt, wie Takeda die Festtage eigentlich verbringen würde und ob er über die Zeit nach Japan zurückkehrte. Offenbar schien er hierzubleiben. Sollte sie ihn fragen, wie er das Fest verbrachte? Aber wenn er keine Pläne hätte, müsste sie ihn dann nicht einladen, gemeinsam etwas zu machen? Nicht, dass sie etwas dagegen hätte, aber war das nicht schon wieder übergriffig?

Ach, verdammt, die Dinge waren eben doch kompliziert.

56.

Claudia hatte recht. Es war tatsächlich kein großes Problem, die Identität der Frau festzustellen, die mit dem nun getöteten Ralf Wordemann vor inzwischen neunzehn Jahren ein Kind gezeugt hatte. Sie hieß Karin Breuer und war sechsundvierzig Jahre alt, ihre Tochter hieß Rebecca und war, falls sie keine Informationen übersehen hatten, das einzige Kind der Frau.

Eine weitere Recherche im Einwohnerregister, gefolgt von einer nicht einmal sonderlich aufwendigen Google-Suche, verschaffte Claudia und Takeda eine Telefonnummer.

Allerdings ergab sich dabei auch, dass die Frau nicht mehr in Hamburg wohnte, sondern in Duisburg im Ruhrgebiet. Dort arbeitete sie in der Personalabteilung einer Firma, die mit chemischen Grundstoffen handelte.

Also doch keine aussichtsreiche Spur?

Als Claudia sie schließlich in der Leitung hatte und erklärte, worum es ging, reagierte Karin Breuer zunächst mit einem langen Schweigen.

»Frau Breuer, sind Sie noch dran?«

»Ja, ja. Es ist nur ... Ralf Wordemann. Ich hätte nicht gedacht, dass ich diesen Namen jemals wieder hören würde. Er ist also tot. Ich kann auch nicht sagen, dass ich deswegen besonders traurig bin.«

»Das kann ich verstehen, Frau Breuer, aber darum geht es nicht. Wordemann war seit vielen Jahren obdachlos und lebte auf der Straße. Wussten Sie das?«

»Nein.«

»Mein Kollege und ich untersuchen die Umstände seines Todes.«

Wieder entstand eine Pause.

Claudia hörte ein erschöpftes, vielleicht auch widerwilliges Seufzen.

»Und? Was habe ich damit zu tun?«

»Er ist der Vater Ihrer Tochter.«

»Er ist ihr Erzeuger. Wir haben zwei oder drei Nächte miteinander verbracht. Für mich war sofort klar, dass ich den Typen nicht ertragen kann. Er hat sich etwas anderes eingeredet. Aber das war sein Problem.«

»Ich habe gehört, dass Sie seinetwegen einiges durchmachen mussten.«

»Er hat mich monatelang verfolgt und dann mit einem Messer schwer verletzt. Ich hätte sterben können. Dafür ist er in den Knast gewandert. Vorbei war es damit nicht. Nicht für mich. Als mein zweiter Mann irgendwann herausfand, mit was für Menschen ich vor der Zeit mit ihm Kontakt hatte, ist meine Ehe zerbrochen. Habe ich auch diesem Mistkerl zu verdanken.«

»Es tut mir leid, das zu hören. Ich muss Sie dennoch bitten, möglichst bald auf dem Polizeipräsidium in Duisburg zu erscheinen. Meine Kollegen werden Ihnen einige Fragen stellen, die für uns von großer Bedeutung sein können.«

»Warum stellen Sie mir die nicht am Telefon? Dann haben wir das hinter uns.«

»Es gibt Vorschriften. Wie gesagt, es ist wichtig, dass Sie das möglichst bald tun.«

In der Leitung entstand eine Pause. Claudia hörte Karin Breuer atmen. »Also gut, kann ich machen. Von mir aus auch heute noch. Aber was versprechen Sie sich davon? Ich habe diesen Mann, dessen Namen ich nicht einmal mehr in den Mund nehmen möchte, seit bestimmt fünfzehn Jahren nicht gesehen. Ich wüsste wirklich nicht, wie ich Ihnen weiterhelfen könnte.«

»Was ist eigentlich mit Ihrer Tochter? Lebt sie bei Ihnen?«

»Nein, sie ist letztes Jahr ausgezogen und lebt jetzt wieder in Hamburg bei meiner Schwester. Sie hat da eine kleine Einliegerwohnung. Wissen Sie, ich habe seit einiger Zeit einen neuen Partner. Rebecca und er kommen nicht gut zurecht. Immerhin besucht sie jetzt in Hamburg die Abendschule und holt ihr Abitur nach. Na ja, das geht Sie eigentlich nichts an.«

»Können Sie mir die Adresse Ihrer Tochter hier in Hamburg geben? Und am besten eine Telefonnummer.«

»Schon, aber ... Rebecca hat diese Person, um die es geht, ebenfalls seit damals nicht mehr gesehen. Sie kann sich nicht einmal mehr an ihn erinnern.«

»Danach würde ich sie gerne selbst fragen.«

»Ja, natürlich.« Karin Breuer gab Claudia die erbetenen Angaben, die sie auf einen Zettel notierte.

Claudia beendete das Gespräch und sah Takeda nachdenklich an. »Die Tochter wohnt seit einiger Zeit wieder in Hamburg und holt ihr Abitur nach. An einer Abendschule.« Sie warf einen Blick auf ihre Uhr – es war halb zwei am Nachmittag – und fuhr dann fort: »Theoretisch könnte sie jetzt zuhause sein. Vielleicht fahren wir einfach mal vorbei. Was meinen Sie?«

Takeda stimmte zu.

57.

Ihr Weg führte Claudia und Takeda nach Poppenbüttel, einem der nördlichen Hamburger Stadtteile, die den Inspektor immer wieder in Erstaunen versetzten.

In den ruhigen Wohnstraßen schienen sich die Einfamilienhäuser inmitten gepflegter Gärten schier endlos aneinanderzureihen. Der Inspektor saß auf dem Beifahrersitz und drückte sich die Nase am Fenster platt wie ein neugieriges Kind. Immer wieder murmelte er deutsche Wörter, die es ihm besonders angetan hatten. Jägerzaun. Buchsbaumhecke. Velux-Fenster. Und immer wieder: Doppelhaushälfte. Dieses Wort schien ihm großen Spaß zu machen.

Claudia, die ihn beobachtete, musste schließlich lachen. »Na, Ken? Spannender als jede Safari, was? Fehlen nur die Löwen und Nashörner.«

»Nein, es fehlen die Deutschen. Es ist einfach niemand auf der Straße. Es ist mir wirklich ein Rätsel, wo sich die Bewohner verstecken.«

»Na ja, die Leute arbeiten jetzt.«

Takeda zuckte mit den Schultern. Sicher, die Leute arbeiteten. Aber stimmte das wirklich? Wo waren denn dann die morgendlichen Pendlerströme, wo die breiten Straßen und Highways, die ins Zentrum führten, wo die U- und S-Bahnhöfe? Deutschland war rätselhaft. So reich und mächtig und zugleich so ruhig und verschlafen, sogar in einer Großstadt wie Hamburg.

»Mir gefällt es jedenfalls. Es ist alles sehr friedlich. Und so ordentlich«, sagte er schließlich.

»Vorstadthölle, wenn Sie mich fragen. Außerdem glaube ich

nicht, dass es so etwas noch allzu lange gibt. Die jungen Leute, die so leben möchten, sterben aus.«

»Aber Hamburg ist eine wachsende Stadt. Die Menschen suchen verzweifelt nach Wohnraum.«

»Klar, doch solche Siedlungen mit Gärten und Einfamilienhäusern verschwinden dennoch. Hamburg wächst vielleicht, aber es verändert sich eben auch.«

Takeda nickte gedankenversonnen. Vor seinem inneren Auge sah er die entvölkerten Landschaften in Japan. Insbesondere die Dörfer und auch kleineren Städte auf dem Land hatten in den zurückliegenden Jahren so rapide an Einwohnern verloren, dass ganze Straßenzüge einfach verlassen dalagen. So etwas musste es wohl auch in Deutschland geben, aber gesehen hatte er es noch nicht.

Claudia bog um eine weitere Ecke, und kurz darauf erreichten sie ihr Ziel. Das Haus war ein Rotklinkerbau mit einem Spitzdach, vermutlich aus den fünfziger Jahren, nicht sonderlich groß und prachtvoll, aber gut in Schuss gehalten.

Sie ließen den Wagen am Straßenrand stehen und betraten das Grundstück durch eine niedrige Pforte. Claudia drückte auf die Klingel. Nichts geschah. Sie klingelte noch einmal, doch immer noch rührte sich im Haus nichts. »Karin Breuer meinte am Telefon, dass ihre Tochter in einer Einliegerwohnung wohnt. Hier ist nur eine Klingel, also gibt es vielleicht hinten einen zweiten Eingang.«

Takeda nickte. Er trat von der Haustür zurück, blickte sich suchend um und ging dann über einen aus Bruchsteinen gelegten Weg, der um das Haus herumführte. Claudia folgte ihm, und nach einigen Metern erreichten sie einen flachen Anbau, der tatsächlich über eine eigene Eingangstür verfügte.

Takeda wollte nun hier auf die Klingel drückten, stellte aber zu seiner Überraschung fest, dass die Tür nur angelehnt war. Er sah Claudia fragend an, die zuckte mit den Schultern und flüsterte: »Eine offene Tür ist eine Einladung.«

Der Inspektor beugte sich vor und rief in die Wohnung hinein: »Hallo? Ist jemand zuhause?«

Sie erhielten keine Antwort, hörten dafür aber ein Geräusch, als falle ein Gegenstand um. Es folgte das Splittern von Glas, danach hektische Schritte. Dann wurde es wieder still. Obwohl, war da nicht doch noch etwas zu hören? Es klang wie schnelles, gehetztes Atmen, angsterfüllt, ja panisch.

Takeda und Claudia wechselten einen stummen Blick. Claudia nickte, raunte kaum hörbar: »Los, wir gehen rein.«

Sie hatte schon bei dem ersten, lauten Geräusch instinktiv eine Hand auf ihre Dienstwaffe gelegt, die sie im Schulterholster unter ihrer Jacke trug. Jetzt zog sie die Sig Sauer hervor und entsicherte sie. Takeda war wie üblich unbewaffnet.

Sie traten in einen kurzen Flur, von dem zwei Türen abgingen. Beide standen offen. Durch die eine Tür sahen sie ein altmodisch gekacheltes Badezimmer. Durch die andere fiel der Blick in ein Zimmer, offenbar das einzige in dem Anbau. Schon der schmale Ausschnitt, den sie sehen konnten, zeigte, dass das Zimmer verwüstet war, so als hätte ein Kampf stattgefunden. Sie sahen eine umgestürzte Kommode, Scherben, herumliegende Kleidung. Takeda machte einen lautlosen Schritt nach vorne, gab der Tür einen Stoß. Dann machte er einen Satz in das Zimmer. Sein Blick erfasste die Situation in Bruchteilen von Sekunden. Auf dem Bett in einer Nische lag der leblose Körper einer jungen Frau. Die Decke, aber auch die Wände hinter dem Bett und der Fußboden davor waren mit Blut verschmiert.

Vor dem Bett stand ein junger Mann, der ihm und Claudia den Rücken zudrehte. Er hielt ein Messer mit einer blutverschmierten Klinge in der Hand. Erst mit Verzögerung schien der junge Mann zu merken, dass jemand den Raum betreten hatte. Er drehte sich zeitlupenhaft um. Sein Gesicht war fahl und ausdruckslos.

Es war Simon Kallweit.

Sein Gesicht zeigte nicht den Anflug eines Lächelns.

Claudia, die die Mündung ihrer Waffe bisher nach unten gehalten hatte, riss sie nun empor. Sie zielte auf Kallweit und schrie: »Lass das Messer fallen. Sofort!«

Simon reagierte nicht, sondern sah Takeda und Claudia entgeistert an. Er schien in Trance zu sein.

»Lass das Messer fallen«, schrie Claudia noch einmal und lauter als beim ersten Mal.

Nun reagierte Simon, er schien regelrecht zu erwachen. Seine Finger öffneten sich, und die Klinge fiel klirrend zu Boden.

58.

Fast eine Stunde später hatte Inspektor Takeda immer noch das Gefühl, in einem Traum gefangen zu sein. Die Situation kam ihm unwirklich vor. Eine schmerzhafte, grauenvolle Illusion, aus der es kein Erwachen gab.

Vor seinem inneren Auge sah er Bilder von Situationen, die er in den zurückliegenden Wochen mit Simon verbracht hatte. Ihr gemeinsames Training im Dojo des Polizeisportvereins, ihr philosophisches Gespräch im Starbucks-Café, die Verhaftung auf dem Baugrundstück in Winterhude, wo Simon rohes Fleisch fraß. Er dachte aber auch an sein Gespräch mit Sabine Lautenbacher, der Psychologin, die ihm von den Möglichkeiten der Hypnose erzählt hatte. Konnte das erklären, was hier geschehen war? War das die Ursache für den seltsam abwesenden Zustand, in dem sie Simon vorgefunden hatten? Hatte der Junge also gar nicht gewusst, was er hier tat?

Takeda schüttelte instinktiv den Kopf. Nein, das alles war viel zu kompliziert. Er hatte einfach nur von Anfang an recht gehabt, auch wenn er sich nach der fälschlichen Verhaftung von Simon auf dem Baugrundstück davon hatte abbringen lassen. Der Junge war tatsächlich ein *Otaku*-Mörder, gefangen in bizzarren Manga-Welten, ohne Kontakt zur Wirklichkeit, ohne Moral, zu jeder blutrünstigen Tat in der Lage.

Takeda war seit ihrem Eintreffen in der Wohnung so benommen, dass er kaum wahrnahm, wie sich die Einliegerwohnung nach und nach in eine Landschaft polizeilicher Ermittlungsarbeit verwandelte. Claudia hatte die Kollegen alarmiert, nachdem sie zunächst Simon Handschellen angelegt hatte. Gesprochen hatte der Junge seitdem nicht ein einziges Wort.

Inzwischen arbeiteten mehrere Kollegen von der Spurensicherung in der Wohnung. Sie trugen weiße Arbeitsoveralls und Mundschutz, verteilten ihre kleinen Aufsteller mit den Nummern im Raum, machten Fotos, sicherten DNA-Spuren und Fingerabdrücke. Einer der Kollegen baute die große 3D-Kamera auf, mit der er eine detailgenaue Aufnahme des Zimmers herstellen konnte. Sie würde später dabei helfen, eine genaue Rekonstruktion des Tatverlaufs anzufertigen.

Claudia war drüben im Haupthaus und sprach mit Irene Breuer, der Tante der toten Rebecca. Die Frau war Ende vierzig und saß weinend auf ihrem Sofa. Sie wurde von einem Mitarbeiter des Psychologenteams der Kripo betreut und konnte wenig oder eigentlich gar keine sachdienlichen Hinweise geben. Sie war zum Zeitpunkt der Tat auf Arbeit gewesen, wo man sie schließlich telefonisch erreicht und zurückbeordert hatte. Sie wisse kaum etwas über das Leben ihrer Nichte, erklärte sie Claudia. Die lebe zwar in ihrem Haus, aber eigentlich hätten sie wenig Kontakt gehabt. Rebecca sei ein sehr stilles, zurückgezogenes Mädchen gewesen. Über Freunde und Bekannte ihrer Nichte könne sie nichts sagen, und Simon Kallweit habe sie noch nie gesehen, habe auch seinen Namen noch nie gehört.

Simon selbst befand sich in einem Rettungswagen, der auf der Straße vor dem Haus stand. Ein Notarzt hatte ihm eine golden glänzende Wärmeschutzdecke um die Schultern gelegt, hatte empfohlen, den unter Schock stehenden Jungen erst einmal nicht zu befragen. Zwei uniformierte Beamte standen zur Sicherheit vor dem Wagen, allerdings schien Simon kaum in der Verfassung zu sein, einen Fluchtversuch zu unternehmen. Er wirkte verstört, hielt den Blick gesenkt, rührte sich kaum. Claudia hatte sich davon nicht beeindrucken lassen, hatte den Notarzt angeherrscht: »Sie bekommen maximal eine Stunde, um den Jungen in einen Zustand zu versetzen, dass er unsere Fragen beantworten kann.«

»Das kann ich nicht versprechen.«

»Wir werden ihn uns so oder so vorknöpfen. Geben Sie sich also lieber Mühe.«

Wie lange war das jetzt her? Eine halbe, vielleicht eine Dreiviertelstunde.

Takeda war überrascht, als der Arzt nun in der Einliegerwohnung auftauchte. Er kam auf ihn zu, machte dabei keinen sonderlich freundlichen Gesichtsausdruck: »Herr Takeda? Ich denke, Sie können jetzt mit dem Jungen sprechen. Ich halte es aus medizinischer Sicht nicht für vertretbar. Aber er selbst hat den Wunsch geäußert, dass Sie zu ihm kommen sollen. Dringend sogar.«

In diesem Augenblick kam auch Claudia aus dem Haupthaus zurück in die Einliegerwohnung. Sie hatte das Gespräch mit Irene Breuer beendet, sagte nun zu Takeda: »Jetzt hilft ihm wirklich nur noch ein Geständnis. Mit irgendwelchen seltsamen Erklärungen braucht er gar nicht mehr anzukommen. Sagen Sie ihm das, Ken! Wenn er nicht gesteht, reitet er sich nur noch tiefer in die Scheiße.«

Takeda erhob sich, er wirkte angegriffen und unendlich erschöpft. »Ich bin mir sicher, dass ihm das klar sein wird.«

Claudia sah den Inspektor prüfend an. »Wenn Sie wollen, kann ich das übernehmen.«

»Es ist in Ordnung. Und er hat nach mir gefragt.«

»Kriegen Sie das wirklich hin?«

Takeda lächelte auf eine Art, die eine Mischung aus Ermattung und Willensstärke ausdrückte. »Selbstverständlich.«

»Dann viel Glück. Und seien Sie nicht zu nett zu ihm. Das hat er nicht verdient.«

»Keine Sorge, die Gefahr besteht nicht.«

Claudia hatte bereits zuvor erlebt, dass Takeda zu einer erstaunlichen Härte fähig war, wenn er von der Schuld eines Verdächtigen überzeugt war. Sie machte daher eine dämpfende Handbewegung und sagte: »Aber übertreiben Sie es auch nicht.«

Takeda nickte und verließ den Raum, um nach draußen zu dem Ambulanzwagen zu gehen.

Er hatte den Raum gerade verlassen, als Markus Tellkamp, der Kollege von der Spusi, mit dem Claudia am liebsten zusammenarbeitete, an sie herantrat und sagte: »Komm mal mit, wir haben was gefunden. Könnte interessant sein.«

Claudia folgte Tellkamp vor das Bett, auf dem sie vorhin die Leiche von Rebecca Breuer gefunden hatten. Sie war inzwischen auf dem Weg in die Rechtsmedizin. Das Bett war genau untersucht und anschließend sogar in Einzelteile zerlegt worden. Die Kollegen der Spusensicherung waren schnell zu der Überzeugung gelangt, dass das Zimmer nicht nur durch den Kampf des Mädchens mit seinem Mörder in den chaotischen Zustand versetzt worden war. Der Täter hatte offenbar nach seiner Tat die Schränke und Schubladen durchwühlt, weil er auf der Suche nach etwas war.

Tellkamp hob das Kopfteil des Bettes hoch und zeigte Claudia einen Hohlraum, der offenbar als Versteck für etwas gedient hatte. Dann reichte er Claudia eine Schreibkladde und erklärte: »Hier, sieh mal. Das war im Bett versteckt. Dürfte ein Tagebuch sein. Vielleicht hat der Mörder ja das gesucht.«

Claudia nahm die Kladde in die Hand, fächerte sie auf, sah handgeschriebene Seiten, jeweils von Daten unterbrochen. In der Tat, ein Tagebuch. Einige Einträge bestanden nur aus wenigen Sätzen, andere umfassten eine oder sogar mehrere Seiten.

Schon nach den wenigen Seiten, die sie überflog, erfassten Claudias Augen Sätze, die ihre Aufmerksamkeit weckten. Zu Markus Tellkamp gewandt sagte sie: »Gute Arbeit. Ich denke, das hier wird uns weiterhelfen.«

59.

Takeda ging mit langsamen Schritten zur Auffahrt vor dem Haupthaus, wo der Rettungswagen stand.

Die uniformierten Kollegen, die zur Bewachung abgestellt waren, tippten sich grüßend an ihre Uniformmützen. Der eine sagte: »Na, habt ihr das Früchtchen endlich geschnappt? Gut so.«

Der andere fügte hinzu: »Die Stadt wird ja wohl bald einen neuen Justizsenator bekommen. Kaum denkbar, dass Kallweit das durchsteht. Er wäre der Chef desselben Knasts, in dem sein Sohnemann die nächsten zehn Jahre verbringen wird.«

Takeda starrte den Uniformierten an, sagte dann aber nur mit leiser Stimme: »Wir werden sehen, verehrte Kollegen.«

Sein Blick fiel auf die Straße vor dem Haus, die von Streifenwagen abgesperrt wurde. Hinter einem der Wagen hatten sich ein paar Nachbarn versammelt, die neugierig herüberstarrten. Die Jüngeren unter ihnen versuchten Bilder mit ihren Handys zu machen, winkten Takeda jetzt sogar zu und fragten ihn, ob sie nicht ein Selfie mit ihm machen könnten.

»Sie sind doch der Samurai-Bulle, oder? Ihr Bild war in der Zeitung! Cool!«

Takeda konnte sich ein Lächeln nicht verkneifen. Die *Hamburger Morgenpost* hatte ihn in einem Artikel nach der Aufklärung des Sassnitz-Mordes so genannt. Der Samurai-Bulle! Der herausgerissene Artikel hing an der Pinnwand in dem Dienstzimmer, das er sich mit Claudia teilte. Er fragte sich, wie es wohl umgekehrt wäre und was die japanischen Zeitungen schreiben würden, wenn ein deutscher Polizist in Japan ermitteln würde. Der Goethe-Bulle? Der Hitler-Bulle? Der Merkel-Bulle?

Takeda blieb stehen, blickte versonnen zu den Jugendlichen hinüber, die ihre Handys emporhielten und das in keiner Weise als unpassend zu empfinden schienen.

Vermutlich waren die ersten Filmchen bereits im Internet zu sehen, fanden schon Verbreitung in den sozialen Netzwerken, waren hundertfach, tausendfach geteilt worden. Simon Kallweit würde seine Strafe eines Tages verbüßt haben. Im Netz aber bekam er lebenslänglich, wie heutzutage alle Täter, deren Namen an die Öffentlichkeit gerieten.

In diesem Fall jedoch war das Mitleid wohl überflüssig, schließlich hatte Simon sich bei seinen Taten stets selbst gefilmt und die Filme öffentlich gepostet. Er hatte sich damit der Netz-Gemeinde freiwillig ausgeliefert, hatte sozusagen um das *Lebenslänglich* gebeten ...

Takeda stutze bei dem Gedanken. Er bat die uniformierten Kollegen, dem Arzt und Simon Kallweit auszurichten, dass er erst in einigen Minuten komme. Er habe noch etwas zu erledigen.

Er ging ins Haupthaus, erkundigte sich bei der immer noch in Tränen aufgelösten Tante der Toten, ob sie einen Computer besitze. Die bestätigte es, nannte Takeda die nötigen Passwörter, so dass er den Rechner hochfahren und eine Internet-Verbindung herstellen konnte. Er klickte sich durch verschiedene einschlägige Foren, durchstöberte die neuesten Einträge und suchte nach einem Video, das jenes Geschehen zeigte, das gut zwei Stunden zuvor in ebendiesem Haus in Poppenbüttel stattgefunden hatte.

Nichts.

Kein neuer Eintrag, kein Video.

Vermutlich hatte Simon einfach noch keine Zeig gehabt, das Video seiner Tat hochzuladen. Zumal ja die anderen Videos jeweils über nicht rückverfolgbare Server ins Netz gestellt worden waren. Natürlich, das Video konnte also noch gar nicht im Netz sein.

Takeda fuhr den PC wieder herunter, ärgerte sich dabei über sich selbst. Er hätte sich die Mühe sparen können.

Er verließ das Haus, ging erneut zu dem Rettungswagen und klopfte an die hintere doppelflügelige Tür. Der Notarzt öffnete. Takeda erklomm die zwei metallenen Stufen, zog die Tür wieder zu. Simon saß auf der Krankenpritsche, hatte die Hände unter die Oberschenkel geklemmt. Als er Takeda sah, erschien ein leises Lächeln auf seinem Gesicht. Es war nicht kühl oder distanziert. Es drückte Erleichterung aus und die Hoffnung auf Hilfe und Verständnis.

»Herr Takeda, ich muss mit Ihnen reden. Ich kann das alles erklären. Sie müssen mir nur zuhören«, sagte der Junge.

Takeda aber schüttelte den Kopf. »Ich möchte dein Handy sehen.«

»Aber ...«

»Kein Wort. Gib mir deinen Apparat. Danach können wir uns unterhalten.«

60.

Claudia hatte sich bei einem der Kollegen von der Spusi eine Zigarette geschnorrt, hielt sie seitdem zwischen den Lippen, ohne sie anzuzünden. Sie wollte gar nicht rauchen, sie wollte sich nur davon abhalten, an den Nägeln zu kauen. Es war eine dumme Angewohnheit, die sie nicht loswurde, seit sie ein Teenager war. Sie tat es zum Glück nicht immer, sondern nur wenn ihre Nerven zum Reißen gespannt waren.

So wie jetzt.

Seit einer guten halben Stunde las sie im Tagebuch von Rebecca Breuer. Sie hatte sich dazu in ein Zimmer im Erdgeschoss des Haupthauses zurückgezogen, hatte die Tür hinter sich geschlossen. Sie wollte ihre Ruhe haben.

Das Tagebuch begann vor etwa einem Jahr, also zu dem Zeitpunkt, als Rebecca zurück nach Hamburg gezogen war.

Anders, als es zu erwarten gewesen wäre, schilderte sie nur selten Eindrücke von der neuen Stadt oder der neuen Schule, auch wenn diese Themen gelegentlich in kurzen Anmerkungen vorkamen. Stattdessen erging sie sich zumeist in philosophischen Ergüssen über das Leben und den Tod, den Sinn ihrer Existenz, über

Götter, Geister und andere Mächte. Es waren düster romantische Gedanken, die Claudia in immer neuen Variationen zu lesen bekam. Rebecca war melancholisch und zweifelnd, stellte alles in Frage, fühlte sich verloren, war erfüllt von der süßen, teenagerhaften Hoffnung auf einen Jungen, den sie lieben könnte und der sie genauso liebte. Aber dann wieder war sie sich sicher, dass dieser Junge längst einer anderen verfallen sei und dass ihr einziger Ausweg der selbst gewählte Tod sei, so dass der Junge am Ende trauernd an ihrem Grab stehen würde.

Es waren Gedanken, die vermutlich jedes Mädchen eine Zeit lang verfolgte und die auch Claudia nicht fremd waren.

Gelegentlich erwähnte Rebecca ihren Vater, von dem sie offenbar wusste, dass er als Obdachloser auf der Straße lebte, auch wenn sie keine Vorstellung hatte, wie er aussah. Gelegentlich beschrieb sie, dass sie Obdachlose, Penner, Vagabunden in der Stadt gesehen habe, sogar mit ihnen gesprochen und ihnen Geld geschenkt hatte, während sie sich im Stillen fragte, ob einer davon ihr Vater sein könne.

Ein Eintrag, der etwa ein halbes Jahr zurücklag, erregte Claudias Interesse. In ihm erwähnte Rebecca einen Online-Fragebogen, auf den sie in einem der sozialen Netzwerke gestoßen war. Muss ich sterben, um zu leben? So hatte die mit einem Link unterlegte Frage gelautet, dem sie gefolgt war und der sie auf eine Seite geführt hatte, die voll von anregenden kurzen Texten über das Leben, den Tod, den Sinn des Daseins war. Rebecca hatte den Fragebogen akribisch beantwortet und war daraufhin per E-Mail in einen sogenannten Kreis der Prüflinge aufgenommen worden.

Die Eintragungen der folgenden Tage griffen das Thema nicht wieder auf, verloren sich stattdessen in Beschreibungen von Mitschülern und Lehrern, Klassenarbeiten, dem Hamburger Wetter.

Dann jedoch schilderte Rebecca, wie sie erneut auf die Leben-und-Tod-Seite gegangen sei, auf der sie nun dank der E-Mail, die sie erhalten hatte, Zugang zum Member-Bereich hatte. Dort sei sie von einem *Meister der Pforte* begrüßt worden und habe erneut einen Fragebogen ausfüllen müssen. Nun sei sie vom Kreis der Prüflinge aufgestiegen und Anwärterin für die Aufnahme in den Kreis der Erwählten geworden. Zugleich sei ihr ein neuer Name gegeben worden – ein Name, den sie aber niemals gegenüber jemandem in ihrem Umfeld erwähnen dürfe. Uriela. Rebecca hatte das Wort groß und in besonders schnörkeliger Schrift in ihr Tagebuch notiert.

Claudia musste ein Grinsen unterdrücken, denn der Name, der die junge Rebecca so beeindruckt hatte, klang in ihren Ohren albern. Sie blätterte weiter, fühlte sie nun doch eine gewisse Ungeduld. Sie fragte sich, ob Rebeccas Mörder wirklich auf der Suche nach diesen Eintragungen gewesen sein könnte, die sie eher an das Script für einen billigen Fantasy-Film erinnerten.

Claudias Aufmerksamkeit wurde jedoch jäh wieder gebannt, als sie einen Eintrag las, den Rebecca an einem Tag gefertigt hatte, der nun etwa sechs Monate zurücklag. Dort stand, dass sie nun weitere Runden von Fragebögen bestanden habe und nun tatsächlich in den Kreis der Erwählten aufgenommen worden sei. Wenn Claudia die Aufzeichnungen richtig verstand, handelte es sich dabei um eine Art exklusives Online-Forum, in dem Rebecca beziehungsweise Uriela auf andere Jungen und Mädchen traf, die ebenfalls seltsame Namen trugen. Wenn Claudia die nun oft nur noch kryptischen Aufzeichnungen richtig verstand, war Rebecca zuvor aufgefordert worden, bestimmte Einstellungen an ihrem Computer zu ändern. Es schien darauf hinauszulaufen, dass sie einen Tor-Browser installiert hatte, da das neue Forum im Darknet angesiedelt war, also nicht ohne weiteres von anderen Usern oder gar der Polizei zu tracken war.

Die Aufzeichnungen der folgenden Wochen zeigten, dass Rebeccas Denken und Fühlen immer stärker auf diesen ominösen Kreis der Erwählten und ihre Gespräche in dem Forum fixiert waren. Sie notierte, dass sie dort zum ersten Mal das Gefühl hatte, auf wirklich Gleichgesinnte gestoßen zu sein. Junge Männer und Frauen, die ihre eigenen Gedanken, ihre Ängste, ihre Hoffnungen teilten, die ihre Todessehnsucht genauso kannten wie ihren unstillbaren Hunger nach Leben, nach echtem Empfinden, nach echter Liebe. Dann wieder gab es erschütternde Einträge, da der sogenannte Meister der Pforte, offenbar eine Art Moderator, Rebecca, aber auch anderen Mitgliedern immer wieder mit Strafen drohte, wobei die Schlimmste darin bestand, vom Kreis der Erwählten ausgeschlossen zu werden.

Kopfschüttelnd las Claudia, wie Rebecca aufgrund einer Äußerung, die dem Meister missfiel, von ihm gezwungen wurde, sich selbst mit einem Messer am Unterarm zu ritzen und ein Foto ihrer Verletzung in das Forum zu laden. Das Tagebuch spiegelte Rebeccas anfängliche Zweifel wider, ihren Widerstand, ihre Weigerung, die Strafe auszuführen. Dann aber gab sie nach, schnitt sich selbst mit einem Messer mehrfach in den Arm. Ein weiterer Eintrag schilderte ihre Erleichterung, ja, ihre Euphorie, als der Pfortenmeister den Beweis ihrer Reue akzeptierte, sie ihn gar bettelnd darum bat, weitere Beweise zu fordern, sie würde ihm nichts mehr abschlagen.

Claudia schüttelte schnaubend den Kopf, als ihr klar wurde, dass das hier nicht einfach ein Tagebuch war, sondern vielmehr die minutiöse Chronologie eines Prozesses, durch den sich Rebecca in die psychische Abhängigkeit von einem Internet-Forum begab. Den anderen Mitgliedern, insgesamt offenbar acht, schien es ähnlich zu gehen. Auch sie wurden vom Meister der Pforte, wer immer das war, immer wieder bestraft. Sie mussten zum Teil noch gröbere Selbstverletzungen vornehmen, mussten sich mit einer Rasierklinge die Stirn aufritzen oder sich Teile der Ohrmuschel abschneiden. Andere Strafen waren weniger schmerzhaft, dafür aber demütigend oder auch sexuell aufgeladen. Mitglieder wurden gezwungen, Nacktbilder von sich zu posten und dabei Handlungen an sich selbst zu vollführen. Die Mitglieder, die sich weigerten, wurden vom Kreis verbannt. Rebecca bedauerte das anfänglich, kam es ihr doch vor, als verlöre sie enge Freunde. Schon ein paar Wochen später aber begrüßte sie den Ausschluss aufsässiger

Mitglieder, forderte ihrerseits drastische Strafen, schließlich sei es notwendig, dem Meister die bedingungslose Treue zu schwören. Wer das nicht könne, der gehöre eben nicht zum *Kreis*, sei seiner nicht würdig, zumal ja die höheren Weihen der Initiation erst noch folgen sollten.

Claudia hatte inzwischen jedes Gefühl für Raum und Zeit verloren, sie hatte vergessen, dass hinter der geschlossenen Tür eine Frau den Tod ihrer Nichte beweinte, dass im Nebengebäude die Kollegen der Spusi damit befasst waren, den eigentlichen Tathergang zu rekonstruieren, dass draußen im Rettungswagen Takeda mit Simon Kallweit sprach. Sie tauchte völlig in das Tagebuch ein und las atemlos weiter. Sie erfuhr, wie der Kreis der Erwählten schließlich auf vier Mitglieder geschrumpft war, diese aber seien nun, nach Wochen der Vorbereitung, bereit für die nächste Stufe des Pfades. Sie genossen das völlige Vertrauen des Pfortenmeisters.

Dieser Meister sprach zu seinen vier Adepten über den geheimen Weg, den es zu beschreiten gelte. Es sei kein einfacher Pfad, ganz im Gegenteil. Es sei jedoch der einzige, der zu wahrer Freiheit, zu wahrem Glück, zu wahrem Leben führe.

Claudia überflog die Eintragungen der folgenden Tage und kaute jetzt doch an ihren Nägeln, nachdem sie die Zigarette achtlos zur Seite geworfen hatte. Sie ahnte, was kommen würde, spürte, dass es unausweichlich war. Schließlich stieß sie auf die Passagen, die zeigten, dass ihr Gefühl sie nicht getrogen hatte.

Es lief auf Mord hinaus, begangen auf Befehl eines anonymen Meisters der Pforte, einer Gestalt im Internet, von der man nicht einmal wissen konnte, ob es sie wirklich gab oder ob sie nur ein krankes Computerprogramm, ein Algorithmus war.

Einen Menschen töten. Das war die oberste Prüfung der Erwählten, der letzte Schritt auf dem Weg durch die dunkle Pforte. Denn nur dann, wenn du Leben genommen hast, wirst du selbst wahrhaft leben. Nur dann siehst du die Wahrheit und das Licht.

Die Seiten, die folgten, waren Dokumente von Rebeccas Zweifeln, ihrer inneren Qual, ihres Unglaubens, ihres Widerstandes. Doch zugleich lasen sich diese Einträge wie das Zwiegespräch einer Schizophrenen. Die Stimme des Pfortenmeisters war längst zu Rebeccas eigener innerer Stimme geworden. Wurden ihre Zweifel zu stark, nahm sie das Messer zur Hand und bestrafte sich selbst, sie fügte sich Schmerzen zu, ritzte sich tief, musste einige Male beinahe einen Krankenwagen holen. Immer wieder wurde sie für ihr Verhalten vom Pfortenmeister gelobt. Zweifel seien normal, seien natürlich, seien sogar gut – solange sie überwunden wurden.

Dann folgte ein Eintrag, der nun etwa vier Wochen zurücklag. Ein Erwählter namens Salathiel hatte den Anfang gemacht, er war durch die Pforte ins Licht geschritten, er hatte Leben genommen und war dafür mit dem wahren Leben belohnt worden.

Claudia ahnte, was kommen würde, und täuschte sich nicht. Rebecca gab die Schilderung, die sie von diesem Salathiel im Forum gelesen hatte, in ihrem Tagebuch wieder. Ein Morgen auf dem Bahnhof, ein dichtes Gedränge, das den gleichen Zweck erfüllte, als sei man unsichtbar. Ein Zug fuhr ein, eine Frau stand dicht an den Gleisen, es war nur eine kleine Handbewegung, und er nahm ihr Leben. Salathiel schrieb offenbar euphorisch davon, dass einen Menschen zu töten eine wahre Erleuchtung sei, eine Belohnung, ein Rausch. Und es sei so einfach, er habe nur den Arm ausstrecken müssen, und alles andere sei wie von selbst geschehen. Ja, er habe das Licht gesehen, und es sei wunderbar, die anderen könnten ihm glauben, sie sollten sich beeilen, denn dieses Wunder zu erleben sei das Unglaublichste und Beglückendste, was überhaupt nur vorstellbar sei.

Dann aber folgte ein Disput im Forum, denn der Pfortenmeister war unzufrieden. Er bezichtigte Salathiel der Lüge, warf ihm vor, es nicht wirklich getan zu haben, sondern sich mit fremden Federn zu schmücken.

Salathiel rechtfertigte sich, sagte, dass es in Wahrheit umgekehrt sei und ein anderer Junge sich seinerseits mit fremden Federn geschmückt habe. Dieser andere Junge behaupte, es getan zu haben, die Frau getötet zu haben, obwohl doch er ihr wahrer Todesengel gewesen sei.

Der Pfortenmeister schien es zu glauben, lobte ihn sogar dafür und sagte, dass es klug sei, jemand anders als denjenigen erscheinen zu lassen, der das vermeintlich Böse getan habe.

Im Forum wurde nun diskutiert, ob man nicht so weitermachen solle. Salathiel bot an, dabei zu helfen, er kenne schließlich die Gewohnheiten dieses anderen, dieses Zweiflers, dieses wertlosen Menschen, der sich ja offenbar darüber freue, die Schuld an Taten zu bekommen, die er nicht begangen hatte.

Der zweite Tote folgte nach zwei Wochen. Ein spätabendlicher Kinobesucher musste sein Leben lassen, und ein weiterer der Erwählten – er hieß Jehudiel – durfte durch die dunkle Pforte ins Licht treten …

Claudia atmete tief aus, zwang sich dann dazu, weiterzulesen. Immer wieder stieß sie neben den Schilderungen aus dem Forum und der Taten seiner Mitglieder auf ganz andere Einträge von Rebecca. In denen beschrieb sie, dass sie in der Zwischenzeit ihren Vater gefunden hatte, zufällig eher, da sie ihn zunächst nur für irgendeinen Obdachlosen gehalten hatte. Dann aber habe er sie erkannt und das, obwohl er sie seit ihrer Kindheit nicht mehr gesehen hatte. »Rebecca?« hatte er gefragt.

»Papa?«

Sie wollte auf ihn zulaufen, es war ihr ganz egal, in welch erbärmlichem Zustand er war, dass er stank, verlaust war, offensichtlich krank. Sie wollte sich ihm in die Arme werfen, aber der Vater wies sie rüde ab, erklärte ihr, dass er nichts mit ihr zu tun haben wolle, dass sie sich zum Teufel scheren solle. Sie, Rebecca, sei das Unglück seines Lebens, er hasse sie. Sie und ihre Mutter.

Claudia stockte der Atem. Hatte also Rebecca Breuer ihren eigenen Vater ermordet? Sie las weiter, ihre Augen rasten über die Einträge. Rebecca schilderte, wie sie die Begegnung mit dem Vater im Forum den anderen Erwählten anvertraute, um Hilfe bat, um Tipps bat, wie sie sich verhalten solle. Einige Tage später schrieb sie, dass sie erneut zu ihrem Vater gegangen sei. Der habe wieder gesagt, dass er sie nicht sehen wolle. Er habe jahrelang auf nichts anderes gehofft, als seine Tochter wiederzusehen, aber nun sei es zu spät dazu. Er habe mit sich und seinem Leben abgeschlossen. Sie solle ihn doch nur einmal ansehen. Er ertrüge es nicht, wenn sie erneut komme, darum solle sie sich fortscheren, und zwar für immer.

Der dritte Mord. Der Obdachlose. Rebeccas Vater. Nicht sie war es, sondern ein Erwählter mit dem Namen Jeremiel. Offenbar gehörten zu den vier Erwählten nur ein einziges Mädchen, nämlich Rebecca, und drei Jungen. Dieser Jeremiel erklärte im Forum, dass ihn ihre, Urielas, Klagen, tief berührt hätten. Daraufhin habe er beschlossen, seinen Schritt ins Licht damit zu verbinden, sie von ihrer Qual mit dem Vater zu befreien.

Claudia blickte auf die Seiten des Tagesbuchs. Es kam ihr vor, als könne sie den Schock spüren, den dieses Geständnis bei Rebecca erzeugt hatte.

Tatsächlich gab es in den folgenden Tagen keine Einträge. Das Tagebuch schien so still zu sein, wie Rebecca es vermutlich war, als ihr klar wurde, dass jemand ihren Vater getötet hatte, und zwar aufgrund der Dinge, die sie im Forum erzählt hatte. Es sei ihre Schuld, so schrieb sie im ersten Eintrag, der der Todesnachricht folgte. Sie selbst habe letztlich ihren Vater getötet, zumindest trage sie die Schuld an seinem Tod.

Ein weiterer Eintrag, der wiederum erst einige Tage später folgte, unterschied sich deutlich von den vorherigen. Claudia sah es schon daran, dass die Schrift anders war. Weniger verschnörkelt, sachlicher. Härter. Es war immer noch erkennbar Rebeccas Schrift, und doch musste in den Tagen davor einiges geschehen sein. Auch der Tonfall des Eintrags war distanziert und zugleich zutiefst verzweifelt. Das Mädchen war aufgewacht. Der Tod ihres Vaters hatte den Bann gebrochen, unter dem sie durch das Forum gestanden hatte. Sie erklärte dem Pfortenmeister, dass sie das Forum verlasse, dass sie niemanden töten werde, dass das alles Wahnsinn sei. Es gebe keine dunkle Pforte und auch kein Licht dahinter. Es gebe nur drei tote Menschen, die ermordet worden seien, weil der Pfortenmeister es verlangt habe. Sie werde zur Polizei gehen und alles erzählen. Davor aber werde sie dem Jungen, den sie alle mit ihren Taten belastet hatten, alles beichten. Sie habe ihn schon ausfindig gemacht, schließlich stehe sein Name in den Zeitungen. Sie habe sogar schon Kontakt mit ihm aufgenommen, sie werde sich mit ihm treffen und ihm alles sagen. Der Pfortenmeister verpflichtete sie daraufhin zu einer Strafe, die eigentlich aber eine Belohnung sei. Die höchste Stufe können nur diejenigen erklimmen, die den Schritt durch die Pforte wagen, indem sie sich selbst das Leben nähmen. Er habe sie, Rebecca, für diese einzigartige Möglichkeit erwählt, nur sie sei dazu würdig, denn sie sei die einzige wahrhaft Erwählte. Dann drohte er ihr mehr oder weniger offen damit, dass er sie von einem der anderen Erwählten töten lasse, wenn sie es nicht selbst tue. Er wisse schließlich, wie sie in Wahrheit heiße, wisse, wo sie wohne.

Es war der letzte Eintrag, das Datum war von gestern.

Claudia schlug das Tagebuch zu. Ein paar Minuten blieb sie regungslos sitzen. Dann stand sie auf, verließ das Zimmer. Den Spusi-Mitarbeitern, die sie sofort mit Fragen bestürmten, wedelte sie abwehrend mit der Hand zu, murmelte, dass sie jetzt nicht sprechen könne.

Sie verließ das Haus, ging zu dem Krankenwagen, dessen Türen offen standen. Simon Kallweit saß darin, war in sich zusammengesunken, hatte offenbar geweint.

Takeda stand im Freien.

Er blickte ihr entgegen, sagte: »Simon schwört, dass er das Mädchen nicht getötet hat. Er kannte sie gar nicht. Sie habe ihm eine Nachricht geschrieben und um das Treffen gebeten. Als er in die Wohnung kam, sei sie schon tot gewesen. Er habe das Messer aus Unbedachtheit in die Hand genommen ... Ich weiß, dass Sie ihm nicht glauben werden. Aber ich bin überzeugt, dass er die Wahrheit spricht. Ich glaube ihm.«

Claudia nickte erschöpft. Sie räusperte sich. »Ich glaube ihm auch. Ich weiß sogar, dass er es nicht getan hat.«

»Aber woher …?«

Claudia schüttelte den Kopf. »Ich erzähle es Ihnen unterwegs. Wir müssen los.«

61.

Lars Dahlmann, Simons Mitschüler, war ihnen während ihres ersten Gesprächs in der Schule aufgefallen, weil er ruhig und überlegt gewirkt hatte. Er schlichtete damals den Streit zwischen seinen Mitschülern und setzte sich dafür ein, das Gespräch mit der Polizei ordentlich über die Bühne zu bringen.

Ein kluger, intelligenter junger Mann, der auch noch gut aussah. Seine Haare waren lang, sein Gesicht war schmal, und die Augen wirkten groß und melancholisch. Ein Junge, für den die Mädchen bestimmt schwärmten. Claudia hätte es jedenfalls in dem Alter getan, dachte sie, als sie ihm im Haus seiner Eltern gegenübersaß.

Es war inzwischen früher Abend. Dahlmann war der dritte Schüler, mit dem Claudia und Takeda sprachen. Zuvor hatten sie zwei andere Schüler aufgesucht, die auf dem Bahnsteig direkt hinter Simon Kallweit gestanden hatten. Bei beiden waren die Polizisten sich sicher, dass sie nicht der gesuchte Täter waren.

Jetzt kam eigentlich nur noch Dahlmann in Frage.

Sie hatten die Eltern des Jungen, der wie Simon Kallweit siebzehn Jahre alt war, gebeten, alleine mit ihrem Sohn reden zu können. Nachdem diese gegangen waren, lächelte Lars Dahlmann Claudia an, nickte in Takedas Richtung und sagte mit freundlicher Stimme: »Geht es etwa immer noch um Simon? Ich dachte, es wäre klar, dass er nichts getan hat.«

»Setzen Sie sich bitte hin, Herr Dahlmann.« Claudia herrschte den Jungen an. Ja, er war hübsch, sympathisch, klug, aber das machte es noch schlimmer. Sie hatte schon manchen beschissenen Fall abgewickelt. Der hier war eine Steigerung.

»Wenn Sie noch Fragen haben, immer zu. Ich versuche gerne zu helfen«, sagte Dahlmann und bemühte sich, seiner Stimme einen leichten, fast saloppen Klang zu geben.

Takeda entfaltete ein Foto. Es war ein Standbild aus dem Bahnsteig-Video, das die Szenerie auf dem Dammtorbahnhof zeigte, kurz bevor Tatjana Gebers zu Tode gekommen war. Er tippte mit dem Finger auf das Foto und zeigte auf Dahlmann, der auf dem Bahnsteig schräg hinter Simon stand.

»Das sind Sie«, stellte Takeda fest.

»Richtig, das bin ich.«

»Schildern Sie uns bitte, was an dem Morgen auf dem Bahnsteig passiert ist.«

»Aber das wissen Sie doch schon.«

»Dann bitte noch einmal. Und sagen Sie dieses Mal die Wahrheit.«

»Wieso sollte ich lügen? Ich will Ihnen doch helfen.«

Takeda schüttelte sanft den Kopf. »Nein, es ist umgekehrt, Herr Dahlmann. Wir wollen Ihnen helfen. Begreifen Sie das hier bitte als eine letzte Chance, die wir Ihnen geben.«

Der Inspektor bemerkte das kurze Flackern im Blick des Jungen. Doch sofort hatte er sich wieder im Griff. Der Ausdruck in seinen Augen wurde kühl und berechnend, aber auch entrückt, beseelt, fanatisch.

Lars Dahlmann zuckte mit den Schultern und sagte mit ruhiger Stimme: »Ganz wie Sie wollen. Dann halt noch einmal von vorne. Wir waren auf dem Weg in den Botanischen Garten und sollten in die Bahn einsteigen, die gerade in den Bahnhof einfuhr. Brunkhorst hat uns zur Eile gedrängt. Darum sind wir nach vorne aufgerückt. Ich stand seitlich hinter Simon. Und vor ihm stand diese Geschäftsfrau auf ihren High Heels. Sie ist gestolpert. Am Anfang dachten wir, Simon hätte sie gestoßen, das hat er ja selbst behauptet. Aber es war gelogen. Reines Posing. In Wahrheit war es ein Unfall. Keine schöne Sache. Wir sprechen in der Klasse immer noch ständig davon … Zufrieden?«

Takeda fixierte den Jungen, wartete ab, ob er noch mehr sagen würde.

Claudia, die aufgestanden war, trat plötzlich dicht an den Jungen heran, wollte an seinen Kopf greifen und seine Haare zurückstreichen. Dahlmann reagierte blitzschnell, schlug ihre Hand zurück. Claudia aber hatte die Nase voll. Als der Junge ebenfalls von seinem Stuhl aufstand und offenbar aus dem Raum rennen wollte, packte sie seinen Arm und verdrehte ihn hinter seinen Rücken. Mit ihrer freien Hand legte sie sein von den langen Haaren verdecktes rechtes Ohr frei.

Die frisch vernarbte Wunde war deutlich zu sehen. An Lars Dahlmanns Ohrmuschel war ein großes Stück des Ohrknorpels herausgeschnitten worden.

Es stimmte also. Ebenso wie es bei Rebecca Breuer gestimmt hatte. Sie hatte sich vielfach selbst an den Armen verletzt. Die Rechtsmedizin, wo ihre Leiche nun lag, hatte es auf Claudias Nachfrage bestätigt.

»Sie sollten ehrlich sein, Herr Dahlmann. Oder soll ich Sie Salathiel nennen? Es ist Ihre letzte Chance. Wenn Sie jetzt die Wahrheit sagen, haben Sie vielleicht noch eine Chance, einen Teil Ihrer Jugend außerhalb des Gefängnisses zu verbringen.«

»Lassen Sie mich los.«

»Ich lasse dich los, wenn du redest.«

»Sie verstehen das nicht.«

»Dann gibst du es also zu? Du bist Salathiel? Du hast die Frau vor die Bahn gestoßen?«

Lars Dahlmann lachte auf. »Der Weg ins Licht führt durch …«

»… die dunkle Pforte«, vervollständigte Claudia den Satz. Sie erntete dafür einen erstaunten, ja schockierten Blick von Dahlmann. »Ja, da staunst du, was?«, schrie Claudia. »Ich kenne euren ach so erlauchten Zirkel der Erwählten. Ich kenne das ganze durchgeknallte Zeug, dem ihr euch da ausgeliefert habt. Aber weißt du was? Vier Menschen sind deswegen tot. Und dafür werdet ihr nicht ins Licht treten, sondern in den Knast wandern.«

»Vier? Wieso vier?«

Lars Dahlmann war irritiert, und zum ersten Mal bröckelte seine so kontrollierte Fassade. Offenbar wusste er wirklich nicht, wovon die Rede war. Es war nur ein schmaler Spalt, der sich da in der Tür zu seiner Seele öffnete, und er würde sich sehr schnell wieder schließen, das war Claudia klar. Sie mussten diese Chance nutzen.

»Rebecca Breuer ist tot. Sie ist heute Vormittag erstochen worden. Rebecca ist das Mädchen, das du als Uriela kennst. Ich weiß nicht, wer den Mord ausgeführt hat, aber er wurde im Auftrag eures sogenannten Pfortenmeisters begangen.«

Wieder flackerte der Blick des Jungen, füllte sich für kurze Momente mit Zweifeln, mit Angst, mit dem Erkennen der Wahrheit. Es war zu sehen, wie es in ihm kämpfte, wie sein altes Ich gegen den Bann kämpfte, der ihm immer noch die Sinne vernebelte.

Claudia hebelte seinen Arm ein wenig stärker. »Lars! Wer ist dieser Pfortenmeister?«

»Das weiß ich nicht.«

»Wer sind die anderen? Jehudiel und Jeremiel?«

»Das weiß ich auch nicht. Ich habe sie nie gesehen.«

»Dann hilf uns dabei, es herauszufinden. Besorg uns einen Zugang zum Kreis. Ermögliche es unseren Spezialisten, dass sie die Spur zu diesem Pfortenmeister aufnehmen.«

Claudia merkte, wie der Junge zu zittern begann. Sie löste ihren Griff, führte ihn zu einem Stuhl, redete aber weiter auf ihn ein. Sie drohte ihm, stellte Fragen, schrie ihn an. Sie schilderte ihm den Anblick von Rebeccas Leiche, erzählte ihm von der Familie von Tatjana Gebers, die einen Mann und zwei Töchter zurückgelassen hatte, von den anderen Toten. Sie erzählte ihm von Rebeccas Tagebuch, durch das sie ohnehin schon das allermeiste herausgefunden hatten. Nun sei es an ihm, zu entscheiden, ob sie die letzten offenen Fragen mit oder ohne seine Hilfe beantworteten.

Claudia fühlte sich wie bei einer Teufelsaustreibung, und tatsächlich schien es so etwas Ähnliches zu sein. Sie konnte sehen, wie Lars Dahlmann einen seelischen und zugleich körperlichen Kampf ausfocht, wie verschiedene Mächte um die Herrschaft über sein Ich kämpften.

Schließlich sackte der Junge in sich zusammen. Claudia erschrak, aber Takeda beruhigte sie mit einer Geste. Er war ebenfalls aufgestanden, legte nun Lars eine Hand auf den Rücken, berührte ihn nur sanft, aber versicherte ihm auf diese Weise, dass er ihm helfen konnte, sollte es nötig sein.

Der Junge blickte hoch und sah Takeda an. Seine Augen füllten sich mit Tränen. Er öffnete den Mund, und erst mit Verzögerung entstieg seiner Kehle ein Schrei.

Der Schrei ging in ein Wimmern über, und dann weinte er bitterlich, dieser Mörder, der doch nur ein Kind war.

62.

Kriminalhauptkommissarin Claudia Harms saß an ihrem Schreibtisch im Polizeipräsidium und warf feindselige Blicke auf ihren Computer.

Sie hatte das Gerät nicht eingeschaltet, blickte nur auf die dunkel glänzende Fläche des Bildschirms, in der sich schwach die Einrichtung des Zimmers spiegelte.

Es war doch nur ein einfaches Elektrogerät, völlig harmlos, sagte sie sich.

Aber nun hatte sie erfahren, welche Grausamkeiten sich hinter diesem schwarzen Bildschirmviereck verbergen konnten. Sie musste nur den On-Knopf drücken und eine Verbindung zum Netz herstellen. Und schon wäre jeder Alptraum möglich.

Es war ja nicht so, dass sie das nicht schon zuvor erlebt hätte. Cyberkriminalität, Drogen, die übers Darknet verkauft wurden, radikale Inhalte, perverse Inhalte, all das war ihr mehr als einmal begegnet.

Aber das, was sie nun erfahren hatte, war dennoch etwas anderes. Es kam ihr vor, als hätte das Internet selbst ein Verbrechen begangen, als hätte es sich der jungen Leute, die ihm hörig waren, bedient, um selbst zu morden. Müsste sie daher nicht eigentlich den blöden Kasten, der vor ihr auf dem Tisch stand, verhaften? Ihm Handschellen anlegen? Ihn vor Gericht bringen? Am besten in einem gemeinsamen Prozess, bei dem auch gleich ein Smartphone und ein Tablett angeklagt wurden?

Angeklagte, schalten Sie sich ein und hören Sie zu! Sie haben junge Menschen verführt und zu schlimmsten kriminellen Taten angestiftet. Was haben Sie zu Ihrer Verteidigung vorzubringen?

Noch besser wäre es natürlich, die Dinger einfach aus dem Fenster zu werfen. Ach, warum so umständlich? Sie musste ihnen doch einfach nur den Stecker ziehen. Das wars! Die Freiheit war nur ein Handgriff entfernt!

Andererseits – waren solche Gedanken nicht albern? Schließlich könnte man dasselbe, was sie sich da über Computer zusammenphantasierte, genauso von Drogen oder Waffen sagen. Waffen töten keine Menschen. Menschen töten Menschen.

Computer töten auch keine Menschen.

Oder doch?

Bei Waffen hatte man es doch inzwischen gelernt. Waffen waren eben keine bloßen Instrumente, keine unschuldigen Gegenstände, die erst von Menschen und ihren niederen Instinkten zum Leben erweckt wurden.

Waffen waren immer auch Verführung. Durch ihre Möglichkeiten entstanden die Taten überhaupt erst, genau wie die düsteren Phantasien der Menschen durch sie erst geweckt wurden.

Bei Computern und beim Internet war es genauso. Sie schufen Möglichkeiten. Und die wurden zum Guten wie auch zum Bösen genutzt.

Mit dieser Tatsache musste die Menschheit leben. Und die Polizei sowieso. Die Uhr ließ sich nicht zurückdrehen.

Claudia stand auf und trat ans Fenster, blickte hinaus auf den

Alsterlauf, der gar nicht weit vom Präsidium entfernt lag und so gar nicht nach Großstadt aussah.

Eine graubraune, mit grünen Tupfen durchsetzte Landschaft, die eine wohltuende Ruhe ausstrahlte. Sie könnte stundenlang hier stehen und einfach nur hinausschauen.

Aber die Wirklichkeit holte Claudia schnell zurück. Sie musste an die zurückliegenden drei Tage denken, die seit der Entdeckung von Rebecca Breuers Leiche und der Verhaftung von Lars Dahlmann vergangen waren. Die Zeit war angefüllt mit Verhören, Zeugenbefragungen, Gegenüberstellungen. Sie und Takeda hatten dank der Hilfe von Dahlmann zwei weitere junge Männer verhaften können, die inzwischen ebenfalls beide ein Geständnis abgelegt hatten. Lukas Vorbach, einundzwanzig Jahre alt, Student der Geographie, hatte den Mord an Rainer Sielmann im Holi-Kino in Eimsbüttel gestanden. Motiv: die Sehnsucht nach dem wahren Leben, das ihm der Meister der Pforte für seine Tat versprochen hatte.

Während Vorbach schnell gestanden hatte, hatte René Tonndorf es ihnen schwerer gemacht. Er war neunzehn Jahre alt, studierte offiziell, tat aber in Wahrheit gar nichts. Er hatte Ralf Wordemann mit Benzin überschüttet und angezündet, später dann Rebecca Breuer mit einem Messer erstochen.

»Warum haben Sie das getan?«, fragte Claudia ihn.

Tonndorf feixte Claudia an. »Ich könnte es Ihnen erklären, aber Sie würden es nicht verstehen.«

»Versuchen Sie es.«

»Sie gehören nicht zu den Erwählten. Sie sind nicht würdig, die Wahrheit zu hören.«

»Reden Sie keinen Unsinn, verdammt.«

Tonndorf blieb unbeeindruckt und sagte: »Sie haben doch eine Waffe. Erschießen Sie mich. Oder irgendjemand anders. Es ist völlig egal. Töten Sie jemanden. Dann verstehen Sie mich. Dann werden Sie des wahren Lebens teilhaftig.«

In dem Moment drängte Takeda sich an Claudia vorbei und schlug Tonndorf mit der flachen Hand ins Gesicht.

Der junge Mann sah den Inspektor entsetzt an. Auch eine Ohrfeige konnte eine Erinnerung an das wahre Leben sein. Takeda blickte Tonndorf in die Augen, sagte kein Wort. Und doch schien der Junge zu verstehen, was der Inspektor ihm mitteilen wollte.

Claudia ahnte es ebenfalls, schließlich hatte Takeda ihr schon vor längerem erzählt, dass er genau das getan hatte, was Tonndorf verlangte. Er hatte getötet. Es war bei einer Razzia in Tokio gewesen, ein Schlag gegen einen Kinderschänderring. Der Inspektor hatte auf Befehl eines Vorgesetzten zur Waffe greifen und schießen müssen.

Takeda hatte einen Menschen getötet, und wenn Claudia es richtig verstanden hatte, war es sogar ein Kind gewesen. Er wusste zu gut, dass auf der anderen Seite der dunklen Pforte nicht das Licht, sondern eine noch viel schwärzere Dunkelheit wartete.

Eine Dunkelheit, mit der nicht nur er, sondern viele Polizisten leben mussten, die gezwungen waren, in Ausübung ihres Dienstes von der Waffe Gebrauch zu machen. Das wahre Leben, mit dem sie belohnt wurden, bestand aus zerstörten Ehen, Depressionen, Alkoholismus, dem Verlust ihrer Fähigkeit, mitfühlen zu können.

Takeda war nach der Ohrfeige und dem stummen Blick aus dem Zimmer gegangen, er hatte nur geflüstert, dass er Luft brauche.

Claudia kannte ihn gut genug, um zu wissen, was er vorhatte. Er stand jetzt bestimmt irgendwo im Freien und spielte Saxophon. Seine Pforte ins Licht.

Seitdem hatten sie viel miteinander geredet, über den Fall, über die Täter, über Simon Kallweit.

Alle vier jungen Männer, also Simon, aber auch Lars Dahlmann, Lukas Vorbach und René Tonndorf, waren sich in einem Punkt ähnlich. Sie hatten kaum oder gar keine Freunde, lebten alle bei ihren Eltern, verbrachten den größten Teil ihrer Zeit allein in ihren Zimmern, waren internet- oder spielsüchtig. Sie waren Opfer von Mobbing, wurden von ihren Mitschülern oder Mitstudenten verspottet oder sogar verprügelt. Was blieb ihnen übrig, als sich zurückzuziehen und *Hikikomori* zu werden. Ihre Eltern aber merkten überhaupt nicht, wie ihre Söhne aus der Wirklichkeit drifteten und zunehmend in düsteren Traumwelten lebten.

Und dann trafen sie – außer Simon – in den virtuellen Welten des Internets auf jemanden, der sich selbst Meister der Pforte nannte und ihnen beim letzten kleinen Schritt in den endgültigen Wahn half.

Und auf einmal waren die einsamen jungen Männer bereit, alles zu tun. Sogar zu töten.

Wie sollte die Polizei gegen so etwas ankämpfen? Diese Jungs waren Schläfer, nur dass sie gar keine islamistische oder rechtsradikale oder sonstwie fanatische Ideologie brauchten, um Verbrechen zu begehen. Es genügte die geschickte Verführung eines seltsamen Kultes, der bei einem normalen Menschen nichts als Kopfschütteln oder Gelächter auslöste.

Claudia stand auf, warf dem Computer einen weiteren zornigen Blick zu, schaltete ihn immer noch nicht ein. Daran würde sich heute auch nichts mehr ändern.

Stattdessen streifte sie sich ihre Gartenhandschuhe über, die sie in ihrer großen Schreibtischschublade aufbewahrte, neben der kleinen Hacke und der Schaufel, dem Dünger, der Dose mit Torf, dem Brennnesselsud.

Sie kniete sich vor den Topf mit dem Farn, lockerte die Erde auf, erneuerte das Düngerstäbchen, strich immer wieder mit den Fingern über die zartgrünen Blätter.

Sie hatte gerade ihre Sprühflasche mit Wasser gefüllt, wollte die Blätter benetzen, als Bernd Singer, ein Kollege von der Einheit für Cyberkriminalität, hereinkam.

Singer war ein übergewichtiger, ewig müder Mann, dessen Augen im Laufe der Jahre auf seltsame Weise die Form kleiner Computerbildschirme angenommen zu haben schienen. Ausnahmsweise aber wirkte er durchaus zufrieden. Er hielt einen Zettel hoch und sagte: »Moin, Claudia. Ich habe eine Adresse für dich.«

»Schön. Und was ist da?«

»Mit ein wenig Glück der Meister der Pforte. Alberne Bezeichnung, wenn du mich fragst.«

Claudia machte ein schnalzendes Geräusch mit den Lippen. »Hast du auch einen Namen?«

»Nein, bedaure. Es war so schon schwierig genug, fündig zu werden. Dieser Lars Dahlmann hat uns gut unterstützt. Die Darknet-Seiten, auf denen die Kids diskutiert haben, konnten wir nicht zurückverfolgen. Aber euer Pfortenmeister hat ja eine Art Lockvogel ausgelegt, nämlich diesen Online-Fragebogen über Leben und Tod und so. Der wiederum war über ein paar Umleitungen mit einer Seite verknüpft, die wir mit einer IP-Adresse in Zusammenhang bringen konnten. Das Ganze war ein ziemliches Pingpong-Spiel, darum kann es auch sein, dass wir uns täuschen. Aber vielleicht habt ihr ja Glück. Fahr hin und überzeug dich.«

»Werde ich, verlass dich drauf«, sagte Claudia.

Nachdem Singer den Raum verlassen hatte, warf sie einen Blick auf den Zettel. Die Adresse war in Hamburg, was ja auch schon einmal Glück war. Sie hätte genauso gut in San Fransisco, Shanghai oder Tuvalu sein können.

Sie griff zum Telefon und wählte die Nummer von Takedas Handy.

63.

Das Institut für Kognitionspsychologie befand sich in einer alten Villa im Universitätsviertel. Das Gebäude sah heruntergekommen aus, die Fassade blätterte ab, die Fenster wirkten marode, ein Balkon schien bereits gesperrt zu sein. Takeda wunderte es nicht. Die Deutschen redeten gerne und oft davon, dass sie eine uralte Bildungstradition hätten und dass besonders in Zeiten der Globalisierung gute Bildung ungeheuer wichtig wäre. Aber das hielt sie nicht davon ab, ihre Universitäten verkommen zu lassen.

Als sie die Stufen zur erhöht liegenden Eingangstür emporstiegen, sagte Claudia: »Wir haben die Adresse, aber keinen Namen. Das Ganze könnte also durchaus auch ein Irrtum sein. Das dürfen wir nicht vergessen.«

»Sicher«, stimmte Takeda zu. »Aber es könnte auch ein Treffer sein. Die Kognitionspsychologie befasst sich mit der menschlichen Wahrnehmung und Informationsverarbeitung. Der Einfluss der neuen Medien auf die Psyche spielt für das Fach eine große Rolle. Das würde doch passen, oder?«

»Haben Sie das gerade gegoogelt?«, fragte Claudia stirnrunzelnd.

»Nein, nein. Das habe ich bereits vor längerem einmal gelesen.«

Claudia seufzte. »Ihr Gedächtnis möchte ich haben.«

Kurz drauf meldeten sie sich bei einer Institutssekretärin, einer mittelalten Dame, die eine halbmondförmige Lesebrille auf der Nase trug und farbenfroh zurechtgemacht war. Sie nahm Claudias Dienstausweis mit spitzen Fingern entgegen, blickte darauf und verzog das Gesicht, als handele es sich um etwas Unanständiges. Mit spitzer Stimme fragte sie: »Und was genau wollen Sie?«

Claudia ließ sich nicht beirren und erklärte: »Wir suchen den Urheber einer Web-Seite, die wahrscheinlich auf dem Server Ihres Instituts gehostet ist. Vielleicht wird sie auch nur von einem Rechner hier im Haus aus betreut.«

»Und was für eine Webseite soll das sein?«

»Eine Art Online-Fragebogen.«

»Davon hat das Institut Tausende.«

»Es ist ein sehr spezieller Fragebogen, aber das würde ich lieber mit jemandem besprechen, der solche Dinge hier im Haus betreut.«

Die Sekretärin setzte ihre Lesebrille ab, warf erneut einen Blick auf Claudias Dienstausweis und sah schließlich zu ihr und Takeda hinauf.

»Am besten sprechen Sie mit unserer Direktorin, die hat den besten Überblick über die Internetsachen. Ich gucke mal eben ...

ja, Frau Professor Landshut müsste im Haus sein. Erster Stock links. Ich melde Sie an.«

»Besten Dank.«

»Die Professorin hat wenig Zeit, das kann ich Ihnen jetzt schon sagen.«

Claudias Augen wurden schmal. »Wir ermitteln in einem vierfachen Mordfall, in den Ihr Institut verwickelt sein könnte. Ich denke, die Frau Professorin wird sich Zeit nehmen müssen.«

Die Sekretärin zuckte irritiert zurück, murmelt etwas, griff dann zum Telefon und kündigte ihren Besuch an.

Claudia und Takeda stiegen die Treppe in den ersten Stock hinauf, klopften an eine milchverglaste Tür. Kurz darauf hörten sie eine Stimme, die sie aufforderte einzutreten.

Irmgard Landshut war vielleicht Ende vierzig, eine schlanke, drahtige Frau mit einer angegrauten Gabriele-Krone-Schmalz-Frisur. Was das war, erklärte Claudia Takeda erst hinterher, aber so richtig verstand er es erst, als sie ihm ein Foto der Journalistin im Internet zeigte.

Die Professorin begrüßte Claudia und Takeda freundlich, bat sie, Platz zu nehmen, und fragte sie, ob sie Kaffee trinken wollten. Beide bejahten, woraufhin die Professorin das Zimmer verließ und kurz darauf mit einem Tablett mit drei Tassen zurückkehrte.

»So. Was kann ich für Sie tun?«

Claudia erklärte, dass sie und Takeda auf der Suche nach dem Verfasser eines Online-Fragebogens seien, skizzierte dann den Inhalt des Fragebogens, ging jedoch zunächst nicht auf die Hintergründe ihrer Suche ein. Absprachegemäß beteiligte Takeda sich nicht am Gespräch, sondern beobachtete die Reaktionen und Regungen der Frau. Allerdings reagierte die Professorin gleichbleibend freundlich, ohne dass Takeda erkennen konnte, was sie wirklich bewegte. Sie schien eine ausgeprägte Selbstbeherrschung zu haben.

»Sagt Ihnen dieser Fragebogen etwas? Haben Sie ihn entworfen? Oder können Sie uns den Mitarbeiter oder die Mitarbeiterin nennen, die in Frage kommen?«, fragte Claudia schließlich.

Irmgard Landshut legte ihre Stirn in Falten, schloss für einen Moment die Augen, schüttelte dann den Kopf. »Nein, tut mir leid. Ich kann mir nicht einmal so richtig vorstellen, in welchem Forschungszusammenhang die Fragen relevant sein könnten. Sind Sie sicher, dass das Ganze hier aus unserem Haus stammt?«

Claudia antwortete nicht, fragte stattdessen: »Kennen Sie denn alle Themen, die von Ihrem Institut bearbeitet werden?«

»Ich denke schon. Vielleicht bin ich nicht gerade über jede Hausarbeit informiert, die einer unserer Studenten schreibt. Aber die Projekte meiner Mitarbeiter und Doktoranden kenne ich selbstverständlich.«

Claudia atmete hörbar aus. Die Professorin war ihr nicht unsympathisch, und sie hielt es für unwahrscheinlich, in ihr diesen ominösen Meister der Pforte zu finden, der junge Menschen zu Morden anstiftete.

Sie kam zu der Überzeugung, dass es kein zu hohes Risiko wäre, die Professorin in die weiteren Hintergründe ihrer Ermittlungen einzuweihen. Sollte sie doch diejenige sein, die sie suchten, würde sie sich womöglich durch eine entsprechende Reaktion verraten. Und wenn nicht, könnte sie ihnen hoffentlich weiterhelfen.

Claudia gab der Frau daher einen Überblick über das, was sie in Rebecca Breuers Tagesbuch gelesen und was anschließend die verhafteten jungen Männer ausgesagt hatten.

Noch während Claudia redete, stellte Takeda fest, dass von einer ausgeprägten Selbstbeherrschung bei Irmgard Landshut keine Rede mehr sein konnte. Ihre Gesichtszüge verzerrten sich, sie blickte Claudia und ihn erschrocken an, schüttelte immer wieder ungläubig den Kopf.

Claudia schloss ihren Bericht und sagte: »Nun wissen Sie, warum wir hier sind. Vielleicht haben Sie jetzt ja eine Idee, wer mit dieser Sache in Zusammenhang stehen könnte. Das muss ja noch gar nicht heißen, dass der- oder diejenige auch der Täter ist. Aber ich wäre Ihnen dankbar, wenn Sie nachdenken und uns wirklich jeden nennen, der in Frage kommt.«

Die Professorin war immer noch sichtlich mitgenommen. Sie räusperte sich einige Male, sagte dann: »Ich beschäftige mich seit vielen Jahren mit Dingen, die dem, was Sie geschildert haben, durchaus nahe kommen. Mein aktueller Forschungsschwerpunkt trägt den Titel ›Digitale Medien und die Verschiebung kognitiver Verarbeitungsmuster bei Kindern und Jugendlichen‹. Da geht es genau um diese Fragen. Was macht Internetkonsum mit Kindern? Wie verändert der ständige Konsum verdichteter Medieninformationen die Umweltperzeption? Wie beeinflusst eine vorwiegend mediale Sozialisation das Verhalten Heranwachsender? Aber bei diesem Projekt dreht es sich vor allem um Fragen, wie Jugendliche ihre Freundschaften pflegen oder wie Computerspiele ihre motorische Entwicklung beeinflussen. Das, was Sie schildern, ist hingegen ... Es ist ungeheuerlich. Jugendliche, die unter dem Einfluss internetbasierter Foren töten! Wenn Sie mich heute Morgen gefragt hätten, ob so etwas möglich ist, hätte ich sofort gesagt, dass es Science Fiction ist. Unmöglich. Zukunftsmusik.«

»In der Rechtsmedizin liegen vier Tote, die beweisen, dass es keine Science Fiction ist.«

»Natürlich, das glaube ich Ihnen«, sagte die Professorin.

Sie versank in ein brütendes Schweigen, währenddessen sie immer wieder den Kopf schüttelte und immer wieder leise murmelte: »Ich kann es einfach nicht glauben.«

Schließlich meldete Takeda sich zu Wort und sagte: »Frau Landshut, vielleicht irre ich mich, aber Ihr Unglaube bezieht sich, so mein Eindruck, nicht nur auf das, was meine Kollegin Ihnen gerade erzählt hat, oder? Sondern auch darauf, dass Sie an eine bestimmte Person denken?«

Irmgard Landshut hob ruckartig den Blick, starrte Takeda an. Dann verzog sich ihr Mund zu einem bitteren Lächeln. Sie nickte, bestätigte Takedas Vermutung und griff schließlich wortlos zum

Telefon, das auf ihrem Schreibtisch stand. Sie wählte eine kurze, vierstellige Nummer, aus der Claudia schloss, dass es ein Anschluss im selben Haus war. Die Professorin wartete, bis am anderen Ende der Leitung abgenommen wurde, sagte dann: »Markus? Kommst du bitte mal in mein Zimmer ... Ja, sofort. Nein, ich erkläre es dir, wenn du hier bist.«

Sie legte auf, wandte sich wieder Claudia und Takeda zu und sagte mit einer Stimme, die um Beherrschung rang: »Markus Gräter ist einer meiner Mitarbeiter. Ich hoffe, dass ich mich täusche. Aber ich möchte nicht völlig ausschließen, dass er derjenige ist, den Sie suchen.«

64.

Kurz darauf betrat Markus Gräter, promovierter Psychologe und spezialisiert auf die Auswirkung digitaler Medien auf die kognitiven Prozesse Heranwachsender, wie die Professorin Takeda und Claudia in der Zwischenzeit erklärt hatte, den Raum. Er war vielleicht Ende zwanzig, hager, mit schon schütterem Haar und einer vernarbten Gesichtshaut. Er trug Jeans und ein kariertes Hemd, über das er offenbar in Eile ein Jackett gezogen hatte, dessen Kragen halb hochstand.

Gräter warf Claudia und Takeda einen überraschten Blick zu, sagte dann in Richtung seiner Chefin: »Du hast Besuch? Davon hast du gar nichts gesagt.«

»Die Dame und der Herr sind von der Polizei«, erklärte Irmgard Landshut und beobachtete ihren Mitarbeiter dabei nicht weniger genau als Claudia und Takeda.

Gräters freundlicher Gesichtsausdruck verdüsterte sich für einen winzigen Moment. Dann setzte er ein schwer zu deutendes Lächeln auf und sagte: »Polizei? Wie interessant! Ich wüsste allerdings nicht, wie ich behilflich sein könnte.«

»Setz dich doch einfach. Frau Harms und Herr Takeda werden

dir erklären, worum es geht.« Sie wandte sich an die Polizisten. »Wenn Sie mich jetzt bitte entschuldigen würden. Ich muss dringend in unsere Institutsbibliothek und ein paar Dinge erledigen.«

Claudia und Takeda wechselten einen kurzen Blick, dann sagte sie: »Gehen Sie ruhig, aber verlassen Sie bitte nicht das Haus.«

»Natürlich.«

Die Professorin stand auf und verließ den Raum.

Die Polizisten wandten sich Gräter zu, der auf dem Platz seiner Chefin auf der anderen Seite des Schreibtisches Platz nahm. Er lächelte immer noch penetrant, legte die Fingerspitzen zusammen und fragte gönnerhaft: »Nun, was kann ich denn für Sie tun, meine Herrschaften?«

Claudia spürte, wie das Gebaren des Wissenschaftlers ihren Puls in die Höhe trieb. Was wollte er mit diesem Lächeln, dieser Stimme, dieser Haltung ausdrücken? Innere Entspanntheit? Belustigung? Überlegenheit? Oder war es einfach nur eine Schutzmaske, die alle anderen Gefühlsregungen überdecken sollte?

Sie wechselte erneut einen Blick mit Takeda, holte sich auf die Art sein stummes Einverständnis und ging in den Angriffsmodus über. Sie bluffte. »Herr Gräter, in ungefähr zehn Minuten werden eine ganze Reihe unserer Kollegen hier eintreffen und sämtliche Computer des Hauses beschlagnahmen. Auch Ihren.«

»Oh, tatsächlich? Das wird unsere Arbeit allerdings erheblich erschweren. Aber ich gehe davon aus, dass Sie einen guten Grund für die Maßnahme haben. Müssen Sie ja, sonst hätte Ihnen ein Richter kaum die Einwilligung dazu gegeben.«

»So ist es. Wir werden auch Ihren Rechner beschlagnahmen und genauestens untersuchen. Was, glauben Sie, werden wir darauf finden?«

»In erster Linie empirisches Datenmaterial aus einer großen Zahl von Online-Befragungen, die ich im Rahmen meiner Forschungsarbeit durchführe. Deswegen wäre ich Ihnen überaus dankbar, wenn Sie Ihre Kollegen anweisen, pfleglich mit dem Gerät umzugehen.«

»Das machen wir sowieso. Halten Sie es für möglich, dass wir dabei auch einen Fragebogen finden, der junge Menschen über ihre Einstellung zum Tod befragt?«

»Mit Sicherheit sogar. Meine Forschungsinhalte sind weitgefächert. Ich interessiere mich für die Einstellungen junger Menschen zu vielen Themen. Schule, Eltern, Berufsperspektiven, Beziehungen, Freizeit. Aber eben auch zu existentiellen Themen wie Tod, Krankheit und anderen Schicksalsschlägen.«

»Was genau interessiert Sie daran?«

»Hat Ihnen das die Professorin nicht erzählt?«

»Doch, das hat sie. Wir möchten es lediglich gerne noch einmal von Ihnen hören.«

»Sehr gerne«, sagte Gräter. Er biss sich auf die Unterlippe, ein erstes Zeichen beginnender Nervosität, schien sich zu sammeln und sagte schließlich: »Sehen Sie, die Kognitionspsychologie hat mit der Ausbreitung der digitalen Medien ein ganz neues Forschungsfeld erhalten. Wir sind ja ohnehin interdisziplinär aufgestellt, decken Bereiche der klassischen Neurologie und Psychologie ab, aber auch durchaus der Philosophie, der Verhaltensforschung bis hin zur Kriminalistik. Die Fragestellung, der ich nachgehe, lässt sich eigentlich sehr einfach erklären. Wie ändert sich das Verhalten junger Menschen, wenn sich immer größere Teile ihrer Sozialisation in die Welt digitaler Medien verlagert? Ich drücke es mal ganz einfach aus. Früher sind die Kids auf Bäume geklettert, waren im Baggersee schwimmen und haben heimlich im Baumhaus die ersten Zigaretten geraucht. Heute bauen sie als Kinder Minecraft-Welten und fahren GTA-Rennen, surfen dann als Jugendliche auf Pornoseiten und sehen sich Enthauptungsvideos an. Vor allem aber kommunizieren sie untereinander auf digitalen Kanälen. Whatsapp-Gruppen, Bewertungsforen, Tinder und so weiter. Die Kids entwickeln ein ausgeprägtes Empfinden für die Repräsentation des eigenen Ichs im virtuellen Raum, und das wiederum hat Auswirkungen auf das Ich-Empfinden in der Realität ... ein spannendes Forschungsfeld.«

Claudia fühlte sich durch Gräters Erklärung erschlagen. Ihr Gefühl sagte ihr, dass sie mit dem richtigen Mann sprachen und dass der Forscher auch gar keinen Hehl daraus machte. Er fühlte sich offenbar sehr sicher, vermutlich weil er davon ausging, dass ihm nichts nachzuweisen war.

Claudia warf Takeda einen fragenden Blick zu, der nickte und übernahm die Gesprächsführung. »Sie erwähnten, dass Sie sich auch mit kriminalistischen Fragen befassen. Wie hängt das mit Ihren anderen Fragestellungen zusammen, also mit dem Selbstbild der jungen Menschen und ihrem Kommunikationsverhalten?«

Gräter schien sich über Takedas Frage zu freuen, sein dauerhaftes Lächeln bekam etwas Echtes. »Eine sehr gute Frage. Schauen Sie, die Gesellschaft stellt sich diesen Zusammenhang immer so schrecklich trivial vor. Kinder spielen zu viele Ballerspiele und schießen irgendwann selbst durch die Gegend.«

»Ich befürchte, solche Fälle gibt es«, sagte Takeda.

»Natürlich. Aber es gab sie auch vor den Ballerspielen. Wir reden dabei über psychopathologische Fälle. Das ist langweilig.«

»Was wäre denn nicht langweilig?«

»Zum Beispiel Fälle, bei denen fünfzehn-, sechzehnjährige Jungs ein Mädchen betrunken machen, es vergewaltigen und sich dabei selbst filmen. Das ist wirklich spannend. Überlegen Sie doch einmal selbst. Die Kids begehen eine grausame Tat, fühlen sich dabei aber wie die Akteure in einem der Pornofilme, die sie selbst konsumieren. Selbst wenn sie dann vor Gericht stehen, ist ihnen immer noch nicht klar, was sie eigentlich getan haben. Das Realitätsgefühl verschwimmt, weil sich der Bezugspunkt ihrer Selbstwahrnehmung ins Mediale verlagert.«

Gräters Stimme überschlug sich fast vor Begeisterung. Claudia spürte Übelkeit in sich aufsteigen. Takeda hingegen schien die Euphorie des Wissenschaftlers zu teilen, wobei Claudia nur hoffen konnte, dass er das aus Berechnung tat. Jedenfalls nickte Takeda überschwänglich und sagte: »Ja, in der Tat, das sind spannende Themen. Glauben Sie denn, dass es möglich wäre, Jugendliche über soziale Netzwerke aktiv so zu beeinflussen, dass sie solche Taten begehen?«

»Selbstverständlich.«

»Und wie weit könnte das gehen? Bis hin zu Mord?«

Gräter wollte wiederum spontan antworten, besann sich dann aber eines Besseren. Er schwieg, wiegte den Kopf, sagte schließlich mit beherrschter Stimme: »Ich denke, dass das möglich wäre. Und ich glaube, dass es ein bedeutsamer Schritt für die Wissenschaft wäre, wenn man die Mechanismen dieser Beeinflussung offen legen könnte.«

»Ist das Teil Ihrer Forschung?«

Gräter lachte auf, wollte antworten, wurde dann aber unterbrochen, da die Zimmertür geöffnet wurde. Irmgard Landshut kehrte zurück. Sie schloss die Tür hinter sich, wartete kurz, bis sich ihr Atem beruhigt hatte, sagte dann in Gräters Richtung: »Ich war nicht in der Bibliothek, Markus. Ich habe deinen Rechner durchsucht. Was hast du nur getan?«

65.

Noch während Irmgard Landshuts Worte im Raum verhallten, spannten sich Inspektor Takedas Muskeln an. Claudia ging es nicht anders. Beide rechneten damit, dass Markus Gräter aufspringen und versuchen würde, aus dem Zimmer zu fliehen, um einer Verhaftung zu entgehen.

Aber zu ihrer Überraschung blieb der junge Wissenschaftler entspannt auf dem Stuhl seiner Chefin sitzen. Mit einem Lächeln sagte er: »Du willst wissen, was ich getan habe, Irmgard? Ich kann es dir erklären. Ich habe der Wissenschaft, nein, ich habe der Menschheit einen großen Dienst erwiesen. Wenn du ein wenig nachdenkst, wirst du sicherlich zu dem Schluss kommen, dass ich recht habe. Ich hoffe, die Herrschaften von der Polizei werden es auch einsehen.«

»Dann leugnest du es nicht? Der Fragebogen? Das Forum im Darknet? Die Toten? All das warst du?«, fragte die Professorin mit versiegender Stimme.

»Leugnen? Aber warum denn?«, antwortete Gräter mit fast vergnügter Stimme. »Ich stehe zu dem, was ich getan habe. Sieh dich doch an, Irmgard. Du stellst doch dieselben Fragen wie ich. Aber was tust du, um Antworten zu erhalten? Du beobachtest immer nur, sammelst Daten, befragst die Menschen. Am Ende lieferst du tiefsinnige Analysen, die aber leider niemanden interessieren. Das wird mir nicht passieren und nach dem heutigen Tag noch viel weniger. Die Welt wird erfahren, was ich getan habe, und sie wird mir dankbar sein. Ich habe vielleicht Dinge getan, die andere verurteilen. Aber es war nötig, damit wir Wege finden, um so etwas künftig zu verhindern.«

»Aber, Markus, vier Menschen sind gestorben! Das kann dir doch nicht gleichgültig sein.«

»Gleichgültig? Aber nein, ich bin sehr traurig deswegen. Zugleich bin ich auch froh, dass es noch nicht mehr sind. Was sind schon vier Menschen gegen die Hunderte, die wir durch meine Arbeit retten können? Du weißt, dass ich recht habe! Ich kann es sogar beweisen. Ich habe alles fein säuberlich dokumentiert. Das Ködern der jungen Leute, das Einbinden in die Gruppe, die Erzeugung der Abhängigkeit und die Verführung zur Tat. Der IS macht nichts anderes. Andere Organisationen genauso, all die Sekten, die Kulte, die Religionen. Sie ködern junge Menschen im Netz, binden sie ein, machen sie gefügig und treiben sie schließlich zu Taten von unvorstellbarer Brutalität. Dank meiner Arbeit können wir nun Gegenstrategien entwickeln! Meine Arbeit ist bahnbrechend. Aber sie steht natürlich erst am Anfang. Wir müssen weitermachen, müssen neue Methoden erproben …«

Claudia hatte genug. Sie ertrug es einfach nicht mehr. Markus Gräter schien sich tatsächlich für einen Helden zu halten. Dabei war er doch das beste Beispiel für seine eigenen Beobachtungen. Er hatte keinen Bezug mehr zur Wirklichkeit.

Claudia stand von ihrem Stuhl auf und sagte: »Herr Gräter, ich verhafte Sie hiermit unter dem dringenden Verdacht, mehrere junge Menschen zu Tötungsdelikten angestiftet zu haben.«

Takeda fügte hinzu: »Im Falle von Rebecca Breuer geht es über Anstiftung hinaus. Sie haben die junge Frau töten lassen, weil Sie Angst hatten, dass sie Sie und Ihre Aktivitäten an die Polizei verrät. Das ist Mord, Herr Gräter.«

Der Forscher sah die Polizisten an und lächelte. Nichts schien ihn aus der Ruhe bringen zu können. »Rebecca Breuer hätte meine Forschungsarbeit zu einem entscheidenden Zeitpunkt empfindlich gestört. Das musste ich verhindern. Auch ihr Opfer ist gerechtfertigt durch den Nutzen, den die Gesellschaft aus meiner Arbeit ziehen wird. Auch wenn Sie das im Moment vielleicht nicht einsehen, aber es bleibt wichtig, dass wir jetzt nicht aufhören. Ich stehe ja erst am Anfang meiner Experimente. Wir müssen weitermachen, um neue und noch bessere Erkenntnisse zu gewinnen.«

Claudia schüttelte ungläubig den Kopf. »Vergessen Sie es, Herr Gräter. Sie werden erst einmal für lange Jahre ins Gefängnis gehen. Und glauben Sie mir, Sie werden dort genug Zeit haben, um über alles nachzudenken. Ich hoffe, Sie werden eines Tages einsehen, wie falsch Sie liegen und was für Grausamkeiten Sie begangen haben. Es sind nicht nur die Menschen, die nun tot sind. Es geht auch um die jungen Leute, die Sie gegen ihren Willen zu Mördern gemacht haben. Die müssen nun mit ihren Taten leben.«

Auch jetzt blieb Gräters Lächeln ungetrübt. »Aber Sie können mich nicht einsperren, Frau Harms.«

»Und ob wir das können. Glauben Sie mir, Sie werden ein alter Mann sein, wenn Sie wieder in Freiheit kommen.«

Gräter lachte auf. »Sie verstehen nicht, Frau Kommissarin. Sie können mich natürlich ins Gefängnis werfen, aber das wird nichts ändern. Ich werde meine Arbeiten fortsetzen. Ich habe bereits damit begonnen. Alles ist vorbereitet.«

»Damit ist ab sofort Schluss. Sie werden dieses Zimmer mit Handschellen verlassen.«

»Und wenn schon! Dann bin ich ab heute eben in einer Zelle. Und die nächsten Jahre auch. Na und? Ich werde Internetzugang haben. Vielleicht nicht jeden Tag. Aber oft genug. Es wird genügen, um mit allem weiterzumachen. Die Vorbereitungen sind getroffen, die entsprechenden Seiten schlummern weltweit auf Servern, die Sie niemals finden werden. Niemand wird mich hindern können, sie zu aktivieren. Es gibt so viele junge Menschen, die darauf warten, geführt zu werden. Und dafür sind sie auch bereit zu töten. Wer zum Licht will, muss durch die dunkle Pforte gehen. Diese Weisheit findet nicht nur in Hamburg Anhänger, sondern auch in Bremen, Hannover, in Köln, in München, in Paris, in London. Sie werden es erleben.«

66.

Ein paar Tage später stand Claudia alleine am Elbufer bei Övelgönne und hatte die Augen geschlossen. Es war später Nachmittag, der milchige Himmel verdunkelte sich bereits. Winter in Hamburg. So richtig hell wurde es an solchen Tagen nicht, was Claudia normalerweise als trostlos empfand. Heute aber störte es sie überhaupt nicht.

Sie war ja nicht hergekommen, um etwas zu sehen. Sie war hier, um etwas zu hören.

Da war das Tuten, Hämmern, Surren des Hafens auf der anderen Elbseite, da war das Rauschen der großen Pötte, die sich majestätisch über den Strom in Richtung Nordsee schoben, da war das sanfte Plätschern der Wellen zu ihren Füßen.

Und da war das leise, magische Geräusch, das sie so sehr liebte. Es war ein zartes Klirren im Wasser, wie von tausend winzigen Glocken. Es wurde von den rund gewaschenen Scherben im Fluss erzeugt, die mit jeder Welle durcheinander gewirbelt wurden.

Hamburg war schön, aber nicht nur für die Augen, sondern auch für die Ohren.

Schließlich trennte Claudia sich von ihrer kleinen, geheimen Sinfonie, öffnete wieder die Augen und spazierte langsam weiter in Richtung Teufelsbrück.

Holger Sauer, ihr Vorgesetzter, glaubte bestimmt, dass sie jetzt an ihrem Schreibtisch saß und das Protokoll des abgeschlossenen Falls verfasste. Das würde sie auch tun, aber noch war sie nicht soweit.

Erst einmal hatte sie sich für ein paar Stunden davongestohlen und war hierhergekommen. Das hatte sie sich verdient. Takeda wollte eigentlich mitkommen, doch Sauer hatte ihn in letzter Minute dazu verdonnert, an der Pressekonferenz teilzunehmen, die für den frühen Nachmittag anberaumt war.

Die Journalisten brannten bereits seit Tagen darauf, nähere Einzelheiten über den spektakulären Fall zu erfahren. Schon jetzt schrieben sie täglich von den Todesengeln aus dem Internet.

Claudia war froh, dass sie nicht bei der Pressekonferenz dabei sein musste. Es war der erste Schritt dahin, Abstand zu gewinnen von diesem Fall, von den ganzen zurückliegenden Wochen. So oder so, die Sache würde Narben hinterlassen. Allein ihre Begegnungen mit Markus Gräter verfolgte sie noch immer bis in den Schlaf hinein.

Ihr erstes Gespräch im Institut war ja nicht das einzige gewesen, ihm waren mehrere weitere Verhöre im Untersuchungsgefängnis gefolgt. Claudia war immer mehr zu der Überzeugung gelangt, dass der Mann wahnsinnig war. Aber das durfte nicht darüber hinwegtäuschen, dass er über einen messerscharfen Verstand verfügte. Sie wollte nicht ausschließen, dass er mit einigen seiner bizarren Ansichten sogar recht hatte. Es stimmte zum Beispiel, dass viele islamistische Vereinigungen und auch andere fanatische Gruppen im Internet solche Methoden benutzten wie er. Ködern, binden, Abhängigkeit schaffen und dann zu Taten verführen, die jede Phantasie überstiegen. So etwas passierte tagtäglich, aber die meisten Menschen, inklusive die Polizei, machten es sich immer noch viel zu wenig bewusst.

Claudia war davon überzeugt, dass die meisten jungen Menschen noch nicht so weit von der Wirklichkeit abgekoppelt waren, als dass sie nicht erkennen könnten, was dort mit ihnen geschah. Andere Jungen und Mädchen aber, deren Eltern sich nicht für sie interessierten, die vielleicht kaum wirkliche Freunde hatten, die in ihren Kinder- oder Jugendzimmern hockten, waren anfällig für die Verführungen aus dem Netz. Sie drifteten durch ihre Computer in Welten voller Wahn und Gewalt ab.

Die vergangenen Tage hatten aber auch tröstende Erkenntnisse gebracht. Offenbar hatte Gräter mit seinen Drohungen für die Zukunft übertrieben. Sie hatten bisher keine Spuren gefunden, die darauf hindeuteten, dass er noch mehr junge Leute zum Morden verführen könnte. Eine Garantie war das natürlich nicht. Aber immerhin waren nun die Abteilungen für Cyber-Kriminalität in ganz Deutschland gewarnt. Sollten wieder verdächtige Online-Fragebögen auftauchen, die nichts anderes als tickende Zeitbomben waren, konnten sie schnell entschärft und vom Netz genommen werden.

Als Claudia nach einer guten halben Stunde in Teufelsbrück ankam, beschloss sie, am Anleger einen Kaffee zu trinken und sich dort aufzuwärmen. Danach aber wurde es Zeit, ins Präsidium zurückzukehren und mit der Arbeit zu beginnen. Die Kollegen waren inzwischen zum Glück wieder versöhnt, hatten ihr den Alleingang mit Takeda verziehen. Immerhin hatten sie und der Inspektor dazu beigetragen, einen anderen Mordfall zu klären, der ansonsten unentdeckt geblieben wäre. Vor einigen Tagen hatten Horst Kröger und Manuel Jockerath den Juniorchef eines alteingesessenen Hamburger Bauunternehmens verhaftet. Er hatte Yegor Awilow, den illegalen ukrainischen Bauarbeiter, kaltblütig erschlagen, als der seinen ausstehenden Lohn einfordern wollte. Mord. Er würde für lange Zeit ins Gefängnis gehen.

Kröger meinte, dass es in Deutschland zwei Sorten arme Schweine gebe, die ihr Leben in Containern fristen müssten. Da waren die Flüchtlinge, die zur Untätigkeit verdammt waren. Und da waren die Heerscharen osteuropäischer Bauarbeiter, die sich krumm schufteten und im Zweifel nicht einmal bezahlt wurden.

Kratzte das irgendjemanden? Eigentlich nicht. Jedenfalls nicht, solange es den braven Bürgern einigermaßen gut ging.

Aus dem Fall Markus Gräter wurde nun eine Akte. Diese Akte wanderte erst in die Hände eines Staatsanwalts, schließlich in die eines Richters, dann ins Archiv. Sie entfernte sich immer weiter von Claudia, so dass sie sie im besten Fall in ein paar Monaten vergessen hatte.

67.

Der Drummer schlug seine Stöcke aneinander und gab den Takt vor. One, two, three, four. Piano, Bass und Gitarre setzten ein, breiteten ihren Sound aus, der vage einem Thema von Bart Howard folgte. Ein paar Takte verflossen, die letzten Gespräche im Publikum erstarben, die Aufmerksamkeit gehörte ganz der Bühne.

Ken Takeda trat mit seinem goldglänzenden Yanagisawa-Saxophon ins Licht der bunten Spots. Er trug das lange Haar offen, hatte die Krawatte gelockert, das Jackett abgelegt. Leise und zart schwebten seine ersten Tunes durch den Kellerraum des *Bird's*, kamen ganz harmlos daher. Dann, nach vielleicht ein, zwei Minuten, hatte er Betriebstemperatur erreicht. Es wurde Zeit abzuheben. Takeda spielte wie der wiedergeborene Bird, verneigte sich musikalisch vor dem großen Sadao Watanabe. Er peitschte die Töne heraus, erschuf Klangteppiche aus stürmischen Kadenzen, nur um sie sogleich wieder in andere Tonfolgen zu überführen. Keine Rast, kein Halten. Er griff das Thema des Stückes auf, verballhornte es, ärgerte es, wandelte es ab und kreierte Neues und immer Neues daraus. Was er eigentlich tat: Er löste die Schwerkraft auf, brachte die Zeit zum Erliegen, überwand alle Grenzen. Es war eine Entführung, deren erstes Opfer er selbst war und mit ihm das ganze Publikum. Wohin die Reise ging? Wer wollte das schon wissen?

Takeda bewies es an diesem Abend einmal wieder: Jazz war nicht nur Musik, Jazz war Leben, Jazz war das Licht jenseits der dunklen Pforte, war die Antwort, war die Freiheit.

Ken Takedas Improvisation wurde an diesem Abend besonders stürmisch und wild, er raubte dem Publikum den Atem. Das fragte sich, wie so etwas nur möglich war. Der Mann war doch Japaner, er entstammte einer Kultur, für die die vorgegebene Form so wichtig war wie in kaum einer anderen Kultur. Die Japaner waren doch angeblich fixiert auf das Vorgegebene, das Althergebrachte, das Überlieferte. *Kata*. Alles ist Form, alles ist fest und tradiert.

Aber wieso konnte dieser Mann dann jazzen, als hätte er nie etwas von *Kata* gehört? Wieso improvisierte er, als sei seine Seele in den verrauchten Kellern der New Yorker Clubs in den vierziger Jahren geformt worden? Und wieso war er nicht einmal der einzige Japaner, der das konnte? Denn seine Heimat hatte unzählige wunderbare Jazzmusiker hervorgebracht.

Stimmte das mit der Form vielleicht gar nicht? Doch, natürlich stimmte es. Aber die Form war eben nur das Gefäß, das die Erfahrung der alten Meister bewahrte. Wer den Weg bis zum Ende gegangen war, der ließ das Gefäß fallen, ließ es in Scherben zerspringen und trat hinaus in die Freiheit.

Schließlich wurde Takeda wieder leiser, kehrte zum Thema zurück. Das Publikum belohnte seine Improvisation mit einem tobenden Applaus, den der Inspektor mit einer Verbeugung quittierte.

Es war Zeit, den Staffelstab nun weiterzureichen, der nächste Musiker durfte auf die Startrampe. Takeda nickte dem Beleuchter an den Spots zu, und der schob den Lichtkegel suchend über die Bühne, wurde dann fündig, und zwar beim Klavierspieler.

Der begann nun seinerseits zu fliegen. Seine Hände sprangen über die Tasten wie junge Hunde beim Spielen, flogen zum Mond und zu den Sternen, kehrten zur Erde zurück und gruben sich in magmaglühende Tiefen. Er kitzelte sein Instrument, lockte es, triezte es. Er knetete die Melodie, wie es ihm passte, er erschuf Geschichten und trieb sie ungeduldig voran, erzählte von Tränen und Gelächter, von Schmerz und Liebe, von Eingeschlossenheit und Freiheit … Simon Kallweit, der junge Mann am Klavier, spielte, als hätte er in seinem Leben nie etwas anderes getan. Dabei war er ein Neuling im Jazz. Er war erst kürzlich in diese Musikrichtung eingeführt worden, und zwar durch einen japanischen Inspektor, der ihn zweimal zu Unrecht wegen Mordes verhaftet hatte. Aber das war längst vergessen und vergeben, denn derselbe japanische Inspektor hatte ihn mehr als entschädigt, indem er ihm den Jazz nahegebracht hatte.

Denn so wie damals bei Takeda, als er sich im elterlichen Haus in Tokio in sein Zimmer zurückgezogen hatte, hatte der Jazz nun auch Simon Kallweit das Leben gerettet, hatte ihn befreit aus seiner Blasenwelt des *Hikikomori*, hatte ihm die Angst vor der Zukunft genommen.

Auch Simon wurde mit frenetischem Applaus belohnt, der fast noch lauter war als der bei Takeda. Ein grandioser Japaner am Saxophon, das mochte ja noch angehen. Aber ein Junge, der in dem Alter schon so spielen konnte, das war beispiellos!

Nachdem das zweite Set zu Ende war, kehrten Takeda und Simon an ihren Tisch zurück. Claudia saß dort und applaudierte gleich noch einmal für die beiden. Simons Augen leuchteten. Er stieß mit Cola an, während die Polizisten ihre *Whisky*gläser hoben. Claudia fragte den Jungen, wie es ihm gehe. Simon erzählte überschwänglich, dass er endlich wisse, was er künftig machen wolle. Nach seinem Abitur werde er Musik studieren, weil er Jazzmusiker werden wolle. Seine Eltern würden ihn sogar dabei unterstützen!

»Du ziehst also nicht mehr in den Nächten los und verschlingst rohes Fleisch?«, fragte Claudia.

Simon Kallweit lachte. »Sie meinen diese Ghoul-Sache? Nein, das ist vorbei.«

»Dann interessierst du dich auch nicht mehr für Manga?«

»Doch, klar. Aber nicht mehr für *Tokyo Ghoul*. Laura und ich sind jetzt *Ao no Exorzist*.«

»Und was ist das?«

»So eine Art Geisterjäger und Teufelsaustreiber. Ich bin Rin Okumura, die Hauptfigur, und Laura ist Shiemi Moriyama, seine Freundin.«

Claudia hätte gerne gelacht, aber es fiel ihr schwer. Hilfesuchend blickte sie zu Takeda. Der strahlte Zuversicht aus und sagte: »Ich glaube, diese Welt lässt sich viel leichter ertragen, wenn man gelegentlich in ein anderes Ich eintaucht. Es spricht nichts dagegen, sich zu verkleiden. Sie sollten es einfach auch einmal versuchen.«

»Ja, finde ich auch. Ich helfe Ihnen dabei«, stimmte Simon begeistert zu.

Claudia legte die Stirn in Falten, lächelte jetzt immerhin. »Redet ihr von *Cosplay*? Ich dachte, das wäre nur etwas für junge Leute. Außerdem wüsste ich gar nicht, welcher Charakter zu mir passen würde. Oder hat einer von euch vielleicht einen Vorschlag?«

Takeda und Simon wechselten Blicke, und der Junge sagte: »Wie wäre es mit Sailor Moon?«

»Und wer oder was ist das?«

»Sie ist so eine Art Zauberin und verfügt über große Macht. Außerdem sieht sie super aus. Ach ja, und sie trägt so ein Matrosenhemd wie die japanischen Schülerinnen. Ich bin mir sicher, dass Ken es unwiderstehlich finden würde.«

Inspektor Takeda errötete und versteckte sein Gesicht hinter dem *Whisky*glas.

»Und als was geht er?«, fragte Claudia.

Simon Kallweit zuckte mit den Schultern. »Er geht als er selbst, als Inspektor Takeda. Noch cooler kann man schließlich nicht sein.«